Verdad silenciada

Verdad silenciada

Sherrilyn Kenyon
y
Dianna Love

Traducción de Violeta Lambert

TERCIOPELO

Título original: *Silent Truth*

© 2010 by Sherrilyn Kenyon and Dianna Love Snell

Primera edición: abril de 2012

© de esta edición: Libros del Atril, S.L.
© de la traducción: Violeta Lambert
Av. Marquès de l'Argentera, 17, pral.
08003 Barcelona
info@terciopelo.net
www.terciopelo.net

Impreso por Egedsa
Roís de Corella 12-16, nave 1
Sabadell (Barcelona)

ISBN: 978-84-15410-13-3
Depósito legal: B. 6.388-2012
Cod. IBIC: FRD

Dedicamos este libro a los hombres y mujeres militares que están lejos de sus familias, protegiéndonos a nosotros, en nuestras casas.

¡Dios os bendiga y os mantenga a salvo!

Capítulo uno

Cuatro años atrás frente a la costa de Kauai, Hawái

Hunter Wesley Thornton-Payne III no creía en premoniciones catastróficas, pero ahora había llegado un momento óptimo para replantearse esas creencias. Aquella última sacudida que había hecho temblar la estructura de la pequeña barca pesquera de treinta años que tenía bajo sus pies podía ser calificada de aviso preventivo.

El agua salada salpicó la cubierta por cada uno de los dos lados de la timonera donde estaba parado. El hecho de que llevara un traje isotérmico no significaba que quisiera empaparse de agua cada treinta segundos. Durante los últimos cuarenta y cinco minutos aquel peligro flotante había surcado rumbo al sur a través del océano Pacífico hacia el objetivo de la operación negra de la noche.

Un fracaso desencadenaría espantosas muertes para los agentes desprevenidos de la CIA durante las próximas veinticuatro horas.

Una simple misión… sobre el papel.

Escalar un acantilado de pura roca que se elevaba seiscientos metros por encima de las olas sacudidas por el viento en una noche sin luna lo habría hecho recular si no fuera por su compañero Eliot Sawyer. Tenerlo a él en aquella misión calmaría cualquiera de sus preocupaciones.

Pero una sombra oscura continuaba cerniéndose sobre la psique de Hunter, un sexto sentido en el que confiaba tanto como en Eliot.

Una ola feroz rompió por el lado de estribor, y la punta de su cola acuosa azotó su rostro con un rocío frío.

—Será mejor que esta mierda de barca aguante lo suficiente

hasta que lleguemos a la posición. —Hunter se secó de nuevo el agua de los ojos—. Puedes apostar a que ese mierda de Retter viene rumbo hacia aquí en algo que llega a más de diez nudos. Debería colgar su culo de aquel acantilado, ya que ha sido su idea.

Eliot se rio. El bastardo se reía más que ningún otro humano que Hunter hubiera conocido. Incluso en la universidad, el humor había equilibrado su tamaño de mamut.

—A pesar de que estuviste de acuerdo en que esta era la única manera de colarnos dentro del recinto de Brugmann.

Hunter levantó un hombro como pidiendo que no le hiciera responder. Había llegado a la misma conclusión que Retter —el jefe de la Oficina de Defensa Americana (Bureau of American Defense, la BAD) y líder de esa operación—, la idea de que acercarse desde el norte bajo el disfraz de una decrépita barca de pescadores ofrecería un punto de inserción óptimo. La residencia privada de Ehrlich Brugmann se hallaba asentada sobre un acantilado, encima de una pared de roca volcánica con vistas a la costa norte de Kauai.

Brugmann había viajado solo hasta Hawái. ¿Acaso pensaba que Estados Unidos no se iba a dar cuenta de su traición a la CIA y a la seguridad nacional si no estaba en su residencia habitual de Washington D. C.?

Hunter aguantó el tufillo del hedor a pescado que impregnaba la madera. Miró a estribor la última veta de luz del sol que se ocultaba tras el océano. En el crepúsculo se veía la silueta de un par de olas de quince metros elevándose a una milla de distancia.

Otros dos botes se mantenían juntos con esperanza y barro. Esto también era asunto de Retter.

Para Hunter, los botes estaban bien. Eran los elegantes barcos que valían un millón de dólares y que hacía tiempo él mismo había pilotado como vencedor en carreras de alta mar. Pero odiaba aquellos barcos que tendían a hundirse sin avisar.

La juntas viejas crujieron como emitiendo un quejido cuando la cubierta se inclinó de nuevo. Hunter refunfuñó y acabó soltando un fuerte taco.

—¿Bonita noche para un baño, verdad? —Incluso Eliot tuvo que agarrarse para no besar el suelo. Las pálidas luces que iluminaban la timonera arrojaban un brillo amarillento sobre su enorme cuerpo, vestido con un idéntico traje isotérmico negro, e iluminaban su sonrisa de dientes torcidos.

La misma sonrisa con la que Hunter había tropezado la noche en que chocó contra Eliot al allanar la oficina del decano de Harvard. Eliot ya había desactivado las alarmas cuando Hunter apareció a su lado. Sorprendentemente, él y Eliot habían entrado por la misma razón: para corregir las calificaciones de una estudiante que había rechazado las proposiciones de un profesor titular y estaba a punto de perder su beca. Eliot se había reído en la oscuridad y le había pedido a Hunter que le cubriera el trasero, lo cual él había hecho. Y todavía seguía haciéndolo.

Nada molestaba a Eliot.

Ni siquiera la vez en que el velero donde estaban dejó de flotar en medio de la noche. La culpa había sido de una explosión en la sala de máquinas, pero el motivo no importa cuando tienes que estar pisando agua durante las siguientes nueve horas.

—No te preocupa lo de esta noche, ¿verdad? —Eliot insistía y aguijoneaba hasta que conseguía lo que quería, una parte de su personalidad que a veces podía resultar de lo más molesta.

—¿Preocuparme? Habla en serio. —Hunter repasó la misión de nuevo en su mente. Su cerebro le aseguraba que todo saldría adelante. Sus vísceras no estaban de acuerdo, pero no lograban aportar una evidencia concreta del problema. De todos modos no importaba. Él y Eliot lo conseguirían. Pensaban como una sola mente y se habían enfrentado a misiones más peligrosas que aquella. Con una habilidad inigualable para desactivar cualquier sistema de seguridad y siendo además un experto en escalada, Eliot era el compañero perfecto.

Pero el factor decisivo era una cuestión de confianza.

Hunter no confiaba en nadie, o al menos no lo había hecho hasta que Eliot lo había llevado al monte a escalar durante su época de estudiante. Al final de aquel primer día, la vida de Hunter había estado en manos de Eliot más veces de las que quería contar. Después de eso, supo sin ninguna duda que Eliot le guardaría las espaldas en cualquier situación.

Y él guardaría las de Eliot.

Por supuesto que el corazón de Eliot era su mayor debilidad.

—¿Qué me dices de la CIA? —Eliot estaba de nuevo concentrado en la misión—. Si descubren que has estado aquí o que has visto su lista de agentes…

—No lo harán. Entramos y salimos. Nadie nos conocerá. Él tiene dos guardias. Deja de preocuparte como una vieja. Yo controlo —añadió Hunter, usando su habitual frase de «final de la discusión». Sin nada más que añadir, lo que quería era que Eliot se concentrara tan solo en acceder a ese sistema de seguridad. Se agarró a la barra vertical de aluminio, fue hacia la timonera y cambió de tema—. Hablando de mujeres, ¿continúas viendo a esa profesora?

—Así es. —La sonrisa de Eliot se ensanchó, radiante.

«Ah, diablos. Esa estúpida expresión no puede significar lo que creo.»

—Iba a contártelo más tarde, pero…

«No, Eliot, tenemos un trato.»

—¿Qué pasa con la regla de «nada de vínculos, ni responsabilidades, ni equipaje» que teníamos en la universidad?

—Nunca he podido guardar un secreto durante mucho tiempo. Cynthia y yo nos casamos. —Eliot se encogió de hombros—. Te hubiera invitado a la boda, pero tan solo hicimos un viaje rápido a Las Vegas.

Casado. Lo más estúpido que puede hacerse. Hunter se relamió el agua salada de los labios secos. «Abre la boca y di algo, maldita sea. Es tu mejor amigo.»

El único amigo.

—Supongo que debo felicitarte. —Hunter se rascó la barbilla. Una cosa era segura, él nunca se complicaría la vida de esa forma. No por una mujer. Todas vienen con obligaciones y exigencias. Como su madre, por ejemplo—. ¿No te llevaría al altar a punta de pistola, verdad?

—De ninguna manera. Estoy loco por Cynthia.

—¿Y qué pasa con lo que hacemos en la la BAD? —Hunter se había unido a la Oficina de Defensa Americana tras dejar la CIA. La BAD operaba como una agencia encubierta que protegía la seguridad nacional. No tenían lazos, ni papeleo, ni apoyo si estaban en problemas, puesto que su existencia secreta no sería reconocida—. Cynthia es otra persona que el enemigo podría usar contra ti si descubre algo acerca de ella.

Eliot dejó de sonreír y tragó saliva con tanta fuerza que se pudo percibir el latido de la nuez en el cuello.

—Mi familia no la conoce, no saben que existe. Tú eres el único que sabe algo de ella y te confiaría hasta mi propia vida, así que ella está a salvo.

¿Qué podía él decir ante eso? Hunter sintió el peso de la confidencia de Eliot sobre los hombros, pero Eliot tenía razón. Hunter protegería a su amigo, y a cualquier otro agente en la BAD, con su propia vida.

—¿Le has explicado lo que haces?

—Le he dicho que investigo para la Interpol y que no puede decir nada acerca de mi trabajo sin ponernos a los dos en peligro. Ella es sólida como una roca.

—¿Y qué me dices de los riesgos que corremos? —Tratándose de cualquier otro, Hunter habría deseado suerte al pobre imbécil y lo habría dejado correr. Pero había sido amigo de Eliot durante demasiado tiempo como para decirle las tonterías superficiales que la familia de Hunter consideraba el fundamento de todas las relaciones. Lo primordial para mostrar un sincero interés personal en la vida de alguien era preguntar cuánto había costado su coche de lujo. Eso era lo que se hacía en su familia.

Eliot se balanceaba en el bote oscilante, moviendo los pies para permanecer en equilibrio y secándose el agua que le goteaba de la cabeza a la cara.

—Ella cree que formo equipo con un chico llamado Leroy, que vendrías a ser tú. Le he dicho que tú te ocupas de todos los trabajos peligrosos. Yo soy solamente el cretino que me quedo in situ.

Como cualquier buena mentira, esa tenía una parte de verdad. Eliot efectivamente había sido contratado por la Interpol después de su periodo con la CIA, donde había estado entrenando con Hunter. Ambos eran expertos en invasión electrónica, pero, a pesar de tener el aspecto físico más amenazante, el don natural de Eliot era abrir cajas fuertes o violar sistemas de seguridad, lo cual implicaba que Hunter se encargara de neutralizar a la oposición. No era un problema.

A Hunter no le importaba ensuciarse las manos en una operación.

Pero no tenía paciencia para tonterías, que lo habían metido en graves problemas con la CIA en un trabajo en particular.

Si el director en la BAD no hubiera intervenido, Hunter habría desaparecido como una nube de humo durante un viento fuerte.

La CIA le había permitido marcharse —con vida—, siempre y cuando se mantuviera al margen de cualquier agencia de operaciones. Nunca sabrían que estaba en el recinto de Brugmann aquella noche… a menos que algo saliera mal.

El FBI creía que su gente estaba en coordinación con un equipo encubierto de la CIA. Nadie sabía de la existencia de la BAD, a excepción de la rama ejecutiva de Estados Unidos, y nadie allí lo admitiría, aparte de que la CIA nunca confesaría tener un equipo en suelo estadounidense, por lo que resultaba fácil interceder cuando llegaba una orden a través de canales de confianza.

Él solo tenía que entrar, confirmar la lista de nombres y salir.

—Nunca he olvidado el trato que hicimos en la universidad. —Eliot había hablado en voz tan baja que Hunter apenas lo había oído debido al ruido de los motores diésel bajo sus pies—. Pero no puedo vivir mi vida sin Cynthia, y ella merece el respeto del matrimonio.

El momento de ofrecer un consejo no deseado ya había pasado, pero Hunter creía que su amigo se arrepentiría de haber cruzado la línea. Aquel negocio castigaba a cualquiera lo bastante como para permitir que las emociones tomaran parte en una decisión. Él se limitaría a hacer lo que siempre había hecho, y cubriría las espaldas de Eliot, pero investigaría a Cynthia más profundamente que su amigo para asegurarse de que no era una amenaza.

Lo que no podría evitar es que le rompiera el corazón a ese tonto.

—Di lo que estás pensando —le pidió Eliot—. Adelante. Sácalo y así después podremos celebrarlo y emborracharnos.

Hunter quería cabrearse con Eliot, una tarea fácil con cualquier otro menos con aquel payaso.

—Simplemente pienso que es un riesgo innecesario. Me refiero… ¿qué harás, por ejemplo, si se queda embarazada?

El sonido del motor de la barca cambió abruptamente, pasando de un rugido fuerte al silencio cuando el capitán redujo la potencia.

Esa era la señal para que Hunter y Eliot se prepararan.

Tenían dos minutos antes de que las hélices giraran otra vez.

Hunter se colocó la capucha de neopreno, revisó su equipo y luego se sentó en la barandilla al lado de Eliot para lanzarse al agua fría. Emergió del líquido oscuro y chapoteó hasta la popa, donde flotaba el último trineo de propulsión acuático.

Todo lo que necesitaban estaba metido en una bolsa hermética entre dos brazos de control. Hunter agarró uno de los brazos y Eliot agarró el otro, ambos chapoteando para alejarse del pesquero mientras Eliot le daba al botón de encendido.

Una pequeña vibración en los brazos indicaba que el turbo eléctrico giraba tranquilamente dentro de una caja.

Los motores de la barca pesquera volvieron a la vida y la barca se puso en movimiento.

Incapaz de ver la cara de Eliot, Hunter le preguntó:

—¿Preparado?

Eliot tardó un segundo antes de responder.

—Cynthia está embarazada. Quiero que tú seas el padrino. —Apretó el acelerador antes de que pudieran decir otra palabra.

Mierda. Justo lo que Hunter había sospechado.

Otra mujer con una agenda.

Trataría el tema más tarde con esas cervezas extras.

Después de treinta y ocho minutos que transcurrieron con la velocidad con que se mueve un cuchillo de untar mantequilla, Eliot ancló el trineo acuático cerca del lugar de acceso. Aparecieron corrientes, que movían a Hunter atrás y adelante, tratando de empujarlo primero hacia la resaca y luego golpeándolo contra los peñascos de rocas erosionadas por el tiempo y el mar. Había estado examinando la cara del precipicio el día anterior con unos prismáticos de largo alcance durante un crucero de observación de ballenas preparado para él y seis agentes.

La única parte arriesgada vendría cuando la pared formara una inclinación de un ángulo de cuarenta y cinco grados durante las dos terceras partes del ascenso.

Una vez pasaran esta zona, el resto del ascenso sería cuestión de recordar el mapa de ruta, habilidad y paciencia.

Habían ejecutado esas maniobras muchas veces con poca luz

y monóculos de luz infrarroja que permitían captar cada detalle.

Escaló a un ritmo firme para alcanzar el punto de acceso en el tiempo asignado pero con la suficiente lentitud como para no cometer errores.

En la cima del acantilado, avanzó hasta encontrar un asidero en la estructura de acero que sustentaba la enorme terraza de observación que sobresalía más de un metro por encima del borde del acantilado. Dio las gracias en silencio al arquitecto de la casa de Brugmann por incluir una terraza y una piscina en el diseño. Trepó por encima del armazón y se desató de la cuerda que lo conectaba con Eliot.

Escalando de lado como una araña, Hunter llegó a una esquina de la terraza y se encogió en un espacio diminuto para mirar atentamente en busca de amenazas mientras Eliot sujetaba la cuerda. Se puso unos guantes que eran como una segunda piel y luego apretó un botón para iluminar su reloj apenas un instante. Faltaban seis minutos para las ocho. Había tardado menos de lo que creía. Tenía tiempo suficiente para llegar a la casa antes de que uno de los dos guardias recorriera el perímetro como hacía cada hora.

Pero cuando se impulsó desde la terraza para reconocer el terreno abierto que tendrían que cubrir, vio que algo no iba bien.

Un guardia pesadamente armado con uniforme negro se hallaba de pie entre la pared de vidrio trasera que delimitaba la casa de dos pisos de estilo mediterráneo y el patio. Caminaba arriba y abajo.

Algo había cambiado desde el informe de la última noche.

Un guardia permanente en aquella zona significaba una seguridad adicional e inesperada. ¿Y por qué llevaba tanto armamento?

Hunter se volvió hacia Eliot y le hizo señales con las manos para advertirle de que la seguridad había aumentado. Eliot normalmente le habría devuelto un «¿y qué demonios importa?» y habría sonreído.

Esta vez en cambio vaciló, sin duda pensando en su nueva familia.

No había lugar para equipaje en aquel negocio.

Como captando la dirección de los pensamientos de Hunter, Eliot hizo la señal de «adelante».

Hunter avanzó. Tenían cuatro minutos para llegar hasta la puerta de la cabaña de la piscina unida a la estructura principal antes de encontrarse con el guardia que supuestamente estaba dando la vuelta al recinto.

Los planes siempre funcionaban mejor sobre el papel.

Hunter acababa de alcanzar la esquina de la cabaña con Eliot siguiéndolo de cerca cuando unas fuertes pisadas al frente de la casa se dirigieron hacia él.

El maldito guardia se había adelantado.

El tío que vigilaba la parte posterior de la casa había llegado al final de su recorrido en el lado opuesto y se daba la vuelta en dirección a la cabaña.

En cualquiera de las dos direcciones Hunter se vería expuesto a una amenaza.

Se suponía que debía entrar y salir sin alertar ninguna medida de seguridad. Aquella era una operación furtiva para confirmar si los documentos estaban en la caja fuerte con el fin de que el FBI pudiera arrestar a Brugmann, coordinador de campo de la CIA hasta que vendió recursos de la agencia.

Ni ruido, ni señales de allanamiento, ni sangre.

Cumplir con solo dos de las tres órdenes era mejor que morir.

Hunter levantó la mano para que Eliot se quedara quieto.

Cuando el guardia que se acercaba se hallaba a dos pasos del estrecho escondite, Hunter salió de las sombras y le dio un golpe en la base del cuello al guardia que no lo mató pero sí lo dejó fuera de juego. Colocó el cuerpo desvanecido en el hueco que había entre una gruesa pared de arbustos de hoja perenne y la casa. Eliot amordazó y ató al guardia.

Si los otros guardias hacían una comprobación a viva voz cada hora en punto, aquello se iría al carajo en cuestión de minutos. En caso contrario, él y Eliot todavía tenían la posibilidad de entrar y salir sin ser advertidos.

No había elección. No, a menos que quisiera seis muertos en sus manos.

Cuando el centinela de la parte trasera volvió la espalda, Hunter entró en la cabaña con Eliot. Una vez dentro, atravesó el bar y la zona de servicio, luego franqueó las duchas, que apestaban a cloro. Una puerta interior se abrió a un pasillo de baldosas negras y blancas que conducía al hueco de una escalera de criados hasta el segundo piso.

Al menos esa información no había cambiado.

La única empleada doméstica de Brugmann, un ama de llaves, había sido convocada por una cuestión urgente provocada por el FBI.

Hunter subió los escalones sin hacer ningún ruido en la gruesa alfombra de Berber. Una pasarela expuesta a ambos lados cruzaba por encima de la zona del salón haciendo de puente desde el lugar donde él se hallaba hasta la puerta del dormitorio de Brugmann, donde estaba la caja fuerte.

Estirándose en el suelo sobre su estómago, Hunter reptó por este camino, con Eliot inmediatamente detrás de él. Arriba había unos pocos puntos de luz encendidos, pero las sombras que lanzaba la barandilla de madera tallada se proyectaban nítidamente sobre el salón blanco y amarillo arenoso de abajo.

Cuando llegó al extremo, Hunter se puso en pie en una esquina cercana a la puerta. El pomo del dormitorio se abrió con un susurro. Aquel había sido el hogar de la familia de la señora Brugmann durante ciento veintisiete años. Ella no había acompañado a su marido en su viaje y Brugmann no tenía historial de ver a otras mujeres. La habitación debería estar vacía.

Claro que por otro lado también se suponía que Brugmann no tendría guardias adicionales aquella noche.

Eliot se deslizó por delante de Hunter dentro de la habitación afortunadamente vacía con ventanas abiertas que daban la bienvenida a la brisa salada. En el piso inferior unas voces se aproximaron al salón desde el vestíbulo.

Hunter se detuvo. Brugmann tenía un invitado.

¿El comprador de la lista de los espías de la CIA y la razón para los guardias adicionales?

Aquello iba a ser más divertido que una fiesta de cumpleaños sorpresa, con Hunter a cargo de botes que se hundían. Él y Eliot tendrían menos tiempo del que pensaban.

Esperaron hasta que las voces se perdieron en otra habitación antes de entrar en el dormitorio y empujar la puerta, que estaba casi cerrada. Eliot había localizado la caja fuerte escondida detrás de una pared de espejos. Cogió con la mano enguantada unos documentos que leyó rápidamente y luego hizo un gesto con el pulgar hacia arriba.

Hunter relajó la respiración. Al menos una cosa había funcionado de acuerdo con el plan.

Eliot revolvió los papeles, deteniéndose para leer, y luego negó con la cabeza. Señaló que había encontrado algo inesperado y colocó el pulgar hacia abajo como indicación de «malas noticias».

¿Qué? ¿Estaría escrito en egipcio o algo así?

Hunter se inclinó para ver la página bajo la luz de la caja fuerte. En el primer documento había una lista de siete agentes de la CIA, sus direcciones, las fotografías de cinco hombres y dos mujeres, además de las claves necesarias para acercarse a ellos amigablemente. Eliot sacó fotografías de todos los documentos por si el FBI no los conseguía, pero ahora tenían pruebas suficientes para condenar a Brugmann por traición. En cuanto Hunter abandonara el lugar, enviaría a Retter una señal para que contactara con los agentes del FBI que esperaban a una milla náutica para arrestar a ese cabrón.

Al revisar el segundo documento, Hunter advirtió el problema. Eliot había encontrado un mapa que indicaba puntos de detonación bajo el hospital que explotarían al cabo de dos días en Inglaterra.

El primer ministro de Inglaterra acababa de ser ingresado para una cirugía cerebral, que tendría lugar en ese hospital ese día. Uno de los mejores especialistas del mundo, Peter Wentworth, estaba viajando desde Estados Unidos para llevar a cabo la cirugía con todo un contingente de seguridad.

La dinastía Wentworth figuraba entre las diez familias más ricas del mundo.

Nada en el documento indicaba quién estaba detrás de la bomba o quién era específicamente el blanco: el políticamente asediado primer ministro o Peter Wentworth, que daba apoyo a los impopulares puntos de vista económicos del primer ministro.

Eliot devolvió todos los documentos a la caja fuerte, pero no volvió a bloquearla ni reseteó las alarmas de seguridad que había desactivado, puesto que el FBI estaría alertado a los dos minutos de que salieran de allí.

Claro que, con la suerte que estaba teniendo Hunter aquella noche, no se sorprendería si encontraba a Brugmann en la puerta del dormitorio. Pero cuando comprobó la salida el pasillo estaba despejado. Se echó en el suelo e hizo movimientos eficientes. Se abrió una puerta al otro lado del vestíbulo que daba al salón que había abajo. La cabeza calva de Brugmann y su cuerpo redondo asomaron a la vista. Caminó balanceándose por el salón, con su invitado justo detrás de él.

Hunter catalogó mentalmente la constitución robusta del invitado, el pelo liso y negro hasta el cuello, el rostro afeitado… y una cicatriz a lo largo de la mejilla derecha hasta la mandíbula. Llevaba um traje de negocios gris oscuro con el cuello de la camisa azul desabrochado.

No había nada distinguido en su manera de vestir ni en sus modales.

No daba tiempo de más vigilancia. Hunter continuó avanzando a través de la pasarela que hacía de puente hacia la salida, con Eliot pegado a sus talones. Al otro lado, bajó corriendo y silenciosamente las escaleras hasta la entrada de la cabaña, comprobó que no estuviera el guardia de la entrada y luego llegó sin incidentes hasta la esquina del edificio.

El guardia derribado no se había movido ni un centímetro. Todavía estaba inconsciente.

—¡Jocko! —gritó el guardia de la parte trasera de la casa.

Hunter se quedó helado y echó un vistazo detrás del cuerpo petrificado de Eliot para observar al guardia de la parte trasera, que se había detenido de espaldas a la cabaña. Había algo familiar en la postura del guardia. Cogió su auricular y escuchó a la espera de una respuesta que no vendría si Jocko era el hombre inconsciente que estaba detrás de Eliot.

Hunter hizo señas a Eliot para que continuara avanzando lentamente, pero se detuvo de nuevo. Un tercer guardia apareció entre ellos y la esquina de la terraza.

El guardia bloqueaba su punto de salida, donde los esperaba el equipo de escalada. Él y Eliot perderían en un tiroteo usando sus dos 9 milímetros contra un arsenal de rifles HK. Las luces iluminaron la zona de la piscina y la terraza. Hunter contuvo la respiración escondido entre las sombras.

El guardia que estaba más cerca de la casa gritó:

—¿Dónde está Jocko, Smitty?

—Voy a buscarlo. —Smitty estaba de pie cerca del borde del

acantilado. Encendió su linterna. Comenzó a registrar la zona, caminando hacia Hunter y Eliot.

Hunter reconoció la voz del guardia de la parte trasera de la casa; pertenecía a Filet Bailey. Filet Bailey y Smitty eran mercenarios de fuera del Reino Unido que hacían trabajos a corto plazo por altas sumas de dinero. Eran especialistas en no dejar ninguna prueba.

¿Dónde estaban los simples guardias de seguridad que normalmente tenía Brugmann?

Aquellos mercenarios mataban para entretenerse.

—¿Ves alguno en el nivel inferior? —gritó Bailey.

Smitty movió su linterna describiendo un círculo, iluminando el último rincón en sombras, lejos de donde se escondían Hunter y Eliot.

Hijo de puta. Hunter señaló su intención a Eliot, luego corrió hacia delante saliendo de la oscuridad hacia el costado izquierdo del guardia. Silenciosamente atrapó la cabeza del tipo entre las dos manos, apretando con fuerza hasta hacerlo caer al suelo.

El cuello de Smitty se quebró con un crujido sordo.

—¿Smitty? —llamó Filet Bailey. Hizo una pausa, escuchó y luego gritó a través del transmisor, ordenando que acudieran refuerzos a la parte trasera.

Hunter hizo un gesto a Eliot para que continuara avanzando por debajo de la terraza, y luego se agachó para recorrer el camino hasta donde estaba la cuerda atada a la viga transversal de acero. Eliot enganchó sus herramientas de escalada y se dejó caer por el borde.

Se oyeron voces duras gritando por encima. Las botas martilleaban el suelo de la terraza.

Hunter, con calma, ató en su lugar el equipo de escalada, y luego accionó una serie de botones en la emisora de radio para avisar a Retter que podía autorizar al FBI para que asaltara el recinto.

Justo ahora sería un buen momento.

Filet Bailey gritó órdenes. Se encendieron luces, que se colaban entre los listones de madera que había encima de Hunter.

Hunter dio a Eliot una ventaja de quince segundos. El plan original consistía en que Eliot descendiera rápidamente, seguido por Hunter, que usaría la misma cuerda.

Ese plan no contemplaba guardias de seguridad extras ni disparos.

Ahora no podían arriesgarse a que alguien cortara la cuerda antes de que ambos estuvieran abajo, lo cual significaba que Eliot descendería treinta metros para encontrar un nuevo punto de anclaje para la soga.

Un tiroteo estalló del lado de la terraza donde Hunter había derribado a Smitty. Los guardias habían encontrado su camino de salida.

Extrajo una bomba de humo del cinturón, tiró de la anilla, contó varios segundos y luego la lanzó hacia una fosa en el suelo que llevó la granada rodando hasta la esquina de la terraza.

—Ve. —El susurro urgente de Eliot se oyó a través del auricular de Hunter.

Hunter se dejó caer por el borde. El humo hervía por encima del acantilado. Eliot había aflojado suficiente cuerda como para que Hunter descendiera hasta donde Eliot lo esperaba fijado a un dispositivo de leva con resorte.

Las balas sonaron salvajemente, pero los guardias no sabían todavía cómo iluminar el precipicio. Hunter disparó varias veces, silenciando los tiros que venían de arriba por un momento. Guardó el arma, liberando sus manos durante diez segundos. Enganchando la cuerda que colgaba de Eliot, Hunter la sujetó en un segundo mosquetón de cierre para poder saltar hacia abajo.

Hunter se dejó caer sesenta metros como un peso muerto en el negro abismo que lo esperaba para tragarlo.

El silencio fantasmal de abajo lo turbaba más que los disparos de arriba. Eliot se pegó a la pared, esperando la señal para dejarse caer por debajo de Hunter y engancharse a la cuerda que arrastraba.

¿Qué estaba ocurriendo en el recinto de Brugmann? Hunter dudaba de que el FBI hubiera llegado o contenido el emplazamiento tan rápidamente y sin más disparos.

Había demasiado silencio, y Eliot estaba demasiado expuesto.

Hunter se detuvo justo encima de la sección de la pared de roca sesgada. Tenía que sacar a Eliot fuera de la zona de tiros. Pasando los dedos por encima de la superficie encontró un profundo corte que recordaba en la roca. Metió una leva en la abertura y luego subió seis metros de cuerda hasta el lugar de anclaje. Soltó cuerda de la parte superior de su mosquetón para que Eliot pudiera bajar en rapel mientras Hunter lo cubría.

—Adelante —ordenó a través de su transmisor.

En cuanto Eliot alcanzó a Hunter, ambos emplearon una serie de sujeciones que Eliot había colocado en el camino de ascenso para bajar ahora por la cara inclinada de la pared, que los protegería a ambos del fuego enemigo.

Eliot comenzó a descender rápido.

Las luces del recinto brillaban con fuerza por encima de él, pero todavía no había ruidos que se filtraran. Y nadie se asomaba a mirar por el precipicio.

Una luz láser rebotó en la pared por encima de Eliot, en el ancla de leva donde estaba atada la cuerda. Sonó una bala, y luego una segunda golpeó el ancla, soltando la cuerda.

Hunter saltó hacia la pared para prepararse ante el repentino tirón del peso de Eliot.

Si Eliot hubiera cerrado su mosquetón o tuviera un nudo para evitar que la cuerda se deslizara…

La cuerda silbó al pasar junto al oído de Hunter. Eliot rebotó contra la cara del acantilado más cercana a él con un ruido sordo escalofriante.

Sonido de huesos rotos. Un grito de Eliot.

Una oleada de bilis le subió a Hunter por la garganta.

La cuerda se sacudió, tirante, con el peso muerto de Eliot. Hunter apretó los dientes por el dolor que le desgarraba los músculos. Jadeó en busca de aire.

Otra bala se disparó, e hizo eco en el silencio.

La cuerda tiraba y Eliot aullaba en agonía.

—Me han dado.

A Hunter se le heló la sangre.

Se volvió para mirar hacia abajo.

La vida de Eliot dependía de que Hunter conservara la cabeza y se sujetara con fuerza a su anclaje. Incluso con un disparo, Eliot era más fuerte que la mayoría de los hombres en su mejor forma.

Hunter lo sacaría de aquella roca.

Se oyeron los gritos de hombres abajo. Tal vez del FBI, pero nadie podía ayudar a que Eliot y él salieran de esa roca.

—Balancéate... tú... mismo —gritó Hunter.

Si Eliot podía balancearse un par de veces y encontrar un punto de apoyo, algo a lo que agarrarse...

Las dudas lo bombardearon. Él mismo había hecho un reconocimiento de la pared y recordaba que no había ningún lugar fácil donde agarrarse en la superficie resbaladiza. Eliot colgaba por debajo del último lugar de anclaje que encontrarían antes de la pared inclinada de abajo. «Joder.» Hunter se desataría de su sujeción y... mierda... no sería capaz de sostener el peso de Eliot. ¡Tenía que pensar! Si Eliot se balanceaba, él podría...

—No. —Hunter escuchó por el auricular la debilitada voz por el sufrimiento.

—¡Balancéate ahora mismo, maldita sea!

No hubo respuesta. Hunter respiró con un estremecimiento. La adrenalina fluía a través de su cuerpo, dotándolo de la fuerza necesaria para sostenerse el tiempo que hiciera falta.

—El hombro... golpeado. —La voz tensa de Eliot se oyó a través del auricular de Hunter—. La pierna... rota.

Dios santo. Hunter comenzó a calcular cómo bajar. Eliot no tenía cuerda.

«Joder. Joder. ¡Joder!»

—Balancéate, amigo. Hazlo —suplicó Hunter. Podía haberse equivocado. Tal vez hubiera algún lugar donde Eliot pudiera agarrarse con su brazo sano.

Eliot gimió.

—Cuida... de mi familia.

—¡No empieces con esa mierda! —Hunter se aferró a la cuerda, con el corazón retumbando por el mayor pánico que había experimentado nunca. No tenía ni idea de cómo lograr que ambos llegaran abajo, pero lo haría o moriría en el intento—. ¡Balancéate, cabrón!

Eliot resolló con dificultad, y luego suplicó:

—Deja... que me suelte.

—Inténtalo. Solo...

—No. —Las siguientes palabras sonaron ahogadas, con un tono demasiado líquido para indicar nada bueno—. Lo tengo.

¿De qué demonios estaba hablando? Hunter se volvió para mirar abajo.

Eliot colgaba hacia atrás, con el cuerpo oscilando. Era como si cada movimiento le costara un enorme esfuerzo. El brazo que no estaba dañado levantó algo desde su cinturón…

Inmediatamente, Hunter procesó lo que Eliot pretendía hacer. La sangre rugió en sus oídos.

—¡No! ¡Solo sujétate!

Se escucharon voces desde megáfonos en la casa de Brugmann.

Hunter lo ignoró todo salvo el horror que amenazaba con aspirarle el corazón del pecho.

—No. No lo hagas.

—Los dos no podemos llegar abajo, hermano. —Eliot tosió. Aulló de dolor—. No puedes exponerte de esa manera. No queda… tiempo.

—Me da lo mismo. —El miedo giraba en el cerebro de Hunter a una velocidad mortal. Todo se veía de pronto lentamente con una claridad escalofriante. La garganta se le tensó hasta el punto de no poder respirar.

—Os amo a los dos. —Eliot levantó la mano, con el cuchillo visible.

«¡Oh, Dios, no!»

Un corte rápido. La cuchilla partió la cuerda con un corte limpio.

Hunter saltó abriendo los brazos en el aire.

Eliot cayó en picado fuera del alcance, encogiéndose para apartarse.

Las olas rompían contra las afiladas rocas del acantilado.

Su ancho cuerpo se detuvo tan de repente como si alguien hubiera desconectado el tiempo.

—¡Noooo! —El grito de Hunter desgarró el aire. Libre del peso, la cuerda rebotó hacia arriba, colgando del aire.

Hunter miraba fijamente, sin poder dar crédito.

Eliot no podía haber muerto, no tan fácilmente. No el Eliot lleno de vida. No la persona que Hunter había creído invencible.

El dolor se le clavaba profundamente con cada respiración y desgarraba su alma en pedazos que no tenía ni idea de cómo reunir.

La balas golpeaban contra la superficie de la roca, un estruendo sordo sonando al fondo de la macabra imagen de Eliot destrozado contra las rocas. Las olas rompían en el silencio fantasmal. El viento aullaba dolorosamente en ausencia de Eliot.

Hunter luchó por respirar, sintiendo los pulmones paralizados.

Un diminuto punto rojo entró en su campo de visión.

El rayo de luz láser danzaba en su brazo, reclamando su atención. Observó moverse el punto letal a un lado de su cuerpo.

«Hazlo. Mátame ahora.»

El punto se movió. Se disparó una bala, hundiéndose en el músculo y el hueso de su pie. Un dolor ardiente lo obligó a regresar al mundo de los vivos.

El mundo donde encontraría al francotirador al que haría pagar.

El mundo donde Hunter tendría que salvar a la gente por la que Eliot acababa de morir.

Sacó su arma y disparó sin piedad en la dirección de los últimos tiros. Cuando se detuvo, una risa vino hacia él traída por la brisa.

—Morirás y no será rápidamente.

Tenía que salir de ahí. Con un movimiento entumecido después de otro, Hunter descendió hasta alcanzar el trineo de agua. Elevó el ancla y condujo la barca de propulsión a través de las olas turbulentas hasta localizar a Eliot, clavado en una roca dentada que asomaba a la superficie.

Si existía un dios, su amigo habría muerto inmediatamente.

Sacó un cinturón inflable de la bolsa hermética, y luego arrastró el cuerpo sin vida de su amigo hacia el agua. Sostuvo a Eliot abrazándolo con fuerza. El océano los zarandeó.

¿Por qué no había hecho aquello cuando Eliot estaba vivo?

Hunter luchó dolorosamente por respirar una y otra vez hasta recuperar el control. Le puso a Eliot el cinturón y lo infló.

Continuaba esperando que Eliot dijera algo gracioso acerca de la mala suerte que habían tenido esa noche y lo bien que les sentaría la cerveza, pero aquel rostro silencioso nunca volvería a esbozar una sonrisa tonta.

Hunter colocó la palma de la mano contra la mejilla fría de Eliot.

—No deberías haber hecho eso, hermano. ¿Quién va a presentarse en mi casa a medianoche la víspera de Navidad para beber cerveza? ¿O quién me va a recordar que soy el mayor estúpido del planeta? O... —Hunter tragó saliva— ¿quién enseñará a tu crío a montar en bicicleta? Maldita sea, Eliot. Se suponía que tú no podías hacerte daño.

«¿Por qué no me tocó a mí?»

Nadie lo habría echado de menos si hubiera muerto esa noche. Su hermano habría estado de luto durante un tiempo, y luego la vida habría continuado.

Pero nunca habría otro Eliot.

Hunter sujetó el cuerpo de Eliot al trineo. Cuando creyó que podría hablar sin que la voz se le quebrara, usó la radio del trineo acuático para contactar con Retter. Lo último que debía hacer era permitir que alguien en la BAD viera u oyera lo que Eliot significaba para él.

Retter dejaría fuera a cualquier agente que perdiera el control. Y Hunter no permitiría que nadie lo dejara de lado ahora.

Ni siquiera a la BAD.

—¿Lo tienen todo? —preguntó Hunter al oír a Retter.

—Tienen la lista. El objetivo y cinco agentes de seguridad habían sido eliminados cuando llegaron.

—Yo solo acabé con uno.

—El resto habían sido aniquilados con un cuchillo o con las manos.

—¿Y qué hay del tipo que estaba con el objetivo? —Hunter daría a Retter los detalles del invitado cuando rindiera el informe.

—Nadie lo halló junto al objetivo. Hay tres guardias de seguridad sin identificar.

—Eran tres mercenarios. —¿Qué habría pasado con el invitado de Brugmann? ¿El francotirador sería el tipo de la cicatriz en la cara? Dirigió el trineo acuático hacia el mar abierto—. Voy de camino.

—¿Qué pasa con Eliot?

—Terminado. —A Hunter le dolió el pecho ante la fría referencia, pero ahora tenía que empezar a vender esa imagen.

Retter guardó silencio durante un par de segundos.

—Necesitamos recogerte rápido y llevarte a un sitio seguro.

¡Maldita sea!

—¿Por qué?

—La cámara de seguridad de la parte trasera. Ha grabado tu rostro.

¿Aquella jodida operación no tendría fin? Encendió el motor del trineo acuático, sujetando el cuerpo de Eliot con su mano libre. Hunter no iba a entrar en la clandestinidad, ni siquiera para esconderse de la CIA.

Nada impediría que encontrara a ese francotirador.

Capítulo dos

Hoy, Chicago, Illinois

—No puedes permitirte rechazar mi oferta.

—Mmm... —Abbie Blanton mantuvo la vista en el tráfico entrecortado del centro de Chicago mientras circulaba en su Ford Explorer, que avanzaba lentamente en el primer día soleado de marzo.

Rechazó mirar a los ojos a Stuart Trout. ¿Cómo podía estar explotando la crisis personal que ella sufría para su propio beneficio y oferta? Ella no estaba en realidad sorprendida por eso, y tampoco por el hecho de que le pidiera que lo llevara de vuelta a la oficina después de la comida. El director general de la cadena de televisión WCXB no hacía nada sin un motivo oculto.

Esta vez ella estaba preparada para enfrentarse a él desde su punto de vista.

Stuey continuaba:

—Si quieres un aumento y trabajar con un calendario flexible, tendrás que darme algo para manejar a la junta.

Sus protuberantes labios de pez tenían un perpetuo mohín, más parecidos a la bocaza de una lubina que a la de una trucha de montaña. Sin embargo, no había ningún fresco olor de aire libre asociado a su aspecto. Su loción para después del afeitado olía espantosamente dulce, tal y como el nombre del diseñador de la casa sugería en la botella.

—¿La junta? —preguntó Abbie—. El único miembro de la junta después de los pertenecientes al linaje es el viejo Vancleaver. Creo que el resto de nuestra junta desaprobaría mis habilidades de investigación para reducir a aquellos que husmean por ahí, como los paparazis. ¿De verdad crees que a los ciudadanos de Chicago les importa si uno de nuestros senadores está teniendo una aventura?

—Cuando se trata de un juez de estado, sí.

—Ella es una juez justa, y lo sabes. Vancleaver está furioso porque ella dictaminó en su contra en un estúpido pleito. Y porque sus políticas difieren.

El truco de Abbie para investigar y husmear la corrupción había lanzado su carrera a la búsqueda de nuevas historias, pero estaba enormemente cansada de excavar alrededor de los trapos sucios de la gente. Su alma se sentía tan mugrienta como las costras de barro en las pilas de nieve empujada contra los bordillos de la calle. Algún día, ella...

—Te estoy haciendo un favor, Abbie. Hubiera podido ofrecerle esto a otra persona si no quisiera ayudarte.

Ella tenía un favor en mente mucho mejor que su mala oferta. No todavía. Probaría su amenaza.

—Esta historia suena como algo que Brittany podría usar en los entretenimientos destacados del fin de semana. ¿Por qué Vancleaver no quiere que su nieta consiga la información?

—La aventura del senador no tiene que ver con una mujer cualquiera, sino con una juez cuyo asiento en la Corte Suprema del Tribunal de Illinois se encuentra bajo consideración. Los ciudadanos de Chicago merecen saber acerca de ella y de ese senador antes de que ella sea votada para alcanzar una posición judicial más alta en el estado y que él se presente para la reelección.

Ella movió la mirada a tiempo para ver cómo Stuey se hinchaba con rectitud indignada. ¿Una cuestión de moral? Sí, de acuerdo. Ella conocía al verdadero Stuart, el depredador que se alimentaba de internos en prácticas mientras se citaba en secreto con una mujer que podía hacer prosperar su carrera. Se abrió paso entre un grupo de coches pegados unos a otros que iban a una velocidad de tortuga y dejó que él se quedara sentado en su tribuna improvisada durante un minuto.

Todavía no le había soltado a Stu lo que realmente quería... Primero tenía que decidir si pensaba ir tras el senador o no. Incluso si lo hacía, WCXB tendría que contentarse con lo que ella removiera, supusiera o no señalar con el dedo al senador y a la juez.

Stuey dejó escapar un sonoro suspiro.

—Incluso he considerado pedir a la junta que financie el documental que quieres hacer sobre niños abandonados.

Ella tuvo que controlarse para no reaccionar. Le hacía esta oferta ahora que ella no podía aprovecharla. No con su madre enferma. Había estado tratando de hacer documentales durante años, en espera de perseguir algún día su verdadera pasión. ¿Se habría puesto nervioso Stuey por los últimos despidos? ¿Necesitaba una historia exitosa para cimentar su posición?

—Tráeme una historia a la que hincarle el diente si quieres mi ayuda —la presionó Stuey—. Y yo te pondré en antena.

—No. Trabajo mejor cuando nadie sabe quién soy yo, y no tengo ningún interés en sentarme frente a una cámara. —Eso significaría llevar maquillaje, domar su tupido cabello de rizos para convertirlo en algo elegante y tener que vestirse. No con el suéter, los vaqueros y las botas que llevaba hoy y cualquier otro día.

Puede que tuviera que volver a vender su alma una vez más, pero se negaba a ponérselo tan fácil a su manipulador, turbio e intrigante jefe. Esa descripción se ajustaba muy bien a todos los hombres que tenía la mala suerte de conocer en su vida.

A excepción, por supuesto, de su padre. El que la había adoptado.

—¿Abbie? —ladró su nombre lacónicamente como una orden.

—Te oigo, Stu. Estoy pensando.

—Hazlo mientras todavía sea joven.

El director general de la segunda cadena de noticias más destacada, con sus cuarenta y seis años, llevaba el pelo castaño, apagado, corto y engominado hacia delante, con el estilo propio de listo para la cámara. Sus ojos entrecerrados de color avellana no se habían encontrado con los de ella durante el almuerzo que acababan de terminar, pero Abbie sentía ahora su peso sobre ella.

La paciencia no era una parte de la descripción de su trabajo.

—No quiero tomar una decisión precipitada.

Su padre se hubiera reído de ella si aún siguiera vivo. «Impulsiva» había sido el calificativo más oído en su infancia hasta que se marchó de su pueblo seis años atrás en busca de algo de acción para vengarse de su novio traidor. Se emborrachó y despertó a la mañana siguiente en una cadena de hoteles del sur de Chicago junto a un chico de pelo largo desaliñado, barba andrajosa y desnudo. Nunca volvió a verlo. Lo llamó Sansón y él no la corrigió.

Decidió poner freno a su naturaleza impulsiva ese día.

Pero tenía una veta testaruda que podía dar una patada a la actitud dominante de Stuey cualquier día. Él tenía razón hasta cierto punto. Ella no podía permitirse mucho ahora mismo; por ejemplo, no podía darse el lujo de fastidiarlo. No ahora que necesitaba tan desesperadamente algo que él tenía en su poder.

Una invitación con su nombre para la fiesta de recaudación de fondos para el Kore Women's Center el martes por la noche. Tenía que lograr entrar, y no con la identificación de periodista.

—Tu teléfono móvil está vibrando. —El tono de fastidio de Stuey indicaba cuánto odiaba que lo importunaran.

Ella sacó el teléfono móvil de la bolsa de cuero negro y marrón que había a sus pies. La pantalla indicaba que era Hannah, la única que la llamaba de su dos hermanas.

Conducir con una mano no era un problema puesto que el tráfico estaba empeorando. Contestó:

—Estoy en una reunión.

—El doctor Tatum necesita hablar contigo.

—¿Sobre qué?

Abbie no quería discutir la situación de su madre delante de Stuey, que ya tenía bastante información sobre ella que podía influir cuando le pidiera un horario flexible. Agregó el tema del aumento pensando que estaría más dispuesto a darle un nuevo horario que a soltar más dinero.

—¿Cómo voy a saberlo? Supongo que es por el estado de mamá, pero cuando le pedí que me lo dijera me contestó que realmente necesitaba hablar contigo. —El tono de Hannah arrojaba insultos en cada palabra.

Las manos de Abbie se tensaron en el volante. Precisamente la noche anterior Tatum había compartido información confidencial acerca del estado de su madre únicamente con ella, y le había hecho jurar que no se lo contaría a Hannah ni a nadie. Información que podía traer alguna luz acerca de la razón por la que su madre había enfermado tan gravemente hacía diez días.

En ese momento hubiera preferido estar en el hospital junto a su madre, pero la revelación de Tatum le había hecho perder toda esperanza de poder ayudar a hacerse cargo de su madre, y eso era lo que la había motivado a tener ese almuerzo con Stuey.

—¿Cómo van hoy las cosas? —le preguntó a Hannah.

—Está incoherente, pierde y recobra la conciencia. —La voz de su hermana tembló un poco, luego se endureció—. Su presión sanguínea continúa fluctuando. El color de la piel no es bueno. Su hígado… ha empeorado.

—Mierda. —Abbie llevaba días durmiendo poco debido a la preocupación por su madre, pero oír el miedo en la voz de Hannah aumentaba su propio estrés. Su hermana raramente permitía que alguien creyera que no lo tenía todo bajo control.

—Espera —dijo Hannah—. Tengo que hablar un momento con la enfermera.

—¿Abbie? —repitió Stuey en un tono de voz grave pero insistente.

Ella consiguió no responderle, pero la mirada rápida que le lanzó debió de transmitir algo de su fastidio.

Él lanzó una ráfaga de aire para hacerle saber cuánto le molestaba ser ignorado.

Ella quería decirle que se reservara su sensación.

«No pierdas de vista el objetivo.» Todavía necesitaba de él esa invitación. Necesitaba su trabajo también, por razones obvias, pero Stuey tampoco podía permitirse perderla a ella. Eso esperaba. Había contratado a un nuevo ejecutivo que tenía potencial con algo de entrenamiento, pero Abbie había conseguido para los presentadores de WCXB una pared llena de premios de la Academia. Ella esperaba que eso jugara mucho en su favor. Acceder a la fiesta de recaudación de fondos de Wentworth le ofrecía el único brillo de esperanza para descubrir lo que le había ocurrido a su madre.

Tatum decía que, si pudiera descubrir por qué su bazo había comenzado a funcionar mal después de que su madre visitara el Kore Women's Center diez días atrás, tendría alguna posibilidad de luchar para salvarla. Pero el Kore Center lo rechazaba, alegando que su madre solo había donado sangre y participado en pruebas rutinarias. Nada más.

Entonces fue cuando Tatum había revelado detalles sobre el Kore que sacudirían la Fundación Wentworth, que daba apoyo al centro de mujeres, si Abbie soltaba como noticias las revelaciones de Tatum.

Y eso es precisamente lo que haría si no conseguía hablar con Gwenyth Wentworth, que todavía no le había devuelto la llamada de teléfono. La heredera de los Wentworth auspiciaba la recaudación de fondos. Si Abbie podía colarse dentro del evento, encontraría alguna manera de hablar con Gwen.

Cuando Hannah volvió al teléfono, Abbie le dijo:

—Lo llamaré en cuanto llegue a la oficina.

—¿Cuándo vendrás al centro médico?

—Lo antes que pueda, pero ahora mismo estoy ocupada…

—Dame un respiro, Abbie. Solo porque no tenga que fichar en ninguna parte no significa que no esté ocupada también. —La verdadera Hannah había regresado, envuelta en su habitual halo de importancia y negándose a ser superada por una hermana que trabajaba para un canal de televisión—. Además, ¿qué importancia puede tener andar hurgando en los trapos sucios de nuestra policía? ¿Qué vidas vas a arruinar esta semana?

—¿Quieres policías deshonestos en las calles? —le soltó Abbie.

—Por supuesto que no, pero tú actúas como si todos los de las fuerzas de la ley fuesen corruptos. Algunos nos están protegiendo.

—Eso lo sé, y no creo que todos sean simientes podridas. —Abbie cambió de carril y fingió ignorar el dedo de Stu golpeando su rodilla—. Volviendo a nuestro asunto…

—Yo también tengo compromisos —la interrumpió Hannah—. Pero no voy a dejar que los míos tengan prioridad sobre mamá.

Un punto para Hannah que pusiera a su madre por delante de sus tratamientos de spa o la redecoración de su casa.

—Llegaré por la noche, pero ahora tengo que irme. Te llamo más tarde. —Abbie cortó la llamada antes de que Hannah la obligara a hablar demasiado delante de Stuey.

—¿El novio? —preguntó Stuey.

—Mis llamadas personales son precisamente eso… —le lanzó una mirada poco tolerante—, personales.

Él torció sus labios de pez, frunciéndolos como si tuviera un gancho en la mandíbula. Estaba con ese humor nervioso habitual, la razón por la que su apodo secreto para Stuey funcionara tan bien.

Ella usó un dedo para enrollar la mitad de los gruesos rizos que acababa de apartar de su cuello y fijarlos con una horquilla de plástico. No podía permitir que el mal genio interfiriera, no ahora que tenía que lograr acceder a ese evento para recaudar fondos. Acudir a una fiesta tan estirada significaba llevar zapatos diseñados por gnomos sádicos y vestirse para competir con mujeres nacidas para hacer declaraciones sobre moda.

Ella había nacido para una granja de cerdos.

Y con un traje tenía suficiente. Su hermana Hannah le había dado un vestido de satén media talla pequeña para ella después de que le dijeran que el verde oscuro no era su color. La única razón por la que Abbie sería capaz de llevar un vestido cruzado ahora mismo era que había pasado muchísimo tiempo con su madre en el centro médico, donde la comida no era apetitosa.

Su madre estaba perdiendo peso rápidamente.

—Llegaremos pronto. —La voz de Stu cambió de un tono desenfadado a otro de superioridad.

Eso no iba en favor de su pleito.

Abbie suspiró lo bastante alto como para alterar el silencio que se instaló entre ellos en el todoterreno en el que iban sentados. Puso el intermitente y giró a la derecha por Michigan Avenue, donde por fin el tráfico se movía. Algunas personas consideraban que circular por Chicago era un desafío, pero ella había crecido en el sur de Illinois transportando remolques cargados de ganado detrás de un camión de siete metros de longitud.

Al parecer era hora de empezar la negociación. Abbie aligeró el tono.

—¿Qué tal si hacemos un trato? Me he ganado el aumento y el horario flexible. ¿Qué te parece si acepto investigar la aventura del senador con la juez a cambio de que me consigas una invitación para la recaudación de fondos de Wentworth de mañana por la noche?

Ella había descubierto que Brittany Vancleaver tenía una invitación a través de su abuelo. Stuey podía usar ese contacto para conseguir la invitación de Abbie.

Stuey no respondió, concentrado como un pez acechando el cebo.

«Vamos, pequeño, tómalo.» Abbie quería lanzar una mirada para ver si mordía el anzuelo, pero continuó con los hombros relajados y su atención en la carretera. Él tal vez había pensado que su almuerzo de hora y media serviría para convencerla de que fuera tras la juez, pero Abbie había estado engatusando a Stu hasta ese momento.

—¿Un trato? —Su tono ácido la sorprendió—. Te estoy ofreciendo lo que necesitas… un puesto con más dinero y horario flexible, porque es evidente que estás atravesando alguna crisis familiar. Ese es el trato.

A ella se le encogió el corazón. No le extrañaba que él continuara deshaciéndose de directores de oficina a un ritmo más rápido que el del agua colándose por una olla oxidada.

Stuey tenía la perspicacia de una roca. Había adivinado que ella tenía una crisis familiar, pero, si creía que esa era realmente la situación, el cabrón podría mostrarse al menos un poco comprensivo.

El dinero nunca había sido una motivación central para Abbie, más allá de la necesidad de sobrevivir. Algo que fastidiaba a los funcionarios que trataban de sobornarla para que olvidara lo que descubría. Se sentía en el trabajo de investigación como pez en el agua cuando comenzó a indagar en torno al suicidio de su padre, pero perseguir policías estafadores y políticos corruptos era algo que le hacía hervir la sangre. O ser amenazada por las fuerzas de la ley como si hubiera vendido a su abuela por una historia.

Abbie le había pedido a Stu que le permitiera un horario flexible por razones personales. ¿Y qué hacía Stu? Veía una oportunidad de usarlo contra ella para asegurar su posición. Algún día ella tendría suficiente dinero como para tener la última palabra y viajar por el mundo como una periodista internacional filmando documentales que ayudaran a la gente.

Pero eso no era lo que decían las cartas esta semana.

—Ya sabes —murmuró Stu con astucia, mientras sus ropas crujían al acercarse para susurrarle—. Tengo cosas mejores que ofrecer que ir a una fiesta de disfraces. Podrías aumentar la apuesta… esta noche.

¿Stuey creía que ella estaría dispuesta a prostituirse por un maldito trabajo?

Ese cerdo. «Como aquel con quien casi me casé y ni de cerca tan útil como los que papá engordó.»

Abbie giró su vehículo por una zona de aparcamiento, se metió en el primer sitio disponible y pisó con fuerza el freno.

Stu se sujetó con las manos, deteniendo su impulso hacia delante.

—¿Qué demonios…?

Ella le dirigió una mirada de acero, agarrando el volante con las manos para evitar retorcerle la garganta con ellas.

—Número uno: no me acuesto con nadie para conseguir nada, y mucho menos un trabajo. Número dos: te haces ilusiones si crees que me acostaría contigo. Y número tres: estás saliendo con Brittany.

Dios, algunos días odiaba a los hombres. La mayoría de los días.

Mentían, engañaban y manipulaban su camino por la vida.

El corazón le latía con una poderosa mezcla de adrenalina y de ira. No volvería a permitir que ningún otro hombre la volviera a joder.

Todos eran basura, especialmente su jefe.

Su porquería de jefe. Tendría que impedir que la rabia nublara sus sentidos. Seguía necesitando la invitación para la maldita recaudación de fondos.

—¿Cómo sabes tú…? —Stu se calló cerrando la boca de golpe. Su rostro reflejó una enorme culpa.

Mmm… Tal vez ella podría usar eso en su favor.

Odiaba tener que reconocer a Hannah el mérito de su nueva información, pero lo justo era lo justo.

—¿Cómo sé que estás saliendo con Brittany? —Abbie puso el coche en punto muerto y dejó encendido el motor. Se volvió para mirarlo. La posibilidad de impedir su triunfo surgió en su voz—. El hermano de Brittany fue al colegio con mi hermana Hannah, que ahora está en un club de lectura con Brittany. Durante el último encuentro del club, Brittany comenzó a comentar cuánto le gustaba ser periodista de la alta sociedad para la WCXB y dijo que había conocido a un tipo estupendo, un tal Stuart, con quien se estaba viendo desde hacía un mes.

El rostro de Stu perdió sus rasgos de gallito y se puso pálido. Salir con la hija del viejo Vancleaver tal vez no había sido la mejor idea de Stuey, por más que formaran una buena pareja. Abbie normalmente hubiera pensado que era su deber advertir a Brittany acerca del lujurioso Stuart, pero Brittany tenía reputación de engañar a sus hombres y jactarse de ello.

¿Quién era Abbie para inmiscuirse en una pareja perfecta? Pero Brittany no disculparía la infidelidad de él.

Abbie añadió:

—Me aventuro a decir que ella cree que estáis saliendo. Si estás disponible deberías hacérselo saber enseguida.

Nunca pensó que llegaría a estar agradecida por haber soportado las recientes divagaciones de Hannah acerca de su última conquista, un millonario por mérito propio con tres casas en diferentes estados. Pero en medio de su resumen «todo sobre Hannah», su hermana había sugerido que Abbie podría contarle algo acerca de Brittany, que había atrapado a un hombre considerado uno de los solteros más codiciados del canal de televisión de Abbie.

«No odio a mi hermana.»

Bueno, al menos no a Hannah.

Casey, su hermana menor de veinticinco años, era otra historia.

Abbie raramente sufría por el monstruo de ojos verdes, pero oír que debería aprender cómo conseguir a un hombre por parte de la divina Brittany o la intrigante Hannah no la hacía sentirse en uno de sus mejores días.

Ahora sentía por Brittany casi tanta lástima como por el pobre idiota adinerado que Hannah tenía en su punto de mira femenino. Siendo la mediana de tres hermanas, y odiando crecer en una granja de cerdos, Hannah había conseguido con su cuerpo una impresionante cartera de inversiones desde el momento en que cumplió dieciocho años. Dejó claro que no volvería a ensuciarse las manos.

Como si Hannah hubiera ayudado alguna vez en la granja.

Casey había puesto la vista en metas más alcanzables. Hombres de poco fiar. Era difícil apuntar mucho más bajo que eso.

Abbie había amado a su padre y a su granja. Algún día demostraría que él no se había suicidado y dejado a su madre en la indigencia.

Stu tragó saliva, y el sonido se oyó en el coche. Sus labios de pez se estrecharon y se doblaron en las comisuras. Los hombros de su traje Brooks Brothers azul marino se desplomaron.

—Yo… puede que te haya dado una impresión equivocada acerca de mis intenciones.

«Buen intento, Stuey, pero no hay tratos gratis hoy.»

—Vaya, yo creía que había entendido exactamente lo que estabas diciendo. —Abbie tenía un lado oscuro que asomaba a la superficie en presencia de cretinos.

Él la estudió durante un momento, y en sus ojos brillaba una clara preocupación.

—En cuanto a ese trato…

Ella quería sonreír, solo un poco, pero aquel no era el momento para regodearse. No cuando tenía a Stuey sujeto por los huevos.

—Acepto el aumento que me ofreces… —nunca dejes dinero sobre la mesa— y el horario flexible, y…

La frente de Stu se arrugaba con cada exigencia. Se inclinó ligeramente hacia delante. Una señal a favor de ella.

—Quiero una invitación para esa recaudación de fondos de mañana por la noche.

Él separó los labios, con algunas objeciones pendientes.

¿Qué iba a negarle? ¿El dinero? De acuerdo, Abbie podía renunciar a eso, pero no al horario flexible ni a la invitación al acto de recaudación de fondos. Tenía que entrar como invitada, y no como alguien en conexión con los medios. Dudaba de que Gwenyth Wentworth, que evitaba los medios, permitiera de manera consciente que entrara una periodista de investigación.

Brittany pertenecía a la misma clase social. No era una amenaza.

Abbie nunca sería una de ellos y representaría una amenaza para los Wentworth. Cada hora que pasaba disminuían las oportunidades de su madre para recuperarse de lo que fuera que devastara su cuerpo.

—Conseguiré el dinero para darte un aumento y aprobaré tu horario flexible, pero no hay manera de que pueda hacerte entrar en el evento de los Wentworth —dijo Stu casi disculpándose, como si realmente le gustara que Abbie lo tuviera cogido de los huevos—. Brittany usa la invitación de su padre. Ni siquiera me lleva a mí.

—No es suficiente.

Ella soltó las manos del volante con un gran esfuerzo y comenzó a dar golpecitos con su dedo índice. Quiso darle la impresión de que había excedido el límite de su paciencia. Nunca había considerado la idea de chantajear a nadie, y aquello más que un chantaje consistía en obligar a Stu a estudiar la situación de las páginas en blanco en su libro de códigos morales.

Gracias al doctor Tatum, que había sido el doctor de su madre desde que Abbie era pequeña, ella tenía ahora un brillo de esperanza, una oportunidad de salvar a su madre. Tatum le había hablado a Abbie acerca de las visitas que su madre había hecho al Kore Women's Center durante treinta años.

Tres décadas de secretos. Tatum había entregado a Abbie un arma para negociar con eso que ninguna empresa de relaciones públicas habría sido capaz de conseguir.

Chantajear a Stu era lo menos que haría.

Stuey se encogió de hombros, mirándola fijamente con el miedo de una rata que haa perseguido su cena hasta el nido de una víbora.

Abbie dejó de dar golpecitos con el dedo en la rueda del volante.

—Odiaría tener que hacer pública nuestra pequeña discusión.

—No puedo, Abbie. Lo haría, pero no puedo…

Tonterías. Stu podía conseguirlo.

—¿Por qué no?

—Porque la única manera de que pudieras ir sería que Brittany no fuera. Cualquier posibilidad de conseguir su invitación y dártela a ti la llevaría a pensar que hay algo entre nosotros. Los dos perderíamos nuestro trabajo. No puedo hacerlo.

Capítulo tres

¿*El* espía infiltrado en los Fratelli de il Sovrano podría enviar a la BAD información digna de confianza? ¿O la misión de esta noche en el evento anual de recaudación de fondos de los Wentworth era un elaborado montaje para exponer a los agentes de la BAD?

Por reflejo instintivo, Hunter buscó la 9 milímetros que no había podido llevar consigo debido al detector de metales que había tenido que atravesar. Se sentía desnudo sin ella. El suspiro que dejó escapar sonó ruidoso, un testamento al motor silencioso de la limusina.

—Llegaremos pronto, señor Thornton... Payne... tercero, Su Alteza, señor —dijo la voz de listillo del conductor desde el asiento delantero de la limusina, de una piel tan nueva que estaba impregnada de un fuerte aroma.

—Vale, joder. —Hunter no estaba de humor para las gilipolleces de nadie esa noche. Ya tenía suficientes cosas en la cabeza sin tener que ocuparse del idiota del conductor. Su sexto sentido despertó con una sensación de ansiedad cuya razón no podía encontrar y que no le preocupaba por la ejecución de la misión de esa noche. Si la información del topo era sólida, y había que confiar en ello, Hunter se estaba acercando un paso más a alguien a quien llevaba cuatro años buscando.

El asesino que mató a Eliot.

Una razón válida para sentirse tenso.

Se habría ofrecido voluntario para guiar la operación de esa noche por esa única razón, pero ya habían tomado la elección antes de que entrara en la habitación de misiones de la BAD. Las credenciales de Hunter —que había nacido con una cuchara de plata en la mano para lanzar los copos de cereal a través de la habitación— lo habían colocado en la cabeza de la lista. Una risa burlona hizo un ruido sordo desde el asiento del conductor.

Hunter deseó de nuevo tener un arma, aunque no la usaría realmente contra el cretino que conducía la limusina.

No valía la pena arruinar un esmoquin con salpicaduras de sangre.

—¿Por qué estás tan jodido? —El agente de la BAD Korbin Maximus parecía más un guardaespaldas de la compañía enfundado en su traje oscuro que el conductor reservado de una limusina. Genes mexicanos se mezclaban con otros de quién sabe dónde para darle un aspecto musculoso de un metro noventa de altura y unos ojos más bien negros que marrones. Se apoyó con fuerza en el acento de barrio que tenía y continuó con urgencia—. Recibes misiones que son un chollo, con champán, limusinas y mujeres... ¿cómo te lo montas?

—Sí, mi vida es un camino de rosas —murmuró Hunter, sin ganas de enzarzarse en otra discusión con Korbin después de la pelea en Nashville por la mañana.

Sonó el timbre vibrador del teléfono de Korbin, seguido de una palabras en voz baja que significaban que Hunter podría ahorrarse toda conversación durante los diez minutos que faltaban para llegar a la mansión de Wentworth. Ambos sabían el plan de esa noche y sus cometidos, así que, cuanto menos dijeran durante la duración de aquel trayecto, tanto mejor.

Hunter podía mantener la paz, pero dudaba de que Korbin lo consiguiera.

¿Misiones que son un chollo? No desde su punto de vista.

El equipo debería estarle agradecido por lograr una invitación para esa recaudación de fondos con una llamada de teléfono, en vez de abrumarlo por negarse a llevar a una mujer agente de la BAD como acompañante.

Alguien podría ver su misión de esta noche tan solo como otra de las ventajas de ser uno de los dos únicos herederos de Thornton-Payne.

Hunter detestaba tener que pasar una noche soportando la cháchara estúpida de consumidores constantes casi tanto como tratar con los malditos periodistas que se cernían con mirada de buitres oportunistas sobre la miseria ajena.

Pero acudiría a eventos de recaudación de fondos noche tras noche si eso significaba una posibilidad de encontrar al asesino de Eliot.

Y lo haría por Joe Q. Public, el director de la BAD. Joe lo había llevado a la organización siete años atrás, cuando se encontraban en una situación complicada que debería haber terminado con la muerte de Hunter.

Un hombre acusado en Polonia, conocido solo como Borys, había salvado a Hunter y a una mujer agente de la CIA de verse forzados a trabajar de manera clandestina en la mafia rusa. Cuatro meses más tarde, la CIA hizo un trato con la misma familia del crimen organizado comerciando con Borys para conseguir información.

Cuando Borys desapareció antes de que pudiera tener lugar el intercambio, la CIA acorraló a Hunter. Joe llevó a cabo una maniobra para salvar el cuello de Hunter que habría impresionado a un genio.

La CIA accedió a dejar libre a Hunter siempre y cuando no volviera a interferir en sus operaciones nunca más.

Si alguna vez localizaban a Borys, la vida de Hunter valdría menos que un alcahuete para la agencia.

Entrar en la casa de Brugmann cuatro años atrás podía haber significado una traición a su acuerdo con la CIA de no haber sido por la rápida intervención de Joe. Sin conocimiento de Hunter y Eliot, una cámara al fondo de la caja fuerte los había filmado. Apenas unas horas más tarde de la redada del FBI a la propiedad de Brugmann, un equipo de agentes de la BAD robó la filmación del armario de pruebas del FBI antes de que la CIA tuviera la oportunidad de visionar las imágenes.

Le había salvado el culo de nuevo.

Si al menos Eliot hubiera sobrevivido… Hunter se había encontrado con Cynthia en la funeraria después de acabado el oficio, para que ella pudiera tener un momento en privado con Eliot, ya que su familia desconocía su existencia. Su ira competía con la de Hunter. Ella clamaba contra él por haber traído a Eliot de vuelta a casa en una caja. A pesar de lo que ella pensara de él, Hunter cuidaría de Cynthia y de su hijo. Había dejado de lado su sensación de que ella había atrapado a Eliot y se había comprometido a cumplir para siempre con su deber hacia su amigo.

Pero esta noche tenía que cobrarse más de una deuda. Si seguía las instrucciones de su misión, solo se quedaría el tiempo suficiente para reconocer a los invitados y recoger la memoria USB que Linette Tassone —su topo dentro de los Fratelli— le daría en algún momento del evento. Luego escucharía a escondidas la reunión de los Fratelli si lograba localizar a los tres que se esperaba que acudiesen.

Era un «si» condicional. Una pequeña palabra con demasiado espacio de autonomía.

Durante la reunión informativa para la misión, Joe le había dicho a Hunter que la CIA había relacionado al asesino de casa de Brugmann —conocido como Jackson Cameleón— con una serie de muertes vinculadas. Querían al asesino de JC.

La CIA debería haber empleado mejor sus últimos cuatro años mientras Hunter se había pasado el tiempo demostrando pacientemente a Joe y a Retter que no sería deshonesto. Esperando su oportunidad de encontrar al asesino que se había reído cuando Eliot cortó su cuerda. Y cayó…

—Sí, Joe tiene razón —dijo Korbin, interrumpiendo el silencio. Su llamada telefónica obviamente había terminado, para desilusión de Hunter—. Eres la elección perfecta para esta actuación. —Se encogió de hombros fingiendo aceptación—. Supongo que es como tú decías acerca de Rae. Nadie puede jugar en tu liga si no ha nacido para ello.

«Gracias por recordarme el golpe bajo que tuve que darle a Rae para mantenerla alejada del peligro esta noche.» Hunter no podía permitir que nadie estuviera relacionado con él una vez entrara en el complejo de Wentworth. Rae Graham haría cualquier cosa que la BAD requiriera de ella, y su pericia los impresionaba a todos, incluso a Hunter.

Si iba a meterse en una situación peligrosa merecía saberlo, pero Hunter no podía contarle sus planes a nadie.

—Le hice un favor a Rae.

La áspera risa de Korbin carecía de sentido del humor y de comprensión.

—Disculpa que no vea la generosidad en tu versión, amigo. «¿No puedes dejarlo estar, joder?»

—Si intentaba entrar como invitada, alguien entre la concurrencia podría hacerle preguntas difíciles y descubrir su impostura. Su presencia despertaría el tipo de atención que no nos podemos permitir. En el momento en que una mujer mostrara algún punto débil, el resto se volvería hacia ella más rapido que una manada de pumas en una residencia universitaria. —Hunter se encogió por dentro ante la señal de culpa que su mentira disparaba. Su trabajo requería que mintiese, pero odiaba hacerlo a costa del orgullo de un compañero de equipo.

Rae y Korbin eran prácticamente nuevos en la BAD, llevaban a bordo tan solo dos años.

Ambos habían demostrado ser agentes de primera categoría.

Con su metro ochenta de altura, un cuerpo bronceado, agudos rasgos femeninos e inteligente, Rae habría sido en realidad la compañera perfecta y habría hecho el trabajo de Hunter aquella noche mucho más fácil. Finalmente, se decidió que Rae sí estaría allí, pero como parte del equipo de *catering*. En cualquier otro momento, Rae no habría tenido ningún inconveniente en figurar como empleada, pero no le gustaba ser desairada públicamente.

Hunter le tenía simpatía. No le gustaba ser el idiota que la desairara, pero tenía una agenda personal que pondría su cuello en un lazo si lo cogían.

Y puede que presionara a actuar a un asesino incluso si no lo cogían.

Eso podría poner a Rae en el punto de mira de un francotirador sin ningún aviso.

No iba a suceder.

Y si alguien de la BAD se enterara de lo que estaba haciendo sería expulsado del campo tan rápido que le daría vértigo. Podía vivir con el equipo fastidiándolo por faltarle al respeto a Rae abiertamente, pero no podía vivir poniendo a ningún agente con una desventaja injusta en una situación de peligro.

Y no dejaría pasar la oportunidad de encontrar al asesino de Eliot.

Lo cual era para él el motivo de aquella misión.

Qué demonios.

A la mayoría de los agentes de la BAD no les gustaba ni cuando tenía un buen día. Respetaban sus habilidades y capacidad para reunir información, pero nadie había formado pareja con él después de la muerte de Eliot.

Tal vez porque contó que había sido él quien cortó la cuerda de Eliot, usando la fría lógica al explicar que Eliot no podía escalar y por lo tanto resultaba imposible llevarlo hasta abajo.

¿Habría sido posible?

A Hunter se le encogió el estómago. «No comiences de nuevo con tus "y si".»

Mentir a Joe y a Retter había sido la manera más sencilla de demostrar que continuaba siendo el despiadado agente de la BAD que se pretendía que fuera. Era triste recordar con qué facilidad había aceptado esa verdad todo el mundo en la BAD. Creyeron que Hunter había sido capaz de cortar la cuerda de un amigo y compañero de equipo.

Interiormente se habían apartado de él, juzgándolo como alguien desalmado. Lo cual convenía a Hunter.

Jamás había confiado en nadie tanto como en Eliot.

Nunca volvería a dar a nadie esa oportunidad.

Nunca volvería a permitir que alguien sacrificara su vida por él.

La mirada oscura de Korbin se reflejó en el espejo retrovisor, los negros ojos se agitaban en una batalla interminable.

—Jodiste a Rae esta mañana.

«No creí que fueras a dejarlo ya.» Hunter se encogió de hombros con crueldad.

—Engañó a todo el mundo como esposa de un diplomático estadounidense en la fiesta de la reina en Gran Bretaña el año pasado. Rae es tremendamente buena...

—... manejando armas y neutralizando amenazas —lo interrumpió Hunter, cansado de parecer un cretino—. Pero le echarían el ojo en cuanto entrara por la puerta. Es más, nadie creería que yo estoy liado con ella.

«Déjalo ya, Korbin.»

Los ojos negros continuaban observándolo a través del espejo.

Hunter respiró con actitud resuelta y añadió como golpe final algo que estaba encantado de que Rae no pudiera oír y que dudaba de que Korbin compartiera.

—Puede que engañara a los líderes mundiales que acudirán esta noche, pero no a aquellos que han crecido con dinero desde siempre. La lista de invitados de los Wentworth está basada primero en el poder financiero, y en segundo lugar en indicadores políticos. Ni todo el entrenamiento del mundo podría cubrir las diminutas sutilezas que esas mujeres aprenden de nacimiento.

—Los hombres exhiben a esas novias como trofeos, ¿verdad? Creo que ella puede manejarse perfectamente y estar preciosa. Parecer feliz de estar contigo habría puesto a prueba sus habilidades.

Hunter advirtió la nota de irritación en la voz de Korbin en la implacable defensa del comportamiento de Rae.

«Gran error, Korbin.»

Era peligroso sentir ese cariño por otro agente.

Pero ese era en todo caso el error de Korbin.

Hunter expuso su actitud abiertamente, decidido a terminar toda discusión.

—Incluso con el extenso entrenamiento en el habla que ha hecho Rae, yo supe que venía de un arroyo de Londres la primera vez que hablé con ella.

—¿En serio?

—Yo no soy conocido por quedar con prostitutas de alcantarilla.

Korbin no dijo nada más. Hunter notó que sus nudillos en el volante se ponían blancos de la fuerza con que apretaban.

La ira se percibía punzante en el coche desde ambos extremos.

Hunter apretó su hombro contra la manilla de la puerta, repujada con el suave cuero. Los músculos de sus dedos querían tensarse, pero mantuvo la mano abierta, relajada para parecer un observador despreocupado.

Korbin vería lo que el mundo debía ver… al heredero Thornton-Payne, que lo despreciaba todo y a todos los que no alcanzaban sus altos niveles.

Un hombre cuya sangre era tan fría que podría congelar una jeringa.

Hunter se manejaba con esa sangre fría muy naturalmente.

Únicamente Eliot sabía reconocer cuándo había en el estómago de Hunter ira escondida… o dolor. Eliot siempre había podido diferenciar la fachada que Eliot mostraba al mundo de la verdad.

Esa máscara de «no me importa nada» había sido creada la

víspera del día en que Hunter cumplió diecisiete años, cuando él y su hermano Todd, de cinco años, fueron testigos de una nueva pelea desde su escondite en la cima de las escaleras. Su madre le había enseñado a quedarse sentado en silencio entre las sombras. Los abofeteaba, a Todd y a él, ante cualquier infracción, particularmente ante la lengua afilada de Hunter. Pero la esposa número uno, más conocida como «madre querida», superó su límite cuando el padre ordenó que pasara más tiempo con sus hijos.

Su hermosa madre de piedra se marchó entonces por el vestíbulo de mármol con las llaves de su Mercedes en la mano. Su padre se interpuso en su camino diciéndole:

—Tu coche estará encerrado en el garaje hasta que actúes como una madre verdadera y real.

—¿Qué? Dar a luz ya es terriblemente real, pero nunca acepté ser una niñera. Yo ya cumplí con mi parte del trato. Tienes los dos hijos que tú querías. Los herederos de la dinastía Thornton-Payne. Deberías estar agradecido de que estén a mi favor y no parezcan troles.

Hunter nunca había visto a su padre como entonces, con esos ojos tan separados, las cejas gruesas, la nariz ganchuda y la baja estatura. Su padre se arrugó visiblemente en aquel momento, y su voz sonó muy triste cuando dijo:

—Creí que tener hijos te ablandaría, pero sigues siendo una fría bruja cazafortunas. ¿Podrías al menos tratar de actuar como una madre? Te proporciono joyas, coches y ropa. ¿Qué más quieres?

—Mi libertad. Si crees que voy a vivir como una prisionera con niños llenos de mocos, estás equivocado. Estoy por encima de esto. —Se cuadró de hombros, y miró a su marido desde arriba torciendo los labios con malicia—. Quiero el divorcio… y la custodia de los chicos, lo cual no será difícil de conseguir, puesto que nunca estás en casa. No te hagas el sorprendido. De todos modos, yo hago mejor de madre que tú de padre.

A pesar de que Hunter se pasaba los días asegurándole a Todd que su madre los quería, él tenía sus dudas. Hasta aquel momento, él también sufría la necesidad infantil de saberse amado. En aquel momento la observaba, sin estar seguro de si debía creer en la sinceridad de sus palabras.

—Veo tu juego —dijo su padre, con una voz baja que temblaba de furia—. Solo quieres a los chicos para conseguir más dinero del que acepté darte en el acuerdo prenupcial.

—Incluso si eso fuera cierto no emprendería una batalla contra tu equipo de abogados por más dinero. —Su madre se había reído sarcásticamente con sus labios perfectos—. ¿A ti qué más te da? ¡Si nunca estás aquí! Simplemente págame lo suficiente para contratar una ayuda decente que se encargue de esos granos en el culo y ninguno de nosotros tendrá que ocuparse de ellos. Lo que yo quiero es mi libertad.

Todd gimoteó. Hunter le tapó la boca a su hermano para evitar que descubrieran dónde estaban.

Su padre levantó la barbilla.

—No abandonaré a mis hijos.

Fue entonces cuando Hunter vio un brillo de victoria en los ojos verdes de su madre.

—En ese caso, aquí está mi única oferta, y la mantendré tan solo durante veinticuatro horas. Me llevo todo lo del acuerdo prenupcial más dos millones. Es decir, un millón por cada crío.

Los vendió a él y a su hermano sin más dudas de las que hubiera tenido al empeñar un anillo de diamantes. De hecho, puede que hubiera derramado alguna lágrima en caso de perder las joyas.

Desde aquel día, Hunter perdió la confianza, negándose a depositarla en nadie más, hasta que Eliot lo obligó a dar un salto de fe.

La limusina aminoró la marcha y giró a la derecha por la carretera de la finca de los Wentworth.

—Tienes que hacer el papel de un esnob arrogante de corazón frío y vendido a la ciencia. —El sarcasmo de Korbin cortaba como el filo de un cuchillo—. Dudo que nadie más en el equipo pudiera alcanzar tu nivel en esto, o que quisiera hacerlo. Somos afortunados de tener a alguien que ha nacido para ello.

—¿Cuando saliste del útero ya eras así de cretino, o desarrollaste esa personalidad de mierda por tu cuenta? —Hunter sopesó la ira de Korbin por aquel asunto con Rae. Se comportaba respecto a ella como si fuera su pareja, más que su compañera de equipo. Tal vez debería advertirle a Korbin de que solo un idiota rompería la regla de Joe de no fraternizar con un compañero.

Pero él no sabía si Korbin y Rae estaban liados o no.

Y no le importaba.

En todo caso, era problema de Joe y de Retter.

Hunter no tenía problema en mantenerlo todo bajo un prisma profesional en una misión. Por eso nunca había tenido que pensar en nada que no estuviera directamente relacionado con el trabajo.

Como la posibilidad de contemplar cómo moría su único amigo verdadero.

Korbin giró el coche hacia la izquierda y luego se detuvo junto a la verja de la entrada de seguridad de Wentworth antes de continuar por un camino bordeado de abetos. En las ramas brillaban diminutas luces blancas y azules. El coche fue por un camino circular que rodeaba una fuente de granito con una enorme escultura de bronce que retrataba a Poseidón luchando contra una serpiente de mar.

No es que Hunter esperara encontrarse ante una finca de campo de estilo francés que se extendía de manera seductora iluminada por apliques de acero y bronce.

Los ricos llamaban «estilo» a cualquier excentricidad.

Cuatro ayudantes del servicio recibían los vehículos. Había dos porteros ante el arco de la entrada con doble puerta chapada en oro. Una colección de lujosos coches deportivos y turismos internacionales se alineaban en el ostentoso camino con forma de herradura, junto a largas limusinas. El resto de los vehículos estarían probablemente ocultos en algún lugar de la finca.

Korbin aparcó y se bajó del coche, afortunadamente evitando continuar la conversación.

La puerta de la izquierda de Hunter se abrió de golpe.

Con los hombros derechos, Korbin parecía todo un conductor profesional, sin el asomo de una sonrisa ni expresión en su rostro. Hunter no lo hubiera creído, pero Korbin había demostrado más de una vez que él también tenía agua helada corriendo a través de la yugular.

Hunter se detuvo ante el camino pavimentado con piedras cortadas en diseños espirales para estirarse los puños de la camisa. La temperatura había bajado con los últimos rayos de sol, y el aire se había enfriado considerablemente.

Korbin cerró la puerta y aminoró el ritmo al pasar junto al hombro de Hunter para darse el tiempo de susurrarle:

—Seas un gilipollas o no, te respaldamos. —Subió al coche y se alejó.

Hunter apretó el puño de seda con tanta fuerza que la tela podría haberse convertido en polvo. Echaba de menos a Eliot en los momentos más extraños. Eliot también podría haberlo llamado gilipollas, pero de un modo que iría acompañado de una sonrisa en lugar de esa sangre fría.

«Joder.» Hunter tenía un paquete para retirar y un asesino al que encontrar.

Avanzó varios pasos, se detuvo para sacar su teléfono del bolsillo del esmoquin y bajó la barbilla como para leer un mensaje de texto.

En realidad, empleó ese momento para tomar nota de los guardias de seguridad exteriores que estaban mezclados entre los ayudantes del servicio.

Detrás de él, se abrió y se cerró la puerta de un coche, lo que le ofreció una razón plausible para darse la vuelta y así revisar el resto del escenario.

Su mirada quedó atrapada en la mujer que salía del sedán negro de una empresa. Tendría aproximadamente unos treinta años, tal vez un metro setenta de altura, hermosa, de una forma suavemente tentadora. Su cuerpo escultural iba envuelto en un vestido verde oscuro con un fajín negro y tacones negros. Fascinante.

Él continuó pulsando números al azar en el teclado de su móvil para poder deleitarse más de cerca con aquella visión, cuando ella se abrió camino entre la gente con la ayuda de su resplandeciente bolso de noche. Llevaba el pelo castaño y rizado recogido, enrollado con un estilo que dejaba ver sus brillantes pendientes, a juego con su collar, y la dulce, dulcísima curva de su cuello. La joyería y el vestido eran económicos. El maquillaje mínimo, poco más que la cara lavada, aunque sus labios tenían un delicioso atractivo.

Algo en su rostro y en sus movimientos le resultaba familiar. ¿La conocía?

No le parecía alguien que hubiera conocido en sociedad… ni tampoco en una cita.

No se parecía a esas mujeres casi escuálidas con gusto por las joyas exóticas y la ropa de diseño que él toleraba solo por una noche.

La señorita de los rizos no tenía ni una gota de sangre azul en sus venas.

Un punto a su favor.

¿Pero de qué conocía a los Wentworth?

Hunter se disponía a despedirla, catalogándola de interesante pero no lo bastante significativa como para darle importancia, cuando ella levantó la cabeza y miró a su alrededor para orientarse en aquel escenario.

Su mirada se topó con la de él y sus ojos se agrandaron.

Él miró fijamente sus ansiosos ojos de color turquesa. Oscuras pestañas enmarcaban la mirada preocupada que una vez más le provocó esa sensación de *déjà vu*.

¿La había conocido en alguna parte?

¿Dónde?

Ella se demoró un segundo más, así que él pensó que también su rostro le resultaba familiar, pero el momento se vio interrumpido bruscamente. Ella cortó el contacto visual y subió a toda prisa los cuatro escalones anchos flanqueados por columnas de mármol para desaparecer en el interior.

Probablemente se trataba de uno de esos momentos de «todo el mundo tiene un gemelo».

Pero investigaría más a fondo en cuanto tuviera tiempo.

Nunca había que desestimar el valor de algo inusual en una operación.

Siguió avanzando, caminando despreocupadamente como si estuviera un poco aburrido. Pasó a través del arco de la entrada, integrado entre dos paredes de vidrio que tenían la altura de dos pisos, y se detuvo ante el portero, que destacaba con su actitud censuradora.

No podía permitir que los indignos pasaran.

Hunter sacó la invitación plateada y negra que le había sido entregada por mensajería en su hotel al mediodía. Entregó la tarjeta y no esperó ningún comentario antes de seguir adelante.

Jamás se le negaba a un Thorton-Payne la entrada a ningún evento social.

Caminó a través de un breve recibidor que ostentaba obras de arte raramente vistas fuera de los museos, probablemente heredadas a través de generaciones. Si alguno de los cuadros de Rembrandt, Monet o Rubens pudiera hablar acerca de lo que ocurría dentro de aquella casa, el resultado sería un éxito editorial lleno de cotilleos. La familia Wentworth se había visto envuelta en un halo de misterio y de rumores que rivalizaban con los de los Kennedy. El zumbido de voces lo atrajo hacia el salón de baile, con altos techos dorados que exhibían arañas sopladas artesanales con forma de flores y de parras. La música de Bach flotaba desde un piano de media cola de color blanco perla entre la tranquila conversación de los doscientos patrocinadores que aguardaban la entrada de Gwenyth Wentworth, que ocupaba el lugar de honor en la junta del Kore Women's Center.

Pero era su padre, Peter Wentworth, quien todavía conducía a la venerada familia.

Y Peter habría muerto en una explosión cuatro años atrás si Eliot no hubiera dado su vida para asegurarse de que Hunter bajara ese precipicio en Kauai y entregara los planes del atentado terrorista al hospital del Reino Unido.

¿Entonces cuál era la conexión entre Peter Wentworth y Fratelli de il Sovrano, una organización secreta que había amenazado seriamente la seguridad de Estados Unidos más de una vez durante los últimos dos años?

La BAD había desarmado un ataque en el Congreso de Estados Unidos el año pasado con la ayuda de un célebre informante electrónico conocido con el nombre de Espejismo, que trabajaba a través de Internet hasta que fue capturada por un agente de la BAD e identificada como Gabrielle Saxe. Gabrielle se vio envuelta en su misión tras ser contactada por medio de una postal críptica por Linette, una mujer a la que conocía desde que ambas eran adolescentes y estudiaban en una escuela europea privada antes de la desaparición de Linette.

Al finalizar esta misión para descubrir la conspiración de los Fratelli, Linette se había convertido en una espía infiltrada en el bando de los Fratelli, donde permanecía contra su voluntad. Supuestamente.

Hunter todavía tenía que convencerse de que Linette era de absoluta confianza. Ningún agente de la BAD la conocía en persona.

Pero eso podía cambiar esta noche, pues, de acuerdo con la última misiva, se suponía que Linette acudiría al evento de los Wentworth junto con tres de los Fratelli superiores, cada uno de un país diferente: un representante del Reino Unido, un portavoz ruso y otro de Estados Unidos, conocido como Fra Vestavia, en quien la BAD tenía mucho interés.

Vestavia se había infiltrado en la Brigada Antidroga (la DEA) como Robert Brady, y luego había desaparecido antes de verse expuesto como traidor. Ahora figuraba en la cabeza de la lista de los criminales más buscados de la BAD.

Hunter tenía su propia selección de los más buscados, con el asesino de Eliot a la cabeza para pagar por sus pecados.

Pero la tarea que la BAD había asignado a Hunter era la prioridad número uno.

Tras cuatro años de paciencia, no podía permitirse el error de precipitarse.

En cuanto recuperase la memoria USB que Linette planeaba dejar esta noche, pretendía revisar la información antes de entregar el lápiz de memoria a la BAD. Linette había indicado que incluía copias de fotos de asesinatos que Vestavia había recibido, fotos marcadas con un símbolo inusual que confirmaban la identidad del asesino contratado.

Ella había descrito el diseño como cuchara con una calavera sonriente con gafas de sol en el cuenco y el cuerpo de un camaleón en el mango. Era el mismo diseño grabado en una cucharilla de titanio que tenía tallado un camaleón Jackson como mango, y que había sido encontrada por el FBI en la residencia de Brugmann de la costa de Kauai la noche de la muerte de Eliot.

El FBI había apodado al asesino Jackson Camaleón, o asesino JC, y relacionaba esa muerte con otra que había tenido lugar diez años atrás.

¿Por qué una cucharilla? Una macabra tarjeta de visita.

Como si el asesino estuviera llamado a matar desde su nacimiento.

Hunter apartó esos pensamientos y continuó avanzando a través de invitados dispersos, evitando cuidadosamente el contacto visual. La mayoría reaccionaban sutilmente de manera tardía.

Estaban decidiendo si él era quien creían que era.

Había activos de la BAD dispersos por toda la fiesta, que habían entrado como miembros de *catering* o agentes de seguridad adicionales, colándose en huecos que habían quedado cuando alguna de las personas contratadas había sufrido una gripe intestinal.

Es sorprendente lo que la medicina moderna puede hacer para curar o para provocar una enfermedad.

Todo estaba en su sitio para una misión exitosa.

El agente de la BAD Carlos Delgado apareció en el campo visual de Hunter, con un traje azul marino y un alambre enganchado en el oído. Había sido insertado como parte de la seguridad adicional para el evento. Venezolano de nacimiento, los ojos oscuros de Delgado escudriñaron la multitud observándolo todo con desconfianza.

Carlos coordinaba el equipo del lugar.

Era también quien había capturado a Gabrielle el año pasado y entendía el riesgo que suponía confiar en un informante al que no conocía nadie de la agencia y por quien no podían responder.

Gabrielle empleaba ahora sus sorprendentes habilidades informáticas para la BAD, vivía con Carlos y confiaba plenamente en la credibilidad de Linette.

Todo muy bien, pero si Hunter había sobrevivido tanto tiempo realizando trabajo encubierto no había sido concediendo su confianza tan fácilmente.

Antes de esa noche, el único contacto de Linette con la BAD se había limitado a medios informáticos, lo cual la convertía en una apuesta fácil. Pero los Fratelli podían descubrir su duplicidad en cualquier momento. Si eso ocurría antes de que ella tuviera una oportunidad de alertar a la BAD, los Fratelli podrían usarla para descubrir a aquella persona con la que ella estableciera contacto, lo cual dejaría expuesto a Hunter.

Esta era tan solo otra de las razones por las que este tipo de operaciones caían de lleno en los hombros de la BAD cuando involucraban situaciones que otras agencias hubieran vacilado mucho en aceptar.

A veces la BAD tenía que seguir adelante en una operación con un mínimo de información y un máximo de intuición.

Moviéndose en su dirección, una mujer de sensual cabello rojo disminuyó el ritmo de sus pasos intencionadamente, tratando de captar la atención de Hunter al pasar. Él le devolvió un educado interés.

De haber mostrado más, ella habría dudado de su autenticidad.

La habitación estaba llena de mujeres hermosas. ¿Alguna de ellas podría ser Linette? Era mucho más fácil para ella identificar a Hunter que para él distinguirla. Lo único que ella tenía que hacer era vigilar que él recogiera el lápiz de memoria USB metido dentro de la funda de un pintalabios una vez que ella diera la señal y lo dejara caer a través de una ventana específica.

Una vez hecho esto, él buscaría la mansión encubierta donde se reunían los tres Fratelli.

Cada uno de los agentes que lo respaldaban aquella noche era excepcional. Letal. Pero no podían defenderlo contra una amenaza no identificada.

Advirtió a dos agentes más... y luego un vestido de satén verde y un recogido de pelo rizado aparecieron en su campo de visión.

La mujer que había visto en los jardines.

Bebía una copa de champán. No, fingía beber. El nivel del líquido en el cristal nunca bajaba.

Una empleada del *catering* le ofreció una bandeja de canapés decorados como obras de arte, pero ella la rechazó con un leve movimiento de su mente ausente, y luego hizo una pregunta.

Cuando una pareja se apartó del camino, el rostro de la empleada surgió a la vista. Era Rae quien estaba contestando la pregunta de la mujer.

Esto funciona.

Si la señorita Ricitos no hablaba con nadie más y no había venido a disfrutar de la comida y la bebida, ¿por qué estaba allí?

Rae manejaba la bandeja con gran habilidad. Por encima de su ancha sonrisa, sus ojos seguían la pista de todo lo que ocurría en la zona. En el momento en que su mirada se topó con la de Hunter, él levantó la barbilla para que acudiera a su lado.

No le llevó mucho tiempo llegar hasta él con esas largas piernas.

Le mostró la bandeja y describió varios agradables sabores cuando dos hombres mayores que él reconoció como habituales en los eventos de recaudación de fondos del mayor pasaron a su izquierda.

—¿Qué te ha preguntado esa mujer? —Hunter fingió concentrarse en su elección.

—Quería saber a qué hora llegarían los invitados de honor. Le dije que yo no estaba al tanto del programa del evento. —Subió una ceja con divertida curiosidad—. ¿Hay aquí una mujer a la que no conozcas?

Hunter tomó un canapé con queso de cabra de la bandeja de Rae.

—Yo no diría eso.

Rae sonrió como si estuviera encantada de servir a un invitado, demostrando que podía ser como las mejores actrices. Cuando se alejó, Hunter buscó con la vista a la señorita Ricitos.

Vestida de satén verde y negro, se abría paso a través de la habitación con clara determinación.

Él le habría restado importancia si no fuera por su entrenamiento y si la misión de aquella noche no estuviera centrada en el hecho de que los tres Fratelli fueran a reunirse con Gwenyth.

Y esa sensación de familiaridad con aquella mujer aumentaba aún más su curiosidad.

Puede que Ricitos tuviera alguna razón inocente para estar allí.

Pero también podía ser que no.

Si ella representaba algún obstáculo de cualquier tipo que pudiera interferir con la misión de aquella noche, él alertaría a Carlos, que daría la orden de apartarla. Silenciosamente.

Capítulo cuatro

Como si lograr entrar en la recaudación de fondos de Wentworth no hubiera sido bastante difícil, ahora Abbie tenía que encontrar a Gwen tratando de no llamar la atención.

El acartonado portero de la entrada había sometido su invitación a un exigente escrutinio, como si ella hubiera falsificado la maldita tarjeta, pero su nombre figuraba en la lista de invitados, así que tuvo que permitirle la entrada a la tierra de hadas de Wentworth. Aquella familia era antigua, muy antigua, con dinero antiguo procedente del Reino Unido. Una Vancleaver como Brittany armonizaría en aquella brillante multitud como una concha luminosa en el océano, pero Abbie apostaba por la invisibilidad de una gota de lluvia en el océano hasta que encontrara a Gwen. Debería de ser fácil moviéndose a través de una habitación llena de gente hermosa adornada con diamantes y metales preciosos.

Si cometía algún error y llamaba la atención, aquel grupo la sacaría de allí a patadas como a un poni en una manada de caballos de raza.

Eso proporcionaría a Stuey toda la munición que necesitaba para deshacerse de ella y de la amenaza que representaba para las joyas de su familia.

Abbie sonreía constantemente, esperando desarmar a aquellos cuya mirada se deslizaba por debajo de su nariz. Caminaba lentamente, escuchando el sonido de las melodías clásicas que emergían de las teclas de marfil de ese piano que merecía estar en ese pedestal que llegaba a la altura de las rodillas. Los hombres y las mujeres del *catering* llevaban esmoquin. Una le ofreció a Abbie una copa de champán que ella aceptó antes de pasar junto a los exóticos arreglos florales más altos que ella, que eran nada menos que obras de arte.

Se detuvo junto a un gigantesco arreglo floral y se inclinó para simular que olía su fragancia —alta cocina para la nariz—, pero en realidad estaba escudriñando la habitación en busca de Gwen.

¿Acaso la anfitriona de los Wentworth usaría la escalera doble que unía un extremo de la habitación con la imponente entrada?

Abbie lo haría. Nunca había deseado poseer algo de aquella magnitud, ¿pero qué chica no había soñado alguna vez con descender una fabulosa escalera curva como esa?

Hasta el momento ninguna de las mujeres allí presentes coincidía con las fotos de Gwen Wentworth que había estado examinando, con su melena rubia natural que le llegaba hasta la cintura. La marca que la identificaba era un mechón blanco plateado en el lado izquierdo.

Extraño en una mujer que aún no alcanzaba los treinta.

Después de investigar a Gwen durante las últimas cuarenta y ocho horas, Abbie sentía lástima por esa mujer, cuyo hijo pequeño había muerto justo después de nacer dos años atrás. En otras circunstancias, a Abbie le hubiera gustado rodar un documental sobre los ascendentes de los Wentworth. Tenían su parte de secretos oscuros, pero merecían reconocimiento por todas las donaciones que habían hecho alrededor del mundo.

Esperaba que la pérdida de Gwen no hubiera endurecido a esa mujer, que fuera capaz de sentir compasión por otras madres. No permitía entrevistas, así que Abbie no tenía más que fragmentos de noticias sobre aquella solitaria mujer. Nada que pudiera indicarle lo difícil que podía ser convencer a Gwen de que ayudara a la madre de Abbie.

No importaba. Gwen estaba sentada a la cabeza de la junta directiva del Kore Women's Center. No querría que la maldita información que Abbie poseía fuera entregada a los medios.

Abbie esperaba no tener que recurrir a esa amenaza.

Stuart había introducido un millón de advertencias, comenzando por no molestar a nadie, ya que se suponía que ni siquiera estaba en la fiesta. Y no debía decir a nadie que era del canal WCXB. Podría haberse ahorrado ese consejo. La forma más rápida de acabar con cualquier conversación entre aquella multitud era identificarse como alguien de los medios. En el momento en que alguien soltara que Abbie era de la WCXB y Gwen lo descubriera, los guardias de seguridad la sacarían de la propiedad.

Abbie no iba detrás de una entrevista para los medios.

Quería acceder a los informes del Kore sobre su madre, pero no se lo había dicho a Stu cuando él había exigido saber qué era tan importante para ella.

Finalmente había conseguido la invitación, con ayuda de una sugerencia de Abbie. Luego expuso sus reglas y le dijo:

—No sé qué demonios pretendes acudiendo al evento de los Wentworth, pero entérate de una cosa... No sacaré mi cuello para salvarte si haces algo que traiga consecuencias negativas para la cadena, que Dios te prohíba hacer algo que repercuta negativamente sobre WCXB. Le he dicho a Brittany que una tía mía quería ir a la fiesta. Y si Brittany descubre que la he llevado a Nueva York al teatro y a cenar solo para que tú pudieras acudir a la fiesta en su lugar, querrá ver sangre. Y no pienso ser el único donante.

Stuey tenía razón en estar preocupado por la posibilidad de que Brittany cuestionara el motivo de aquel viaje sorpresa a Nueva York. Pero él carecía de imaginación para llegar a una solución mejor en la pugna que tuvo con Abbie, y merecía el golpe a su cartera. Pero tenía razón en una cosa. La cabeza de Abbie sería la primera en rodar si su plan de usar el arma de relaciones públicas que el doctor Tatum le había dado fracasaba.

Toda la discusión y manipulación que había hecho para entrar en aquel lugar no servirían de nada si no conseguía hablar con Gwen.

¿Y si Gwen iba acompañada de guardaespaldas?

«No pidas prestadas más preocupaciones», diría el padre de Abbie.

Vagó por los alrededores, simulando dar pequeños sorbos a su copa de champán. No bebía. Ignorar su baja tolerancia por el alcohol seis años atrás la había conducido a la noche más embarazosa de su vida con un tipo llamado Sansón, un chico caliente aunque tuviera un aspecto salvaje por su largo pelo y su barba desgreñada.

Salvaje, pero atractivo porque solo tenía ojos para ella y... por sus besos. La parte embarazosa había llegado a la mañana siguiente.

¿Pero quién podía culparla de actuar como una idiota después de que el hombre con quien se había prometido la dejara por otra?

No era el momento de pensar en nada de eso. Se encaminó por el arco que se abría a la terraza donde había grupos de personas sentadas y de pie.

Tal vez Gwen había venido silenciosamente y estaba allí.

Justo cuando Abbie se acercó a la columna de mármol que daba apoyo al lado izquierdo del arco que acababa de atravesar, una mujer al otro lado se echó a reír y dio un paso atrás, directamente hacia Abbie.

Chocaron.

La copa de Abbie, todavía llena de champán, se agitó en su mano y cayó sobre la gigante alfombra. Ella tuvo la desagradable corazonada de que probablemente esa alfombra podría obtener una suma récord en una subasta de Sotheby's.

Una larga y sedosa melena negra abanicó los hombros huesudos de la mujer con quien había chocado. La escuálida de veintipocos años se dio la vuelta para enfrentarse a Abbie. Ahogó un grito de sorpresa y resopló indignada como si acabaran de asaltarla.

—¿Estás bebida?

¿Eran imaginaciones de Abbie o todo el mundo de alrededor había oído el comentario y ahora escuchaba en silencio? Sintió una densa pared de ojos mirándola.

—No, no estoy bebida. —Abbie quiso sonar indignada, pero la nota de preocupación en su voz tal vez estropeara el efecto. Grupos de rostros curiosos se agrupaban en su visión periférica. Trató de actuar como si su estómago no estuviera dando vueltas a toda velocidad—. Tú retrocediste hacia mí.

—No lo creo. —La mujer de cabello negro escupía las palabras desde sus labios perfectos pintados de color ciruela, añadiendo la insinuación de «cómo te atreves a insultarme». El escote en uve de su top de seda de color púrpura se dividía en un largo corte que le llegaba hasta la cintura, donde se juntaba con los pantalones bolero sujetos con un cinturón trenzado de oro y plata. Echó los hombros hacia atrás y uno de sus pechos aumentados con cirugía casi se le salió.

Abbie se debatía entre disculparse educadamente o abofetear a esa bruja por ser tan grosera.

La mujer lanzó una mirada fulminante al guardia de seguridad más cercano, que se dispuso a actuar enseguida.

«Mierda.» Abbie podía quedarse ahí y arriesgarse a montar una escena o alejarse con el rabo entre las piernas.

Jamás se había echado atrás ante nadie.

El guardia de seguridad le preguntó tranquilamente a Abbie:

—¿Puedo servirle de ayuda?

Eso sonaba a una forma educada de decir «tenemos un problema, señorita».

Abbie abrió la boca para declarar en su defensa y sintió que unos largos dedos se cerraban en torno a su antebrazo.

¿Alguien trataba de conducirla fuera?

Por supuesto daban por sentado que la culpa era suya.

Una fracción de segundo antes de que Abbie atacara verbalmente al músculo que osaba tocarla, una voz profunda conectada a esa mano dijo:

—Aquí estás, querida. Siento haberme retrasado.

Se volvió hacia el hombre que sostenía su brazo y lo reconoció. Era el alucinante hombre rubio que ella se había quedado mirando fijamente afuera como una idiota. Tenía insondables ojos verdes, de tonalidad intensa, como si hubieran sido robados del centro de un bosque místico.

Un bosque que ocultaba algo oscuro y premonitorio en el momento en que su atención se fijó en la mujer vestida de color púrpura.

Abbie volvió a mirar a la señorita Antipatía.

El rostro de la mujer se conmocionó antes de que sus ojos de un tono azul verdoso adquirieran una expresión divertida. Sus labios de color ciruela se curvaron con una sonrisa maliciosa. Cuando habló, un trasfondo íntimo sonó en su voz.

—Me sorprende verte aquí, Hunter, con… ella. —Lanzó una mirada condescendiente a Abbie—. No tenía ni idea de que tus gustos eran tan… básicos.

El rostro de Abbie se inflamó lo bastante para que su piel se pusiera roja como un tomate. Habría dado cualquier cosa por una réplica decente, cualquier cosa que la hiciera salir de esa situación con un poco de dignidad.

Pero no le vino nada a la mente.

Anticipaba un potencial desastre, solo que no tan pronto.

—Mi gusto siempre ha preferido decantarse por lo natural antes que por lo sintético, Lydia.

Lydia Bertelli afiló sus brillantes ojos oscuros hasta que se convirtieron en dos hendiduras entre las espesas pestañas que abanicaban sus mejillas.

—¿Lo natural? ¿O lo anodino y aburrido?

El brazo de la mujer que todavía sujetaba se flexionó ante el insulto.

Hunter habría maldecido por la mala suerte de encontrarse con Lydia entre los invitados esa noche de no haber sido porque eso le había procurado una oportunidad de conocer a la mujer que ahora estaba a su lado. Lo normal sería que Lydia estuviera fuera en el yate de su padre haciendo un crucero por las islas griegas o esforzándose por conseguir un intenso moreno que combinara con la mata de pelo negro que llevaba como el manto de una reina.

Maldijo su estupidez por haber cedido a la voluntad de su polla y dejarse convencer para llevar a Lydia a la habitación de su hotel dos años atrás.

Para hacer justicia a su libido, habría que decir que eso había sido antes de que Lydia se convirtiera en el sueño húmedo de un cirujano plástico, y que parecía la mujer perfecta para pasar una noche. Llevaba meses sin estar con una mujer y ella apareció ante su puerta con uno de esos vestidos que están diciendo «fóllame aquí mismo».

Había sido el blanco de la ira viperina de Lydia al dejarle claro que no quería repetir su noche juntos.

Especialmente cuando al día siguiente descubrió que ella había filtrado a los malditos medios la noticia de que había pasado la noche con un Thornton-Payne. Lydia lo había usado para provocar celos a una estrella de rock con quien no había sido capaz de intimar.

Las mujeres y sus planes.

—¿Va todo bien? —inquirió el guardia de seguridad Carlos Delgado con voz firme.

Hunter había olvidado la presencia del agente de la BAD.

—Todo va bien. —Lanzó una dura mirada a Carlos.

—No hay daño, no hay culpa —murmuró la mujer que estaba junto a Hunter, sorprendiéndole al hablar. Enderezó los hombros y esbozó una educada sonrisa fulminante—. Encantada de conocerte, Lydia.

Tenía espíritu, algo de lo que carecían Lydia y la mayoría de las mujeres que allí había.

Miró a Lydia con los ojos afilados como advirtiéndole de que si no escondía sus uñas acabaría teniendo que lamerse las heridas. Cuando la señorita Ricitos se dio la vuelta para alejarse, él le puso la mano en la espalda.

—¿Más champán?

—No, gracias. —Ella aceleró el paso, apartándose de él.

Él aceleró el ritmo y la alcanzó, colocando de nuevo la mano en su espalda.

Ella ladeó la cabeza, dirigiéndole una mirada interrogante.

—¿Una antigua novia?

—Un viejo incordio. —Él acortó el espacio dando la impresión de querer privacidad—. Vamos hacia allí un momento.

—¿Por qué?

—Para hablar.

Ella se detuvo.

—Mira, gracias por tu ayuda, pero ahora ya puedes irte.

Su tono de disculpa abrigaba la insinuación de que ella podía estar incomodándolo. Él se quedó de piedra. ¿No se daba cuenta de que media habitación se fijaría en ellos si él se alejaba ahora?

Y la otra media lo oiría comentar durante el resto de la noche.

—Sígueme la corriente por unos minutos. —Hunter continuó guiándola a través de la multitud, levantando la barbilla al encontrarse con rostros familiares e inclinando la cabeza ante otros.

Un aroma incitó su nariz. Una fragancia fresca y diferente que no pertenecía a ninguno de los perfumes personalizados que circulaban por allí.

Se dio cuenta de que se estaba inclinando hacia ella para

inhalar más profundamente y se detuvo antes de darle una razón para pensar que iba a ocurrir realmente algo entre ellos.

Sus rizos se agitaban con cada paso. No llevaba un peinado de estilo profesional, pero a él le gustaba la forma natural como ella había recogido sus tirabuzones y el broche de lentejuelas que usaba para domesticar la melena alborotada.

Había mostrado carácter, buenos modales… y no tenía la menor idea de que había estado en peligro de ser arañada. Podría haberse defendido sola del ataque de Lydia durante unos pocos minutos más, pero no habría aguantado mucho.

Era imposible para una mujer normal y corriente. Una buena chica.

Cuando él alcanzó una gigantesca maceta de bronce colindante con una pequeña pared que proporcionaba cierta privacidad, Ricitos avanzó un paso más y luego se volvió hacia él.

—¿Por qué hiciste eso? ¿Por qué actuaste como si me conocieras? —preguntó ella con una voz tan cargada de suspicacia que él debería haberse escondido para cubrirse.

Por supuesto que él en su lugar habría hecho la misma pregunta.

Hunter levantó la mano para restarle importancia.

—Lydia vive para la confrontación, a pesar de los daños colaterales. Estaba claro que fue ella la que se interpuso en tu camino. Pero una vez que se le mete algo en la cabeza le cuesta dar el brazo a torcer. Simplemente pensé que yo podía calmar la situación antes de que se fuera de las manos.

—¿Pero por qué? Probablemente has bajado tu categoría social en el proceso.

Él se hubiera reído, pero ella lo decía honestamente. Estaba acostumbrado a los rutinarios «eres un esnob» de los agentes de la BAD, pero recibir esa actitud por parte de una extraña, una extraña a la que había ayudado, le hacía hervir la sangre.

—No me preocupa lo que piense nadie aquí. —Bajó el tono de voz a un nivel íntimo—. Además, así he tenido la oportunidad de estar contigo a solas.

—¿Para qué?

Él no había esperado tanta resistencia. La mayoría de las mujeres habría ronroneado al recibir la atención y el flirteo que él le estaba procurando.

Sin embargo, ella en cambio no ronroneaba y apartaba la mirada todo el tiempo mientras hablaba, como si estuviera buscando a alguien.

¿Otro hombre?

Maldita sea si eso no era un golpe para su ego.

¿Es que no se daba cuenta de que estaba flirteando con ella? ¿O tal vez había perdido su habilidad?

Ella dejó de sondear con la vista la habitación y le prestó toda su atención. Sus ojos se alzaron hacia él recordándole silenciosamente que todavía deseaba saber de qué quería él hablar con ella a solas.

Había que mantenerse fiel a la verdad en la medida de lo posible.

—Quería hablar contigo.

—¿Por qué?

¿Ese era todo el alcance de su vocabulario? No recordaba otras palabras que amenazaran con acabar con su paciencia de aquella forma.

Cualquier otra mujer le estaría sonriendo.

Sus labios en cambio no se habían movido, y mucho menos curvado. Todavía lo miraba con suspicacia.

Tal vez preguntar «¿por qué?» era su forma de conseguir que él perdiera interés.

¿No sentía el más mínimo agradecimiento por su ayuda?

Hunter dejó escapar un suspiro.

—Para ser honesto, creo que nos hemos conocido antes en alguna parte, pero no puedo recordar dónde. Creí que tal vez tú lo supieras.

—Para nada. No recuerdo haberte conocido.

Ella apartó la vista y movió con nerviosismo su bolso. Tanto esas dos acciones como la rapidez de su respuesta indicaban que mentía.

¿Ella lo conocía?

Tal vez simplemente estaba nerviosa y decía cualquier cosa para librarse de aquella situación.

No es que él creyera que todas las mujeres debían caer a sus pies, pero nunca había visto a una que tuviera tanta prisa por librarse de él. Dejando el ego aparte, su actitud resultaba sospechosa. ¿Qué podía ser tan apremiante como para que no dejara de mirar alrededor y tratara de terminar la conversación?

Haría alguna pregunta que no pudiera ser respondida con un «por qué».

—¿Qué te trae por aquí esta noche?

Sus ojos lo miraron de golpe y se afilaron con una actitud de cautela. Luego se controló y se encogió de hombros.

—Supongo que lo mismo que te trae por aquí a ti. Una invitación.

Seguía sin soltar prenda.

Hablar con Lydia habría sido más fácil.

—De hecho, yo he venido por un favor. —A pesar de que sus compañeros de equipo no lo vieran de esa forma—. ¿Cómo te llamas?

Ella vaciló un momento antes de responder.

—Abbie.

Dejaría pasar el apellido, por el momento. Hunter se dio unos golpecitos en la barbilla y se concentró como si su nombre significara algo cuando seguía sin tener ninguna pista de quién era o dónde se habían conocido.

—Abbie. «Abbie» me resulta familiar. ¿A qué te dedicas?

El pánico asomó a su mirada antes de que pudiera contenerlo.

—Soy escritora. Nada que pueda impresionarte.

—¿Cómo sabes que no podría impresionarme?

Ella lo recorrió de arriba abajo con la mirada.

—Lo sé. ¿Y a qué te dedicas tú?

La dinastía de los Thornton-Payne estaba metida en todo, desde la rama de las comunicaciones y las finanzas hasta la fabricación de armas. Podía escoger cualquier cosa y nadie lo cuestionaría, pero reclamar algún mérito en los negocios de la familia sería injusto para con su hermano, que era quien supervisaba la mayor parte de las operaciones.

Además, ella tenía una espina clavada respecto a la riqueza, así que cuanto menos dijera sobre su familia tanto mejor.

Hunter le dio lo que consideraba una respuesta justa.

—Soluciono problemas de otra gente.

—Como… ¿ayudarme con Lydia?

¿Le había gastado una broma?

Abbie sonrió. Los destellos azules de sus ojos le recordaron las aguas caribeñas bajo un sol abrasador.

—¿Qué eres, una especie de caballero errante?

Demonios. Pero finalmente él esbozó una sonrisa y contuvo su réplica sarcástica detrás de sus labios.

Ahora había hecho algún avance.

Esa sonrisa de ella y esos ojos. Los había visto antes en alguna parte, maldita sea.

—¿Qué demonios estás haciendo aquí? —Una voz masculina familiar bramó a espaldas de Hunter, estropeando el momento.

Él volvió la cabeza para descubrir a un hombre de su misma altura, un poco más corpulento y con el mismo tono de cabello rubio. Su hermano.

Un icono en el panorama empresarial de Chicago, el heredero de alto perfil Thornton-Payne que Hunter habría estado encantado de ver en cualquier momento menos ahora.

Capítulo cinco

—*E*s una larga historia, Todd. —Hunter le dio la mano a su hermano, sorprendido de encontrarlo en la celebración de los Wentworth. Se abrazaron haciendo una gran demostración pública de afecto. Su familia estaría consternada.

—¿En cuánto tiempo no nos hemos visto? ¿Ocho meses? —Todd dejó de agitarle la mano y se volvió hacia Abbie—. ¿Y tú eres…?

—Abbie. —Hunter intervino antes de que Todd pudiera revelar su apellido a esa mujer—. Este es Todd. Todd, ella es Abbie.

—Encantada de conocerte. —Su sonrisa se había desvanecido junto con el aire relajado a los pocos segundos de la aparición de Todd. Le dio al hermano de Hunter el mismo vistazo de valoración, hizo algún juicio interno que no compartió y se apartó un paso—. Parece que los dos tendréis mucho de qué hablar, y yo debo encontrar a alguien. —Al terminar la frase, se dio la vuelta y se escurrió entre la multitud.

Maldita sea. Hunter no podía con ella.

—¿Quién era esa mujer? —preguntó Todd—. No recuerdo haberla visto en ninguna parte.

—Lo único que sé es su nombre. No creo que este sea su círculo social habitual. —Se había deshecho de él sin pensárselo dos veces. Él no había intentado ligar con ella. En realidad no.

Abbie no se ajustaba a sus requerimientos para acostarse una noche, principalmente porque sus criterios no exigían mucho. Una sensual gatita rebosante de presunción ofrecía el suficiente desafío para pasar una noche deportiva entre dos personas con ningún tipo de vínculo emocional.

O como Abbie había señalado acertadamente: «No hay daño, no hay culpa».

No hay corazón.

Y ninguna de las mujeres con las que Hunter había pasado unas pocas horas de ardiente energía esperaba saber de él otra vez. No podía decir que fueran noches memorables, pero él no hacía promesas ni dejaba a nadie llorando.

Abbie parecía una mujer que bullía de emociones.

Apostaba a que ella sería una noche memorable.

Pero esperaría una segunda cita, unas llamadas y más cosas.

¿Cómo podía haberse apartado tanto del objetivo que tenía en su mente divagando acerca de cómo la había conocido o por qué estaba allí? Recordando a Todd, Hunter pensó en preguntarle acerca de su traslado a Chicago cuando se dio cuenta de que su hermano lo había olvidado a él también.

Todd miraba con anhelo a algo o a alguien.

Hunter siguió la dirección de su mirada y topó con Pia, la exmujer de su hermano.

Absorta en una conversación con otras dos mujeres, Pia estaba tan imponente como en la portada del *Cosmopolitan* la primera vez que Todd le había mostrado a Hunter una foto de su nueva conquista tres años atrás. Pia todavía tenía una talla treinta y seis, incluso después de dar a luz al pequeño de Todd hacía dieciocho meses.

Se echó a reír por algo que dijo una de sus amigas y su mirada se encontró con la de Hunter, a quien transmitió manifiesta hostilidad.

Hunter se fijó en la expresión dolorosa de Todd, la expresión de un hombre que había sido jodido espléndidamente, en sentido literal y figurado.

Todd y Pia se habían casado tras una aventura de tipo torbellino porque supusieron que eran víctimas del amor a primera vista.

Qué estupidez.

El bebé apareció siete meses después de la boda.

Otra mujer con agenda y, al igual que las otras, Pia carecía de conciencia y de alma. Lo único que él podía decir a su favor era que ella nunca había luchado contra Todd por quedarse con la custodia completa.

Hunter se aclaró la garganta y Todd se volvió hacia él con una sonrisa demasiado brillante, esforzándose por ocultar dónde se había ido su mente.

—¿Qué estás haciendo aquí? Si tú odias estas cosas.

«Dímelo a mí.»

—Estoy haciendo un favor a un amigo.

—Debe de ser muy amigo.

—Algo así. —Hunter valoraba que su hermano nunca se quejara de que Hunter no llamara a nadie para avisar que venía a la ciudad. Todd no tenía ni idea de cómo pasaba Hunter sus días o sus noches desde que los dos tenían fondos de inversiones. Su hermano nunca se entrometía.

En la familia de Hunter, la falta de interés era considerada una forma de mostrar respeto a la privacidad.

Hunter tenía un mal presentimiento acerca de la respuesta que podría recibir, pero la hizo de todas formas.

—¿Y tú por qué estás aquí?

—Solo cumplo con mi papel en las obras de beneficencia. —Todd levantó un vaso de whisky con agua y lo bebió de un trago. Más que nada para acabar con el alcohol de golpe y entregar a un camarero el vaso vacío antes de dejar que un gesto de dolor se le escapara en la dirección de Pia.

No era una buena señal.

Hunter no había oído que Todd hubiera tenido muchas citas en los últimos seis meses, después de liberarse de ese grillete con cabello caoba cuya risa aguijoneaba atravesando los seis metros que ahora los separaban. Pero Hunter no había estado en Chicago desde que su hermano se había mudado allí.

«Por favor, dime que no estás pensando en volver con esa bruja intrigante aunque eso significase la posibilidad de vivir todo el tiempo con tu hijo.»

Todd debería llevar a juicio a Pia y conseguir la custodia de Barrett.

Ella no podía ser gran cosa como madre.

Relaciones de pareja, amistades, matrimonios, familias... todo ese equipaje que se termina rompiendo en pedazos por las costuras cuando la vida nos golpea contra su duro pavimento. «O no se trata más que de un acuerdo financiero para averiguar si las mujeres involucradas son de alguna manera como nuestra madre.»

—¿Estás mirando escaparates? —Hunter desde luego esperaba que así fuera. No le gustaba nada esa expresión de «quiero que ella vuelva» que había en el rostro de su hermano.

—En realidad no. No hay nada nuevo en el mercado. —Todd se llevó una mano a la nuca y se la frotó—. ¿Cuánto tiempo te quedas en la ciudad?

«Tan poco como me sea posible.»

—No lo sé. Tengo un pequeño negocio que atender.

—Si tienes una noche libre, dímelo. Podemos salir a cenar.

La culpa asomó a la mente de Hunter al pensar en cuánto tiempo llevaba sin compartir una cena con Todd, el único miembro de su familia que llamaba de tanto en tanto para comprobar si Hunter seguía con vida. Nadie en su familia sabía cuántas veces había estado a punto de cambiar esa situación.

—Parece un buen plan. Bueno, hasta luego.

—Sí, nos vemos. —Todd cogió el whisky que el camarero le entregaba y se bebió medio vaso.

Hunter dio tres pasos y se detuvo pensando en decirle a su hermano que definitivamente se encontraran para cenar, pero no tenía ni idea de si la noche siguiente estaría en Chicago o en la otra punta del mundo.

Todavía estaba considerando esa posibilidad cuando el perfil de un hombre de pie en el atrio con la doble escalera detrás del salón de baile le hizo vibrar el pulso. Había visto antes ese rostro con la cicatriz en la mejilla que llegaba hasta la mandíbula. Y había sido la noche en que él y Eliot entraron en el recinto de Brugmann.

Durante la reunión informativa del día anterior, Joe y Retter habían considerado improbable que el misterioso tipo de la cicatriz en el rostro hubiera tenido tiempo de alcanzar la posición para disparar a la cuerda de Eliot.

Pero ese tipo estaba en el lugar de los hechos la noche que Eliot fue asesinado.

Enmarcado por el gran arco que separaba los dos espacios, el hombre misterioso se demoraba al lado izquierdo de la escalera, parcialmente bloqueado por la fuente con gradas del centro del atrio.

Hunter continuó moviéndose muy lentamente. Quedarse quieto llamaba la atención.

¿Aquel tipo podía haber sido el francotirador o solo era el comprador de la lista de nombres robada?

De cualquier forma, había escapado a la masacre, así que tenía que saber algo acerca de lo ocurrido después de que Eliot y Hunter salieran de la propiedad de Brugmann.

Hunter escudriñó la habitación atentamente, a la espera de recibir la maldita señal. ¿A qué estaba esperando Linette?

Caminó distraídamente a través de los grupos de invitados, dejando que sus ojos se movieran a la deriva como si no estuviera interesado en quién estaba allí.

Cuando se halló a unos quince metros del tipo misterioso, observó que había guardias de seguridad a cada extremo del arco, impidiendo que nadie pudiera acceder al atrio donde permanecía aquel hombre.

¿Estaría esperando a alguien?

Ninguno de los guardias de seguridad que protegía aquella zona pertenecía a la BAD. No podía acercarse más sin llamar la atención, pero él era en aquel momento el único agente en posición para observar qué pasaba allí.

Años de entrenamiento y la brutal determinación de encontrar al asesino fueron las únicas razones que le hicieron contener sus ganas de correr hacia ese tipo de la cicatriz y agarrarlo del pescuezo.

El engranaje mental de Hunter se puso en movimiento. Determinó su posición. Permanecer tan cerca de esa zona sin hablar con ningún invitado alertaría a los guardias de seguridad, si es que estaban en lo que tenían que estar.

Por lo que debían de pagar los Wentworth probablemente sí eran eficaces.

Hunter hizo un reconocimiento rápido de las personas que tenía alrededor, buscando alguna con la que pudiera hablar sin interferir en su labor de vigilancia.

Su mirada se detuvo abruptamente cuando se encontró de nuevo con Abbie.

Estaba sola, apoyada contra una pared, examinando la habitación casi tan cocienzudamente como él.

Seguro que ella no le hablaría.

De pronto tuvo una idea. Hunter avanzó hasta situarse en un lugar donde no podía ser visto. Luego susurró al oído de Abbie:

—Sé por qué estás aquí.

Ella se quedó helada, con la mano en el aire, llevándose a los labios otra copa llena de champán.

Maldita sea si esa reacción no le hacía sentirse culpable. No pretendía aterrorizarla, sino únicamente despertar su curiosidad.

—¿Qué es lo que quieres? —dijo ella en un tono aparentemente educado, pero que escondía otra cosa. Sorpresa, incredulidad... y finalmente alarma. Como si tuviera que enfrentarse a consecuencias funestas por haber sido descubierta.

Él tenía una idea de por qué sonaba culpable.

—Diez minutos.

Ella se relamió los labios, pensando, y luego colocó cuidadosamente la copa de champán intacta en la esquina de una mesa y se alejó de la pared con paso firme.

Tomándola del brazo educadamente, él la guio hacia el mejor lugar para observar al hombre misterioso, que se había movido hacia una esquina casi desapareciendo de la vista. Se volvió hacia Abbie para mirarla de frente, dejándola de espaldas a la escena que él contemplaba justo cuando Gwen Wentworth se acercó hasta el tipo misterioso.

En definitiva, aquella era una escena que Hunter necesitaba observar si Abbie no hubiera entrado justo en juego.

Ella miraba fijamente el segundo botón de su pecho a la vez que lanzaba miradas subrepticias a uno y a otro lado.

—Mi propósito para venir aquí no tiene nada que ver contigo, ¿así que por qué me estás molestando?

—¿Molestándote? Solo quiero hablar unos minutos, y creo que puedo ayudarte. —Él levantaba los ojos cada dos segundos, atento a la posición de Gwen. Tres hombres descendieron por el lado izquierdo de las escaleras para unirse con ella.

—No necesito ninguna ayuda, pero siento curiosidad por saber qué me estás ofreciendo. —Abbie alzó los ojos desafiante.

Sus diez minutos iban a agotarse si no encontraba nada para hacerla hablar. Él tenía la vaga idea de que ella quería conocer a alguien, ya que Abbie había estado preguntando cuándo aparecería la invitada de honor. Hunter había oído que acudirían la alcaldesa y su nuevo esposo, que acababa de vender los derechos cinematográficos de su nuevo libro. Ellos eran las más importantes celebridades que acudían al evento, pero

Gwen había utilizado un evento de recaudación de fondos más de una vez para celebrar la buena noticia de alguna alianza política. Abbie había dicho que ella era escritora. No hacía falta mucha imaginación para suponer que querría conocer al esposo de la alcaldesa.

O tal vez había alguna otra persona que Abbie consideraba notable.

Obviamente no se trataba de un Thornton-Payne, pero ser anónimo al menos para una persona era una excepción bienvenida en ese tipo de eventos.

Lo más probable es que hubiera accedido a la fiesta a través de la invitación de un amigo o de una empresa. Si ella se quedaba allí durante diez minutos para que él pudiera observar el encuentro que estaba teniendo lugar en el atrio, él se mostraría dispuesto a presentarle a todo el mundo.

A excepción, por supuesto, de Gwen, puesto que eso interferiría con su misión de esa noche.

Hunter volvió a adoptar su tono de «eres tan interesante», que era lo que mejor funcionaba con la mayoría de las mujeres.

—Has dicho que no conoces a mucha gente aquí, y en cambio la mayoría de estas personas son conocidas para mí. Puedo presentarte a todo el mundo.

Él continuaba teniendo a Gwen en la periferia de su visión. Estaba presentando los tres hombres al individuo misterioso, pero, si Hunter interpretaba correctamente su mirada y falta de entusiasmo, el hecho de que no se dieran las manos y sus labios planos, tenía que concluir que no era una anfitriona feliz.

—¿Por qué? —preguntó finalmente Abbie.

Él odiaba esa pregunta.

—¿Debo tener una razón para querer ayudarte?

—Sí.

Increíble.

—Bien. Tengo un motivo oculto. —Hunter bajó la barbilla hacia la frente de Abbie, lo cual le sirvió para dos propósitos. Parecía tener interés en lo que ella estaba diciendo y al estar tan cerca de ella podía observar el grupo de Gwen sin que Abbie reparase en que había algo en lo que él estaba concentrando su atención.

Pero cuando el recogido de su cabello apareció ante su vista, él se distrajo. Le gustaría ver esos tirabuzones sueltos.

Ella se cruzó de brazos.

—¿Cuál es tu motivo oculto?

«Dame un minuto para pensar en uno.»

Hunter estaba tratando de obtener una visión clara de los tres hombres que bajaban las escaleras para determinar cuál debía de ser el estadounidense conocido como Vestavia.

—Llegar a un trato contigo.

—No hago tratos con hombres que no conozco.

—No es un gran trato. —Especialmente dado que no se le ocurría nada más que ofrecerle.

Hunter vio mejor al hombre de cabello oscuro del trío. ¿Podría ser el que la BAD conocía como Brady, el antiguo agente de la brigada antidroga desaparecido y que luego salió a la luz como Fra Vestavia? Su rostro no correspondía con el de la foto que la BAD guardaba en sus archivos, pero esta era de hace casi un año, tiempo suficiente para realizarse una buena cirugía plástica. El hombre más alto, de pelo castaño claro y labios severos podría haber sido británico. Cerca de él había un claro ejemplo de facciones rusas con mandíbula cuadrada, frente ancha y tupido cabello gris.

—De acuerdo. ¿Cuál es el trato? —preguntó ella.

Hunter levantó la barbilla lo suficiente como para atraer la mirada de Abbie hacia él.

—¿Por qué me hablas como si estuviera tratando de venderte un conjuro mágico? ¿Tanta presión te supone pasar unos minutos conmigo?

Eso la hizo callar.

—Este es el trato. Tú quieres conocer gente y yo quiero pasar diez minutos con alguien agradable.

Hunter captó un movimiento cerca del grupo de Gwen. Otra mujer emergió de las sombras para detenerse discretamente a un lado del hombre estadounidense. Su cabello espeso le caía en ondas sobre los hombros.

Podría estar entre los veintitantos y los treinta y tantos. Era una criatura sorprendente y tensa como la cuerda estirada de un violín.

Italiana.

Linette era italiana. Podría ser que...

—¿Sabes qué? —dijo ella en voz baja, inclinándose hacia él y sujetando la solapa de su esmoquin. Perfecto. Él solo necesitaba que ella se quedara allí de pie otros cinco minutos. Podía flirtear con ella durante cinco minutos.

—¿Qué pasa, cariño? —preguntó él. Pero, aunque trató de mantener la mirada fija en el encuentro de Gwen, el suave aroma de Abbie le subía a la cabeza con cada inspiración—. Me encuentro un poco perdido al pensar en qué podría ofrecerte. ¿Qué te haría feliz?

Como Abbie no respondió, él bajo la mirada para encontrarse con la de ella, pero ella volvió el cuello hacia atrás, notando claramente que su atención no estaba puesta en ella.

Los labios de Abbie se tensaron con una sonrisa de irritación. Sus calmadas palabras sonaron despectivas cuando habló.

—¿Qué me haría feliz? Conocer a un hombre que no sea un gilipollas. ¿Por qué no te vas a molestar allí donde tienes fijos los ojos y me dejas en paz a mí? —Se dio la vuelta para marcharse.

Capítulo seis

$\mathcal{A}$bbie no tenía toda la noche para encontrar a Gwen ni para jugar al juego de las preguntas con un seductor que buscaba una hora de tonto entretenimiento.

Ese imbécil de Hunter había estado observando a otra persona mientras fingía hablar con ella, probablemente otro clon de Lydia.

Todos los hombres era mentirosos y... mentirosos.

Dio dos pasos cuando unas manos la detuvieron agarrándola de los hombros.

Tenía que ser Hunter.

Trató de contener su temperamento, recordando que él había sido la única persona en interceder a su favor la última vez que se había metido en una confrontación. Ya que nadie se había atrevido a desafiarlo, dudaba de que alguien la apoyara ahora si el altercado era con él.

Su aliento cálido removió los finos cabellos de su nuca cuando él le dijo:

—No estaba bromeando o jugando contigo.

Sus manos eran fuertes pero la sujetaban con cuidado. La fuerza la sorprendió, puesto que ella ya lo había etiquetado de blando y despreciable, pues ¿qué podía hacer un niño rico aparte de estar todo el día en el gimnasio o jugando al tenis?

—Admítelo —susurró ella—. Me has estado usando para fisgonear a otra mujer. ¿Se trata de algún otro antiguo incordio?

—Sí, estaba mirando a una mujer, pero no se trata de una antigua novia. Vi a una mujer que está comprometida con un amigo mío besando a otro hombre y quería asegurarme de si era cierto lo que había visto. No me había dado cuenta de que estaba aquí hasta que la vi detrás de ti. La señalaría si no fuera por la necesidad de proteger la vida privada de mi amigo. —Él le apretó los hombros, una petición silenciosa de que le concediera una oportunidad—. Creí que querías conocer gente, y yo conozco prácticamente a todo el mundo aquí. Ahora que has entendido por qué estaba distraído, ¿me ayudarás? Nadie debería casarse con una persona que no puede ni siquiera empezar por serte fiel.

Esas eran las palabras mágicas.

Hunter se había redimido lo suficiente como para que ella le concediera unos pocos minutos de su tiempo.

Además él podía presentarla por ahí y tendría la ocasión de conocer a Gwen. Todo el mundo aquí —a excepción de Abbie—, probablemente tenía algún tipo de conexión con la heredera.

Ella asintió con la cabeza.

—Está bien. Juego.

Él la atrajo a su lado y caminaron juntos hacia la posición anterior. Cuando ella se dio la vuelta para mirarlo, él volvió a colocar las manos sobre sus hombros.

—Me disculpo por permitir que mi distracción me hiciera comportarme de manera maleducada. —Sus ojos brillaban con una sinceridad que ella quería creer—. Me esforzaré por ser mejor compañía mientras me ayudas.

La forma en que este Hunter la comía con los ojos le hacía sentir un cosquilleo nervioso en toda la piel. Él solo la necesitaba como camuflaje, así que ella debía ignorar el brillo sensual de esa profunda mirada verde.

—Disculpas aceptadas.

—Gracias por la comprensión —murmuró Hunter. Su atención, que ahora era completa, envió una oleada de calor a través del cuerpo de ella.

Cómo sería que un hombre como aquel se interesara realmente por ella.

Probablemente duraría poco, pues él sería de tan poco fiar como su ex, esa joyita de Harry.

Trató de encogerse de hombros para romper el hechizo que atrapaba su mente, pero las manos de él le impidieron ejecutar el movimiento.

—No es nada —masculló finalmente—. Especialmente si sirve para dejar en evidencia a un saco de estiércol intrigante y desleal que… —«merecería recibir latigazos», terminó de decir en silencio.

El rostro de Harry surgió borroso a través de sus abrasadores pensamientos.

Olvídate de las mentiras del tramposo de Harry.

Aquella noche las trampas de las mujeres eran problema de Hunter, no de ella. Abbie alzó la vista hacia él, asumiendo que su silencio significaba que estaba ocupado fisgoneando y no la había oído despotricar.

No era así.

Su mirada todavía permanecía fija en ella observándola silenciosamente.

—¿Saco de estiércol? Te pones realmente atractiva cuando te entra un arrebato.

A ella no se le ocurrió un modo de replicar.

No podía recordar la última vez que un hombre le había dicho que era atractiva.

Hunter movió los labios. Casi… sonrió. Los músculos de su rostro se movieron rápidamente, como si llevara mucho tiempo sin sonreír.

Sus dedos se relajaron.

El ambiguo cumplido había conseguido que a ella se le desconectaran las neuronas entre el cerebro y el cuerpo. No podía haber otra razón para que permaneciera perfectamente inmóvil mientras las cálidas manos de él todavía seguían apoyadas sobre sus brazos desnudos, despertando la extremidades nerviosas de la piel que tocaba.

Cuando él la tomó de las manos, ella no supo qué esperar. Tal vez un suave apretón de sus dedos sobre los de ella, pero no, le agarró las manos con firmeza y a la vez con cuidado. Sentía su fuerza a través de la piel, advirtiéndole de que en aquel hombre había algo más de lo que inicialmente había supuesto.

Algo que le resultaba familiar burbujeó en su mente de nuevo.

¿Lo conocía?

Tal vez en sus sueños. Tenía que ponerse en acción antes de permitir que el hecho de recibir su atención la halagara.

—¿Puedes ver a la novia de tu amigo?

—Si te acercas un poco más, como si estuviéramos cuchicheando, podré ver mejor. —Él no hizo nada hasta que ella asintió en silencio. Entonces, atrayéndola suavemente la colocó contra su pecho, demasiado cerca como para que ella pudiera verle la cara.

Pero podía sentirlo.

Las manos de ella se movieron hacia sus brazos como una respuesta automática. Curvó los dedos en torno a las mangas negras de su esmoquin, sujetando unos músculos que se tensaron con inquebrantable confianza.

El tiempo desapareció.

Sintió un cosquilleo en la piel cuando sus manos la tocaron.

Jamás sentía un cosquilleo en la piel cuando la tocaban otros hombres. Nunca reaccionaba de aquel modo con nadie del mundo de los famosos. ¿Entonces por qué aquel hombre accionaba todos sus sensores femeninos?

Tenía que tratarse de las hormonas en combinación con un largo periodo de sequía de citas. Algo que se había impuesto, desde luego, pero mejor sola que engañada y traicionada por los hombres.

Hombres como ese Hunter.

No había problema. Mantendría su parte del trato y lo cubriría durante unos minutos a cambio de ser presentada a Gwen. A Abbie no le había pasado inadvertido el modo en que lo miraba la mayor parte de la gente de la habitación cuando se alejó de Lydia.

Si ella viera el programa que presentaba Brittany el fin de semana sobre las aventuras de los famosos tendría una idea de quién era Hunter, pero ¿por qué debería interesarle cómo gastaba su tiempo la gente con más dinero que Dios?

Debería estar encantada de no reconocerlo. Eso significaba que Hunter no era un miembro de las fuerzas de la ley de Chicago ni estaba involucrado con los diplomáticos de Illinois.

Pero la mayor parte de la élite de Chicago lo conocía. Hunter tenía que ser alguien importante.

Olía como alguien importante. Como si llevara un perfume vendido en cucharillas de té.

Podía saborearlo con cada inhalación.

Sus oídos se estaban afinando a la suave mezcla de una voz refinada con un tono sensual.

SHERRILYN KENYON Y DIANNA LOVE

Pero él no estaba diciendo una palabra, lo cual comenzaba a resultar extraño. No conocía a ese tipo tanto como para estar tan cerca de él y no hablar. Siendo honesta, no le gustaba aquella situación de estar quieta y en silencio.

Hunter susurró en su oído:

—Tu olor es misterioso.

A ella le dio un vuelco el corazón.

—Gracias. —¿Gracias? Sonaba estúpido, pero ella no estaba en su ambiente, y él en cambio era la personificación misma de aquel entorno. Debía dejar de preocuparse por lo que él pensara y actuar como una investigadora entrenada. Ir al centro de la cuestión. Tenía que conocer a Gwen—. Hum… Hablemos de eso de presentarme a la gente.

—Hagamos un trato.

—¿Cómo? Creí que ya habíamos hecho un trato.

—Lo hemos hecho. Tú accediste a ayudarme a sorprender a una prometida traidora. Este es un nuevo trato.

Técnicamente él tenía razón, pues ella ya había cumplido con el primer trato de estar con él allí durante diez minutos. Odiaba sentir que su sentido del deber se interfiriera.

Le dio unos golpecitos con los dedos en el antebrazo, exasperada por tener que acceder a un nuevo juego.

—¿Qué me corresponde hacer en este nuevo trato?

—Quieres conocer gente, ¿verdad?

—Tal vez. Depende de lo que me pidas a cambio.

—¿Siempre eres tan desconfiada?

Sí. En una ocasión había creído en otro hombre sin cuestionarlo y fue pisoteada por esa confianza.

—Digamos que me he encontrado en el lado de los perdedores y no me gustó. No hagas una oferta que no puedas sostener.

El pecho de Hunter se ensanchó con una lenta respiración.

—No esperaba que esto se convirtiera en una negociación tan seria, pero puedo afrontar ese requerimiento. No me gustan los enigmas sin resolver. Si tú descubres cómo nos hemos conocido, yo te presentaré…

—Ya has accedido a hacer eso —señaló ella, esperando que no le recordaría que ella se había marchado antes.

—…como amiga mía.

Eso podía tener peso a la hora de ayudarla a convencer a

Gwen para hablar en privado sin usar la dura carta que le había entregado el doctor Tatum.

—De acuerdo, juego. Dime quién eres tú.

Él soltó el aire y a ella se le movieron los finos cabellos de la frente.

—Hunter.

—Ya he oído a tu viejo incordio llamarte así. ¿No tienes apellido?

—¿Es realmente importante? —lo preguntó como si fuera a juzgarla si respondía de forma incorrecta.

No encontraba la forma de preguntar «¿hasta qué punto eres rico e importante?» y él claramente no quería compartir nada más sobre su identidad.

Ella debería haber marcado alguna pauta antes de aceptar tan rápidamente.

¿Él realmente creía que se habían encontrado antes?

¿Ella habría olvidado a un hombre con aquel aspecto?

—Si supiera tu apellido, eso podría ayudarme a… —Se detuvo. Era un pérdida de tiempo preguntarle algo que no iba a responder—. Pero de cualquier forma todavía estás en deuda conmigo por haberte ayudado a espiar a esa novia.

Él dejó de escudriñar por encima de su cabeza y bajó la mirada hacia ella, sin aceptar ni negar su observación. Solo le dirigió una mirada ardiente que volvió a la vida a sus hormonas dormidas.

Sus labios tenían la forma que deben tener los labios de un hombre, ni demasiado suaves ni demasiado delgados. Era una boca que invitaba a la especulación.

Si él la hacía vibrar así solo con su mirada penetrante, ¿qué ocurriría si la besaba?

¿Qué hacía ella pensando en algo tan ridículo?

Él miraba así a todas las mujeres. Probablemente no podría liberarse de su atractivo erótico sin una intervención médica.

La mano de él se deslizó hacia arriba por su columna cuando apartó la mirada, como para mantener el contacto con ella aunque estuviese mirando a otra parte.

La piel de ella parecía moverse contra su mano.

«No tiembles.»

¿Dónde podía haber conocido a aquel hombre? ¿En alguna reunión social a la que hubiera acudido?

—¿Has estado en alguna boda en Chicago en los últimos dos años?

Él se echó hacia atrás y la recorrió con una mirada de curiosidad, negando con la cabeza. Un mechón de cabello dorado le caía por la frente. La dureza de su barbilla combinaba con el corte despiadado de su suave mandíbula y sus mejillas. ¿Lo había arreglado un profesional? Sin duda.

Demasiado perfecto. Parecido al traidor de Harry, ese podrido rastrero y maldito tramposo. Él había estado engañándola todo el tiempo mientras ella se moría de hambre para poder ponerse vestidos dos tallas más pequeñas y luchaba con planchas calientes para alisarse el pelo.

Ella se había adaptado a su imagen de lo que era atractivo, sometiéndose a una puesta a punto física que no le sentaba bien.

Nada de volver a pasar hambre ni alisarse el pelo.

Ahora todo volvía a ser natural.

Buena cosa. Seis años atrás ella se había mirado al espejo el día después de pillar a Harry en la cama de la hermana equivocada... de Casey.

Abbie no se hablaba con Casey desde entonces.

Tomó una decisión que cambió su vida aquella mañana. El próximo hombre con quien se comprometiera seriamente tendría que aceptarla tal y como Dios la había hecho, con el pelo rizado y algunos kilitos extras. Y lo dejaría en el minuto en que lo pescara con alguna mentira.

—¿Qué tipo de cosas escribes? —preguntó Hunter, recordándole que se suponía que ella estaba tratando de averiguar dónde podrían haberse conocido.

—No ficción. —Abbie se mordió la lengua, queriendo evitar cualquier discusión de cómo se habían conocido que pudiera suponer traer a colación su empleo en la WCXB—. ¿Te dedicas al voluntariado en Greenpeace o a algún refugio de animales?

—No.

Otro punto en contra de aquel tipo. Todo el mundo debería donar algo de su tiempo.

Una idea le vino a la cabeza. Su padre había coleccionado antiguo equipamiento de granja, almacenando tesoros en sus establos. Ella solía luchar por conseguir adquisiciones para su museo privado cuando viajaba. Antes de que él muriera.

—¿Eres dueño de una granja o algo así?

—¿Una granja? ¿Una granja en funcionamiento?

¿Por qué sonaba tan sorprendido? Alguna gente muy influyente había crecido en granjas y estaban muy orgullosos de su origen. Ella estaba orgullosa del suyo.

—Sí, una granja de verdad que produce cosas como cosechas, ganado, cerdos, lo que sea.

—¿Cerdos? No.

Su tono ofendido subrayaba hasta qué punto sus vidas eran diferentes en tantos sentidos, la forma en que habían crecido era tan solo una diferencia más.

Debía tener eso muy presente en su mente para contrarrestar cualquier cosquilleo u hormona desatada. Se rendía.

—Podrías ayudarme. ¿Cómo crees que nos conocimos?

—No tengo ni idea. —Él se echó hacia atrás. Su mirada indolente flotó hacia la de ella—. Pero te conozco de alguna parte.

Ella no podía esperar a averiguarlo sin tener información recíproca.

—¿A qué te dedicas?

—No tengo exactamente un trabajo. —Lo dijo con ese tono de «el hecho de que exista debería ser suficiente».

Ella realmente odiaba a los hombres que no hacían nada. Harry pensaba que vender diamantes era un trabajo duro.

¿Dónde estaban los hombre de verdad en aquel país?

—Podríamos conocernos de nuevo —dijo él con un tono más sugerente que sus palabras—. Eso tal vez refresque nuestros recuerdos.

Podría sonar bien si no lo hubiera oído ya.

La lógica se imponía. Desde luego, él era atractivo, pero debajo de todo ese atuendo dormía otro chico guapo y perezoso que jamás había movido un dedo para hacer un trabajo serio y que nunca se comprometería con una mujer como ella. Una mujer que había crecido con tierra bajo las uñas y callos en las manos.

Hunter usó un dedo para jugar con un rizo errante que le colgaba por encima de un ojo.

Toda la lógica del mundo no logró impedir la estampida que sintió en su pecho ante el contacto.

¿Él sabía el efecto que le provocaba?

Por supuesto que sí. Él era un hombre, un hombre con muchas Lydias que ansiaban meterse en la cama con él.

«¿Entonces por qué está flirteando conmigo?» ¿Porque la consideraba un blanco fácil que se emocionaría al recibir su atención?

Se sentía bastante halagada, pero no tanto como para alimentar un ego con un apetito insaciable.

¿Acaso no había aprendido nada hacía seis años?

Todos los hombres eran unos capullos.

«Nunca jamás olvides eso.»

En un instante toda la actitud juguetona se desvaneció de su postura. Miraba por encima de su hombro, bien alerta, algo que había detrás de ella. ¿Sería la mujer traidora?

Un zumbido de voces excitadas vibró en la habitación.

Ella se apartó de Hunter y se dio la vuelta para ver qué tenía absorto a todo el mundo.

Gwen Wentworth había entrado en el salón de baile. Por fin.

Abbie ya había jugado bastante al «cómo nos conocimos». Por la forma en que la multitud se agrupaba en torno a Gwen, dudaba de que Huter pudiera continuar observando a la novia de su amigo. Gwen desaparecería en un abismo de humanos en cuestión de minutos. Lograr hablarle durante más de diez segundos sería problemático.

Hunter le debía una presentación porque ella había permitido que la usara para cubrirse. Toda esa tontería de que se conocían probablemente había sido tan solo una gran mentira para hacer que siguiera hablando.

Aunque era cierto que ella también tuvo un momento de *déjà vu* la primera vez que vio a Hunter fuera.

No importaba.

No estaba pidiendo demasiado a cambio y Gwen estaría fuera del alcance rápidamente.

—Esa es la persona a la que quiero conocer.

Al no oír una respuesta, se dio la vuelta.

Hunter se había esfumado.

Capítulo siete

*H*unter pasó a través de un mar de rostros, más concentrado en si era reconocido por un Wentworth que en alertar de su retirada a Abbie. Cuando llegó al salón contiguo, se colocó en el lado opuesto de una reproducción de una estatua de mármol de Elgin para observar a los excitados invitados.

Y a una decepcionada Abbie.

Maldita sea. Ella quería conocer a Gwen. Una petición inocente en cualquier otro momento, pero no esa noche.

Al menos sus sospechas sobre Abbie se habían aplacado. Si ella tuviera algún motivo oculto para acudir al evento más allá de ver a los famosos y codearse con celebridades, se habría vestido más acorde con las otras mujeres y no habría estado jugando con él tan despreocupadamente.

—¿Lamentas tu decisión de venir solo? —Rae se había acercado a él, tan silenciosa como un pensamiento.

—No. —Hunter vigiló que nadie, y en particular Abbie, los viera hablar. Pero la habitación entera estaba pendiente de Gwenyth, que resplandecía vestida de oro y blanco como un imán de un billón de dólares.

Rae le dedicó la humilde sonrisa de una empleada del *catering* de la que en esos instantes no se fiaría para nada.

—Yo también me alegro de que hayas venido solo.

Él le dedicó una mirada que le indicaba que no era tonto.

—Lo digo en serio. —Rae volvió a sonreír esta vez con astucia—. Si hubiera sido asignada para acompañarte me habría perdido el placer de observar cómo ella se apartaba de ti antes. Debe de ser una experiencia nueva para ti la de ser rechazado por una simple criatura mortal.

—Necesitaba una coartada para observar a alguien. No hagas que parezca más de lo que es.

—Está bien. —Rae le entregó una servilleta y una copa de champán—. Posiblemente ella no alcanza tus estándares.

Él no quería discutir nada específico acerca de la misión, así que terminó la conversación negándose a continuarla. Rae no sabía nada acerca de él. El linaje sanguíneo y el rango familiar estaban por los suelos en su lista de prioridades.

Rae comenzó a alejarse, luego se detuvo, se dio la vuelta y preguntó:

—¿Perdón? ¿Qué es lo que necesita?

Él captó la señal. Algo que ella tenía que compartir con él estaba siendo transmitido entre agentes.

—Un par de servilletas. He derramado mi bebida.

—Por supuesto. —Con movimientos mecánicos, Rae colocó la bandeja en la superficie disponible más cercana y avanzó hacia él con un puñado de servilletas que usó para limpiarle la solapa intacta de su esmoquin. Ella habló suavemente—. Tu nueva amiga se ha acercado a Gwen, le ha hecho algún comentario y luego se ha alejado. Gwen parecía sorprendida, luego recuperó la compostura y se excusó. Después se alejó, pero pidió a uno de sus guardias de seguridad que transmitiera algún mensaje a la mujer con la que estabas. ¿Quién es ella?

Maldita sea si lo sabía.

—No lo sé. Eso es lo que estuve tratando de averiguar.

—El jefe del *catering* se acerca hacia aquí —susurró Rae, luego reculó y habló en voz más alta—. Creo que ya está. Por favor, discúlpeme. —Dio un par de pasos, tomó su bandeja y acudió deprisa junto a un hombre de pelo gris con traje negro que estaba hablando a varios miembros del equipo. Los movimientos de cabeza indicaban que los empleados entendieron sus instrucciones antes de dispersarse.

Hunter se dio la vuelta para buscar a Abbie entre la multitud. Gwen había desaparecido.

Tal vez él se había apresurado descartando a Abbie.

Su mirada recorrió la imponente escalera hasta el descansillo del piso superior, donde los tres hombres con los que había estado antes Gwen se encontraban hablando. La mujer con aspecto italiano con el cabello negro y ondulado a la altura de los hombros llevaba un recatado vestido azul real con una chaqueta y se hallaba de nuevo un paso por detrás de los hombres. Se acercó y habló con el hombre que Hunter tenía por Vestavia, quien asintió antes de que ella bajara la escalera y se mezclara entre la multitud.

¿Serían esos hombres los tres Fratelli que acudirían al evento, según Linette?

¿Y quién era la mujer italiana? ¿Linette?

Hunter no podía subir las escaleras para investigar hasta que recibiera el maldito paquete. La señal le sería dada en el piso principal. Tenía mucho de lo que ocuparse aquí abajo hasta que Linette dejara caer la entrega y enviara la señal.

Como averiguar por qué Gwen había desaparecido después de hablar con Abbie.

Estaba claro que Abbie no había acudido allí para codearse con celebridades.

La inquietud por la misión de esa noche volvió a erizarle el vello de la nuca. Se acabó la copa de champán y fue a reunirse con la muchedumbre de gente que se colaba por los distintos lugares de la casa ahora que Gwen había desaparecido.

Él y Abbie iban a tener otra charla. Una respuesta equivocada y ella acabaría la conversación esposada. Dio tres pasos cuando alguien del servicio de los Wentworth le preguntó educadamente:

—¿Ha visto un pendiente de esmeralda y diamante? Una invitada lo ha perdido.

Eso sí que era oportuno.

Aquella era la señal de Linette para hacer la entrega del dispositivo de la memoria USB.

A Abbie le latía el corazón de la cabeza a los pies. Avanzaba furtivamente, deslizándose como un cuchillo flexible a través de las personas que se agrupaban en la mansión de los Wentworth.

Por favor, que Dios no la dejara caer en una emboscada de seguridad que la condujera ante las fuerzas de la ley.

Cuando llegó al extremo del salón de baile solo quedaban unas pocas personas en el pasillo. Nadie reparó en ella. En la siguiente esquina, se movió con más lentitud a través de un vestíbulo con cuatro puertas blancas con elegantes e intrincados diseños de oro.

Una puerta se abrió. A Abbie se le disparó la presión sanguínea.

La mujer joven que salió del tocador llevaba un vestido azul marino que llegaba hasta las rodillas, más adecuado para una sala de juntas que para una fiesta.

Cuando se encontraron, Abbie miró a la exótica mujer de exuberante cabello negro que le llegaba hasta los hombros y rostro menudo, parecida a alguna actriz italiana que Abbie no lograba identificar. Pero la curiosidad no le fue devuelta.

La invisibilidad tenía sus ventajas.

Cuando Abbie llegó hasta la entrada del cuarto de baño, se detuvo lo suficiente como para mirar atrás y asegurarse de que la belleza italiana había desaparecido. Corrió hacia delante, siguiendo las instrucciones que el guardia de seguridad de Gwen le había transmitido en el severo tono de una orden.

Probablemente porque Gwen no debió estar contenta cuando le habló, cosa que sería culpa de Abbie por hacer que Gwen se ruborizara.

Colocó sus dedos temblorosos en un frío pomo de bronce e hizo palanca con el pulgar para moverlo lentamente.

«Por favor, que no salte ninguna alarma.»

Hubo un pequeño chasquido y... aleluya, la puerta se abrió.

Gwen no la había engañado. Todavía.

Era un poco tarde para preocuparse de ser arrestada por haber traspasado el área de seguridad de la mansión.

Siguiendo todavía las instrucciones, Abbie cruzó una biblioteca que olía a historia y a tinta. Luego pasó a través de un conjunto de puertas de vidrio abiertas y entró en una terraza interior de unos seis por doce metros. Continuó caminando a través de azulejos pintados a mano y atravesó otro par de puertas que se abrían a una zona con patio y piscina rodeada de una pared de piedra cubierta de enredaderas que llegaba a la altura del pecho y parecía una decoración arquitectónica más que una medida de seguridad. La pared con aspecto de fortaleza que había varios metros más lejos y estaba parcialmente oculta por los árboles era la que debía de intimidar a la mayor parte de la población.

Los guardias de seguridad armados se ocupaban de los demás.

Cuando Abbie se adentró en el patio, el calor que surgía de las paredes la calentó, equilibrando la helada temperatura de la noche hasta hacerla tolerable. Buscó la señal de alguna alarma u hombres con radios acercándose a ella.

Nada se movió, ni siquiera las diminutas velas que colgaban en una pantalla de vidrio de colores. Las velas le ofrecieron justo la visibilidad suficiente como para moverse sin caer a la piscina, cuya superficie estaba tan quieta como una capa cristalina iluminada desde abajo. Y alrededor de la piscina había mobiliario de mimbre de color amarillo y burdeos con abultados cojines tapizados con un diseño de girasoles. Todo parecía a punto para una sesión de fotos de una revista de diseño.

—Has llegado antes de lo que esperaba.

Abbie se volvió, con la mano en el pecho.

—Me has dado un susto de muerte.

Gwen estaba de pie en una esquina oscura.

—Me parece justo teniendo en cuenta que no fuiste especialmente sutil en el salón.

—No tenía tiempo para ser sutil.

—Si tú lo dices. —Gwen continuó con una melodiosa voz que Abbie reconoció tan cultivada como para sonar exquisitamente femenina y a la vez profesional. Su piel nacarada y sus mejillas suaves tenían líneas de tensión, y sus ojos miraban a todas partes.

Abbie esperó en silencio.

Gwen tenía que hacer el siguiente movimiento, antes de que Abbie dijera otra palabra que pudiera incriminarla.

Cuando la heredera se sentó en un sillón de mimbre cercano a una mesa de cristal, Abbie tomó el asiento que había frente a ella con vistas al fondo del patio. Respiró, preparándose para arriesgar su futuro y muy probablemente su libertad.

Gwen levantó un dedo.

—Primero, quiero saber la verdad de por qué estás aquí.

—Te la he dicho. He descubierto la verdadera razón de que mi madre haya estado yendo al Kore Women's Center todos estos años y de los experimentos que se hacen allí. —El corazón de Abbie latía con tanta fuerza como un puño golpeando furioso contra una puerta.

El doctor Tatum le había advertido de que no hablara con Gwen en el interior de la casa, donde la conversación podía ser captada por aparatos de escucha electrónica. Tenía que convencer a Gwen de que tuvieran un encuentro privado en el exterior.

Gwen se echó hacia atrás y se cruzó de brazos.

—Cualquier instalación como el Kore tiene una división de investigación.

—No como la del Kore. Sé lo que les ha ocurrido a mujeres como mi madre. Mujeres fértiles con una sangre peculiar.

Gwen guardó silencio durante varios segundos.

—¿Qué es lo que crees que sabes?

—Sé lo de la estafa —comenzó Abbie—. El Kore Women's Center convence a mujeres confiadas para someterse a pruebas y análisis gratuitos, cuando en realidad usan esa información para investigar candidatos potenciales para ser chantajeados en su programa secreto.

Los ojos de Gwen se abrían cada vez más a cada palabra. Su piel competía con su vestido blanco en cuanto a la falta de color. Luchó visiblemente por controlarse, y luego se recuperó de golpe.

—Te darás cuenta de lo absurdo que suena eso.

—¿Crees que he sido tan estúpida como para venir aquí sin tener pruebas? —Abbie había utilizado faroles para salir airosa de muchas situaciones, ya que esa era la primera baza en el negocio de las noticias, pero el farol que acababa de lanzarle a Gwen se llevaba la palma. Ella no tenía nada más que la fe en el médico que había cuidado de todas las mujeres de su familia durante más de veinte años. Era el momento de empezar a negociar—. Si tú me ayudas no te incriminaré. Pero si no me ayudas, pienso exponer ante el mundo todo lo que sé acerca del Kore Women's Center y de la familia Wentworth y dejaré que las esquirlas salten por donde quieran.

Gwen continuaba sentada completamente momificada, luego negó con la cabeza y habló en un susurro.

—No puedes hacer eso.

—Puedo hacerlo y lo haré. Mi madre estaba perfectamente sana antes de entrar en tu clínica hace diez días. Ahora se está muriendo. O me ayudas o encontraré la manera de que cierren la clínica. No me importa cuánta propaganda hagas sobre tu ayuda a otras mujeres.

—Nosotros ayudamos a las mujeres. Nosotros…

—Ahórratelo para alguien que te crea. —Abbie se imaginó que tendría muy poco tiempo antes de que alguien viniera en busca de Gwen y terminara la reunión—. Tengo años de documentación de sus visitas y donaciones de sangre. Puede que el médico de mi madre se haya creído los informes falsos que el Kore enviaba en respuesta a sus preguntas, pero yo ahora tengo pruebas de lo que estáis ocultando y las usaré si esa es la única forma de descubrir lo que le ha ocurrido a mi madre.

—No tienes ni idea de las repercusiones que comporta tu amenaza.

Era cierto, pero eso nunca había detenido a Abbie cuando se le metía una idea en la cabeza.

El doctor Tatum había compartido todo lo que sabía, pero desconocía qué había forzado a la madre de Abbie a hacer viajes anuales para donar sangre en la clínica Kore durante los últimos treinta y dos años, empezando dos años antes del nacimiento de Abbie. Ella pretendía descubrirlo. La extraña composición sanguínea de su madre tenía que ser parte de la razón, pero la prueba o el tratamiento que le habían hecho en la última visita le había hecho fallar el bazo.

Otros médicos habían coincidido con Tatum, quien decía que jamás había oído que un bazo saludable se deteriorara tan rápidamente sin una razón clara. Eso había dañado el hígado de su madre. Al ritmo que iba, pronto necesitaría un trasplante de hígado. Y esa era una perspectiva nada realista con su raro perfil genético.

Abbie tenía el mismo tipo extraño de sangre, pero su Rh no coincidía. Sus hermanas tenían el tipo normal 0. Si ella conseguía determinar la raíz de la enfermedad de su madre, el doctor Tatum podría tener una posibilidad de ralentizar el proceso hasta encontrar una cura.

—Tengo gente que me respalda, así que no estaré sola para afrontar las repercusiones —añadió Abbie. ¿Podía haber dicho una mentira mayor? Si Gwen descubría su farol, Abbie debería enfrentarse sola al pleito de los Wentworth.

—No deberías haber involucrado a nadie más. —Los ojos de Gwen miraban a todas partes a su alrededor, saltando tan rápidamente como sus agitadas respiraciones. Tragó saliva y se inclinó hacia delante, agarrándose a los brazos del sillón con sus finos dedos. ¿Qué podía aterrorizar a la heredera de una familia tan poderosa como los Wentworth? Gwen bajó la voz—. Escúchame. Vete de aquí y promete no mencionar ni una palabra de esta conversación, y yo haré lo mismo.

Ni hablar.

—¿Y si no obedezco?

—Entonces te matarán a ti... y a mí.

Capítulo ocho

*H*unter hizo una señal a Carlos en su camino hacia la entrada principal, y luego esperó a que Carlos distrajera hacia un lado a los agentes de seguridad del exterior para inspeccionar con la excusa de examinar un bolso sospechoso. El bolso que Korbin había dejado después de aparcar la limusina.

Con los guardias de seguridad distraídos, Hunter se deslizó sin hacer ruido por la esquina oscura de la mansión. El frío penetraba a través de su esmoquin, pero le dio la bienvenida al aire fresco después de haber estado dentro con tanta gente.

Sacó del bolsillo de su abrigo un monóculo con visión nocturna y se lo puso.

Si Linette había dejado caer la entrega donde indicaba en su último mensaje, encontraría un falso pintalabios que contendría un lápiz USB en el exterior de la ventana del baño del lado oeste. El pintalabios tendría una luz de rayos infrarrojos en un extremo.

Era lo último en accesorios femeninos para espías.

La BAD creía que ella misma había creado el dispositivo. Muy inteligente incluso para un genio, teniendo en cuenta la poca libertad de movimiento que tenía.

Se supone que pronto descubriría si ella era realmente digna de confianza.

Ahí estaba, en medio de un arbusto, brillante como una bombilla de cien vatios a través del monóculo. La simple ubicación elegida, colgando de un arbusto, de hecho procuró a Hunter una especie de alivio. Linette no era una agente entrenada, pues de lo contrario se habría asegurado de que el dispositivo cayera al suelo al empujarlo a través de la pantalla que cubría la ventana.

Hunter aplanó la palma de la mano, con los dedos estirados, y deslizó la mano por el centro del arbusto de siemprevivas.

Siguiendo la rutina, escudriñó el territorio. Un laberinto de jardines y pasarelas conducía a través de grupos de tejos que ocultaban parcialmente la pared de ladrillo y piedras de casi cuatro metros de altura que rodeaba la casa.

Los informes de la BAD indicaban que la parte superior estaba cubierta de sensores.

No había razón para que hubiera guardias vigilando el muro, ya que los sensores estaban en circuito cerrado. Cualquier interrupción de la señal enviaría una alarma. Los sensores detectaban el movimiento a seis metros de la pared, permitiendo que pudieran moverse animales del tamaño de un halcón.

Pero el cuerpo que se movió a través de las retorcidas ramas de un árbol que había en aquel lado de la pared no era un pájaro.

¿Seguridad?

No. Carlos lo habría alertado de una cosa así.

Agachándose para poder moverse a través de las zonas más sombrías, Hunter avanzó arrastrando los pies alrededor de la casa para averiguar quién era el intruso. Había recorrido unos cien metros cuando divisó un muro de piedra que llegaba hasta la cintura y bordeaba un patio rodeado de arbustos.

Permaneció cerca de la casa en las sombras hasta llegar a la pared, y entonces se asomó por encima del borde para encontrar a dos mujeres hablando.

Una tenía una cabeza con el pelo rizado. Abbie.

La otra era Gwen.

Alguien que conociera realmente a Gwen Wentworth tendría que esperar meses para entrar en su calendario. ¿Qué sería lo que le había dicho Abbie para conseguir una reunión en privado sin ni siquiera conocerse?

Hunter siguió el rastro de la figura oculta en el árbol, que se movió a otra rama más alta. Con una serie de breves pasos laterales se colocó lo bastante cerca como para poder escuchar a Abbie y a Gwen. Estaban sentadas a ambos lados de una pequeña mesa, una frente a la otra.

Ninguna parecía contenta.

—¿Me estás amenazando? —preguntó Abbie a Gwen.

¿Qué demonios estarían discutiendo? Hunter mantenía a la vez un ojo en la figura del árbol. ¿Sería una paparazi?

—No. Yo no. —Los dedos de Gwen se aferraban al sillón de mimbre con tanta fuerza que los finos huesos del dorso de su mano amenazaban con romper la pálida piel.

—¿Quién entonces?

—No puedo decírtelo.

Abbie señaló a Gwen con un dedo acusador.

—Te he dicho lo que pienso hacer. ¿Crees que estaba bromeando?

—No, no lo creo. Pregunta a tu madre. Si ella te dice…

Gwen negó con la cabeza. Se tocaba los labios nerviosamente con los dedos.

Sin dejar de atender la conversación, Hunter echó un vistazo a la figura del árbol, que había dejado de moverse.

—Ya me lo dijo. —Abbie dejó caer la mano—. No intencionadamente. Encontré el diario de mi madre. Conozco a los implicados en el caso y pienso ir detrás de todos ellos.

—¿Estás loca? —A Gwen la voz le tembló de pánico—. Los Fras…

¿Los Fras? Eso hizo que Hunter volviera a mirar a Gwen, que se había quedado helada y se tapaba la boca como si hubiera pronunciado una palabra prohibida. Su pecho se agitaba con una respiración aterrorizada.

Hunter se fijó de nuevo en el escalador del árbol, que parecía inclinarse hacia delante…

—¿Quiénes?

…preparándose para disparar.

Gwen se cubrió la boca.

—¿Cómo? Yo creí que… ¿no lo sabes? Tú dijiste… —Se levantó, con los puños cerrados.

Hubo una explosión de luz en el lugar donde estaba la figura entre las ramas, luego le siguió el ruido.

La bala alcanzó a Gwen por la espalda, tirándola hacia Abbie, que se puso a gritar.

Hunter saltó por encima de la pared.

La mirada salvaje de Abbie se posó en él.

Si lograba tirarlas al suelo el muro las protegería del francotirador.

Un segundo disparo del rifle estalló en el aire.

Capítulo nueve

*H*unter aterrizó en el patio de Gwen y golpeó con los pies la pared de cristales de colores con velas, apagando las luces más cercanas. Fue a sujetar a Gwen, que había caído encima de Abbie, quien estaba aterrada. Agarró a las dos mujeres y las hizo caer al suelo junto a él, a toda velocidad.

Los tres cuerpos golpearon con fuerza las baldosas que cubrían el suelo del patio.

El siguiente grito de Abbie se convirtió en un quejido de dolor.

No se oyeron más disparos. La oscuridad cayó sobre ellos con el consuelo de una manta que procura cobijo.

Pero los guardias de seguridad acudirían en cuestión de minutos si reconocían que aquellos ruidos habían sido disparos.

Sus compañeros de equipo de la BAD se darían cuenta.

El olor a sangre fresca impregnaba el aire. Hunter se incorporó sobre un codo y le dio la vuelta a Gwen, para evaluar su herida a través de su visión nocturna. Una mancha oscura se extendía por el hombro de su vestido de diseño. Comprobó su pulso. Firme. Alcanzó el sillón más cercano, bajó la cremallera de la funda y dobló la tela para formar un grueso acolchado que le metió por debajo del vestido.

¿Detendría la hemorragia el tiempo suficiente para que recibiera cuidados médicos?

Apretó la palma de la mano contra el relleno. Los segundos se desintegraban con mayor rapidez que su oportunidad de librarse de todo aquel lío.

¿En qué estaría metida Abbie?

Ella yacía boca abajo en las baldosas frías. No se movía.

Hunter usó su mano libre para ponérsela sobre la espalda.

Había caído con un puño entre el suelo y su diafragma, lo cual probablemente le produjo un golpe que le sacó el aire.

El estrés emocional le habría dificultado recobrar de nuevo la respiración normal. Abbie tal vez estaba inconsciente, pero incluso así seguiría padeciendo un estado de terror.

—Respira, Abbie —susurró, frotándole el hombro suavemente—. Todo está bien. Estás a salvo.

Desde los alrededores se oyeron unos pasos que se acercaban a la piscina.

¿El francotirador?

Hunter no podía dejar a esas mujeres desprotegidas, ni siquiera por la misión. Le subió el tirante al vestido de Gwen por encima de la herida colocando el relleno en su lugar y se puso en pie. Se volvió para enfrentarse a la figura que se acercaba rápidamente, dispuesto al ataque, pero se detuvo en seco al escuchar una voz familiar.

—Joder —dijo mientras Carlos saltaba por encima del muro.

—¿Qué demonios ocurre? —Carlos se había adelantado unos segundos a los demás solo porque a los otros guardias de seguridad no se les había ocurrido tomar el camino que siguió Hunter.

El sobresalto de alivio que sintió al ver a Carlos se desvaneció cuando pensó en el descubrimiento inminente de que Hunter estaba allí.

—Había un francotirador en el segundo árbol más alto a las once en punto a setenta metros de la pared exterior del patio. Le ha dado a Gwen. Tiene una herida en el hombro.

Carlos se colocó junto a Gwen, le dio un vistazo a la herida y apretó la tela doblada para controlar la hemorragia. Bajó la barbilla hacia su solapa y habló en voz baja a través de un botón que servía de transmisor únicamente para los otros agentes de la BAD.

Hunter se quitó el monóculo y su mirada tuvo que ajustarse a la tenue luz de una lámpara que se filtraba desde la terraza interior.

Abbie comenzó a resollar como un juguete que hace ruido al succionar el aire. Su pecho aspiraba pesadamente, con respiraciones entrecortadas. Luchaba, sacudiéndose con espasmos.

El miedo dificultaba cada respiración.

Él bajó la cabeza a la altura de la suya y le susurró:

—Ahora estás a salvo. Nada va a hacerte daño.

Jadeó una vez, y otra más de nuevo, y abrió los ojos con pánico salvaje. Levantó los brazos para atacar.

Él la cogió de las muñecas, llevándole las manos suavemente hacia el pecho y calmándola.

—Tranquila. Solo respira.

—Se acercan —le advirtió Carlos—. Tienes que irte.

Hunter acercó su boca al oído de Abbie para que solo ella pudiera oírle.

—No le digas a nadie que he estado aquí. Te salvé de ese segundo disparo. Estamos en paz.

Necesitaba diez minutos a solas con ella para descubrir qué era lo que ella sabía acerca de la relación entre los Fras, el francotirador que mató a Eliot y Gwen.

Y cómo encajaba ella en todo aquello.

—¿Está consciente? —preguntó Carlos, señalando a Abbie.

Hunter la miró fijamente a los ojos. Decir que sí representaba ponerla bajo la custodia de la BAD, de donde tardaría un tiempo en salir o ni siquiera saldría. Y eso la colocaría fuera del alcance de Hunter.

Decisiones, decisiones.

—Todavía no. —Hunter contuvo la respiración. La agarró del brazo con los dedos suavemente, acariciándole con los pulgares la piel fría.

A ella le brillaron los ojos, y luego su pecho se expandió. Finalmente, inspiró con dificultad y soltó el aire. Luego cerró los ojos con fuerza.

¿Habría estado lúcida cuando le habló?

—He llamado a la Reina de los Enigmas —le dijo Carlos, refiriéndose a Rae, lo cual significaba que había dado inicio a un plan de refuerzo improvisado—. Se dirige hacia el lavadero. A través del patio interior y la biblioteca…

—Conozco el camino. —Hunter lanzó una última mirada a Abbie, deseando poder quedarse bastante tiempo para asegurarse de que estaba a salvo, pero el francotirador probablemente ya se habría ido y Carlos la protegería.

Los guardias de seguridad entrarían en aquel santuario privado en cuestión de segundos.

Hunter corrió hacia la biblioteca. Guiándose por la planta del suelo que había memorizado, localizó una puerta oculta en una sección de las paredes revestidas de paneles de madera caoba. La puerta invisible facilitaba el acceso a los empleados sin que tuvieran que pasar a través de las zonas de la mansión habitadas por la familia.

Cabía la esperanza de que la mayor parte de los empleados estuvieran atendiendo en la fiesta y no tuvieran que utilizar ese pasaje. Si se cruzaba con alguna persona, esta despertaría al día siguiente por la mañana con un buen dolor de cabeza.

Apagó la luz de cada uno de los pasillos por los que entró, y se puso en camino hacia el corredor central que conducía hasta la cocina, el lavadero y las zonas de servicio. Después del tercer giro, se deslizó un rayo de luz en la oscuridad a través de una puerta entornada que había en el extremo del pasillo.

Cuando se dispuso a tocar el pomo, la puerta se abrió del todo hacia la habitación que hacía de lavadero.

Rae lo miró de arriba abajo.

—Eso va a ser muy jodido de limpiar.

Hunter bajó la barbilla para reparar en la sangre que manchaba la parte delantera de su esmoquin.

—Mierda.

—No te preocupes. —Rae se dirigió hacia las ropas que colgaban de un radiador eléctrico. Sacó varias prendas oscuras, echó un vistazo a Hunter para calcular su tamaño y luego escogió un esmoquin que le entregó—. Si alguien te mira de cerca se dará cuenta de que no llevas un Armani ni cualquier otro diseño sobrevalorado como los que sueles vestir, pero esto te sacará del apuro.

Él ignoró la pulla y comenzó a cambiarse de ropa mientras ella iba a echar un vistazo a través de la puerta que conducía a las áreas públicas de la casa.

Cerró la puerta con cuidado y volvió con una bolsa de la lavandería donde metió las ropas desechadas, luego puso la bolsa a un lado y mojó una toalla en el fregadero.

Él esperaba otro comentario mordaz por haberse desprendido de sus calzoncillos. Ella lo reprendió guardando silencio al limpiarle la sangre de la cara y del cuello mientras él abrochaba los botones de la nueva camisa y se colocaba los gemelos. Usó la mitad de la toalla para limpiarse las manos.

Ella tocó el dispositivo que llevaba sujeto a un pendiente, escuchó y luego le hizo a Hunter un gesto con la barbilla.

—Korbin está registrando la zona alrededor del árbol mientras los guardias consiguen ayuda médica para Gwen y aseguran el patio. Dice que ha visto una cucharilla de JC incrustada en el tronco por los puntiagudos cuernos del camaleón que hay en el mango. No pudo quedársela. El espacio a quince metros de la pared está cubierto de cámaras. Los de seguridad encontrarán la cuchara, pero nosotros sabemos quién ha disparado.

Hunter asintió.

—¿Te vas?

A modo de respuesta, ella se agachó y extrajo de su bota una BDA 380 que le entregó a él.

Él iba a preguntarle si esa era su única arma, por una necesidad instintiva de asegurarse de que no dejaba a una mujer desprotegida.

Pero Rae no era una mujer indefensa y no habría apreciado su preocupación. Si la cuestionaba ahora sobre cualquier cosa ella se lo tomaría como otro ataque a su habilidad como agente.

Su estrecha arma no cabía dentro de las apretadas botas que él llevaba. La metió por detrás de sus pantalones. La chaqueta del esmoquin taparía el arma.

—Gracias. —Se dirigió hacia la puerta pero se detuvo, pues sentía que le debía algo más aquella noche—. Eres una agente excepcional, Rae.

—Lo sé.

Él se volvió para encontrarse con una mirada de rabia en sintonía con ese tono seco.

—Yo… No importa.

El rostro de ella pasó de la tensión a la curiosidad.

Era lo más cercano a una disculpa que podía recibir de él. Hunter abrió la puerta y revisó el pasillo antes de dirigirse de vuelta hacia el salón de baile principal, guiándose por el tumulto que cobraba cada vez más volumen. Todo el mundo con quien se cruzaba literalmente echaba espuma por la boca con macabra excitación hablando del disparo y lo ignoraban como si fuera cual-

quier otro invitado olvidado o alguien del servicio de los Wentworth.

Era precisamente lo que necesitaba, que todos lo olvidaran.

¿Y qué ocurriría con Abbie?

¿Habría hecho algo sensato al pedirle que no revelara su
identidad? Si ella explicaba que lo había visto en el patio con
Gwen los medios se volverían locos buscando fotos de su rostro
para sacarlas en cada resumen de noticias.

Las últimas fotos que tendrían eran de antes de hacerse
adulto, cuando dejó de permitir que le tomaran fotos. No podría
ser de ninguna utilidad a la BAD si los medios lo exhibían como
Hunter Wesley Thornton-Payne III, un vividor de poca monta.
Lo sacarían del campo. Tal vez para siempre.

¿Y Abbie? Ella desaparecería de su mundo.

Capítulo diez

*D*espués de abandonar el ascensor que había descendido unos doce metros por debajo del complejo de los Wentworth, Vestavia se preparó para la batalla que estaba por presentarse.

Delante de él, Fra Ostrovsky, de Rusia, y Fra Bardaric del Reino Unido seguían los taconazos de Linette Tassone a través del pasillo de paredes de mármol travertino iluminado por apliques de vidrio soplado con forma de tulipanes. Al llegar al final del pasillo, Linette abrió una puerta y entró en una zona de recepción con alfombras que estaba vacía salvo por un lujoso sofá gris en combinación con un sillón.

Cruzó la habitación y abrió otra puerta, luego se apartó a un lado.

Vestavia siguió a los otros dos Fras, que pasaron junto a Linette para entrar en la habitación sin ventanas, donde había más apliques en la pared que procuraban una sobria iluminación. Con eso y los revestimientos artesanos de color cereza, la habitación ofrecía una acogedora sensación de uniformidad.

Los que habían estado dentro de esa habitación a prueba de sonido, como Vestavia, sabían cómo era esa agradable sensación.

Vestavia se volvió hacia Linette.

—No dejes que nadie nos moleste.

—Por supuesto, Fra Vestavia. —Ella tenía la voz recatada de un sofisticado ángel. Una melena negra que un hombre no podría sujetar entre los dos puños y una sensualidad que se derramaba por cada poro.

Pero no era Josephine.

El estómago todavía se le hacía un nudo cuando pensaba en la mujer con pelo rubio hasta la cintura y aquel cuerpo erótico creado para el amor. Josephine Silversteen lo había adorado y había hecho de su mundo un lugar que merecía la pena.

Y de su cama un lugar grato que valía la pena visitar.

Pero su cuerpo frío ya no podría volver a calentar su cama nunca más. Ella dormía en un ataúd y él culpaba de su muerte a un topo infiltrado en los Fratelli de il Sovrano.

Cuando encontrara al topo, la muerte sería una bendición en comparación con lo que tenía en mente por aquella traición.

—¿Esta habitación es segura? —El cabello gris salvaje de Fra Ostrovsky y sus cejas marrones cayeron sobre sus ojos marchitos, que inspeccionaban las paredes y el techo como si la estructura subterránea pudiera ver y oír. De baja estatura y sin poder llenar el esmoquin negro, el Fratelli representante de Rusia sospechaba de todo y de todos.

Vestavia en realidad no podía culparlo, puesto que Ostrovsky probablemente no tenía que tratar con topos en la división rusa de los Fratelli.

—Gwen no se arriesgaría a enviarnos a una localización que no fuera segura. —Vestavia cerró la puerta junto a Linette, que se había sentado en el extremo más alejado de la habitación.

Estaba con él desde que Vestavia había perdido a Josephine y necesitaba una asistente personal. Había visto a Linette por primera vez en el entierro de Fra Bacchus, un Fratelli de sesenta y dos años que había abandonado este mundo no hacía mucho. Ella había sido entregada a la vieja águila ratonera once años atrás, a la edad de dieciséis, por causa de su belleza y su inteligencia superior. De no haber sido por un pequeño fallo técnico en los ancestros de su familia, habría sido entregada al Kore Women's Center para la reproducción. Sus movimientos concisos, modales tranquilos y respuestas cuidadosamente formuladas eran producto del método de disciplina y educación del viejo Fra.

Linette había demostrado ser una ayudante ejemplar, pero todavía no había sido verdaderamente puesta a prueba. No con los estándares de Vestavia.

Él colocó su maletín sobre la mesa de conferencias, una mesa ovalada de cristal de casi cuatro metros a través de la cual se veía perfectamente la base, un par de leones rugiendo tallados en la corteza de madera.

—Y yo corro tanto riesgo a estar expuesto como vosotros.

Ostrovsky gruñó en señal de reconocimiento.

Bardaric no dijo nada de momento. El representante del Reino Unido murmuró con impaciencia. Bardaric había cambiado significativamente desde su juventud, cuando no era especialmente robusto. A diferencia de los británicos más pálidos y ligeros con los que Vestavia trataba, la estructura corporal de Bardaric tenía marcas genéticas propias de los vikingos. El cabello ondulado castaño rojizo le llegaba hasta el cuello del esmoquin. Su aspecto rudo se complementaba bien con el brillo agresivo de sus escalofriantes ojos grises.

—Por favor, tomen asiento, caballeros.

Antes de ocupar su lugar, Vestavia caminó hasta el bar que había integrado en la pared construido dentro de unas estanterías. Apretó un panel y las puertas se abrieron dejando al descubierto todo lo necesario para preparar bebidas. Sirvió en un vaso de cristal dos dedos de un intenso whisky Macallan de cuarenta años, e inhaló el dulce aroma a caramelo y madera de la rara mezcla. Le sirvió un vaso a Bardaric aunque fuera tan solo para demostrar a Ostrovsky que estaba dispuesto a enterrar el hacha de guerra... preferiblemente en el cuello de Bardaric.

Era una lástima malgastar un whisky tan fino con ese bastardo británico.

Después de servir un vaso helado de Stolichnaya Elit, Vestavia se lo pasó a Ostrovsky, que estaba sentado a la cabecera de la mesa. Tras entregar el whisky a Bardaric, Vestavia se sentó frente a los dos hombres.

—Debemos seguir adelante con nuestros planes. —Bardaric no se demoró en abrir la discusión—. Estados Unidos no está lo bastante debilitado como para permitir nuevos daños al Reino Unido o a China.

Vestavia había disfrutado de un control no cuestionado sobre todas las misiones de los Fratelli en suelo estadounidense hasta que el año pasado alguien arruinó sus planes de sentar a un Fratelli en la Casa Blanca.

El maldito topo.

Y ahora esa rata del Reino Unido quería golpear a Estados Unidos antes de que cayera el Reino Unido. Vestavia mantuvo un tono agradable pero firme.

—Ahora no es el momento de atraer una atención que no deseamos a nuestro movimiento. No estoy dispuesto a dar apoyo a un plan que no tiene más propósito que el de causar estragos en este país antes de que estemos preparados para hundirlo del todo.

—Lo intentamos a tu manera, Vestavia, y nos fallaste el año pasado. —Bardaric pasó las yemas de sus dedos sobre la mesa como despejando el espacio para la batalla—. Tus planes nos han dejado rezagados. Mi gente puede ayudarte a acelerar el tiempo para que nos pongamos de nuevo todos en camino.

—No necesito ninguna ayuda. —Vestavia dirigió a Bardaric una sonrisa ácida—. En cuanto al fallo del año pasado, fue un contratiempo del que ya nos hemos recuperado. Sin embargo, el Reino Unidos perdió ímpetu hace cuatro años y todavía no ha logrado recuperarse. ¿O has olvidado que fallaste al conseguir la lista de nombres de la CIA que yo logré comprar y que no pudiste matar a tu primer ministro?

Los ojos de Bardaric se hincharon y enrojecieron.

—Tenemos a un nuevo primer ministro a pesar de que Wentworth mantuviera con vida al último. Alguien de tu país interfirió en el trato con Brugmann hace cuatro años. ¿Quieres decirme quién fue? —preguntó Vestavia suavemente.

Ostrovsky dio un trago a su vodka y golpeó la mesa con el vaso.

—¡Caballeros! No he venido para discusiones escolares. Puede que solo sea el representante de los Angeli en esta reunión, pero eso no me impide compartir mi opinión. Entre todos los continentes, vosotros representáis a los más fuertes. Deberéis poneros de acuerdo en cuál de los dos debe caer primero y trabajar juntos. Esto es algo crucial para los siete continentes.

Vestavia se vio a sí mismo inclinándose hacia Bardaric, sus músculos tensos con la necesidad de luchar. Había enterrado su dolor por la misión fallida tan profundamente que nadie sabía cuánto lamentaba la pérdida de Josephine. Lo duro que le había resultado ordenar su muerte cuando fue capturada. Ver explotar su hermosa cabeza.

Tenía un topo, sí, pero este gilipollas del Reino Unido le estaba causando muchos problemas. Suavizando su rostro para no parecer preocupado, Vestavia ordenó a su cuerpo que se relajara. Se enderezó apartándose de la mesa.

Ostrovsky tenía razón. Eran en primer lugar y ante todo Angeli.

Los siete Angeli, uno de cada continente, se llamaban a sí mismos el Concilio de los Siete, como una medida de seguridad para que nadie fuera detrás de los Fratelli de il Sovrano.

Los Fratelli creían que ellos eran la orden más alta de cada continente, encargados de preparar al mundo para el Renacimiento, pero el Consejo finalmente ejercería el verdadero poder. Como Vestavia, cada uno de los seis se había infiltrado en los grupos de los Fratelli de sus respectivos continentes. El consejo saldría a la superficie en su debido momento, pero por ahora dejaban que los Fratelli hicieran el trabajo sucio.

Los Fratelli no se doblegarían fácilmente cuando les llegara el momento de controlar el mundo, pero el Consejo de los Siete Angeli tenía una poderosa llave que abría la puerta del futuro.

Hasta que llegara el día de revelar la llegada de esa llave, Vestavia se negaba a ver a América del Norte aporreada solo para conseguir que ese gilipollas del Reino Unido mejorara su posición.

Vestavia y sus seis homólogos del consejo estaban acelerando secretamente los planes de los Fratelli para que el Renacimiento tuviera lugar mientras ellos estuvieran con vida, y no después de otros sesenta años, como ahora se pretendía.

—El Reino Unido debe hundirse primero para completar la fase de igualdad —argumentó Bardaric, sin hacer referencia a la parte de trabajar juntos.

Por supuesto que ese gilipollas diría que el Reino Unido tenía que caer primero. Vestavia no reaccionó. Tenía el respaldo de los Wentworth, que llevaban la sangre más pura de América del Norte y de los Fratelli europeos. Su poder triunfaba por encima de la sangre real británica de Bardaric, así que se permitió decir:

—Tienes un punto de vista válido.

La mirada de Bardaric se afiló con perspicacia.

—Entonces estás de acuerdo en que la familia Wentworth está creciendo demasiado rápido.

—Quizá. —Vestavia tendría que renunciar a algo para que Ostrovsky informara de su conformidad a los otros Angeli—. Sin embargo, yo señalaría que hay tan solo un miembro fértil de los Wentworth prestando servicio en este momento.

Bardaric hervía por dentro.

—No debe haber nuevos bebés Wentworth hasta que el Reino Unido tenga tres nacimientos más con los marcadores genéticos. Todos estuvimos de acuerdo en limitar los nacimientos…

—No —lo interrumpió Vestavia—. Estuvimos de acuerdo en mantener un equilibrio en la reproducción de ADN puro. Esos bebés son nuestros futuros líderes y nuestra reserva genética. Con solo cuatro descendientes de las siete mujeres originales que dieron nacimiento a nuestra civilización, y los Wentworth tienen la sangre más pura, debo añadir, no podemos permitirnos limitar una cría que está ya programada porque la tuya vaya más atrás.

—Soy muy consciente de nuestras fuentes limitadas de ADN. Pediré una votación para permitir múltiples nacimientos de las tres mujeres del linaje europeo cuando regrese a casa mañana, para que las tres puedan ser inseminadas inmediatamente.

—Yo no me siento cómodo con múltiples nacimientos a la vez en el Reino Unido. —Vestavia miró por encima a Ostrovsky, que hizo un movimiento evasivo con el hombro—. No creo que ninguno de nosotros quiera ver reproducido el error de nuestro abuelo, Bardaric.

—Hitler no fue un error de mi abuelo. —Bardaric golpeó la mesa con el puño—. Hitler subió su camino en los Fratelli tal como lo has hecho tú. Mi familia no puede ser responsabilizada de su locura solo por las acciones de aquellos descendientes directos de nuestro linaje.

—Yo no estoy diciendo que tu familia tenga específicamente la culpa de nada, solo señalo que a Hitler le fue permitido engendrar prole genética como ratas durante la era de tu abuelo. Las dos generaciones anteriores de los Angeli fallaron a la hora de contener a Hitler. Nuestro trabajo consiste en asegurar que no se produzcan abusos con el poder de los Fratelli para crear vida. —Vestavia deslizó otra mirada hacia Ostrovsky, que la sopesó con un asentimiento de cabeza, y luego continuó—: Nuestra generación tiene ventajas genéticas respecto a las anteriores, pero permitir a cualquier generación que críe demasiado rápido sería tan irresponsable como lo que hicieron nuestros antepasados al experimentar con plagas que no podían controlar.

La ira de Bardaric se expandía por el prístino aire de tal forma que se podía percibir su intensidad.

—Yo he mantenido un ritmo constante, pero los últimos tres bebés no sobrevivieron.

—Yo no puedo hacer nada si nuestro esperma es más poderoso —dijo Vestavia sin transmitir emoción alguna, como si simplemente expresara los hechos, pero dejando su impronta por la fuerza verbal.

Bardaric flexionó los hombros, tensos por la hostilidad.

Ostrovsky lanzó una mirada rabiosa a ambos lados de la mesa.

Vestavia levantó las manos para contener la discusión que amenazaba con explotar. Necesitaba a Ostrovsky, el único miembro del consejo de los Angeli que había sido un mediador de confianza durante una década, para comunicar a los otros cuatro que Vestavia continuaba siendo capaz de gobernar América del Norte.

—Creí que íbamos a oír hablar de tu nuevo plan, Bardaric. Si tu plan se expone y si la mayoría del consejo vota a favor de él, pondré todo mi respaldo.

Eso iluminó los ojos del británico.

—En el fondo, se trata de un plan conservador que nos servirá a nosotros también.

Ese era el primer signo de peligro por parte de Bardaric. A él le gustaría convencer a los Angeli con su acciones conservadoras para cubrir sus mentiras y planes encubiertos.

—Te escucho. —Vestavia acariciaba con el dedo el borde de su vaso.

—Esto afectaría solo a las tres mayores ciudades de Estados Unidos —dijo Bardaric, como si destruir tres poblaciones de Estados Unidos fuera un daño menor—. Hemos estado experimentando con un nuevo material, algo tan pequeño que es muy fácil de transportar, y sin embargo cuando se construye como una bomba y se une con más de una produce unos resultados de cataclismo.

—¿Qué nuevo material? —preguntó Ostrovsky.

Los ojos de Bardaric se movieron astutamente, sin encontrarse con los del ruso.

—Algo que una fuente encontró de manera accidental. Estoy seguro de que tú no compartirás todas tus fuentes con el Consejo.

Un movimiento de sus pobladas cejas fue la única señal de que estaba molesto.

—Lo que yo haga no es un asunto que competa a esta reunión. Mi rol se limita a asegurar ante el Consejo que los dos sois capaces de trabajar juntos.

—Eso depende de Vestavia. —Bardaric vació su vaso de un trago y se echó hacia atrás.

—Siempre he dado apoyo a nuestras fases. Solo quiero saber si esto va a ser una especie de bomba desastrosa que no me va a dejar más que un gran desastre que limpiar.

Bardaric se echó hacia atrás en su silla con arrogancia.

—Mi sistema utiliza explosivos mínimos con un impacto máximo para destruir una sección significativa de la ciudad como si estuviera construida con cerillas. En cuanto atacáramos la primera ciudad, enviaríamos el mensaje de una nueva organización clandestina que no puede vincularse a ningún país. Exigiríamos que Estados Unidos se retirara de todos los países que está ocupando, no importa que sean o no países aliados. Daríamos a Estados Unidos tres días para empezar los movimientos. Si el gobierno no reacciona, se atacará una segunda ciudad, y luego una tercera ciudad al cabo de tres días más.

—Este país no negocia con terroristas —señaló Ostrovsky.

Bardaric se inclinó hacia delante, sonriendo.

—Si hacemos una destrucción lo bastante significativa en tres ciudades, no hay país que no se doblegue ante la presión de la gente. Crearemos un grupo que reclame reconocimiento. Darán a Estados Unidos una lista de exigencias que cualquier ciudadano concedería por miedo a que su ciudad sea la próxima. ¿Quién no querría ver el fin de una guerra? Demostraremos que podemos mover esas bombas a cualquier parte y destruir todo lo que queramos.

—Si todas las tropas de Estados Unidos regresan a casa a la vez el impacto económico será devastador. —Vestavia hizo una pausa ante la sonrisa de expectación de Barbadic, y luego continuó—: Sería devastador para cualquier país asociado a Estados Unidos. Incluso para el Reino Unido y desde luego para Rusia.

—No estoy de acuerdo. —Bardaric fingía una confianza petulante que no convencía a Vestavia.

La mirada de Ostrovsky osciló entre los dos hombres durante un momento de silencio. Luego dijo:

—Dejad de discutir sobre el plan, pero sabed que algo de esta magnitud deberá contar con la aprobación completa del Consejo, y luego tendrá que ser presentado a los Fratelli de América del Norte.

—¿Qué ciudades? —preguntó Vestavia con un tono suave que no dejaba traslucir el repentino aumento de su presión sanguínea.

—No es seguro todavía, hace falta averiguar cuáles son las localizaciones más ventajosas. —Bardaric se examinaba las manos siempre que contaba una mentira.

El bastardo ya había escogido los blancos. Vestavia entonces se dio cuenta de por qué Bardaric había ofrecido que se encontraran allí, en Estados Unidos. El capullo probablemente había aprovechado el viaje para traer el material de forma encubierta, si es que era tan pequeño.

Ni hablar de que Vestavia destruyera tanto de América del Norte todavía. Haría sangrar a Bardaric si hacía un movimiento para autorizar esa posibilidad. El mejor modo de desviar la atención de ese plan sería traer a escena uno distinto.

Un plan más ambicioso.

Las tres mejores criadoras de Bardaric no habían estado embarazadas desde hacía dieciocho meses.

Gwenyth Wentworth ya estaba de nuevo encinta con otro bebé, el segundo. Le quedaban dieciséis días para pasar al segundo trimestre.

Si Vestavia podía impedir que Bardaric ejecutara su plan antes de entonces y mantener el embarazo en secreto, Vestavia tendría el mayor número de chips genéticos, lo cual determinaría el poder de su voto en el Consejo.

Si eso no era suficiente para influir en la opinión, el apoyo de Peter Wentworth sería el factor decisivo. Nadie del Consejo quería perder el respaldo de los Wentworth con tantos proyectos por delante que requerían de ayuda económica y política.

Bardaric insistiría por una votación en las próximas veinticuatro horas.

Tal vez los científicos de Vestavia pudieran evaluar el impacto que un mayor disturbio en América del Norte podría suponer para el calentamiento global. Algo para usar como influencia si había que votar rápido.

Tres generaciones del Consejo de los Angeli habían pasado los últimos setenta años manipulando la industria y los gobiernos para alcanzar ese punto de vista ecológico. Después de todo el esfuerzo empleado en el programa sobre el calentamiento global y la manipulación de la conciencia ecológica en cuanto a la necesidad de controlar su velocidad, nadie querría causar un mayor impacto en el medio ambiente prematuramente.

—Haré que todo el Consejo someta esto a votación. —Vestavia mantenía un ritmo lento de respiración. Nadie sabría que bullía por dentro.

Un golpe apresurado en la puerta le hizo llevar su rabia de Bardaric hacia Linette. Puede que esa mujer no fuera tan brillante como él esperaba.

—Dame un minuto. —Fue hasta la puerta y la abrió bruscamente, tratando de decidir cuál sería el mejor castigo para su insubordinación.

—Hay un problema, Fra —susurró Linette. Ella miró por encima del hombro.

Él siguió su mirada y se topó con cuatro hombres trajeados de negro con mirada seria y armas automáticas. Volvió a mirarla a ella.

—¿Qué es lo que ocurre?

Linette se volvió hacia él.

—Gwen Wentworth ha recibido un disparo y no saben si se recuperará. Peter Wentworth está… preocupado. Ha enviado a estos hombres para que nos acompañen a otra localización.

Capítulo once

Alguien puso una manta sobre los hombros de Abbie. Ella murmuró las gracias.

El personal de emergencia y seguridad obstruía el estrecho patio alrededor de la piscina de Gwen. Abbie ordenó a su cerebro que continuara oliendo el agua con cloro y no el hedor de la sangre coagulada.

Un equipo trabajó con Gwen, que había sido colocada en la camilla con una máscara de oxígeno en la cara. Una enfermera le conectó un tubo a su cuerpo lánguido y colocó una bolsa de suero fisiológico en el extremo.

Otra hablaba por radio, y luego se volvió hacia su equipo.

—La llevaremos al Kore. Su padre dice que tienen su sangre almacenada allí. Está coordinando una cirugía. —El equipo de emergencia entero se puso en marcha y se la llevaron en menos de quince segundos.

Los oficiales de policía ocuparon los lugares vacíos del equipo de emergencia. Un policía fornido con pelo castaño ondulado y hombros cuadrados habló con el guardia de seguridad español que había colocado la venda de compresión en el hombro de Gwen hasta la llegada del equipo médico.

El policía de cuerpo ancho se concentró en Abbie. Se apartó del guardia y fue directamente donde ella estaba sentada, en un cojín caído de un sillón con las piernas dobladas.

—Soy el detective Flint —le dijo, y luego se puso en cuclillas—. Tengo entendido que usted estaba con la señora Wentworth cuando la dispararon.

Abbie asintió.

—¿Qué era exactamente lo que usted estaba haciendo aquí?

Ella tragó saliva.

—Estábamos hablando del Kore Women's Center y de cómo obtener más fondos para la Fundación Wentworth, que es la razón de la fiesta de esta noche. —Todavía tenía el estómago revuelto por la ráfaga de adrenalina y la sangre de su ropa. Si él la presionaba mucho era posible que vomitara las galletas sobre sus zapatos.

—¿Vio usted algo inusual fuera de aquí?

—No. —Abbie hizo una pausa al advertir que el guardia de seguridad de origen hispano se había aproximado a otro guardia que se hallaba cerca pero no estaban hablando. ¿Acaso se habría acercado para oír la conversación? Inspiró profundamente y enfrentó la mirada del detective de rostro regordete—. No podíamos hablar allí dentro, con tanta gente tratando de llamar su atención, por eso ella me sugirió que nos encontráramos aquí. Acabábamos de sentarnos cuando ella se levantó para pedir un té y…

La visión del estallido del cuerpo de Gwen acudió a su mente. Abbie se tapó la boca. Sentía el estómago revuelto.

Para ser un tipo tan grande, el detective saltó y se movió rápido con grandes reflejos para esquivar el vómito.

El guardia español le llevó una bebida.

—Es agua tónica. Te irá bien para el estómago.

Ella se lo bebió y le dio las gracias con la cabeza.

—¿Tiene un documento de identidad? —preguntó el detective.

En respuesta, Abbie cogió su monedero, que había terminado en el suelo cerca de ella. Aquello probablemente no iba a ir bien. Sacó su permiso de conducir y se lo entregó al detective, que apuntó la información en su cuaderno de notas. La miró a ella y luego volvió a mirar la licencia.

—¿Es usted una invitada o una trabajadora?

Ella ignoró el tono de desprecio en su voz. Ella había sido la fuerza impulsora de la historia que había puesto a su departamento cabeza abajo el año pasado.

—Soy una invitada.

Él terminó de tomar su declaración con fría reserva, luego le devolvió el permiso.

—Esto es todo… por ahora.

—Entiendo. —Cuando Abbie desdobló las piernas para levantarse, el tipo español estaba allí otra vez, ofreciéndole una mano mientras le decía:

—Buscaré a alguien para llevarte a casa.

—No, gracias. Tengo un coche esperando. —Cogió su bolso de mano y emprendió el camino a través de la casa, cruzándose con invitados que se quedaban boquiabiertos al ver la sangre que manchaba su vestido y su piel.

Probablemente se preguntaban si sería ella quien había atacado a Gwen.

Ella continuó poniendo un pie delante del otro y finalmente llegó a la puerta principal, donde el personal de Wentworth se apresuró a atenderla, ofreciéndole un coche.

—Ya tengo coche —repitió ella—. Mi conductor debería estar… en alguna parte. —Dio el nombre del coche de servicio que Stuey había alquilado para ella.

—Enseguida, señorita. —Un ayudante del servicio rebosante de juventud y vigor salió precipitadamente hacia el mar de turismos y limusinas negros, se detuvo ante uno y luego señaló en su dirección. Las luces del coche se encendieron y el vehículo avanzó hasta donde ella estaba. Una persona del servicio le abrió la puerta del coche.

Ella se hundió en el asiento de atrás, deseando que el cuero la envolviera en un refugio seguro durante unas horas hasta que su cerebro pudiera asimilar todo lo ocurrido aquella noche.

—Llévame a casa.

El conductor no preguntó la dirección, pero la había traído allí desde su casa y seguramente tenía la localización grabada en el GPS, puesto que había contratado el viaje de ida y vuelta. El coche avanzó como si flotara en el aire, o tal vez su cuerpo era el que había perdido contacto con la tierra.

Gwen había dicho que un «fra» trataría de matarlas si las descubría. ¿Qué demonios era un fra?

¿Y qué sentido tenía que matara gente?

Una vez que el doctor Tatum había comenzado a compartir la historia de su madre dos días atrás, había balbuceado innumerables detalles. Abbie nunca había sabido que su madre se hacía pruebas médicas en el Kore Women's Center antes de quedarse embarazada y después de cada bebé.

Al oír hablar sobre Gwen a los del servicio de emergencias, Abbie recordó que el doctor Tatum decía que el Kore Women's Center guardaba sangre de su madre, sangre que podían necesitar si se requería hacer una cirugía para un trasplante.

¿La sangre extraña estaba en el centro de todo aquello?

¿Eso había sido tan importante como para disparar a Gwen, o era esa la razón de que alguien tratara de matarla a ella?

Algo más importante presionaba a Abbie, pero el aire cálido que inundaba el coche le convertía en gelatina los músculos tensos y le daba mucho sueño. Y se quedó dormida... a salvo. Por ahora.

Hunter ignoró el aire frío que se colaba a través de su esmoquin y circuló por Cornelia Avenue arriba y abajo, atento a cualquier señal de amenaza en las zonas con poca iluminación y no tan oscuras como un pozo sin fondo.

La dirección del modesto edificio de ladrillos de cuatro pisos al otro lado de la calle era la que estaba registrada en el sistema GPS del coche que había recogido a la ida y a la vuelta a la tal A. Blanton.

Esa era la mujer que estaba dormida en el asiento trasero.

Él abrió la puerta de pasajeros que había justo detrás del asiento del conductor y se inclinó para sacudir a Abbie suavemente. Su rostro pálido brillaba en la oscuridad, despertando en él el deseo de cogerla en brazos para calmar su miedo. Un tirabuzón le caía sobre el puente de la nariz.

Él enganchó el mechón de cabello y se lo enrolló alrededor de un dedo.

¿Por qué no lograba recordar dónde se habían conocido? Recordaba sus ojos y su rostro, en cierto modo, pero no lo bastante como para despertar un recuerdo nítido. Lo que en realidad recordaba era una sensación de inocencia en ella, pero eso no encajaba con la mujer a quien había oído amenazar a Gwen esta noche.

¿Qué le habría dicho Abbie a Gwen justo antes del disparo? Menuda cosa tenía que ser para que alguien la disparara.

Le frotó suavemente la mejilla con el dorso de la mano. Su piel suave estaba salpicada con algunas diminutas pecas.

Sus mejillas ahora tenían más color. Antes el único color estaba en esos labios rosados que pedían ser besados. Sus dientes ya no castañeaban más. Incluso con el calor que hacía en el coche, ella había estado temblando durante todo el camino en coche hasta su casa por la conmoción que había sufrido.

Tal vez debería haber parado para cubrirla con su chaqueta. Parecía tan pequeña acurrucada de lado con las piernas recogidas...

Hunter se incorporó rápidamente y retrocedió un paso. ¿Qué estaba haciendo? No debía pensar en ella más que como una pista para su misión. Sacudió los hombros con preocupación.

Ella tenía información que él necesitaba, pero debía ser cuidadoso. Había asumido un riesgo al decirle a Carlos que no estaba consciente cuando se encontraba tendida en la piscina, pero no pensaba abandonarla hasta que no consiguiera la información que necesitaba.

No podía tratarse de una agente encubierta. Nada en ella encajaba con eso, aunque los mejores agentes son difíciles de identificar.

Como Tee, la codirectora de la BAD, una belleza menuda y perfecta que tenía que ser una de las agentes femeninas más letales del mundo.

Hasta que confirmara el papel que representaba Abbie en todo aquello, por qué iba detrás de Gwen y por qué alguien había querido matar a Gwen, ella era una entidad desconocida. Se inclinó hacia el coche.

—Vamos, Abbie. Vamos.

Ella murmuró algo y se retorció. Movió los párpados lentamente como si fueran de plomo. Pestañeó, bizqueó, se frotó los ojos y pestañeó de nuevo.

—¿Qué estás haciendo aquí?

—Te he traído hasta tu casa.

Ella levantó la cabeza, estudió el asiento delantero y luego volvió a mirar el asiento trasero.

—¿Qué le has hecho a mi conductor?

—Le pagué mucho para que se decidiera a volver a su casa.

—Volviendo a mi primera pregunta, ¿qué estás haciendo aquí?

Ella se movía de forma aletargada, lentamente y mascullando

las palabras medio dormida. Con los ojos en él, tanteó a ciegas el asiento que tenía a su lado hasta agarrar su monedero.

—Oí lo que os pasó a Gwen y a ti. Te debía un favor por haberme ayudado a espiar a la novia de mi amigo, ya que no llegué a presentarte a nadie. Además, quería asegurarme de que estabas bien. —También necesitaba saber si lo había reconocido o no en la piscina.

Ella levantó las piernas y se movió para salir del coche.

Él le ofreció la mano para ayudarla.

Ella aceptó su ofrecimiento y dejó que la ayudara a ponerse en pie, luego se soltó y se apartó a un lado. Se tapó con los brazos para protegerse del frío.

—Gracias, pero estoy bien.

Hunter se había soltado la camisa para poder tapar con ella el arma y así darle la chaqueta.

—Ponte esto.

Ella trató de rechazar la chaqueta, pero él se la colocó sobre los hombros. Como ella no dijo nada más, él añadió:

—Te acompañaré hasta la puerta.

Abbie levantó los dedos con un perturbado signo de acuerdo y caminó alrededor del coche, temblorosa.

Él fue a su lado y le colocó la mano en la espalda mientras comenzaban a cruzar Cornelia Avenue.

Ella le dirigió una mirada que indicaba que no sería educada si no apartaba la mano. Él permitió que sus dedos se demoraran tres segundos contra su vestido, luego apartó la mano y mantuvo el paso.

No dijeron ni una palabra más hasta llegar a la entrada del edificio. Ella sacó del monedero una tarjeta electrónica para abrir la puerta y se detuvo, subiendo las cejas.

—¿Qué es lo que oíste que pasó exactamente?

—Que habían disparado a Gwen y que tú lo viste. Así que pensé…

—¿Pensaste que traerme a casa repararía el hecho de que hubieras desaparecido durante la fiesta?

Él tenía la sensación de que había calculado mal algo.

—Respecto a ese asunto, necesito explicarte…

—Porque lo que tú has explicado no es exactamente lo que yo recuerdo —continuó Abbie como si él no hubiera hablado.

Ella guardó la tarjeta, abrió la puerta y dio un paso adentro. Se dio la vuelta, se quitó la chaqueta y se la entregó—. Verás, yo creía que haberme salvado de ese segundo disparo ya saldaba la deuda que tenías conmigo.

La puerta se cerró con un chasquido muy claro. Cerrada.

Bueno, mierda.

«¿Derribo la puerta a puñetazos o me largo por patas?»

Capítulo doce

Abbie consiguió llegar hasta el ascensor sin que se le doblaran las piernas.

Hunter —un hombre que probablemente tenía un coche y un chófer a tiempo completo a su disposición— la había llevado hasta casa. ¿Por qué? ¿Quién demonios era él?

Ella todavía lo recordaba saltando por encima del muro y tirando la torre de vidrio y de velas a la piscina. ¿De dónde había salido?

¿La habría seguido cuando ella fue a encontrarse con Gwen? ¿Por qué?

Había vuelto para llevarla a casa.

Debía de preocuparle que ella revelara su nombre a los agentes de seguridad y a los medios, pero ella no le había dado la oportunidad de abordar ese tema. Ella tendría que hacerlo público en algún momento cuando la policía viniera a hacer más preguntas o alguien del departamento de noticias de la WCXB presionara por la historia de un testigo de primera mano.

Stuey sangraría en el minuto en que descubriera que ella se había visto implicada en medio del desastre y luego se pondría hecho una furia al ver que ella no había hecho un informe de la noche. Querría las dos cosas: matarla y conseguir un reportaje. La seguridad de los Wentworth había conseguido mantener a los medios bajo control y fuera, pero los nombres y los detalles al día siguiente por la mañana ya se habrían colado.

La puerta del ascensor se abrió al llegar al tercer piso del edificio de apartamentos. La alfombra del pasillo tenía el olor de cada uno de los seres humanos que habían vivido allí.

Pero era su hogar, su refugio.

El rostro de Gwen, la bala desgarrando su hombro, la piel hecha jirones, la sangre…

Abbie se tapó la boca para reprimir un sollozo antes de perder el control. Todavía le dolía el pecho por la falta de aire, pero al menos ya respiraba regularmente otra vez tras haber recuperado el aliento.

Hurgó en busca de las llaves y miró fijamente la cerradura, mientras oía la calmada voz de Hunter asegurándole que estaba a salvo después de aquel golpe tan duro en el suelo de cemento. Controló su pánico, golpeando sus pulmones cuando ella no podía respirar. Sus susurros habían calmado su terror durante unos pocos segundos.

Luego el tipo de origen hispano le dijo a Hunter que se marchara antes de que apareciera alguien. ¿Por qué? Ese mismo guardia de seguridad evitó mencionar la presencia de Hunter en la escena del crimen cuando más tarde habló con el policía.

Ella mantuvo la boca cerrada y no reveló nada, porque ya tenía suficientes problemas como para añadir uno más con un tipo rico. ¿Pero por qué no había dicho nada el guardia de seguridad?

¿Dinero? Alguien en la posición de Hunter probablemente podría pagar para mantener su nombre al resguardo de los medios.

Pero no habían discutido nada mientras estuvieron en el patio. ¿Habría sido antes ese trato con el guardia?

Abrió la puerta, entró y volvió a cerrarla con cerrojo.

Ya estaba mejor. Encendió la lámpara de la mesita del vestíbulo y entró en la oscuridad del salón. Allí dejó su cartera sobre el original sofá de color uva. Dejó las luces apagadas, fue hasta la ventana y abrió las persianas para ver si Hunter se había marchado ya.

El sedán negro arrancaba frente a su edificio.

¿Debería haberle dicho que subiera a hablar? Eso era lo que él esperaba cuando ella le cerró la puerta en las narices.

No había posibilidad de que él la llamara después de aquella noche, especialmente cuando todo saliera en las noticias.

¿Llamarla? Él no tenía el número, ni el apellido; nada. Podría volver a su casa, ¿pero qué sentido tendría eso? No es que ella fuera a ocupar un lugar especial en su apretada agenda.

Él desde luego era un misterio, pero ella todavía continuaba viéndolo saltar por encima del muro al patio de Gwen para cubrirlas con su cuerpo. Escudándolas en la oscuridad. Susurrándole que estaba a salvo.

Se había hecho cargo del peligro. Como un hombre de verdad.

Ella suspiró en voz alta, ya que nadie podía oír la ciega adoración que se escapaba al exhalar el aire.

En contraste con su primer juicio, tan poco caritativo, él se había convertido en alguien muy diferente a quien ella imaginaba. No era un chico vividor del montón.

No sabía cómo era exactamente, pero tenía el juicio suficiente como para mantenerlo fuera de su casa si no quería hacer algo tan estúpido como meterse en la cama con él. Tener un encuentro cercano con la muerte actuaba como afrodisíaco.

Meterse en la cama con él no le habría costado mucho esfuerzo de persuasión.

Su cuerpo tenía una necesidad acuciante de ser abrazado y amado ahora, y solo por un hombre. Hunter había despertado un fuego en su libido que yacía dormido desde hacía tanto tiempo que jamás se había imaginado que una noche privada con los Chippendale sería capaz de despertar una chispa de interés.

Esa era la razón de que no pudiera enfrentarse a nadie, y menos a Hunter, hasta el día siguiente, después de una ducha, chocolate y una horas de sueño.

El chocolate sería lo primero.

De camino al dormitorio, se detuvo cerca de la planta de filodendron, que caía hacia un lado de la maceta, actuando como si fuera su último día en la tierra.

—Esto no tiene buena pinta.

Desabrochándose el vestido, se dirigió hacia la cocina. Se quitó el vestido y su cuerpo suspiró aliviado. Lo dobló por encima del brazo. Una de las ventajas de vivir sola era poder caminar con braguitas y sujetador o sin nada. La luz le dio en la cara al abrir la puerta de la nevera, buscando, buscando…

Ahí estaba la caja de chocolates Godiva a medio comer.

—Estoy lista para vosotros —murmuró, cogiendo una trufa que se convirtió en un placer de moca en su boca. Sintió un gemido en el estómago.

«Estoy lista para irme a la cama.»

Debería tener un gato para acabar de redondear la imagen de una mujer soltera sin vida. Pero apenas lograba mantener viva una planta, y si tener una vida significaba recibir un tiro mientras se aburría cualquier día normal...

Pobre Gwen. ¿Habría sobrevivido? ¿Quién querría hacerle daño?

Abbie rezó una oración por la mujer, y luego otra por su madre, que empeoraba día a día.

¿Dónde encontrarían ahora ayuda ella y el doctor Tatum? Desde el momento en que el Kore descubriera que ella trabajaba para los medios sería despachada con alguna vaga noticia.

Si ella contactaba con Peter Wentworth para hablar de nuevo con Gwen, probablemente la arrestarían.

Mañana descubriría algo.

Se relamió los labios y se dirigió al dormitorio, encendiendo el interruptor de la lámpara al entrar. No pasó nada. Le dio arriba y abajo de nuevo. Nada.

Entró para intentar encender la lámpara.

—Quieta.

Abbie se quedó helada ante el sonido de una voz masculina incorpórea en la habitación oscura. Se situó justo detrás de ella. Ella se envolvió el cuerpo con las manos en actitud protectora y trató de hablar. No le salió la voz. Le empezaron a temblar las rodillas, y el temblor le subió por la columna.

Sintió un metal frío en la espalda. ¿Una pistola?

—Ponte de rodillas.

El terror la inundó, pero trató de aquietar su mente para poder pensar en cómo defenderse.

—¿Quién eres?

—Ahora.

En cuanto se dobló, las rodillas se le quebraron. Cayó en el suelo duro y colocó las piernas debajo de ella para poder arrodillarse, tratando de obedecer las órdenes mientras se preguntaba qué haría después.

Unos dedos helados la agarraron por el cuello.

Ella se estremeció y colocó el vestido contra la frente como para protegerse.

—Por favor, no.

Los dedos de él bajaron por su espalda. Debía de estar medio agachado. Ella podía notar la respiración en su cuello.

—Has hecho un buen trabajo esta noche, Abigail.

¿Esta noche? ¿De qué estaba hablando? ¿Y cómo sabía su nombre?

El corazón le latía violentamente. Se cubrió los pechos. Esto no podía estar pasando.

Él deslizó el dedo por debajo de un tirante del sujetador y le tocó la espalda. Ella se apretó las manos contra los pechos, rezando para tener fuerza para luchar contra él.

—Bonito sujetador.

Le temblaron los labios.

Él le arrancó el vestido de las manos. La tela golpeó contra la pared.

Ella apretó los ojos para evitar un torrente de lágrimas. «No te quiebres ahora.» No ahora que debía estar preparada para aprovechar cualquier oportunidad de escapar.

—¿Quién es el tipo que te ha traído a casa? —preguntó él.

—Yo… —Ella tosió y trató de tragar saliva, pero no le quedaba ni una gota en la garganta—. No lo sé. —¿Hunter?

Él se rio con dureza y ella notó cómo se sacudían los tirabuzones sueltos de su cuello.

¿Estaba enfadado? ¿Qué le haría ahora?

—Solo era un conductor…

—Eso es mentira.

Ella se estremeció con un temor escalofriante. Oh, Dios. Le dolía el corazón de latirle tan rápido.

—¿Qué es lo que quieres?

—Su nombre. —Su voz sonaba por encima de ella. Le cogió un mechón de pelo y tiró de él.

Ella gritó y se puso de pie. Vio estrellas de tanto dolor. Las lágrimas le corrían por la cara. Puso su codo contra el pecho de él, que estaba frío como el metal, y trató de empujarlo.

Error. Él le echó la cabeza hacia atrás, haciéndole ver de nuevo las estrellas.

—Sigue así y sacaré mi cuchillo. —El metal frío le tocó la espalda de nuevo. Él le deslizó el morro de la pistola por la espalda y metió el cañón dentro del elástico de sus braguitas—. Me dirás la verdad.

Esa advertencia la colocó más allá del terror. ¿Hasta el punto de darse cuenta de qué podía perder si luchaba contra él? Al momento ella atacó al maldito cabrón y gritó con toda la fuerza de sus pulmones.

Él sacó el cañón de la pistola de sus bragas y le puso el acero frío bajo la barbilla. Apretándola contra él, le susurró:

—Dame otro problema o vuelve a gritar y mataré a tu madre.

Hunter abrió el cerrojo, luego giró el pomo de la puerta lentamente y entró en el piso de Abbie. Había oído todo lo que ella había dicho en su dormitorio a través de uno de los diminutos transmisores que había colocado en uno de los botones de su vestido.

La 380 que le había entregado Rae era ligera, pero mejor que tener las manos vacías. No esperaba necesitar una pistola cuando aparcó el coche en la carretera y regresó. Su plan era eludir la seguridad y llamar a la puerta para que pudieran hablar.

Él haría las preguntas y ella respondería.

Eso cambió cuando se acercó a la puerta de Abbie y oyó la voz del intruso a través del auricular.

Aún podía oírles, ella emitía un sonido penetrante como un animal cogido en una trampa. Su miedo crudo llegó desde la oscuridad del dormitorio y él lo sintió clavarse en su espina dorsal.

Se deslizó contra la pared del salón hasta que llegó a la puerta del dormitorio y miró dentro con extrema atención.

La luz del vestíbulo ofrecía suficiente iluminación para que Hunter pudiera ver que el intruso llevaba un calcetín negro como máscara con una calavera blanca sonriente en la cara. La capucha de la cabeza era gruesa. ¿Reforzada? ¿A prueba de balas? Eso significaba que también debía de llevar algún tipo de chaleco antibalas en el cuerpo.

La cara de calavera sujetaba el pelo de Abbie con un puño y una Magnum Smith & Wesson 44 contra su barbilla. Ella se agarraba el cuerpo medio desnudo, con la piel tan pálida que parecía un fantasma en medio de la oscuridad.

—¿Todavía no sabes su nombre? —preguntó el intruso a Abbie.

—¿Me buscabas? —Hunter entró en la habitación, apuntando con el arma la cabeza de ese maldito cabrón, aunque no se arriesgaría a disparar con un arma que no conocía estando Abbie tan cerca del blanco—. Puedes tenerme si la sueltas.

—Puede que quiera quedarme con los dos. —Le retorció el pelo y los músculos del cuello se flexionaron dolorosamente—. Al menos podría proporcionarme entretenimiento.

—Si le haces daño me verás en el infierno —le advirtió Hunter—. Yo seré el que te haga un nudo en la polla. Y tú serás a quien le sangren los ojos.

Abbie tembló, pero sus ojos se le llenaron de esperanza.

Hunter no podía mirarla a ella y seguir concentrado en el maníaco. ¿De qué demonios iba todo eso?

—Creí que me estabas buscando a mí. ¿Qué es lo que quieres?

—¿Para quién trabajas?

—Para mí mismo.

—No, yo estoy pensando en la CIA... pero en ese caso hubiera sido informado acerca de algunos de los agentes de esta noche. —El intruso hablaba con una voz melódica, suave y tranquila. No despotricaba ni era exigente—. ¿Qué estabas haciendo en la finca de los Wentworth?

La adrenalina se le disparó a Hunter al darse cuenta de quién era el que podía sostener a Abbie a punta de pistola. JC, el francotirador responsable de la muerte de Eliot. Tenía que descubrirlo.

—Tú eres el que trató de matar a Gwenyth.

—Nunca trato de matar a nadie. Jamás me equivoco al disparar a un blanco autorizado.

Hunter hacía respiraciones cortas, obligándose a no disparar. Si la armadura detenía la bala, el francotirador mataría a Abbie.

—¿Por qué disparaste a Gwen si no querías matarla?

—Lo que yo quiera no forma parte de la ecuación. Yo solo soy un arma. —El asesino JC se rio socarronamente—. Exactamente como tú.

Era la misma risa que Hunter había oído justo después de la muerte de Eliot y que cada noche volvía a su mente al cerrar los ojos. Pero Eliot habría esperado que él usara la cabeza y no pusiera a Abbie en riesgo, ni siquiera para matar a ese cabrón.

—¿Qué es lo que quieres de ella? —Hunter señaló a Abbie con la cabeza.

—Es solo un medio para llegar a un fin. Quería verte a ti. —El asesino le soltó el pelo y le acarició suavemente la cabeza.

Abbie se encogió, pero no se quebró. Miró a Hunter con los ojos muy abiertos como para indicarle que estaba alerta y preparada para luchar.

—Ya tienes lo que querías. Ahora suéltala y hablaremos.

—«Y entonces te mataré con mis propias manos si no puede ser de un disparo.»

—Dudo que tú puedas darme más información. En cambio, Abigail ha sido de gran ayuda esta noche. Va a ser una pena tener que matarla.

Antes de que Hunter tuviera la oportunidad de seguir negociando o de dar un paso, el asesino usó su brazo libre para levantar un bote de humo por encima del hombro de Abbie.

Hunter reconoció el bote, se cubrió los ojos y abrió la boca un segundo antes de que estallara el explosivo.

Abbie gritó. Gracias a Dios. Si no lo hubiera hecho, le habrían reventado los tímpanos.

El gas lacrimógeno flotó por el aire.

El silencio que siguió lo invadió de miedo.

Hunter se sumergió a través del humo que llenaba la habitación, tratando de ver y de respirar.

Abbie no emitía ni un solo sonido, ni siquiera un gemido. Él se levantó la camisa para protegerse del hedor y el calor del gas lacrimógeno y luchó por abrirse paso en la oscuridad. Sus pies toparon con un par de piernas tendidas sobre la cama. Abbie estaba inconsciente.

Él la levantó y la cargó sobre su hombro, tosiendo mientras se abría paso por la habitación cegado por las lágrimas. Al salir al pasillo, dio una patada a la puerta del piso y se deslizó por el suelo. Le dio la vuelta y la sostuvo en sus brazos.

El aire caliente le quemaba los pulmones.

Pero su mente ardía aún más llena de preguntas. ¿Por qué aquel tipo no había tratado de matar a uno de ellos o a los dos? ¿Qué era lo que quería?

Hunter no podía creer que después de cuatro años hubiera estado a unos pocos metros de JC, el asesino.

Y lo había dejado escapar.

Bajó la vista hacia Abbie, lánguida en sus brazos y con un chichón en la cabeza ahí donde el maldito cabrón la había golpeado. ¿A quién había cabreado y cuál era su conexión con todo esto?

Esta noche todo había cambiado.

Tendría que obtener las respuestas de otra manera, maldita sea.

Ella tenía que desaparecer. Ahora mismo.

Jackson se movió cuidadosamente a lo largo de las calles. Él lo hacía todo cuidadosamente.

Se quitó la media de la cabeza y guardó la capucha reforzada en la mochila que sacó de la parte trasera del bloque de pisos de Abigail Blanton.

Sus guantes y sus ropas negras, también reforzadas con una armadura a prueba de balas, protegían el único punto débil de su cuerpo. Algo que al operativo que había acudido en defensa de Abbie le hubiera gustado saber.

Había habido algo personal en la amenaza que le había hecho el rescatador. Aquel tipo orgulloso no tenía ni idea de que se enfrentaba a Jackson Camaleón. Que estaba poniendo en juego su existencia.

La mayoría de la gente lo descubría un nanosegundo antes de morir, lo cual le recordaba a Jackson que necesitaba pedir autorización para eliminar al protector de Abbie.

Envió un mensaje de texto a su superior diciéndole que otro jugador había entrado en juego. Y pidiendo autorización para encargarse de él.

Los Fratelli no permitían muertes innecesarias, de lo contrario él habría matado tanto a Abbie como a su perro guardián allí mismo.

Recibió un texto de respuesta: «Todavía no. Establece qué intereses representa».

Jackson apretó el botón «K» para enviar la confirmación de que había recibido la respuesta. Se arrebujó el abrigo para protegerse del frío y se mantuvo en el lado oscuro de la calle.

No había planeado permitir que el amigo de Abbie siguiera

con vida, a pesar de que no hubiera visto su cara, pero no podía hacer nada contra un disparo no autorizado.

Eso solo significaba que el amigo de Abbie no podía morir literalmente a manos de Jackson, pero cada día moría gente que él no tocaba. Lo único que había que hacer era averiguar qué era aquello que le importaba más a una persona, y luego se le proporcionaban opciones a esa persona.

Capítulo trece

A Abbie le dolía la garganta al tragar.

Pero no era un dolor tan fuerte como el pinchazo que sentía en la cabeza.

No quería levantarse, no había dormido bien, con bastantes interrupciones. ¿Quién no había dejado de fastidiarla?

No había forma de poder dormir con aquel dolor... Cuando se llevó las manos a la cabeza sus dedos toparon con algo frío. Apartó a un lado la bolsa de hielo y palpó con cuidado, y se encontró un chichón.

¿Qué le había ocurrido?

Pestañeó con los ojos abiertos en la oscuridad y miró a su alrededor. ¿Dónde estaba? El recuerdo vino lentamente, pero las piezas comenzaron a encajar, ofreciéndole imágenes aisladas de cómo se había hecho daño. Lo último que recordaba era estar en su casa con un maníaco que la apuntaba con una pistola y Hunter, también con una pistola, que había acudido a rescatarla.

Por segunda vez en una noche.

¿Quién demonios era ese Hunter?

Cuando ajustó la vista, observó que había pálidas luces azules en los zócalos de la habitación y pudo ver algo a su alrededor. Un espacio pequeño, pero bonito. Se incorporó sobre sus codos y tuvo que tragar reprimiendo una náusea por el mareo repentino.

Tomó aire profundamente, lo soltó poco a poco y trató de concentrarse.

Su mirada se apartó más allá de la cama doble donde estaba para detenerse en una cómoda laqueada de color aluminio con cuatro cajones, en la pared opuesta a los pies de la cama. A la derecha de la cómoda una puerta se abría al cuarto de baño, un descubrimiento positivo, y a la izquierda de la cómoda había otra puerta.

¿La salida?

Miró sin mover la cabeza. El techo bajo estaba curvado desde el zócalo de un lado hasta el otro, cruzando por encima de la cama. No había ventanas.

Todo olía a impecable o a nuevo, como sin estrenar. Las sábanas de lino estaban crujientes. ¿En qué clase de lugar estaba y quién la retenía allí?

Tenía que ser el loco de su piso. ¿Quién si no?

¿Y qué le habría hecho a Hunter? El corazón se le encogió.

Se había resignado a luchar contra ese maldito cabrón, pero sabiendo en lo profundo de su corazón que perdería la batalla y sufriría una horrenda tortura antes de morir.

Luego Hunter había aparecido como un ángel vengador.

Nada en aquel cuadro tenía sentido.

Un chico rico haciendo de chófer y manejando una pistola como James Bond.

¿Habría sido todo fruto de una alucinación?

Una suave vibración se filtró a través del colchón. Escuchando de cerca, detectó el suave zumbido de un motor.

Eso era demasiado real para tratarse de una alucinación.

Abbie se sentó y sacó las piernas de la cama. La habitación se sacudió junto con su estómago. Apretó los dientes y respiró por la nariz hasta que se le pasaron las ganas de vomitar. ¿Cuándo se había golpeado la cabeza? El intruso la había sujetado del pelo, luego la había soltado... después hubo una explosión... y algo le golpeó la cabeza.

Probablemente la culata de su pistola.

Ella esperaba que el arma fallara y le volara la cabeza cuando tratara de dispararla.

Apartando a un lado la colcha blanca, se puso en pie... y se dio cuenta de que llevaba puesto un camisón iridiscente y vaporoso. Todavía llevaba también las braguitas y el sujetador. No tenía ninguna sensación física diferente, salvo el dolor de cabeza y una molestia en la garganta. Revisó la cama y encontró una bata a juego que había quedado cubierta a un lado. Se la puso y fue al cuarto de baño, donde el agua corrió con tanta fuerza que ella esperaba que alguien acudiera corriendo, pero no apareció nadie.

Dio un vistazo rápido al espejo antes de salir. Ni siquiera la luz tenue, que resultaba favorecedora, pudo mejorar el enrojecido chichón de su cabeza. Se había recogido el pelo para la fiesta, pero ahora lo llevaba suelto en tormentosos tirabuzones que caían sobre sus hombros.

La fiesta. ¿Habría sobrevivido Gwen?

Quedándose allí no podría responder a sus preguntas. Abbie salió del baño y se dirigió hacia la otra puerta. Cuando buscó el picaporte la habitación se movió.

—Maldita sea. —Otro movimiento como aquel y alguien tendría un desastre que limpiar. ¿Estaría en un avión?

Abrió la puerta y se halló ante un tremendo avión privado.

No tenía nada que ver con ningún pequeño avión donde hubiera volado antes. La zona que había más allá del dormitorio parecía un gran salón con sofás de cuero color hueso a la derecha y dos sillones reclinables a la izquierda. El lujo podía olerse en el aire. El avión avanzaba por una pista asfaltada que debía de pertenecer al aeropuerto a mitad de camino de Chicago.

Ella se quedó quieta, respirando lentamente para luchar contra el ataque de pánico que sentía crecer en su abdomen.

¿Dónde la estaban llevando?

Su mirada se topó con lo que parecía un espacio de tipo comedor, con dos sillas de grueso tapizado en color bronceado y malva a cada uno de los dos extremos de una mesa lacada en blanco.

¿Así es como viajaban los asesinos?

Gritar pidiendo ayuda parecía estúpido considerando que quien la hubiera secuestrado llevaría el control del avión. Y no podría saltar a esa velocidad aunque lograra abrir la puerta de emergencia antes de que despegaran.

¿Cómo se había metido en tantos problemas?

¿Dónde la llevaban?

¿Quiénes eran ellos?

Como si fuera una respuesta a su última pregunta, la puerta del otro extremo de la cabina se abrió y… apareció Hunter. Se había cambiado el esmoquin por unos vaqueros y un jersey azul marino.

Frunció ligeramente el ceño al verla y caminó hacia ella.

—¿Qué haces levantada?

—¿Que qué hago... hablas en serio? —Se dirigió hacia él, pero él llegó junto a ella antes de que diera tres pasos. Le dolía la cabeza por el movimiento rápido y se la agarró con las manos para calmarse.

Él la cogió de la muñeca, sujetándola con cuidado como si fuera una mala persona.

—Deberías echarte ahora mismo.

Buen consejo, teniendo en cuenta que el cuerpo le temblaba de agotamiento y su estómago planeaba decorarlo todo con el alcance de un proyectil.

—¿Qué está... pasando? —preguntó suavemente.

El avión comenzó a moverse más rápido.

Hunter la apretó contra su pecho, sujetándola con firmeza, con su mano en la cabeza.

—Tienes que ponerte el cinturón. ¿Crees que vas a marearte?

Ella levantó una mano e hizo un lastimoso intento de empujarlo.

—Detén el avión.

—No puedo.

—Gritaré.

—Eso no detendrá el avión y te puede hacer vomitar. —Hunter soltó un pesado suspiro—. Tienes diez segundos para moverte hasta esa silla. —Señaló al lado de él—. O colócate ahí.

Ella no se movió.

—Cinco segundos.

—Oh, está bien, maldita sea. —Se apartó de él. Entre el movimiento del avión y su precario equilibrio tropezó hacia un lado.

Él la agarró de la cintura de nuevo y la atrajo hacia su pecho. Ella se agitó en sus brazos, agarrándose para mantener el equilibrio y furiosa por la debilidad con la que luchaba.

—Chist.

Hunter permanecía inmóvil como una viga de acero, acariciándole un brazo de arriba abajo. La sostuvo con firmeza y la calmó susurrándole palabras cuando ella quería soltarse.

Cuando le preguntó si estaba preparada para sentarse, ella accedió. Por ahora.

Odiaba mostrarse sumisa. No había sido sumisa en su vida,

pero nunca la habían atacado ni secuestrado. Ni tampoco disparado, aunque técnicamente ella no había sido el blanco.

Hasta el momento.

Hunter la ayudó a darse la vuelta con cuidado y la hizo sentarse en uno de los sillones reclinables que había frente al sofá. Colocó el cinturón de seguridad en su lugar y accionó una palanca que enderezó el asiento.

—Esta es la mejor posición para despegar.

Ella quería ignorar su consideración, pero el apoyo de la cabeza le daba estabilidad.

No era tan agradable como estar en los brazos de Hunter, pero era lo siguiente mejor.

Sería agradable si no estuviera en el contexto de un secuestro.

Él se dejó caer en el otro sillón, pero en lugar de darse la vuelta se giró para estar en frente de ella, se abrochó el cinturón, y luego apoyó el codo en el brazo del sillón. Inclinó la cabeza hacia delante, apoyándola entre dos dedos, y la miró con interés clínico.

En cuanto el avión despegó y alcanzó la altura necesaria ella dijo:

—De acuerdo, ahora quiero respuestas.

—Ya somos dos. Pero primero quiero ponerte hielo en la cabeza. —Hunter apretó un botón al lado de un brazo del sillón, y luego habló a través de un micrófono oculto—. Tráeme el hielo y… —Hizo una pausa para mirar a Abbie—. ¿Algo más?

Ella movió una ceja como sugiriéndole que esperaba las joyas de su familia servidas en bandeja de plata.

Él le dirigió una mirada ligeramente divertida que añadió otra mala nota.

—¿Qué me dices de un té?

—¿Qué tal un trago de Jack Daniel's?

Él alzó las dos cejas, pero hizo el pedido a quienquiera que fuese a entregarlo.

Puede que le hubiera salvado la vida dos veces, pero el secuestro le borraba el marcador adquirido. Antes de que ella pudiera presionarlo de nuevo, apareció una mujer joven con cabello corto y negro que salió de la misma puerta de la cabina que había usado Hunter.

Él debía de tener algún otro botón oculto en su asiento. Las puertas del armario de madera oscura, que estaba fijo a la pared entre sus sillas, se abrieron y apareció una mesa con asideros para los vasos a la distancia de un brazo.

Abbie se sintió muy mal vestida al lado de aquella mujer con traje negro, maquillaje impecable y sonrisa pintada de rubí. Pero la joven... ¿su azafata de vuelo?... se comportó como si todas las acompañantes de Hunter llevaran lencería de seda durante el viaje.

Tal vez así era.

La azafata de vuelo llevaba una bandeja de plata con una compresa fría, una botella de Jack Daniel's, un vaso con hielo y un plato blanco con borde dorado lleno de sándwiches y galletas.

—¿Sabe ella que me has secuestrado? —preguntó Abbie a Hunter cuando la azafata de vuelo sirvió la bebida.

La mujer sonrió a Hunter y se alejó sin decir una palabra, actuando como si Abbie no hubiera hablado.

Hunter le dirigió una mirada indulgente.

—¿Quieres algo más?

—¿De verdad esperas que me quede aquí sentada y actúe como si todo estuviera perfectamente bien? Ni siquiera sé quién eres.

Él se echó hacia atrás y colocó los brazos sobre el sofá, estudiándola durante un momento.

—Reconozco algo de ti.

Ella no esperaba eso. ¿Realmente se conocían? ¿De qué?

—El pequeño lunar que tienes en la parte interior del muslo izquierdo.

Ese comentario acerca del lunar de su pierna hizo callar a Abbie.

Hunter esperaba no haberla aterrorizado. Sin duda se habría dado cuenta de que no la había tocado. Bueno, más allá de que la había transportado desde su bloque de pisos hasta el coche que había aparcado en la calle y le había puesto el camisón al llegar al avión. Tenía que ponerle el camisón o meterla en la cama medio desnuda. Las únicas otras ropas que había en el dormitorio eran las de Todd, las que ahora llevaba Hunter.

No hubo manera de evitar la vista del diminuto lunar que tenía en la pierna, y este desencadenó toda una serie de imágenes en su mente. Y el asesino la había llamado Abigail.

Abbie era Abigail.

Se habría dado cuenta antes de quién era si hubiera pasado más horas con ella aquella noche en Chicago seis años atrás. También estaba más delgada cuando se conocieron.

Una delgadez no saludable. Y su pelo era entonces liso y rubio, no rizado y castaño.

En aquella época todas las mujeres llevaban el pelo liso, en mechones sedosos que caían como cascadas.

Pero los rizos eran interesantes. Diferentes. Suaves. Bonitos.

—Yo no me acuerdo de ti. —Ella sacudió la cabeza con una mueca de dolor.

Él enderezó su asiento, cogió la compresa de hielo y se la dio.

—¿Vas a marearte?

—No si dejas de preguntármelo. —Ella cogió la compresa y se la colocó contra la frente—. ¿De qué me conoces, o solo tratas de volverme loca?

—No trato de volverte loca. Nos conocimos hace mucho tiempo.

Ella lo observó detenidamente, fijándose en su rostro, en sus hombros y hasta en sus botas.

Él comprendía que no lo reconociera. Por entonces acababa de terminar una misión en Chicago que lo obligó a dejarse crecer la barba y teñirla de castaño oscuro, junto con el cabello, que le llegaba hasta los hombros.

Aquella misión sangrienta había resultado de seguir una serie de muertes aparentemente accidentales de ciudadanos destacados, uno de los cuales tenía un vínculo estrecho con el presidente de aquel momento. Esa fue la primera vez que la BAD encontró las cucharillas de titanio del asesino JC. Con tres cuerpos hechos pedazos, uno de ellos de un niño. Hunter había dado el parte en una taberna local, y luego había pedido algo de beber para borrar las imágenes de su cabeza.

Abbie entró en el bar cuando él ya había decidido beber hasta olvidar aquella misma noche. Ella se pavoneó con un escandaloso vestido rojo que solo la cubría lo suficiente como para prevenir un arresto por exposición indecente y soltó una carcajada que él jamás olvidaría.

Él necesitaba su sonrisa y el tintineo de una risa femenina. Necesitaba mirar unos ojos color turquesa que no estuvieran aterrorizados o agonizando.

Esos ojos eran inolvidables, pero él había enterrado los recuerdos en un lugar seguro, lejos de los espantosos.

Cuanto más bebía ella aquella noche más divertida se ponía, a pesar de que él notaba que algo la turbaba. Ella escudaba bien su dolor, como ahora, cuando trataba de ocultar su temor y confusión. Él no creía que tuviera una conmoción cerebral, pero la había sacudido varias veces para despertarla mientras dormía, solo por asegurarse. Y todavía estaba condenadamente pálida.

—No estoy para juegos. —Dio un trago a su bebida, mirándolo fijamente con terca determinación.

—Yo tampoco. Responderé a tus preguntas después de que tú respondas a las mías —comenzó Hunter—. ¿Cómo conociste a Gwenyth Wentworth?

—No la conozco.

—¿Entonces cómo conseguiste una conversación en privado con ella cuando otros tardan meses antes de entrar en su calendario?

—Le dije que quería hablar sobre el Kore Women's Center. —Abbie tomó un largo trago de whisky—. ¿Cómo es que estabas tan cerca de su patio privado cuando la dispararon?

—Todavía no.

—Entonces no hablaré. —Ella levantó las piernas y se sentó sobre ellas, tenía el aspecto de un hada ofendida con aquel camisón vaporoso.

Tendría que conseguirle algo de ropa antes de entregarla a la BAD. No podía hacer que entrara en una habitación llena de agentes con eso puesto.

—¿Por qué sabía tu nombre el tipo de tu casa?

—No tengo ni idea. Yo no reconocí su voz y no sabía de qué estaba hablando.

Cada uno de los movimientos de su rostro, sus ojos y su cuerpo indicaba que estaba diciendo la verdad. O que era una mentirosa de primera. Se había mostrado aterrorizada cuando dispararon a Gwen y también luego en su casa. Las dos veces parecían respuestas reales. Le daría el beneficio de la duda por ahora.

—Estás metida en algún tipo de problema, Abbie. Si me lo

permites, te ayudaré. Si no… —Abrió las manos como diciendo «lo que tenga que ser será».

El asesino JC había comentado dos veces que Abbie había sido muy útil aquella noche, pero ella no había expresado su reconocimiento. Hunter no creía que supiera a qué se refería el asesino, pero ella desempeñaba algún papel en todo este asunto y tenía que dar explicaciones.

—No tengo ni idea de quién era el hombre de esta noche. No tengo ni idea de por qué alguien ha querido matar a Gwen. Y tampoco tengo ni idea de quién eres tú ni de por qué me has secuestrado. Eso es en suma lo que sé de todo esto.

Hunter creía aquellas afirmaciones, pero Abbie seguía ocultando por qué se había encontrado con Gwen.

—¿Por qué amenazaste a Gwen?

Ella apartó la vista, mirando el suelo y su vaso, y luego deslizó la compresa sobre uno de los ojos.

—No sé de qué me estás hablando.

Era la peor mentirosa de la historia.

La mayoría de las mujeres que conocía tenían un don inherente para deformar la verdad, pero Abbie carecía de él.

No quedaba mucho tiempo para que llegaran a Nashville y todavía tenía que avisar a Joe de que llevaba a alguien al cuartel. Cuando había llevado a Abbie hasta su casa, envió un mensaje de texto a Carlos diciéndole que estaba siguiendo a la mujer que estaba con Gwen cuando se produjo el disparo. Carlos le contestó que transmitiría su identidad a Gotthard para que la investigara.

Joe estaría molesto con Hunter por no haber comunicado a Carlos que estaba llevando a Abbie a los cuarteles, pero Carlos habría querido enviar a otro miembro del equipo junto a Hunter. Y esa era la única oportunidad de Hunter para sonsacarle información. Si la entregaba a Joe en cuanto aterrizaran, podría evitar una reacción violenta. Y además entregaría la memoria USB de Linette, que supuestamente serviría para explicar la red y los detalles de la reunión de esa noche. Hunter tenía que entregar la memoria USB en el cuartel al día siguiente por la mañana, así que le quedaba un tiempo por delante al aterrizar.

—Abbie, necesito saber de qué estabais hablando tú y Gwen. No puedo explicarte por qué, pero es importante para la seguridad nacional.

—¿La seguridad nacional? —Su sonrisa estaba cargada de escepticismo—. ¿Por qué iba a creerte o a contarte nada? Además, ¿cómo sé que no vas a matarme?

—Porque soy la mejor apuesta que tienes si quieres seguir con vida.

Ella dejó la compresa de hielo sobre la mesa y el vaso en el posavasos, luego se inclinó hacia delante con las manos en las rodillas.

—Explica a qué te refieres. ¿Quién era ese tipo de tu casa, ya que parecía conocerte?

—Es un asesino entrenado. La mejor manera de mantenerte a salvo es colocarte en un programa de testigos, que es algo que puedo conseguir. No puedo contarte lo que hago, pero tengo los contactos para meterte ahí. Allí es donde nos dirigimos. —Más o menos. Una vez Joe y Tee obtuvieran lo que querían, ella terminaría en un programa de protección de testigos.

—¡No! No puedes hacer eso.

Hunter empleó su tono de «seamos razonables con todo esto», que reservaba para individuos realmente desafiantes que no podían sopesar sus opciones rápidamente.

—Puedo entender cuánto te asusta lo que piensas que significa abandonar tu vida y tu identidad, pero no es tan aterrador como que alguien trate de matarte. Tenemos personas que pueden ayudarte en esta transición.

—¡No, no y no! No me meteré en un programa de testigos. —Se levantó de un salto, mirando a su alrededor como si pudiera encontrar una salida.

Él se puso de pie y la sostuvo de los brazos con firmeza.

—Siéntate antes de que te caigas.

—No puedo simplemente desaparecer. Tengo responsabilidades. Todo el mundo se pondrá a buscarme.

—Enviaremos un mensaje comunicando que estás fuera por un asunto familiar y luego escribirás a tu familia una carta que nosotros entregaremos.

Ella separó los labios y abrió los ojos con incredulidad.

—En primer lugar, la policía no se creerá eso después de lo que pasó esta noche. Segundo, mi familia me necesita en este momento.

—Mi gente mantendrá tu nombre a salvo de los medios…

—Eso será una broma, teniendo en cuenta que trabajo para una cadena de televisión local.

Él apretó la mandíbula. ¿Ella estaba con los malditos medios?

—Me dijiste…

—…que era escritora, lo cual es verdad —le espetó—. No me mires así. Tú me estuviste mintiendo toda la noche.

—Eres periodista. —Él no reprimió la nota de disgusto en su voz—. ¿Qué le has contado a tu programa sobre lo que ha acontecido?

—Nada. No he tenido la oportunidad de hablar con nadie entre los informes a la policía y el asesino que encontré en mi casa. —Se inclinó hacia delante y lo amenazó con un dedo, dándole una orden—. Llévame a casa. Ahora mismo.

Eso jamás. Hunter negó con la cabeza.

Su enfado disminuyó, pero su perfil rígido indicaba que no había renunciado.

Él necesitaba a uno de esos malditos especialistas en transiciones de la BAD.

—Siéntate y hablemos con tranquilidad.

Hunter hubiera preferido tratar con un terrorista enfermo antes que con una mujer angustiada. Las mujeres que normalmente encontraba en una operación solían encajar en una de dos categorías: enemigas que destruiría sin pensárselo dos veces o civiles que rescataba y que se mostraban más que dispuestas a aceptar un entorno que las protegería.

Alguien debería compartir aquella operación encubierta con Abbie. Lo intentaría una vez más.

—Es demasiado peligroso retomar tu vida.

—Tengo que ir a casa. —Ella se apartó de él, se agarró la cabeza y se arrastró mareada hasta que pudo apoyar una mano en la cabecera de su asiento.

Él se frotó los ojos, recordando que Eliot siempre había sido mejor que él tratando con mujeres irracionales angustiadas. Pero Eliot estaba muerto y Hunter tenía que lograr que Abbie hablara antes de que aterrizaran, puesto que la BAD los estaría esperando en la pista de aterrizaje en cuanto él los alertara.

—No tienes más remedio que entrar en un programa de testigos. Tu vida corre peligro.

Ella enderezó los hombros, pero el terror se advertía en la

brevedad de cada una de sus respiraciones. El color le desapareció de la cara. Adquirió un tono blanco grisáceo que a él le hizo pensar que había perdido la lucha contra las náuseas, por más que sus ojos ardieran preparados para la batalla.

—No me importa.

Eso lo sacó de sus casillas.

—¿No te importa que alguien esté tratando de matarte? —le gritó.

—Por supuesto que eso sí me importa —le gritó ella en respuesta. Luego inspiró profundamente—. Pero de todo modos debo volver a casa. Mi madre está enferma. Me necesita.

El dolor y la preocupación que había en su voz le encogió el pecho.

—Ayudaremos a tu madre.

—No lo entiendes. Yo tengo que estar allí.

—¿Con tal de estar en tu hogar crees que merece la pena que te maten?

Ella echó la cabeza hacia atrás al oír sus palabras.

—Sí, por ella vale la pena morir.

—Muerta no serás de mucha utilidad para tu madre —razonó él. ¿Por qué no podía asumir la realidad de su situación?

—No seré de ninguna utilidad para mi madre si me marcho. En realidad, soy la única persona que la puede ayudar. —Se apartó unos rizos de la cara y murmuró—. Tú simplemente no lo entiendes.

—Entonces ayúdame a entenderlo. —Sabía que ella no podía hacer eso.

Abbie levantó la barbilla. Las lágrimas brillaban en sus ojos, pero las retuvo por la pura determinación que inundaba su mirada.

—¿Quieres saber si tengo miedo a morir? Diablos, sí. ¿Quién no lo tendría? Pero mi madre me necesita. Yo soy la única que podría haber obtenido ayuda de Gwen, y ahora Gwen no puede ayudarme, pero no puedo esconderme en un lugar seguro sabiendo que mi madre...

Aquello no llevaba a ninguna parte. La interrumpió.

—Entiendo que estés preocupada por tu madre, pero nosotros tenemos recursos. Solo dime qué le ocurre y yo veré lo que podemos hacer mientras te refugiamos en un lugar seguro.

Ella negó con la cabeza.

¿Es que esa enervante mujer no se daba cuenta de que aquello no era un juego? ¿No entendía que estaba realmente en peligro de muerte?

Él presionó.

—¿Entonces no quieres ver si nuestros médicos pueden ayudarla? —Sonaba como un cretino sin corazón al regañarla, pero sus opciones se estaban agotando—. ¿Quieres negociar? Dime la verdad sobre tu encuentro con Gwen y discutiremos las opciones.

Abbie se cruzó de brazos. Pensamientos helados cruzaban su mirada.

—Mi madre, perfectamente sana, fue al Kore Women's Center hace diez días para donar sangre que almacenan para ella y hacerse unas pruebas. El día después de volver a casa empezó a fallarle el bazo, lo cual ha provocado la mayoría de sus problemas internos. Podría necesitar pronto un trasplante de hígado. El Kore se niega a admitir que le hicieran ningún tratamiento, pero el doctor de mi madre me ha dicho la verdad. Ellos hacen pruebas secretas a mujeres embarazadas con sangre extraña, que era el caso de mi madre cuando fue al centro Kore hace treinta años. Ella tiene un tipo de sangre muy extraño. Nuestro médico dice que tienen que haberle dado algo que le ha dañado el bazo, pero ha hecho todas las pruebas imaginables. Nadie sabe qué es lo que le ocurre, pero empeora cada día. —Las lágrimas se le acumulaban en las pestañas.

Oh. Mierda.

—Soy su única esperanza —dijo Abbie, luchando por lograr fuerza en su voz—. Mi madre está agonizando y puede que no esté viva al final de la semana. Así que sí, prefiero morir tratando de salvarla que vivir con la culpa de preguntarme si podría haber hecho algo. Si tú no puedes entender este sentimiento por alguien que amas es que entonces eres un cretino sin corazón.

Capítulo catorce

*H*unter normalmente tenía una respuesta para todo y para todo el mundo, pero esta vez no. Un frágil silencio competía con la ráfaga de aire del fuselaje.

Abbie aguardaba en silencio a que él le diera una respuesta, con sus ojos brillantes de preocupación y de expectación.

Era un capullo de corazón frío, pero apartarla de su madre moribunda lo colocaba en un lugar de la cadena de humanos aún más bajo que el de aquellos que él ayudaba a poner en prisión.

Si la entregaba a manos de la BAD para entrar en un programa de protección de testigos, sería tratada con gestos de simpatía a lo largo del proceso pera jamás tendría la oportunidad de ver a su madre. Durante mucho tiempo.

Tendría que vivir con el peso de la muerte de su madre para siempre.

Pocas personas sabían lo que era cargar con el tormento de la muerte de una persona inocente, una persona amada, sobre la conciencia.

Como Eliot.

El rostro de Eliot, tenso por la agonía del dolor, afloró en la mente de Hunter. El estruendo de las olas al romper y los últimos segundos en que su amigo se despidió para, a continuación, cortar la cuerda… y entregarse silenciosamente a la muerte. Nada borraría eso jamás.

—¿Hunter? —Abbie lo llamó, con la preocupación reflejada en su voz.

Él contuvo la oscura niebla que siempre amenazaba con cegarlo. No quería preocuparla y no quería que nadie se interesara por su bienestar nunca más.

—¿Qué?

Abbie se estremeció por la brusquedad de su respuesta.

Maldita sea. Él se frotó la nuca y esperó un poco antes de hablar para que su voz sonara calmada.

—Siéntate antes de que te caigas.

—No hasta que accedas a llevarme de vuelta. —Ella estiró los pies, estabilizó su cuerpo y se cruzó de brazos, preparada para que él respondiera.

¿De verdad creía que él podía dejarla ir a alguna parte y que tuviera la posibilidad de hablar con los medios?

Todavía no había llamado a Joe, pero ya no podía retrasarlo mucho más. Si no la entregaba ahora mismo, tal vez no sería capaz de hacerlo más tarde.

Joe observaba atentamente a todos sus agentes en busca de cualquier señal de traición o de algún deseo de venganza personal después de la pérdida de alguien cercano. La BAD no perdonaba que ningún agente dejara de respetar los rangos y se rebelara contra la agencia. Hunter había demostrado a todos ellos que no cargaba ningún equipaje por la muerte de Eliot, pero tampoco había querido un nuevo compañero.

Eso no era un problema. Nadie quería ser el compañero de un hijo de puta tan frío que, según ellos creían, entendía la muerte de su amigo como un daño colateral.

Hunter no había revelado nada. Él ofrecía su tiempo, ocultaba su dolor y ahora tenía una oportunidad de atrapar al asesino.

Si obligaba a Abbie a entrar en el programa de protección de testigos, ella nunca volvería a ver a su madre y, por supuesto, a modo de represalia le ocultaría información.

Si él no la obligaba, ella se metería en problemas más graves de los que tenía ahora, puesto que la BAD asignaría a sus mejores activos para seguir el rastro de Hunter y neutralizarlo.

«Joder.»

Qué opciones más lamentables.

—No puedo llevarte a casa…

—¡Entonces jódeme como te dé la gana!

—Déjame terminar. —No volvería a perder la paciencia con ella. Estaba herida, asustada y temía por su madre. Él no tenía ni idea de cómo iba a arreglar aquello, pero no le haría la vida más difícil mientras tratara de diseñar un plan—. No te entregaré a un programa de protección de testigos todavía, pero tampoco puedes volver a casa hasta que averigüe quién era el tipo que había en tu casa y por qué está tratando de matarte.

A ella le cambió la cara.

—¿Y qué pasa con mi madre?

—Hablaba en serio cuando dije que si tú me ayudabas yo te ayudaría. Podrías empezar explicándome de qué manera podría ayudar Gwen a tu madre.

Ella se mordisqueó el labio, pensándose la respuesta como alguien que estuviera negociando con su vida, puesto que probablemente ella lo sentía así.

—De acuerdo. Colaboraré contigo si tú eres honesto conmigo. —Extendió la mano—. Formalicemos el trato.

¿Hablaba en serio?

—¿Quieres formalizar el trato con un apretón de manos? —Él quería reírse ante su ingenuidad, pero no lo hizo cuando se dio cuenta de que hablaba en serio.

¿Ella creía que él no le mentiría si se daban un apretón de manos?

Él solamente había aceptado esa forma de trato de una persona: Eliot.

La mirada de ella no titubeó cuando dijo:

—Mi padre me enseñó que un hombre vale tanto como su palabra. Si nos damos la mano estoy dispuesta a aceptar tu palabra y confiar en ti.

Él mentía con una habilidad que a veces lo sorprendía incluso a sí mismo y nunca perdía un minuto de sueño preguntándose por la veracidad de una misión. Pero él y Eliot jamás hubieran roto un pacto si se habían dado la mano. Quería fingir que ahora esto no era lo mismo, pero la culpa lo invadió ante la idea de mirar a Abbie a los ojos y mentirle acerca de algo que ella consideraba una cuestión de vida o muerte. Romper su palabra en eso desgarraría otro pedazo de su alma devastada.

Hunter tomó su mano. Los dedos de ella estaban fríos y temblorosos.

Demonios, él de algún modo tenía que ser la causa de eso.

Ella le agarró la mano con fuerza y determinación. Pero la

suya no era una mano tan fuerte como para detener a un asesino.

A él le dio un vuelco el corazón. ¿Cómo podía confiar en un hombre que no conocía basándose simplemente en un apretón de manos? Ella todavía no imaginaba cómo se habían conocido. Él no ponía muchas esperanzas en que se sintiera feliz al descubrirlo.

La palma de él ardía contra la de ella, tan delicada. Sus dedos rechazaron abrirse y soltarla, obligándola a conformarse.

Abbie levantó los hombros, elevando al máximo su estatura. El levísimo pulso de su cuello revelaba su miedo. Miedo al futuro, miedo de perder a su madre, ¿o miedo de él? Él sintió en su pecho la urgencia de tomarla entre sus brazos y asegurarle que todo iría bien.

Pero no podía hacerlo.

Joe probablemente enviaría un equipo tras él a medianoche. «Un hombre vale tanto como su palabra.» Eliot habría estado de acuerdo con eso.

Bien, demonios. Hunter afirmó con la cabeza. Mantendría su palabra durante tanto tiempo como tuviera el poder de hacerlo.

Y solo estaría dispuesto a renunciar a ese poder si estuviera muriéndose.

Ella tironeó de su mano para apartarla de la de él, haciéndole sentir que se la había sostenido durante demasiado tiempo. No sabía qué hacer con las manos en ese momento, así que se cruzó de brazos.

—¿Por dónde quieres empezar? —Ella se agarró las manos por detrás, pero se inclinó hacia la izquierda y tuvo que dar medio paso para evitar perder el equilibrio.

—Siéntate y hablaremos. Por favor. —Él suavizó su tono de dar órdenes y la cogió de un brazo.

Ella lo sorprendió al no rechazarlo.

¿De verdad había decidido tan rápido que podía confiar en él?

¿Simplemente por un apretón de manos?

Ella se movió hacia el sofá en lugar de hacia el sillón. En cuanto tuvo de nuevo estabilidad se agotó la energía de sus tensos hombros. Se acurrucó sobre el forro de cuero, encogiendo las piernas y los pies... ¿Tenía las uñas de los pies pintadas de color púrpura? Asomaban por el borde de su camisón.

Su mirada se fijó en la cabina. Se envolvía con los brazos pero aun así no dejaba de temblar. Esa tela transparente probablemente calentaba muy poco.

—¿Qué tipo de avión es este? ¿Un Learjet?

—Un Gulfstream IV. —Un Trans Exec SP-3, aunque él dudaba de que ella pudiera entender la diferencia. Se hundió en el mullido asiento y apretó el botón que había a uno de los lados.

La voz de Felicia se oyó por el intercomunicador.

—¿Sí, señor?

Abbie miró el altavoz que había en el techo.

—Dígale al piloto que cambie el rumbo. Usa las coordenadas de regreso.

—Ahora mismo —respondió Felicia—. ¿Algo más?

—¿Hay alguna manta en la cabina? —Dirigió la mirada al dormitorio, donde probablemente sí habría una.

—Debajo de los asientos de delante —respondió Felicia—. ¿Quiere que vaya a cogerla?

—No, gracias. —Hunter apagó el intercomunicador, luego se levantó y encontró el lugar donde se escondían las mantas. Sacó una ligera de color gris y cubrió a Abbie con ella.

Ella tenía la barbilla apoyada en una mano y el codo apoyado contra el extremo del sofá, mientras miraba fijamente la noche negra que parecía engullir el avión. Cuando él se inclinó para envolverla con la manta, ella volvió la cabeza hasta que se miraron el uno al otro.

Los ojos de ella ahora se veían más bien azules y no verdes. Tenía en el pelo el rastro de algunas lágrimas, y al estar tan cerca de ella notó el aroma de su piel.

Algunas mujeres olían como un perfume de anuncio.

Abbie en cambio tenía un olor puro y femenino que se colaba a través de su cerebro y de su entrepierna al mismo tiempo.

¿Por qué el cerebro de un hombre nunca ganaba esa batalla?

Ella movió los ojos, tan brillantes como una llama azul y abiertos con sorpresa. Se mordió el labio superior.

Hunter cerró los ojos para contener las ganas de besarla. Se enderezó apartándose de ella antes de abrirlos otra vez. Eso era extraño. Él nunca confundía el trabajo con el juego.

Y desde luego aquel no era el momento de empezar.

Y menos con una reportera de televisión. ¿Cómo podría contener a alguien de los medios que conocía su cara y que lo había visto en acción?

Cada problema a su tiempo.

—Gracias. —Abbie dobló la parte superior de la manta y subió las rodillas, colocando los brazos alrededor de ellas. Le sonrió con nerviosismo—. ¿No sabes dónde están las cosas en tu propio avión?

—No es mi avión.

—¿Entonces este camisón no pertenece a una antigua conquista?

No, el avión estaba provisto de todo lo imaginable, ya que había pertenecido a la flota que alquilaba su padre. Su hermano conservaba este avión en el aeropuerto de Midway y le había prestado el Gulfstream a Hunter sin preguntar nada.

Su hermano tenía un corazón de oro.

Al menos lo había tenido hasta que esa intrigante de Pia lo dejó seco.

—No es de una antigua conquista. —Hunter se sentó en la otra mitad del sofá. Con el cambio de rumbo del avión, podría terminar la conversación antes de que aterrizaran. De este modo, tendría más tiempo ahora que no iba a entregarla a Joe—. Ahora háblame de lo ocurrido esta noche con Gwen.

—Primero quiero saber quién eres tú, por qué merodeabas por la fiesta y cómo entraste en mi casa… —Hizo una pausa y ladeó la cabeza de una forma que habría resultado adorable si no fuera por la tozudez que expresaba su mandíbula—. ¿Cómo supiste lo que estaba pasando en mi casa?

No había ningún beneficio real en tratar de engañarla sobre lo que ella había visto en su casa ahora que había tomado la decisión de no entregarla, pero lo que podía compartir tenía sus límites. Esa elección lo obligaba a protegerla, lo cual no sería fácil dado que él necesitaba movilidad ilimitada para funcionar.

—No puedo decirte lo que hago o para quién trabajo, pero voy con los buenos. Eso es todo lo que puedo explicarte, y estoy entrenado para lo que hice esta noche. Coloqué un trasmisor en un botón de tu vestido, por eso pude oírte.

Abbie no podía decidir si sentirse encantada de que él hubiera oído al asesino o escandalizada por aquella invasión tan desconsiderada de su intimidad.

—¿Y ese chisme tuyo transmite imágenes o solo sonido?

—Solo sonido.

—¿Entonces cuándo viste el lunar en mi pierna?

—Antes de que saques una conclusión apresurada, te aclaro que no me aproveché de ti por tu desmayo. Te cubrí con mi chaqueta en tu casa, respetando algo de tu pudor. Imaginé que querrías llevar alguna prenda al despertarte. Y ese camisón fue lo único que encontré.

—¿Dónde está mi...? —Abbie hizo una pausa cuando vio que la azafata salía de la cabina. La mujer se detuvo al lado del sillón de Hunter y dijo:

—El piloto desea hacerle saber que vamos a atravesar una zona de turbulencias. Le gustaría descansar un poco después de eso.

—Dile que yo tomaré el relevo.

Ella asintió y se marchó tan silenciosamente como había llegado.

Abbie asimiló la breve conversación y añadió otro motivo de preocupación al hilo de sus pensamientos.

—¿Vas a pilotar tú el avión?

—Sí. —Hunter se sentó hacia delante, preparándose para levantarse.

—¿Estás cualificado?

—Sí. —Pero ese «sí» iba cargado de cierto tono de exasperación.

Bravucón.

—¿Dónde está mi teléfono móvil, mi documento de identidad, mi cartera...? —Ella quería añadir a la lista «mi dignidad». El calor le subió por la nuca ante la idea de haber estado expuesta ante Hunter y Dios sabe quién más cuando la llevó hasta el avión, pero debía reconocer que él no había dicho nada para hacerla sentir incómoda por estar semidesnuda.

—¿Qué? —Él sacudió la cabeza cuando ella cambió de tema—. No tuve tiempo más que de sacarte corriendo de allí después de que estallara la bomba de gas lacrimógeno.

Entonces ese fue el fogonazo y la niebla que había visto antes de perder la consciencia.

Lo asimiló todo, repasando lo que acudía a su mente con facilidad. Hunter se había metido en una situación imprevisible sabiendo que sería peligrosa para él, y había conseguido sacarla de allí con vida y, además, un aeroplano.

Era difícil pasar por alto que obviamente debía de tener motivos ulteriores para llevarla con él o de lo contrario se habría explicado claramente, pero ella no conocía a ningún otro hombre capaz de arriesgar la vida por ella desde que su padre había muerto.

Por otra parte, todavía no sabía cómo era Hunter ni de qué la conocía.

Él se levantó para irse.

—Espera. Volvamos al lunar. —Ella giró el dedo índice con un movimiento circular para que él continuara—. ¿Ibas a explicarte?

Él la miró de la cabeza a los pies, ocultos debajo de la manta. Enganchó los pulgares en los bolsillos de su pantalón. Cuando la miró de nuevo a los ojos verdes, estos se fruncieron y adquirieron un brillo sigiloso provocado por un pensamiento que no estaba segura de querer oír.

—Vi el lunar cuando te metí en la cama. Fue entonces cuando me vino todo a la memoria.

—¿Qué te vino a la memoria?

—Cómo nos conocimos… cuando vi tu lunar. Recuerdo lo que me pediste que hiciera.

El Jack Daniel's que se agitaba en su estómago amenazaba con salir disparado con la fuerza de un tornado. Vino a su mente el primer pensamiento que acudiría a la cabeza de cualquier mujer si un tipo insinuaba que había visto antes la parte interior de su muslo, pero no recordaba haberse acostado con nadie como Hunter.

Ni siquiera recordaba haber besado a ningún hombre como él.

Ninguno de los tres hombres con los que había intimado a

lo largo de su vida se parecía en nada a él. Si hubiese sido así, aún estaría encamada con uno de ellos.

Tal vez solo la estaba poniendo nerviosa y simplemente la había visto en la playa o en una piscina en traje de baño. Hacía mucho tiempo que no llevaba falda corta. ¿Qué le habría pedido que hiciera? ¿Ponerle loción de protección solar?

El avión sufrió una sacudida. Un reflejo de luz brillante se extendió en la oscuridad del exterior. Un relámpago.

Hunter no se movió por la sacudida, se quedó ahí de pie sólido como una montaña.

—Puedes quedarte en el sofá, pero abróchate el cinturón. Entramos en una zona de turbulencias.

—¿Cuándo vas a volver?

—En cuanto pueda. —Se dirigió hacia la parte delantera del avión.

—Espera.

Se detuvo junto a la puerta que llevaba a la cabina de mando y se volvió hacia ella alzando las cejas.

—¿Qué te pedí que hicieras? —La pregunta sonó un poco más tensa de lo que ella pretendía.

—Me suplicaste que te llevara a casa conmigo. —Él abrió la puerta, la atravesó y la cerró de un portazo tras él.

Vestavia dio a Linette la instrucción de que subiera al asiento trasero de un Range Rover negro. Era uno de los seis vehículos iguales que estaban en fila en el garaje de más de veinte metros de ancho. Las ventanas teñidas les servirían para escapar de los medios acampados fuera en la oscuridad, junto a la fortaleza de los Wentworth.

Él habló en voz baja con Ostrovsky antes de que se separaran.

—Quiero saber quién está detrás del ataque de esta noche. Peter Wentworth no hace amenazas en vano. No continuará apoyando el movimiento si su hija muere. Los Fratelli sufrirían un golpe financiero por la pérdida de su apoyo que podría retrasar nuestro Consejo diez años o más.

—Eso no sería un contratiempo. —El tono estoico de Ostrovsky se endureció—. Sería un fracaso. Informaré a los demás… —Se volvió al oír el sonido de unos pasos aproximándose.

Bardaric se unió a ellos.

—Peter no tiene razones para sospechar de los Fratelli —susurró. Sus ojos miraban de un lado a otro, pero no había nadie tan cerca de ellos como para poder oírlos.

—¿De quién deberíamos sospechar? —Vestavia no podía interpretar a aquel gilipollas británico. Bardaric parecía genuinamente sorprendido por el ataque a Gwen, pero él sería quien obtendría mayores beneficios de su muerte.

Las ventanas de la nariz de Bardaric se encendieron.

—¿Qué estás insinuando?

Ostrovsky dio un paso adelante.

—Ya basta. Lo que nos conviene a todos es encontrar al asesino y calmar a Wentworth.

¿Eso era cierto? Vestavia todavía tenía que convencerse.

Si Peter Wentworth descubría que un seguidor de los Fratelli británicos había disparado a su hija retiraría sus recursos hasta recibir en compensación la cabeza de Bardaric.

Literalmente.

Y Vestavia le facilitaría el machete.

Pero si Peter recibía alguna prueba que señalaba como culpable a alguno de los Fratelli de América del Norte, perder el soporte financiero de Wentworth no sería nada en comparación con el fracaso en el seno de los Fratelli.

Sentado en la cumbre de los Fratelli de América del Norte, Vestavia sería el blanco inmediato. Evaluó a Bardaric una vez más. ¿Podría ser que el británico tratara de deshacerse de la criadora de Wentworth y a la vez reventar a los Fratelli de América del Norte?

«¿O simplemente estará tratando de matarme?»

Vestavia vio una oportunidad cuando Ostrovsky todavía estaba esperando. Le dijo a Bardaric:

—Si tu plan se aprueba, podrás escoger los blancos, pero yo escogeré el momento de la detonación. —De otra forma Bardaric aumentaría el calendario y lo culparía de un fallo en el sistema.

—No puedes hacer eso —discutió Bardaric.

—¿Por qué no? Creí que trabajábamos juntos en esto.

Bardaric levantó un dedo hacia la cara de Vestavia.

Ostrovsky se interpuso entre ellos.

—Es una petición razonable.

—No es una petición —dijo Vestavia, ganándose una mirada de odio de Ostrovsky.

—Necesito saber el calendario inmediatamente —exigió Bardaric.

—Cuando tengas los blancos —dijo Vestavia, refiriéndose a las ciudades de Estados Unidos que Bardaric quería devastar— discutiremos los detalles por videoconferencia los siete.

Ostrovsky asintió.

Bardaric levantó los hombros con un gesto de desprecio.

—Es mejor que el *jet lag*.

Ese gilipollas tenía todas las razones para estar confiado. El Consejo de los Siete probablemente aprobaría la destrucción de las ciudades estadounidenses puesto que el plan para poner a los Fratelli en la Casa Blanca el año anterior había fracasado. El topo que estaba detrás de aquel fracaso había contraído una deuda que ni siquiera su muerte podría pagar.

—¿Fra Vestavia? —Cayle Seabrooke, el joven que Gwen había presentado a Vestavia antes de la reunión, se acercó a ellos.

—¿Sí?

—Siento que no hayamos tenido la oportunidad de hablar más esta noche. —Cayle le entregó una tarjeta—. Aquí están mis datos. Me gustaría trabajar con usted.

Wentworth y varios Fratelli habían recomendado mucho a aquel joven. Cayle tenía unos ojos grises que a Vestavia le recordaban a los de un lobo cazador, siempre observando su presa o una posible amenaza a su territorio. La cicatriz de su mejilla derecha combinaba con el aire letal que asomaba por debajo de su barniz civilizado.

Vestavia cogió la tarjeta.

—Ve a Miami mañana. Te llamaré. —Caminó hasta el Range Rover donde Linette estaba sentada muda y subió al coche junto a ella. En cuanto se cerró la puerta, apretó el botón para subir el cristal que los separaba del conductor y se dirigió a ella—. Organiza una reunión en Miami para mañana por la mañana.

Ella se agachó para sacar un portátil de su maletín y lo encendió.

—¿Quién va a asistir, Fra?

—Mis dos lugartenientes y tú.

Dejó de teclear.

—¿Realmente voy a participar en la reunión?

—Sí. Es hora de meter a otra lugarteniente femenina en el campo. Formarás parte de nuestra próxima misión.

Tener otro lugarteniente en el campo serviría para ayudarlo a localizar al topo.

Capítulo quince

—¿*T*ienes algún tipo de aversión al hecho de viajar como una persona normal? —gritó Abbie a Hunter por encima del sonido del helicóptero que se retiraba y que se estaba convirtiendo en un punto de luz en la noche sin luna. ¿Acaso al piloto no le preocupaba dejar a dos personas tiradas en medio de la nada?

En medio de la nada y congeladas.

Realmente aquel lugar no tendría código postal ni aunque pasara otra década.

Se hallaban en la montaña, y ella veía árboles con copetes de nieve alrededor del terreno abierto en las zonas iluminadas por los focos del helicóptero, en el paraje helado donde habían aterrizado. La temperatura tenía que estar bajo cero.

—Muévete hacia aquí. —La voz de Hunter se oyó a través de la quieta oscuridad como la de un fantasma, pero con la fuerza de la orden de un general.

—Como si pudiera saber a qué lugar te refieres... —Ella no podía ver ni la escarcha que tenía que estar saliendo de su boca—. ¿No tienes ningún tipo de luz y algo para calentar las manos y...?

Sus dedos la agarraron del brazo.

Ella dio un salto. Y un chillido.

—¿Quién crees que te ha tocado? —Él siguió sosteniendo su brazo, pero no trató de moverla.

¿Tenía que hacerla sentirse como una idiota? Ella estaba a oscuras, en la más absoluta oscuridad. Más negra que la oscuridad de una mina sin fondo.

Como la noche en que se había perdido en la oscuridad y gritó hasta que la encontró su padre.

Lágrimas justificadas manaron a la edad de seis años.

No a los veintinueve.

Ella no permitiría que él supiera lo cerca que había estado de perderse. Había cosas más aterradoras en la vida, como la posibilidad de no volver a ver a su madre.

—¿Puedo llamar al doctor de mi madre ahora?

—No hay ninguna antena por aquí. Lo intentaremos tan pronto como encontremos una. Te dije que tal vez no podrías volver a llamarla hasta mañana. Por eso te dejé telefonear al hospital cuando estábamos aterrizando.

A veces él sonaba tan razonable que ella quería gritar. La había dejado hablar apenas un minuto. El personal del hospital había dicho que su madre estaba durmiendo plácidamente esta noche. Abbie confiaba en que el doctor Tatum cuidaría bien de ella.

Hannah no dejaría a su madre sola, pero Abbie nunca oiría el final de aquello si no telefoneaba pronto a Hannah.

Y al doctor Tatum. Tal vez tuviera alguna idea de algo más que Abbie pudiera consultar con el Kore Women's Center. Ojalá hubiera estado en el hospital cuando ella llamó. Aunque el doctor oyera el mensaje de voz que Hunter había permitido dejarle, no tendría manera de contactar con ella. Ella no tenía teléfono, y Hunter no quería darle su número.

Hunter tironeó un poco de ella para hacerla avanzar, luego le pasó un brazo alrededor de la cintura y la guio varios pasos más. ¿Cómo era capaz de ver algo?

—Con cuidado. No te muevas porque podrías caer y hacerte daño. Yo estaré detrás de ti.

—Espera. —Tal vez ella debería hacerle saber que había un límite de terror que podía soportar y que ya lo había superado varias veces en las últimas doce horas—. No me dejes en medio del bosque en la oscuridad. Algo podría atacarme.

—A no ser que sea sordo. ¿No podrías bajar la voz?

—¿Quién podría haber aquí? —gritó ella. ¿Estaba hablando en serio?

La rápida ráfaga de aire que pasó junto a su oído sonó como un suspiro feroz. Tal vez un suspiro cansado.

Ella nunca había sido una persona fastidiosa y no tenía intenciones de serlo ahora, pero hacía un frío del demonio y estaba condenadamente oscuro.

—Lo siento, es solo que no veo nada de nada.

—Por eso te he dicho que no te muevas. —Pronunció cada palabra con cuidado, como si ella estuviera a punto de acabar con su paciencia.

La paciencia de ella también había rebasado sus límites ya hacía rato.

Se había quedado dormida en el sofá del avión mientras esperaba que él regresara de la cabina del piloto, así que no pudo exigirle que le contara la verdad acerca de dónde se habían conocido.

Ella jamás le había rogado a un hombre que la llevara a casa por una noche.

¿Y cómo podría una mujer no recordar haberse acostado con Hunter?

Además, incluso si ella fuera el tipo de mujer que habitualmente se mete en la cama de un hombre desconocido, puede que Hunter cumpliera con su gusto respecto al físico, pero por dentro era frío como una piedra.

Ni siquiera había vuelto a terminar su conversación antes de aterrizar, simplemente envió a la azafata con un traje de vuelo y la orden de que se lo pusiera.

Cuando Abbie vaciló, la azafata de vuelo le dio la última parte de su mensaje.

—Este es el minuto de advertencia para que te vistas. Cuando aterrices vas a quedarte con lo que lleves puesto.

El avión aterrizó en un pequeño aeropuerto con un hangar, un edificio de ladrillos de una sola planta y una pista apenas iluminada. En menos de un minuto después del aterrizaje, Hunter la sacó del confortable avión para llevarla a un helicóptero con la temperatura apenas un grado más alto que la de un congelador.

El mismo helicóptero que la había dejado en aquel agujero abandonado de la mano de Dios.

—¿Abbie?

Puede que tuviera mal genio, pero ¿qué podía querer él en ese momento?

—¿Qué?

—¿Vas a quedarte quieta cuando te suelte?

—¿En qué país estoy?

Él murmuró algo que sonó como un taco.

—En Estados Unidos.

—¿En qué ciudad?

—TMI, por ahora. Cuanto antes me sueltes el brazo, antes saldremos de aquí.

Ella no se había dado cuenta de que estaba aferrada a su brazo. Lo soltó y trató de meter las manos en los bolsillos, pero estaban a la altura de sus rodillas.

—¿Por qué no puedo ir contigo? ¿Adónde piensas ir?

—Voy a buscar nuestro vehículo.

Si la expresión de su rostro tenía algo que ver con el sonido de sus palabras debía de tener la mandíbula completamente tensa.

Transporte. Eso aumentaba el nivel de comodidad.

—De acuerdo. Esperaré aquí quieta… quizás. A menos que oiga algo.

Él no dijo ni una palabra.

—¿Tienes cerillas o algo que haga luz, tal vez un llavero que se encienda… o algo así? —preguntó ella, arrastrando la voz en medio del silencio. Odiaba sentirse asustada. Le daba muchísima rabia.

—¿Dónde creciste?

—Al sur, en Illinois.

—¿En una granja, verdad?

—Sí. ¿Qué pasa? —Ella no había olvidado su negativa llena de esnobismo cuando le había preguntado si él era dueño de una granja.

—¿Eso no estaba en el campo?

Ella vio dónde quería llevarla y lo interrumpió.

—Una granja no tiene nada que ver con un bosque salvaje en la montaña, lleno de osos o leones o cualquier otra fiera capaz de despedazar a una persona.

Otro suspiro. Este le removió el pelo.

Estaban en medio de la nada discutiendo. Alguien debía poner paz.

—Lo siento. Yo solo… —Le castañeteaban los dientes. Sentía la cabeza a punto de explotar. Se abrazó a sí misma y se preparó para hacer otro intento de convencerlo de que la llevara con él.

Los dedos de él la agarraron del brazo de nuevo, pero esta vez la atrajeron contra su pecho para abrazarla.

«Sí, demonios; sí.»

En ese momento no le molestaba que hubiera visto el lunar de su pierna. Esa discusión podía esperar hasta mañana. La vida le había enviado una partida complicada y ella no sabía si podría manejarla.

Necesitaba estar entre sus brazos y sentirse a salvo, aunque solo fuera por un minuto.

Su mano le acarició la espalda, arriba y abajo, calmándola.

Puede que Hunter no tuviera el corazón tan frío como ella creía. Apretó la cara contra su pecho, sintiendo su calor a través de la camisa. Él la envolvió con firmeza y le puso una mano en la cabeza. Hasta aquel momento ella no se había dado cuenta de lo anchos que eran sus hombros.

No era exactamente el vividor que había pensado en la fiesta.

Ella tenía la sensación de que no había conseguido ese cuerpo jugando al tenis o entrenando en el gimnasio una vez a la semana para quemar la grasa. Tenía que tener un metabolismo formidable para estar tan caliente bajo esa temperatura y sin usar chaqueta.

Poco a poco, la ansiedad que contraía sus hombros se fue diluyendo hasta que dejó de temblar y soltó un largo suspiro.

Él desprendía un olor robusto y masculino. No era frío en absoluto.

Sino incitante.

Ella notó que sus hombros se movían, luego sus labios le tocaron el pelo. Le besó la parte superior de la cabeza.

Con cualquier otro le habría parecido un gesto agradable sin mayor importancia. Pero tenía la sensación de que Hunter no era una persona propensa a mostrar afecto.

Aquel sencillo beso era entrañable.

Si ella expresaba algún tipo de reconocimiento, probablemente él se convertiría de nuevo en una especie de oso. Era mejor actuar como si no hubiera notado el beso.

—¿Mejor ahora? —Su voz sonó ruda pero tierna.

Ella no quería poner fin al momento, pero no podían quedarse ahí toda la noche.

—Sí. Ya no tendré miedo.

Cuando él la apartó de su pecho, las manos le rozaron el pelo y los hombros.

Ella se estremeció. No era de frío esta vez, pero él debía de haberlo notado.

Él le frotó los brazos vigorosamente para calentarla.

—Te llevaré conmigo, pero tendré que cogerte en brazos hasta que tengas zapatos.

Ella no había sentido el frío en los pies hasta que él dijo eso, pero ahora notaba el terreno helado por debajo de las capas de calcetines.

—De acuerdo.

Él la levantó como si fuera un bombero y la cargó por el terreno que subía y bajaba. Diez minutos después, ella comenzaba a preguntarse dónde estaría el vehículo cuando él se detuvo y abrió la puerta de un coche. La depositó en un asiento y encendió una luz encima de su cabeza. Ella se encontraba en una camioneta de la marca Jeep, un modelo de principios de los ochenta que había sido reformado. El interior olía a gastado y a masculino.

Hunter se deslizó en el interior detrás del volante, sacó las llaves de algún lugar bajo la guantera y trató de encender el Jeep. El motor gruñó una y otra vez con un sonido grave, tratando de ponerse en marcha. Él soltó un insulto en voz baja y lo intentó de nuevo.

—Sube el capó —le dijo ella mirándolo.

Él le devolvió una mirada de «no puedes estar hablando en serio».

Ella arqueó las cejas.

—Que subas el capó.

—¿Por qué?

—Crecí en una granja. Este es un Jeep CJ-8 Scrambler. Creo que sé lo que le pasa.

Se demoraron durante varios segundos y luego él emitió un sonido que ella interpretó como un gesto de que toleraba su fantasía de tener idea de lo que había que hacer. Él salió y abrió el capó, dejándolo levantado contra el parabrisas. Luego volvió a sentarse detrás del volante.

Ella saltó fuera antes de que él pudiera decir una palabra sobre sus pies descalzos, aunque el terreno estaba frío y los calcetines se le estaban mojando, maldita sea. Ella dio golpes contra el suelo con los pies hasta que encontró la válvula de mariposa y la cubrió con la mano, gritando:

—Inténtalo ahora.

El motor hizo un par de amagos y luego se puso en marcha con un poderoso rugido. Él debía de haber sacado el estárter. El motor hizo un ruido agudo.

Hunter apareció junto a ella.

—¿Qué es lo que has hecho?

—Cubrir la válvula de mariposa. —Ella dio un paso atrás mientras él bajaba y aseguraba el capó—. La válvula de mariposa no se cierra del todo cuando hace frío, y eso afecta a la mezcla de aire y combustible.

Él la levantó en brazos antes de que pudiera seguir hablando.

—Puedo dar cuatro pasos —se quejó ella.

La dejó sobre el asiento, le recogió las piernas colocándola de cara a él y le quitó los calcetines.

—En un minuto te traigo una toalla para que puedas envolverte los pies.

—No soy una de tus frágiles compañeritas de juegos, Hunter.

Él le empujó las piernas dentro del vehículo hacia el lado de la guantera, pero ella lo seguía mirando de frente. Cuando él levantó la cabeza, las luces del interior iluminaron las arrugas de sus ojos.

Ella no tenía idea de lo que había estado haciendo en las últimas veinticuatro horas, pero desde luego no había dormido.

Antes de que él pudiera apartarse, ella lo cogió del brazo.

Los ojos de ambos estaban al mismo nivel.

—¿Qué?

El tono brusco no la hizo sobresaltarse esta vez.

Se imaginaba que aquel hombre no le iba a hacer daño. Puede que a veces la irritara, pero no le haría daño.

—Gracias por abrazarme.

—De nada. La camioneta se calentará pronto —respondió, muy rápido, con la clara intención de no querer hacer de aquello una cuestión personal.

¿Por qué se convertía en una bestia malhumorada? ¿Para desequilibrarla o intimidarla a fin de que obedeciera sus órdenes? Tal vez si se daba cuenta de que estaba perdiendo el tiempo se mostraría más cálido y podrían compartir un terreno común que la ayudara a convencerle de que la dejara volver junto a su madre.

—¿Sabes qué? —Ella no esperó una respuesta—. Ya no me das ningún miedo.

—Si te queda un poco de instinto de supervivencia harías bien en repensar esa afirmación.

—Toda esa pose no funciona conmigo. —Ella sonrió por haber sumado un tanto a su favor—. Y no voy a creerme ninguna de tus trolas sobre ese asunto de habernos conocido antes.

Él al principio no dijo nada, pero ella podía ver que estaba sopesando algo.

Probablemente ella debería haberse detenido allí, pero quería hacerle saber que no iba a doblegarse y acatar todas sus reglas.

—Al menos me acordaría de haberte besado… si es que haberte besado hubiera sido memorable. Quiero decir, eres realmente atractivo; al menos tienes bastante buen aspecto. No deben de gustarte las chicas…

Hunter se inclinó, le cogió la cara y la besó.

Su boca era la de un hombre, fuerte y caliente.

Le gustaban las mujeres y ella podía entender por qué a ellas les gustaba él.

Durante una fracción de segundo consideró la idea de apartarlo, solo por una cuestión de principios, para hacerle saber que no podía hacer lo que quisiera con ella, pero entonces se dio cuenta de algo. Él no se tomaba en serio lo del beso.

Solo le estaba demostrando que él tenía el control.

Que ella haría mejor en acatar las normas cuando él lo dijera.

A Hunter no le gustaba oír que había perdido su poder sobre ella. Así que estaba siendo astuto.

Ella arreglaría eso. Abbie llevó las manos hasta los hombros de él y las deslizó por su cuello y por su pelo. Se inclinó hacia él abriendo los labios para meter la lengua dentro de su boca.

Él vaciló por una fracción de segundo, suficiente para confirmar que ella lo había sorprendido. Las manos de él la tomaron de las caderas, sus dedos se amoldaban a su cuerpo mientras le apretaban la cintura y la atraía hacia él.

Ella le envolvió los hombros con los brazos, abrazándolo en medio de aquel beso torrencial donde él perdió el control, exigiendo más. Los dedos de él se deslizaron por el cuello, detrás de la oreja y se hundieron en su pelo.

En algún momento él la cogió en sus brazos. Ella apretó las

piernas, retorciéndose para resistirse al urgente calor que sentía crecer. Cuando la cosa se estaba poniendo tan caliente que ella estaba segura de que el hielo del Jeep se había derretido, él interrumpió el beso, murmurando unas palabras ininteligibles.

Como si se maldijera a sí mismo.

Ella no dijo nada, ni siquiera podía recuperar el ritmo de su respiración.

Cuando él la soltó, ella se apoyó contra el respaldo del asiento. Él se inclinó hacia ella para abrocharle el cinturón.

—¿Eso responde a tu pregunta?

—Supongo que sí.

Ella no debía seguir llevándole la contraria, pero si él creía que ese beso la había desanimado se estaba equivocando de truco. Aunque él no quisiera reconocerlo, eso no había tenido nada que ver con darle una lección. Él quería besarla.

Maldita sea si eso no la ponía caliente.

Hunter apoyó un brazo encima del vehículo y deslizó dos dedos debajo de la barbilla de ella, inclinando su rostro hacia el de él.

—Nunca bajes la guardia con nadie.

—¿Ni siquiera contigo?

—¿A ti qué te parece?

—Lo recordaré si vuelvo a encontrarme en una situación comprometida.

—¿Si vuelves?

Maldito niñato. Ella se negó permitir que la chinchara por lo que acababa de pasar. Era una adulta, capaz de besar a los hombres cuando quisiera. No es que la oportunidad se le presentara a menudo. Hunter no se iba a salir con la suya insinuando que ella era propensa a verse en situaciones como aquella o que de lo contrario era una ingenua.

—Todavía tienes que convencerme de que nos conocíamos o si no creeré que has examinado mi cuerpo mientras estaba inconsciente. Quiero saber si puedo confiar en que me dices la verdad.

—Nos conocimos hace años. —Él sonaba seguro.

—¿Dónde? ¿En la playa?

—¿Qué obtendré si logro convencerte?

—Yo ya no hago más tratos contigo.

—Entonces no es verdad que realmente quieras saberlo.

Sí, quería, porque una extraña sensación de que quizá fuera cierto seguía aguijoneándola.

—Eres tan irritante…

—Eso dicen.

—¿Puedes decirme simplemente dónde nos conocimos?

—Nada es gratis en este mundo. —Torció los labios en otra semisonrisa. Su tono adquirió un matiz sensual—. ¿Qué vas a darme si te demuestro que tuvimos un encuentro memorable?

—No tengo nada con lo que comerciar.

Él subió una ceja.

—Yo no comercio con sexo y jamás mendigaría sexo.

—Yo no dije eso. —Dio un paso atrás y cerró la puerta.

Cuando Hunter subió al otro lado, le entregó una toalla para los pies y una manta, ambas del asiento trasero.

Ella no podía con él.

—Sí, dijiste eso.

Él reavivó el motor.

—No, dije que me suplicaste que te llevara a casa conmigo, pero también me rogaste que durmiese contigo. Entonces… ¿qué me vas a dar? No jugaré si la apuesta no es lo bastante alta.

Ella tenía una intuición muy clara sobre Hunter.

Era imposible que ella le hubiera suplicado que durmieran juntos y él además no tenía modo de demostrarlo. Y sabía, sin ningún asomo de duda, que no se habían conocido antes. Ni siquiera un episodio de amnesia podría haberle borrado el recuerdo de haber pasado una noche con Hunter.

—Haremos una cosa. Si tú me logras convencer de que te dije eso, dormiré una noche contigo. Pero tienes una sola oportunidad y debes demostrarme que nos conocimos. —«Y he dicho que dormiré, nada más, solo como una válvula de seguridad»—. Pero si no logras convencerme, mañana volveré a mi casa junto a mi madre.

Ella no había hecho un apuesta en su vida, pero deseaba desesperadamente volver junto a su madre. Basándose en un análisis lógico, esa apuesta se inclinaba claramente en su favor. Otra mujer tal vez habría tenido tantas aventuras que debería vacilar. Algo había que decir a favor de su vida de celibato.

Se cruzó de brazos y le sonrió.

El dedo pulgar de él sacudió lentamente el volante mientras reflexionaba. El silencio se alargó. La victoria se agitaba en su corazón.

Ahora descubriría si él jugaba limpio.

—Nos conocimos hace seis años en un bar —dijo él, dejándole un segundo para pensar antes de continuar—. Tú entraste con un vestido rojo que pedía a gritos que te metieran mano y trataste de darme cien vueltas bebiendo. Más tarde, esa misma noche, me dijiste que habías robado bombones Godiva que tenías escondidos en la nevera y que estabas loca por tu profesor de matemáticas antes de suplicarme que te llevara a casa. —Se echó hacia atrás en su asiento y puso el vehículo en marcha—. No hay carretera para salir de aquí. Quédate quieta y callada para que pueda concentrarme o nos caeremos por un barranco.

Ella se tapó con la manta y miró fijamente hacia delante.

Él todavía era capaz de asustarla.

No le había contado nunca a nadie, ni siquiera a sus hermanas, lo de su profesor de matemáticas.

Dios bendito. ¿Hunter era aquel tipo melenudo que había conocido en un bar? ¿Aquel desconocido desnudo con el que había pasado una noche y que había deseado después de seis años?

Y pensar que había creído que recibir un disparo era lo peor que le había ocurrido en su vida.

¿Qué demonios iba a hacer ahora?

Capítulo dieciséis

*E*l doctor Tatum caminaba arriba y abajo en la oscuridad, deteniéndose el tiempo suficiente para mirar a través de las ventanas del salón y observar la nieve que quedaba en las zonas que el sol no alcanzaba a calentar durante el día. Afiló la mirada, supervisando lo que ocurría en la calle.

No había figuras peligrosas alrededor, pero se suponía que aquel vecindario era tranquilo durante las primeras horas del nuevo día.

Desde el interior, aquel cristal le daba la sensación de llevar una vida nerviosa dentro de una pecera. No era bueno para la presión elevada.

Le encantó aquella casa desde el primer minuto en que entró, adoraba la luz natural que entraba a través de todas esas ventanas, llenando el espacio de un solo piso. Quería algo sencillo y práctico.

Nada de escaleras para cargar con su cuerpo arriba y abajo. Nada de un ático donde amontonar trastos que deberían tirarse a la basura. Nada de un sótano con filtraciones de agua.

Y, sin embargo, ahora estaría encantado de cambiar la casa entera por un sótano donde pudiera hallarse seguro. Se pasó la mano por la zona calva de su cabeza y quedó cubierta de sudor. La temperatura había bajado desde que las chicas no estaban en casa. La transpiración había formado una mancha en la axila de la camisa de algodón azul que todavía llevaba, ahora por fuera de sus pantalones de vestir.

El brillo de las luces de la calle se colaba a través de la ventana, iluminando el sofá azul y resaltando el centro de la mesita de café de palisandro.

La luz le procuraba cierta sensación de seguridad, como una defensa contra los miedos enterrados de la infancia, ese miedo irracional al hombre del saco, pero no servía para ahuyentar la preocupación por un hombre del saco de verdad.

Miró el panel cuadrado del tamaño de un sándwich en la pared. Dos diminutas luces rojas encendidas le garantizaban que el sistema de seguridad estaba preparado para impedir que entrase ningún extraño.

Sus dos hijas pequeñas se hallaban a salvo con su hermana, quien creía que iban a fumigar la casa. Ella vivía en una granja sin correo postal y sin visitas. Era un buen lugar para esconder a las niñas. Era la única persona a quien podía recurrir después de la muerte de su esposa, tres meses atrás.

Las lágrimas le hicieron arder los ojos. Todos los días echaba de menos a su esposa. Extrañaba a su mejor amiga y su único amor verdadero.

¿Qué pensaría de él ahora?

Si lo estaba observando desde alguna parte, tenía que saber que estaba haciendo todo lo posible para mantener a sus dos hijas a salvo.

No tenía ni idea de por qué aquel tipo extraño lo había escogido como blanco.

Él jamás había infringido la ley. Nunca bebía ni apostaba, ni siquiera compraba un billete de lotería. ¿Por qué lo amenazaba aquel tipo?

Don levantó una mano temblorosa para cubrirse la boca.

¿Y qué pasaba con Abbie Blanton? Ella era la hija de Meredith. ¿Acaso no importaba también la seguridad de Abbie?

Tal vez ella estaba bien. El tipo no había dicho…

Un crujido del suelo interrumpió el silencio.

Don se detuvo junto a la mesa de café y volvió la cabeza para mirar el panel de seguridad.

No había luces rojas. No había luces verdes. No había luces intermitentes.

—Hola, doctor Don. —La figura oscura que había observado en el exterior caminó por el medio del salón dirigiéndose hacia Don. Vestía todo de negro y llevaba un calcetín a modo de máscara cubriéndole la cabeza.

—¿Cómo has logrado entrar aquí? —Don se resistió a la

urgencia de gritar pidiendo ayuda. No podía. Ya había sido advertido.

Debía mantener la calma. Sus hijas no podían perder también a un padre.

—No perdamos el tiempo con preguntas ridículas, ¿de acuerdo?

Don advirtió un toque de acento británico en el habla del hombre. No le importaba de dónde fuera aquel tipo.

—¿Quién eres tú?

—Soy Jackson, como te dije la última vez que nos vimos.

—No entiendo nada de esto. —Don nunca había tenido problemas financieros, y tampoco ningún enemigo, hasta donde él sabía. No había nada con que chantajearlo más que la seguridad de sus hijas. Aquel tipo no le había pedido que hiciera nada realmente malo, solo convencer a Abbie de ir al evento de recaudación de fondos y hablar con Gwen Wentworth. Al principio, Don creyó que el tipo estaba ayudando, proporcionando información acerca del Kore Women's Center que la madre de Abbie había visitado y del que había vuelto enferma.

Luego, el tono del tipo había cambiado. Le había advertido a Don de que dijera a Abbie las palabras exactas, que diera detalles verbalmente infalibles haciéndole creer que Don hablaba con conocimiento personal.

Don no había visto ningún peligro real en decirle aquello a Abbie, e incluso había pensado que con la ayuda de Gwen quizá descubrirían lo que le estaba ocurriendo a su madre.

¿Pero por qué iba aquel tal Jackson tras él y no detrás de Abbie?

Don se golpeó la parte posterior de una pierna con la mesita de café. Se quedó rígido, no tenía adónde ir.

—Le dije lo que me pediste. Le dije a Abbie exactamente las palabras que querías que le dijera. Ella fue a esa fiesta. Llamó de camino y me hizo un par de preguntas más, así que me consta que fue.

—Sí, lo hizo. La vi en la casa de los Wentworth.

Don sintió una oleada de alivio. Se llevó una mano al corazón.

—Gracias a Dios. ¿Entonces ahora me dejarás en paz?

—Prometo no regresar aquí nunca.

—Bien. Bien. Prometo no decir una palabra, te lo juro. —Don se limpió las gotas de sudor que le corrían por la frente.

—No me cabe la menor duda de que no dirás ni una palabra. —Jackson cruzó la habitación y se detuvo frente a Don—. Abre la mano.

Don obedeció, levantando la mano con la palma hacia arriba.

—¿Por qué?

—Tómate esto.

El intruso le puso dos píldoras en la mano.

Cuando se dio cuenta de lo que eran, Don levantó la vista y sacudió la cabeza.

—No, estas pastillas me provocarían un ataque cardíaco.

—Exactamente.

—Hice lo que me pediste. No puedes hacerme esto. Mis niñas acaban de perder a su madre. Me necesitan. —La mano le temblaba. Las pastillas se movían de un lado a otro.

—Puedes escoger. Tómate las pastillas o te traeré los corazones de tus dos hijas en un tarro para que puedas recordarlas.

Don rompió a llorar.

—Hice lo que querías. Lo hice. No puedes hacerme esto.

—¿Eso es un sí? ¿Quieres unos bonitos recuerdos de tus hijas? —Jackson continuaba divirtiéndose—. En cuanto llegue a casa de tu hermana, ¿quieres que le arranque también a ella el corazón? Llevo un tiempo sin utilizar mis cuchillos de cirugía. No los necesité con tu esposa. Te alegrará saber que murió inmediatamente en la colisión. Aburrido, pero eficaz.

Capítulo diecisiete

*H*unter observó por segunda vez el antiguo reloj de latón que había sobre su escritorio, que con cada tictac lo acercaba más y más al momento de la decisión.

La videoconferencia dentro de doce minutos con la BAD tendría lugar de cualquier forma. No podía eludirla. No después de lo que había encontrado en la memoria USB que le pasó Linette.

Joe tal vez lo amenazaría con partirle las piernas o acabaría el contrato con él.

Había una tercera posibilidad. Algo peor.

No importaba qué, lo peor siempre estaba esperando al doblar la esquina.

Pero primero tendrían que encontrarlo.

Empujó con los pies la silla de cuero, apartándola del escritorio de ónix, se echó hacia atrás y miró fijamente a través de la ventana de tres metros de altura que había en una de las paredes de su oficina. Eliot habría adorado aquella vista. Una capa interminable del cielo azul de Montana, interrumpida tan solo por las copas nevadas de los pinos ponderosos que cubrían aquella remota cadena de montañas.

Eliot habría caminado días enteros a través de los cientos de acres del bosque salvaje que rodeaba la cabaña, escalando todas las superficies verticales de roca volcánica y haciendo senderismo por las pendientes de granito.

Siempre en busca de algún desafío físico.

Luego habría hecho todo lo posible para tomarse todas las bebidas caras que encontrara en el bar del piso de abajo hasta darse cuenta de que la casa funcionaría perfectamente dos años más sin tener que añadir una sola gota más de alcohol.

Eliot se habría burlado del precio carísimo que marcaban las etiquetas.

—Este escocés de doscientos años tiene el mismo color que un whisky barato —le diría al día siguiente con una sonrisa—. Pero lo cierto es que entra mejor.

Un golpe en la puerta sacó a Hunter de aquellos pensamientos que normalmente mantenía a raya con una determinación férrea.

Miró a través de la ancha ventana para descubrir a su permanente residente apostado junto al umbral de la puerta que conducía al vestíbulo.

Borys podría ser un hurón si cultivara una piel negra y se pusiera a cuatro patas.

«Compacto» y «enjuto» eran adjetivos que describían a la perfección al hombre de cincuenta y dos años que mantenía la casa en ausencia de Hunter. El pelo negro y corto se le disparaba en todas direcciones, sin ningún tipo de orden. Los bigotes trataban de ir a juego con su pelo. Tenía el rostro arrugado de haber estado expuesto al sol demasiado tiempo, pero sus gruesas pestañas y sus ojos de halcón de color avellana lo salvaban de ser totalmente feo.

Era el hurón mejor vestido de aquella montaña.

Llevaba un traje negro almidonado y una camisa de algodón blanca, decidido a imitar algún papel estereotipado que había visto en numerosas películas.

Nunca se había dicho que Borys fuera un mayordomo o ayuda de cámara ni ningún tipo de criado.

Eso era algo que él había decidido por su cuenta.

En Polonia había desempeñado muchos papeles para conseguir la información con la que pudo negociar para seguir vivo. Tenía un don para los idiomas y las imitaciones, que practicaba con la extensa colección de películas que Hunter guardaba.

Cuando residía allí, Hunter llevaba vaqueros y camisetas, y él había sugerido a Borys hacer lo mismo, puesto que Eliot era su único invitado y siempre había preferido los vaqueros.

Borys se había negado a salir del sótano, donde se había escondido los tres primeros meses que había vivido allí, y a ocupar un dormitorio en el piso superior a menos que Hunter aceptara darle una labor para procurarse su sustento.

Una vez hecho el trato, Borys decidió vestir como su personaje.

Hunter se rindió.

Siete trajes idénticos, de dieciocho años de antigüedad, colgaban en el armario empotrado del dormitorio de Borys, y él no había permitido que Hunter reemplazara ninguno de ellos por otro de un estilo más moderno.

—¿Quién se preocupa por el estilo si no tenemos compañía? —señalaba Borys, volviendo la lógica de Hunter en contra de sí mismo.

Borys se aclaró la garganta.

—¿Qué? —Hunter suspiró ante la fuente de plata que llevaba su autoproclamado mayordomo.

—He pensado que usted y su señora tal vez querrían un café. —Hoy Borys sonaba como el vaquero de una película de John Wayne.

—Ella no es mi señora y esto no es un evento social.

Desde que Hunter había instalado a Abbie en una habitación, ella no había hablado con él. Probablemente él no había sido honesto cuando ella lo presionó con la necesidad de volver a ver a su madre, pero imaginaba que una respuesta honesta habría supuesto días de discusión.

Decirle que no esperara regresar en menos de otra semana había puesto fin a la conversación. Ella se había encerrado en sí misma. Él habría bromeado con ella sobre la pérdida de la apuesta si no se hubiera mostrado tan triste. Revisó el monitor de seguridad de la pared en busca de la luz naranja que indicaba que la puerta principal permanecía segura.

—Trata con cuidado a una bonita mujer si quieres verla otra vez. —Los anchos labios de Borys se torcieron al tiempo que fruncía el ceño.

—No va a quedarse mucho tiempo y no espero volver a verla una vez se marche.

Hunter no había decidido qué hacer exactamente con Abbie, pero no podía regresar y hacer un informe en televisión, y tampoco podía quedarse ahí.

Especialmente después del beso fracasado de la última noche.

Recordó de nuevo a Abigail Blanton cuando sus labios se tocaron.

No había conocido a la verdadera Abbie seis años atrás.

Aquella se había pavoneado, fingiendo y actuando como cualquier otra mujer que hubiera conocido hasta la fecha.

La Abbie que había conocido en la fiesta de los Wentworth no había jugado ni flirteado y tenía un cuerpo maravillosamente bien desarrollado. Inevitable como había sido, no podía borrar la visión de toda esa piel nacarada con nada más que la ropa interior cuando le había quitado el abrigo al subir al avión.

Le costaba no pensar en abrazarla de nuevo.

Y por eso mismo tenía que decidir qué hacer con ella.

Al pasar caminando ante el sillón de cuero amarillo mantequilla y el sofá a juego cerca de la ventana, Borys murmuró por lo bajo; luego colocó la bandeja en la mesita cuadrada de roble rojo, pulida hasta brillar. Sirvió el café refunfuñando.

—Ninguna mujer decente se quedaría con un gilipollas.

Hunter apretó los dientes. ¿Es que todo el mundo tenía el mismo repertorio mediocre de insultos?

Consigues aquello por lo que pagas.

Hunter pagaría a Borys si él aceptara algo más que comida y alojamiento.

No había manera.

Aquel había sido el único lugar donde esconder al antiguo chivato de Polonia siete años atrás, cuando la CIA iba detrás de Borys, que había sido la conexión europea entre la familia del crimen de Los Ángeles y la mafia rusa que compraba sus armas de contrabando. Si Borys no hubiera avisado a Hunter y a su compañera, los rusos habrían torturado a Hunter, extrayéndole lentamente partes del cuerpo durante los días que durara el interrogatorio. Su compañera se habría tenido que enfrentar a algo peor.

Hunter no podía permitir que la CIA entregara a Borys a los rusos cuando olvidaran convenientemente la forma en que él había ayudado a sus agentes.

Pero ahora necesitaba que Borys abandonara la habitación inmediatamente para poder contactar con la BAD.

—Lo tomaré solo —dijo Hunter al tipo mañoso que seguía preocupado por una taza de café.

—Ya sé lo que bebes, maldita sea. —Borys trajo una gruesa taza de cerámica blanca con las palabras «RUBY'S DINER» impresas a un lado en tinta azul. Era la que Hunter usaba desde hacía más de diez años desde que Eliot perdiera una de sus más famosas apuestas en el polígono de tiro de Texas.

El perdedor tenía que conseguir una taza usada de una cafetería con tinta azul y no podía comprarla ni podía ser de un estado en la frontera de Texas. Eliot había circulado en su clásica moto Triumph Bonneville cerca de treinta kilómetros durante más de tres días en busca de la taza.

En comparación con lo que ambos hacían como medio de vida, las únicas apuestas altas eran las creativas.

Hunter sonrió ante el recuerdo hasta que un puño le oprimió el corazón.

—¿Quieres desayunar? —preguntó Borys.

—¿Acaso desayuno alguna vez?

—Que me maten si sé lo que haces cuando estás fuera. —Borys se alejó murmurando—. Supongo que tampoco traes mujeres, pero es mejor que verte con un hombre.

Hunter sacudió la cabeza y esperó a que Borys llegara hasta la puerta.

—No quiero que me molesten. ¿Podrías cerrar…?

La puerta se cerró de un portazo.

Él miró la luz de seguridad de la puerta de entrada una vez más, y luego dejó de preocuparse por la posibilidad de que Abbie tratara de salir. Había estado muy nerviosa en el bosque por la noche. No se adentraría sola en la floresta.

Hunter se dirigió a toda prisa hacia la mesa del ordenador y manejó el teclado para iniciar la videoconferencia. Alcanzó una caja de control que parecía un receptor estéreo cualquiera y apretó unos botones para cerrar las persianas dentro de las ventanas de doble vidrio y así oscurecer la habitación. Lo único que verían los de la BAD cuando establecieran contacto sería a Hunter con una pared blanca detrás de él.

Eliot había ideado este sistema computerizado que hacía un recorrido distinto a una localización diferente cada vez que Hunter establecía el contacto, lo cual raramente hacía desde su refugio seguro en Montana. Nadie, ni siquiera de la BAD, sabía dónde estaba localizado. Hasta ahora no había tenido ninguna razón para mantenerse a distancia de la BAD. Hoy el dispositivo de alimentación estaba localizado en Canadá. En cuanto terminara la comunicación, marcaría un número de teléfono que accionaría un explosivo mínimo, destruyendo el ordenador oculto en el sótano de un centro de telemarketing y acabando con el enlace por satélite hasta el sitio.

Su pantalla de cuarenta y ocho pulgadas brilló con una imagen de vídeo de estilo retro como las de las viejas televisiones que acostumbraban a usarse en los sesenta. Apareció el número I, indicando que la conexión era segura.

La cara gruesa de Joe y sus hombros anchos llenaron la pantalla, y sus ojos de un azul grisáceo eran tan duros como su tono.

—Comienza a explicarte.

Hunter no había esperado cumplidos por parte del director de la BAD, pero sí había creído que Joe preguntaría primero por su actual localización.

—Seguí a la mujer de apellido Blanton hasta su casa y le coloqué un transmisor de audio. Un intruso la atacó antes de que yo entrara.

No podía decirle al jefe de la BAD que tenía a Abbie con él en una localización cuyas coordenadas no pensaba compartir. Si lo hacía, Joe interrumpiría la conversación y daría la orden de que los llevaran a ambos al cuartel. Él tenía información que Joe quería y con un poco de suerte conseguiría más información de Abbie, luego se preocuparía acerca de qué hacer con ella.

—¿Dónde está ella? —Cuanto más tranquilo hablaba Joe más debía preocuparse un agente.

—No lo sé. Su piso fue atacado con gas lacrimógeno. Cuando salí, alguien empezó a seguirme y no pude perderlo. Proteger la memoria USB que conseguí en la finca de los Wentworth era mi prioridad, así que tomé un avión para salir de Midway. Estoy en un refugio seguro. No quería arriesgarme a ir a los cuarteles por si me estaban vigilando. —Hunter hizo una pausa para comprobar cómo reaccionaba Joe a sus mentiras.

—¿Qué refugio seguro?

—Pertenece a un amigo.

Joe no preguntó a qué amigo. En su línea de trabajo todo el mundo tenía amigos y nadie daba un nombre poniendo la confianza en juego.

Para desviar la atención de ese tema, Hunter preguntó:

—¿Qué le ha ocurrido a Gwen Wentworth?

—Está en cuidados intensivos en el Kore Women's Center, estable pero con pronóstico reservado. Está embarazada.

Otra sorpresa, solo porque Hunter recordaba que ella había perdido un bebé durante el parto dos años atrás y luego su marido había muerto al cabo de poco tiempo, en un accidente de navegación.

—¿Y qué hay de los tres hombres sospechosos de pertenecer a los Fratelli? ¿Qué ha pasado con ellos?

—Se fueron. —La voz de Joe expresaba disgusto—. Siete Land Rover iguales salieron de la finca al mismo tiempo y se dividieron en diferentes direcciones en cuestión de minutos. No teníamos recursos suficientes en la localización para cubrirlos a todos y los tres que seguimos entraron en un estacionamiento y luego salieron con un vehículo adicional a su estela para tomar también rutas distintas.

Eso significa que los siete tenían un plan de contingencias. Se habría necesitado un ejército de agentes en vehículos separados para poder seguirlos.

—Necesito esa memoria USB ahora —intervino Joe.

—Puedo pasártela. —Arriesgado. Joe podría usar eso para atraer a Hunter de vuelta a los cuarteles solo para apresarlo si es que en silencio sospechaba algo—. Pero para ahorrar tiempo revisé todo el contenido de la memoria y descargué los datos en uno de nuestras bóvedas acorazadas de datos. Nuestro informante explicaba que la jerarquía de los doce Fras de los Fratelli opera como una unidad de mando en cada continente, pero decía poca cosa acerca de sus identidades.

—Dale a Gotthard el código de la bóveda acorazada inmediatamente —dijo Joe—. Recibió un mensaje electrónico hace dos horas de nuestro informante en los Fratelli de América del Norte advirtiendo de que se ponía en marcha una operación en suelo estadounidense en conjunción con un producto desarrollado por un Fra del Reino Unido que supuestamente aparece en la memoria USB.

—Así es —dijo Hunter—. Aquí está la versión abreviada de lo que descargué. Vestavia está en desacuerdo con Fra Bardaric, del Reino Unido. Anoche en el evento de los Wentworth pude ver al hombre que creo que es Vestavia, pero estaba demasiado lejos como para hacer un boceto decente. Debe de haber una conexión entre el asesino JC y ese Bardaric.

Hunter continuó, con cuidado de no mostrar ningún cambio en el ritmo de su voz al revelar lo que sabía por la memoria de Linette acerca de ese bastardo asesino llamado JC.

—Peter Wentworth le habló a Vestavia de diez varones nacidos treinta y dos años atrás en América del Norte. Los diez crecieron juntos en China adiestrados como un grupo de asesinos disciplinados absolutamente leales a los Fratelli. Cinco demostraron ser incapaces y fueron exterminados. Tres murieron en misiones. De los dos que quedaron, uno se dedicó a entrenar a la siguiente generación, pero finalmente se suicidó. El décimo entró en los servicios secretos internacionales del Reino Unido, pasó cuatro años en la organización y desapareció hace cinco años. Es conocido como Jackson Camaleón, por las cucharillas de titanio que deja cuando completa una misión y por la imagen de la cuchara con que sella las fotos de sus asesinatos.

—Puede que sea de los servicios secretos internacionales o un doble agente de ellos y de los Fratelli, o puede que tan solo sea un simple traidor. —Joe dejó que la palabra «traidor» expresara claramente una nota de disgusto.

—¿Cuál es la probabilidad de que los servicios secretos reconozcan que tienen a un agente traidor? —Hunter dudaba de que fuera posible, pero Joe tenía contactos en todas partes.

Los ojos de Joe adquirieron la oscura sombra del acero afilado.

—Tan probable como que yo reconozca que hay un traidor entre los míos.

A Hunter no se le escapó la advertencia.

—¿Hemos encontrado un motivo para el disparo de Gwen?

—No. Esa es otra de las razones por las que necesitamos a esa mujer llamada Blanton. Dejaré que Gotthard te explique lo que tiene —dijo Joe, mirando a su derecha antes de que el vídeo parpadeara y el ancho rostro de Gotthard Heinrich asomara a la vista. El cabello peinado hacia atrás y recogido en una coleta enfatizaba la frente ancha y la marcada mandíbula. Su volumen llenaba la pantalla más que Joe, y eso que Joe no era poca cosa en tamaño.

—Dime el código de la bóveda acorazada de archivos y qué más había en la memoria de datos mientras lo descargo todo, Hunter. —Gotthard tenía habilidades excepcionales con la informática y la capacidad de asumir multitareas.

—Peter no daría a Vestavia ningún detalle significativo acerca de los diez bebés. Los Wentworth han apoyado a los Fratelli durante muchas generaciones, con raíces en Inglaterra; por eso Peter se niega a tomar partido en una disputa o a compartir información acerca de la reproducción. Él proporciona apoyo financiero e influencia política para las contingencias de América del Norte desde que ese es su hogar. Los Wentworth son una de las tres familias del mundo que protegen los registros genéticos de los Fratelli. Vestavia cree que este asesino trabaja para Bardaric puesto que los golpes que ha dado benefician la agenda de Bardaric.

Gotthard dejó de teclear.

—La reunión que tuvo lugar durante la recaudación de fondos tuvo que ver con el bebé de Gwen y con otros bebés que están siendo engendrados.

—¿A qué te refieres con engendrados? —Hunter cogió una libreta y un bolígrafo de un rincón de su escritorio para tomar notas.

—¿Recuerdas los indicadores genéticos que tú y yo localizamos en los estudiantes de Francia el otoño pasado?

—Sí.

Hunter había contactado con especialistas en genealogía que conocía en el Reino Unido para que rastrearan la herencia de la realeza y los líderes mundiales. Esos especialistas particulares pasaban sus días registrando y analizando antiguas muestras de ADN tomadas de ropas, objetos personales y cualquier cosa que pudiera tener una muestra. Sus ordenadores no eran capaces de procesar tanta información en el tiempo necesario, así que Hunter había organizado que Gottard ofreciera un servicio de ordenadores seguros como contratista. La BAD poseía un superordenador llamado la Bestia que Gotthard había usado para pasar la información a los especialistas en genealogía y a la BAD.

Gotthard explicó:

—Nuestro informante dice que hay una lucha de poder en el

seno de los Fratelli que tiene que ver con la gestación de esos niños. Estamos esperando que la información que tú has recogido nos explique más. He conseguido que la Bestia cruce los datos de algunas de las familias más influyentes del mundo, como el grupo de los Wentworth, pero algunas no tienen archivos médicos a los que pueda accederse fácilmente.

—Tengo una idea acerca de eso, en relación con el Kore Center, que compartiré en un momento. ¿Crees que si descubrimos a la gente que está relacionada por vía genética eso nos conducirá a los Fratelli?

—Ahí es donde nos damos contra un muro. —La atención de Gotthard se desvió de la pantalla y se oyeron unos golpecitos a través de los altavoces—. Ya tengo la descarga. —Sus ojos se movían de un lado a otro, leyendo—. Este es nuestro punto de arranque.

—¿Qué? —Hunter había revisado la información de Linette, incluyendo las fotos de los tres Fras que se encontraron en casa de los Wentworth, pero no había descubierto nada relacionado con los marcadores genéticos.

Gotthard continuaba tecleando y leyendo algo, luego sus ojos miraron al frente de nuevo.

—Los marcadores genéticos que he encontrado comienzan a desaparecer alrededor de hace treinta años. Acabo de entrar diecisiete fechas de nacimiento proporcionadas por nuestro contacto en una archivo de la memoria de personas que Vestavia llama bazas genéticas para América del Norte. El contacto dice que hay más, pero estas eran las accesibles. El ordenador las está cotejando... sí. Las fechas de nacimiento proporcionadas por nuestro contacto coinciden con las diecisiete que aparecen en los informes de nuestros especialistas en genealogía del Reino Unido y las diecisiete tienen sangre de tipo similar y extraño. Y no me refiero a sangre del grupo AB, sino a una forma de HH. Las diecisiete personas figuran como nacidas en el Kore durante los pasados treinta y cinco años.

—No te sigo. No es probable que todas las personas con un tipo de sangre extraño y parámetros de ADN similares simplemente decidan ir al Kore. —Hunter garabateó notas en su cuaderno acerca del Kore Women's Center, Gwen y Abbie, cuya madre tenía sangre del tipo HI. Unió todo eso con una línea y luego dibujó un interrogante en el centro—. Tal vez no fueron voluntariamente. Siendo este un centro pionero de investigación de tipos de sangre extraña, ¿admite hombres?

—No figuran hombres. Solo estamos tratando con mujeres. Y también tengo un listado de mujeres con tipos de sangre extraña similares que han asomado en nuestra base de datos y no han entrado en el Kore Women's Center. Todas las que he encontrado han acabado muertas.

Hunter dejó de dibujar.

—¿Qué? Explícate.

—Tenemos más datos por procesar, pero hay suficientes para establecer un patrón de mujeres muertas por accidente: ahogadas, accidentes de tráfico, atracos, malas caídas haciendo senderismo, cualquier cosa menos muerte natural.

—¿Ninguna de esas mujeres tuvo una enfermedad, cáncer o algo así? Es difícil de creer en estos días y a esas edades.

—Algunas sí tuvieron, pero no hemos encontrado ni una sola mujer con ese perfil genético de fuera del centro que haya muerto por causas médicas naturales. Y las que sí lo hicieron entraron en el Kore para morir suicidándose o sucumbiendo a una enfermedad rápida.

Hunter hizo un crujido al oír eso. Él era el primero en argumentar que ninguna coincidencia en aquel asunto merecía un estudio detenido. Pocos podían superarlo en informática y procesamiento de la información, pero apreciaba las capacidades informáticas de Gotthard todos los días y francamente prefería la acción antes que los informes de inteligencia.

—Respecto al Kore Center, antes de que dispararan a Gwen oí que esta le decía a Abigail que no podía revelar una información que tenía acerca del centro porque si lo hacía los Fras las matarían a las dos. He descubierto que la madre de Abigail tiene un tipo de sangre HI extraño y que visitó el centro Kore recientemente. Abigail estaba tratando de sonsacar información a Gwen, porque su madre estaba sana diez días atrás cuando fue al centro y salió de allí enferma. El Kore sostiene que solo le tomó muestras de sangre y que se le hicieron las pruebas rutinarias.

—¿Cuándo descubriste todo eso? —preguntó Gotthard subiendo ligeramente las cejas.

Hunter entendió la señal de Gotthard de que estaba haciendo la pregunta en beneficio de Joe. Su compañero de equipo trataba de ayudarlo.

—Lo oí cuando las dos estaban hablando antes de que Gwen recibiera el disparo.

Gotthard gruñó y luego continuó.

—Nuestro informante infiltrado en los Fratelli cree que el asesino JC está vinculado con la muerte del primer ministro hace dos meses y con el disparo a Gwen (cosa que hemos confirmado), y que desempeñará un papel en el próximo ataque. El informante dice que Vestavia cree que Bardaric está dirigiendo al asesino. Basándose en una serie de fotos de asesinatos que Vestavia recibió con el tipo de firma del asesino JC, Vestavia cree que Bardaric va a atacar a un líder político. Especula con la idea de que nuestro presidente pueda estar en peligro cuando se encuentre con el nuevo primer ministro del Reino Unido en Washington D. C. la semana que viene en el próximo evento público de las Naciones Unidas.

—El evento de las Naciones Unidas me da por culo —se mofó Hunter—. Todo el mundo sabe que el presidente está tratando de suavizar la tensión entre él y el primer ministro. Diablos, medio mundo sospecha que este primer ministro ha tenido algo que ver con el asesinato del anterior. —Un plan comenzó a cobrar forma en la mente de Hunter—. ¿El informante tiene alguna idea de qué tipo de ataque planean los Fratelli?

—Probablemente un explosivo. Algo nuevo, que no está en el mercado.

—¿En qué periodo de tiempo?

—No tenemos nada definitivo. El primer ministro se reunirá con el presidente el viernes en Washington D. C., pero llegará a Colorado el sábado para visitar a un amigo y hablará en la universidad el lunes. No podemos descartar que alguien mate al primer ministro como a un mártir involuntario. Tenemos en cuenta el sábado como el marco de tiempo más próximo.

El próximo movimiento de Hunter sería decisivo si Joe sospechaba de sus acciones.

—Eso significa que tenemos entre tres y cinco días. Y el informante nos ha avisado de que estemos preparados para cambios repentinos en el calendario. Vestavia ha cambiado de planes y ha acelerado el periodo de tiempo para evitar que nadie sea mejor estratega que él. No confía en nadie. Hasta que el informante pueda proporcionarnos un calendario, localizaciones e información acerca de las características del explosivo, nuestra mejor apuesta es acceder al centro Kore. Localizaremos los informes de esos diez niños varones y tendremos una oportunidad de encontrar al asesino JC antes de que vuelva a atacar. Puede que él sea el cabo suelto para desentrañar toda esta confabulación.

Hunter obligó a sus dedos a desdoblarse para soltar el bolígrafo que aferraba mientras contemplaba la pantalla. Abrir las mandíbulas de un caimán en medio de una lucha habría sido más fácil.

Los ojos de Gotthard se movieron hacia la izquierda. Asintió y después volvió a mirar al monitor otra vez. Aquel tipo grande tenía marcas alrededor de los ojos, que se veían más cansados de lo habitual. Puede que fuera por el trabajo o que se tratara del peaje de su inestable matrimonio. O podría ser por las dos cosas.

—Joe planea tener equipos estacionados en diferentes partes del país preparados para ponerse en marcha en cuanto tengamos la noticia. No puede enviar un mensaje de alerta a través de canales para otras ramas de seguridad del gobierno sobre un posible ataque sin otra prueba que informes de espionaje. Si alguien descubre nuestra acción demasiado rápido nos arriesgamos a que los Fratelli reciban la alerta. En ese caso simplemente encontrarían al topo, reajustarían sus planes y emprenderían el ataque en otra fecha.

El punto de vista de Gotthard estaba claro. Los Fratelli encontrarían a la informante, la matarían y seguirían adelante.

Hunter había observado las largas horas que Gotthard había pasado tratando de contactar con esa informante a través de la Red el pasado año y la excitación de su amigo cuando ella respondía. Gotthard no escondía el hecho de que estaba protegiendo la seguridad de Linette. Lo que los demás probablemente no habían advertido, ya que no habían pasado tanto tiempo como Hunter junto a Gotthard en la investigación del año pasado, era que Gotthard se mostraba bastante posesivo en relación con ella.

Comenzó a elaborar un listado mental de las consecuencias que esto podía entrañar.

—Será difícil, pero puedo infiltrarme en el Kore en un plazo de cuarenta y ocho horas.

—Va a infiltrarse una agente —dijo Gotthard—. Los únicos hombres en el complejo son los doctores Wentworth que todo el mundo conoce.

Hunter se incorporó.

—¿Las empleadas son todas mujeres? —Por supuesto, eso tendría sentido en un centro destinado exclusivamente a mujeres.

—Principalmente. Joe tiene un equipo en busca de esos tres Fratelli. Carlos y su equipo van a la caza del francotirador y Korbin está siguiendo el rastro de la mujer de apellido Blanton.

Carlos podía buscar al francotirador todo lo que quisiera, pero también lo haría Hunter. Korbin no sería un problema siempre y cuando Hunter mantuviera a Abbie lejos de la vista.

Eso significaba tener que encerrarla allí, pues de lo contrario trataría de salir. Miró la luz de seguridad naranja que seguía encendida, haciéndole saber que la puerta principal no se había abierto. ¿Cómo podría explicarle que no podría estar con su madre pronto y que tampoco podía hacer llamadas telefónicas? Debía encontrar además alguna forma de ayudar a su madre.

¿Y si su madre moría mientras él tenía a Abbie retenida?

«Joder.» Volviendo a su plan, Hunter dijo:

—Puedo inventarme una tapadera para acceder al Kore Women's Center.

—He oído que la cera para depilarse es una de las peores formas de tortura. Solo para hombres de verdad. —Gotthard permanecía inexpresivo, pero con los ojos risueños. Permitía que asomara su acento alemán cuando se relajaba.

—Tu humor necesita renovarse.

—Dile a Joe que me dé algo de tiempo para urdir un plan. Si no le gusta mi plan, entonces que envíe a una mujer, pero si la seguridad del centro es tan estricta como yo creo hará falta algo más que acceder como parte de la plantilla.

Eliot podía eludir cualquier barrera. Tenía que poder.

Gotthard afiló la mirada, enviándole la indicación de que tuviera cuidado.

—Puede que esto no deba hacerlo un agente solo. —Al ver que Hunter no respondía, Gotthard se volvió hacia su derecha, sin duda escuchando a Joe, que debía de haberlo oído todo. Luego volvió a mirar la pantalla—. Tienes dos horas para pasarle un plan a Joe.

Hunter suspiró y apagó el ordenador. Era la hora de que Abbie le explicara todo lo que sabía. Caminó hasta la puerta de su despacho y la abrió para dirigir un grito hacia el pasillo.

—¿Borys?

Se oyó el taconear de las botas sobre el suelo de madera de color cerezo. Borys apareció ante la puerta que conducía a la cocina.

—Estoy ocupado.

—Dile a Abbie que quiero hablar con ella.

—¿No está contigo?

Hunter caminó hasta las escaleras y lanzó un gritó:

—¡Abbie!

—No es necesario hacer eso. —Borys se cruzó de brazos—. La he buscado por todas partes. No está en la casa.

Capítulo dieciocho

—¿*D*ónde demonios está? —gritó Hunter a Borys, que se precipitó hacia la puerta principal de la cabaña.

¿Como si Abbie pudiera estar sentada en los escalones del porche?

—La alarma de la puerta principal sigue activada —le dijo Hunter, y se volvió hacia el armario.

—La puerta también sigue cerrada, pero si no está aquí dentro tiene que estar fuera. —Borys dio un puñetazo al monitor de la pared, desactivando el sistema de alarma, y luego subió corriendo las escaleras—. Antes solo asomé la cabeza por la puerta de su dormitorio. La buscaré, pero no está aquí.

—¡Maldita sea! —Hunter dio un puñetazo dentro del armario y golpeó un panel en el único lugar que haría caer el estante oculto para dejar a la vista una 9 milímetros. Metió el arma de acero inoxidable en su cinturón a la altura de la espalda.

—Ha salido por la ventana con sábanas anudadas —gritó Borys bajando las escaleras.

—¿Quién desactivó el sistema de seguridad del piso de arriba? —rugió Hunter, sacando una chaqueta del armario.

—¡Yo! Me gusta abrir las malditas ventanas de vez en cuando. —Las venas se marcaban a los lados del cuello de Borys, latiendo—. Nunca activamos la seguridad del piso de arriba. No puede haber ido lejos.

—Yo activé las trampas del camino anoche.

—Ah, mierda. ¿En qué demonios estabas pensando? Nunca haces eso cuando tienes un invitado. Puede que esté ahí fuera tirada con el cuello roto.

—¡Ella no es una invitada! —le espetó Hunter. Borys era

afortunado de que él no tuviera tiempo de estrangularlo. Quería matar a alguien en ese instante—. Quédate aquí por si regresa y no se te ocurra dejarla salir si lo hace.

—¿Qué te parece si la próxima vez que traigas a una mujer a casa me explicas de qué va el asunto y así yo puedo mantenerla encerrada? Realmente debes de haberla fastidiado...

Hunter dio un portazo y se quedó mirando fijamente el paisaje helado. Kilómetros de terreno traicionero tan inhóspito que incluso sería difícil seguir el rastro de un oso. Él redujo sus opciones al camino menos empinado por el que podía haber bajado. Era imposible que tuviera botas de montaña... a menos que le hubiera robado a Borys unas que le sirvieran. ¿Habría ido por la inclinada pendiente que tenían delante?

No. Había ido en busca del todoterreno.

Dio la vuelta a la cabaña hacia donde el terreno era menos agresivo, con zonas que se asemejaban a senderos que serpenteaban entre los pinos que subían hacia la montaña.

Una ruta de aspecto inocente. Excepto por varios precipicios donde las rocas sueltas y la tierra podían hundirse de manera inesperada.

Una caída allí podía ser fatal.

Y si ella no se caía entonces sí lo haría después porque desconocía las trampas que él había colocado para detener a cualquiera que traspasara el perímetro exterior de seguridad sin ser detectado.

Por si eso no le preocupara ya suficiente, las huellas de aquel lado conducían hacia el lugar donde había encontrado un ciervo muerto por un ataque de pumas.

Joe esperaba a que Gotthard finalizara su trabajo en la terminal de ordenadores, deseando que aquella habitación privada, conectada al equipo informático de vigilancia y unidad de investigación de la BAD, tuviera más de dos metros cuadrados de zona despejada para caminar. Pero la habitación había sido especialmente construida para grupos pequeños y reuniones privadas en el interior de los cuarteles bajo el centro de Nashville, Tennessee. El edificio, conocido cariñosamente como la Torre Murciélago, albergaba una compañía de seguros como tapadera de la BAD, la

Oficina de Defensa Americana, conectada al centro subterráneo de operaciones por una madriguera de túneles.

Gotthard terminó de cerrar un archivo que había abierto mientras mantenía la videoconferencia con Hunter y giró sobre sí mismo. Apoyó su carnoso codo en el borde del escritorio y dejó descansar la barbilla sobre un pulgar.

—¿Opiniones?

Joe tenía varias, pero prefería oír primero a sus hombres. Se volvió hacia Retter, el más peligroso de sus agentes y la única persona a la que Joe había permitido oír la videoconferencia.

El pecho de Retter apenas se movía con su respiración. El cabello negro le llegaba por los hombros, y todavía estaba húmedo por la ducha. Se rascó la barbilla recién afeitada y su mirada cautelosa se puso a examinar el suelo. La decisión les pesaba a todos, pero Retter tenía el cometido de vigilar a Hunter. Apoyó el trasero contra el borde de una mesa de acero inoxidable que había al lado de la de Gotthard, que se hallaba junto a los monitores y equipos informáticos alineados a una pared. Retter finalmente sacudió la cabeza.

—Nunca había observado ningún cambio respecto a su comportamiento habitual durante los cuatro años que lo he estado observando en las operaciones. La misma actitud dura, y siempre tan competente como letal. Me había convencido de que había superado la muerte de Eliot... hasta ahora.

—A mí también —añadió Gotthard. La decepción encorvaba sus hombros todavía más.

Joe se frotó la sien, deseando que su dolor de cabeza no se transformara en una migraña.

—Mierda, yo también creía que había superado la muerte de Eliot. Pero no puedo estar seguro. Hunter no se ha tragado exactamente el anzuelo respecto a la conexión entre el asesino JC y el ataque en Kauai. Es difícil saber en qué condiciones está ahora.

—Si pudieras interpretarlo fácilmente a través de una pantalla de vídeo, no trabajaría para la BAD —señaló Retter.

—Lo sé. —Joe dejó de lado su dolor en la sien y metió la mano en el bolsillo delantero del pantalón—. Lo necesitamos si se le ocurre un plan viable para entrar al Kore Women's Center.

—Estoy de acuerdo con eso —intervino Gotthard—. No tenemos tiempo para construir un perfil que pueda estar ante la puerta principal y cualquier agente que enviáramos no tendría refuerzos.

Joe le preguntó a Retter:

—¿Está Korbin seguro de que vio a Hunter salir con Blanton de su casa? No estará mintiendo para vengarse de que Hunter dejara a Rae apartada en la misión, ¿verdad?

—No. —Retter sacudió rápidamente la cabeza—. Interrogué a Korbin personalmente. Su testimonio es sólido. Además, nadie en este grupo pondría el punto de mira sobre un agente que no lo merezca.

—No he dicho que hiciera eso. —Joe no se mordía la lengua ni lo haría ahora, pero no había razón para deshacerse de uno de los hombres que más útil resultaba en todo aquel asunto—. Todavía nos falta confirmar que Hunter esté siguiendo el rastro del asesino por su cuenta. Mientras tanto, le daré dos horas. —Miró las caras serias de los dos hombres. No había nada que ninguno de los dos pudiera hacer todavía. No hasta que Hunter hiciera algún movimiento que traspasara claramente la línea que él marcaba a todos los agentes el día que entraban en la BAD. Los operarios de élite no podían usar sus habilidades e información para cumplir con promesas de venganza—. Si Hunter tiene un plan viable dejaremos que lo lleve a cabo.

—¿Y si no? —preguntó Gotthard.

Joe nunca medía sus palabras.

—Entonces le daremos una oportunidad de traer a la chica y entregarse antes de enviar a un equipo tras él. —Nunca quería eliminar a uno de los suyos, pero daría la orden de liquidar a un traidor y todos sus agentes lo sabían.

Capítulo diecinueve

Abbie seguía su camino con cuidado entre los arbustos de hoja perenne cubiertos de nieve y las rocas dispersas que bloqueaban la ruta más fácil de aquella montaña helada. Llevaba el traje de vuelo varias tallas más grande de la pasada noche, un par de vaqueros gastados pero limpios, dos camisetas de manga larga, un jersey de algodón verde oscuro, calcetines gruesos y botas dos números más grandes que había encontrado en uno de los dormitorios que había debajo de donde dormía ella.

Hunter le había mostrado su dormitorio cuando llegaron temprano por la mañana y le había ordenado que se quedara allí hasta que él volviera a recogerla.

Sí, eso siempre funcionaba bien con ella.

¿De verdad había creído que iba a quedarse allí sentada durante una semana o más? Podía tardar el tiempo que quisiera, pero ella no esperaría.

Para empezar porque su madre se estaba muriendo, maldita sea.

En segundo lugar, ¿qué ocurriría con su trabajo? Stuart a esas alturas estaría sacando espuma por la boca, sorteando las preguntas de otros medios, y Brittany, que era lenta pero no estúpida, no estaría lejos de empezar a preguntarse por qué él habría dado una invitación a Abbie para el evento de los Wentworth.

En tercer lugar, ¿qué ocurriría si la policía quería hacer más preguntas sobre el disparo de Gwen? ¿Pensarían que Abbie había huido o que estaba retenida contra su voluntad?

En cuarto, quinto y sexto lugar... su madre se estaba muriendo, muriendo, muriendo.

Pateó una roca suelta que desapareció entre un montón de nieve. Era un hermoso pero desolado paisaje que ella podría apreciar mejor provista de un buen abrigo. Habría tratado de cazar alguno antes de salir si el sol no estuviera brillando fuera y no hubiera tenido que preocuparse de no ser sorprendida bajando a hurtadillas las escaleras. De no haber tenido ese problema hubiera salido por la puerta principal en lugar de tener que bajar usando una cuerda hecha de sábanas anudadas como una adolescente entregada a una aventura hormonal.

No sonó la alarma cuando abrió la ventana de su dormitorio en el segundo piso. Tuvo la fortuna de aterrizar encima de un montón de nieve, solo que terminó con los vaqueros mojados.

Y si no conseguía salir de debajo de esos árboles para volver a estar bajo el sol se iba a quedar tan helada como un polo en el congelador.

Aspiró aire y continuó moviéndose antes de que Hunter descubriera que había desaparecido.

No se pondría contento, pero era culpa suya.

Cuando llegaron a la cabaña por la noche, ella le había preguntado cuándo podría volver a ver a su madre. Hunter le soltó: «No será pronto». Eso había acabado con lo último que le quedaba de paciencia. Pero para no dejar las cosas a medias, como diría su padre, también le había preguntado qué pretendía hacer con ella. Y la respuesta de él había sido: «Depende de cuánta información me des».

Seguía dándole vueltas a una cosa.

Él era un agente entrenado de algún tipo. Puede que anoche solo le hubiera contado mentiras y la hubiera estado manipulando para entregarla a un programa de testigos. Ella tenía poca información con la que negociar y se preguntaba qué era lo que haría Hunter en el momento en que lo descubriera.

No podía simplemente dejarla marchar después de todo lo que había visto.

Su mejor oportunidad era localizar el todoterreno. Pronto.

Apartó una rama del camino, esquivó un montón de nieve del terreno y continuó avanzando con cuidado, escogiendo los trozos donde había tierra y tanteando con un pie las zonas cubiertas de nieve para evitar resbalar si había hielo debajo y apoyaba todo su peso.

Si Hunter hubiera sido razonable ella no estaría ahora allí congelándose el trasero.

Quería estar enfadada con él por todo lo que había pasado y culparlo de aquel tipo loco que encontró en su casa, pero aquel tipo la había llamado Abigail. Dijo que ella había hecho un buen trabajo y admitió haberle disparado a Gwen, así que le estaba dando las gracias por conseguir que Gwen saliera al exterior. Eso podría haber sido una coincidencia, si no fuera porque conocía su nombre. En cambio no parecía conocer por su nombre a Hunter.

Ella no podía suponerlo todo, y Hunter no compartía información. Seguía sin poder reconocer en ese hombre a aquel que había conocido seis años atrás.

Estaba diferente entonces, pero la atracción animal que ella había sentido por la versión de Hunter con pelo había sido la misma que la que la golpeó la pasada noche en la fiesta de los Wentworth. Su primera impresión de Hunter años atrás fue la de un tipo de facciones duras y campechanas, con una melena de pelo grueso de color marrón café que le llegaba por los hombros, limpio pero despeinado. Le recordaba a los hombres entre los que había crecido, con camisas de franela, botas militares y guantes de trabajo desgastados por las duras tareas.

Y que Dios la ayudase… recordaba haberle pedido (no suplicado) que la llevara a casa con él en aquel entonces. Un recuerdo patético que le gustaría borrar. Él era exactamente lo que quería encontrar cuando entró en el bar pavoneándose en busca de un hombre. Dulce, atento, atractivo pero desaliñado, y además muy humano. Pero los tristes ojos verdes no habían cambiado.

Debería haberse dado cuenta en la fiesta de los Wentworth de por qué reconocía los ojos de Hunter.

Parecía tan carente de cuidados aquella noche hacía tanto tiempo.

No podía reconocer al sofisticado Hunter de hoy en aquel tipo de cabello desaliñado que parecía incapaz de permitirse un hotel decente.

Había explicado muy poco de él entonces, solo que acababa de terminar un trabajo. Ella había supuesto que se trataría de algún tipo de trabajo manual, por su tamaño y porque no se quedaría otra noche en Chicago.

Una noche. Sin ataduras. Perfecto.

Eso había pensado.

No se había sentido tan entusiasmada con su rápida decisión cuando a la mañana siguiente despertó con resaca en la habitación de un hotel, acostada junto a un bohemio que tenía el cuerpo desnudo de Brad Pitt en *Troya*.

Teniendo en cuenta que ella llevaba el sujetador y las braguitas, y que no encontró indicios de actividad física, podía deducirse que ella se había quedado inconsciente mientras estaba con él.

Se había escabullido de la cama y se había deslizado dentro del vestido rojo de mujerzuela que la había hecho creer más atractiva doce horas atrás, exhibido en la tienda, cuando, en un arrebato, decidió comprarlo. Una vez recompuesta trató de salir a hurtadillas, pero cometió el error de dirigir una última mirada a ese brillante cuerpo.

Él la había estado observando todo el tiempo, sin decir una palabra.

Se miraron el uno al otro en silencio durante un momento hasta que él preguntó con voz adormilada:

—¿Necesitas dinero para un taxi?

Ella sacudió la cabeza, y su cabello liso planchado se agitó contra sus brazos.

Dado que él no dijo nada más, del tipo «¿cómo te llamas» o «cuál es tu teléfono?», ella abandonó la habitación y salió del hotel, mortificada hasta la médula.

Nunca antes se había ido a la cama con un extraño… ni después.

¿Qué pensaría Hunter si le decía eso?

¿De qué tenía miedo?

Él la había sorprendido la noche anterior cuando estaba a punto de tener un ataque de pánico en la oscuridad. Él la calmó, cuando podía haberse limitado a darle órdenes. No la había entregado a un grupo de extraños. Había algo oculto en el interior de ese agente emocionalmente solitario, había un hombre con capacidad para la ternura, aunque la tuviera bien escondida.

Ella recordaba que la había besado. Si también la había besado seis años atrás, el alcohol había borrado aquel sorprendente recuerdo.

En el interior de ese paquete letal había un Hunter que ella desearía haber conocido en circunstancias diferentes.

Y sí, ahora que estaba allí fuera a solas con sus propios pensamientos, podía reconocer más de una verdad. Le gustaría tener otra oportunidad de poner sus manos sobre el cuerpo desnudo de ese hombre durante una noche.

Pero si él hubiera estado interesado en ella de esa manera, se habría aprovechado de lo que ella le ofreció seis años atrás.

Vaya desastre en la cama. El encantador y divertido Sansón no se había lanzado a aprovecharse de lo que ella le ofrecía, pero aquel Hunter, armado hasta los dientes, con su avión privado y demasiado atractivo para conservar la cordura, desde luego la había besado.

Apartó de su camino una rama de pino que colgaba demasiado baja. La nieve derretida le roció la cabeza. ¿Cómo era posible que hiciera esa conexión romántica con todo lo que le estaba ocurriendo, sin incluir a aquel lunático que tal vez trataba de matarla?

Oh, y ahora mismo estaba huyendo de Hunter, lo cual haría difícil de orquestar cualquier interludio.

Además, tenía una prioridad mayor que la de descubrir cómo sería desnudar a Hunter para ver de nuevo ese cuerpo de película. Debía encontrar un camino para salir de aquella montaña helada.

Tenía que haber alguna urbanización en alguna parte, o excursionistas o alguna torre de vigilancia contra incendios. ¿No tenían radios en las torres de vigilancia? No había visto nada la noche anterior en la oscuridad, pero estaba casi segura de que aquella era la dirección de donde venían al salir del vehículo. En cuanto lo encontrara, podría marcharse. Su padre se lo había enseñado todo sobre esos viejos vehículos, por ejemplo, cómo encender el motor sin la llave.

El viento sacudió las agujas en las ramas de los pinos detrás de ella y traspasó las capas de algodón de las camisetas que llevaba. Maldito frío.

Se frotó las manos y aceleró el paso, metiéndose a través del siguiente matorral para apartarse seis pasos hacia la izquierda antes de poder ir cuesta abajo de nuevo.

¿A cuánto estaría ahora de la cabaña?

Dio un paso más. Se oyó un crujido. Gravilla y arena suelta se deslomaron bajo sus pies. Saltó hacia un lado para agarrarse de la rama que colgaba de un árbol. Esta, que tenía tres centímetros de grosor, se dobló ante la presión y le golpeó la cara y las manos con las agujas de pino.

El terreno se desintegró debajo de los talones de sus botas cuando dio marcha atrás.

La rama se quebró con el peso, las fibras de madera comenzaron a separarse.

—No te atrevas a romperte —dijo preocupada en voz alta.

Lanzó una mano hacia otra rama que resultó estar fuera de su alcance y retorció su cuerpo. Una rodilla rebotó contra el suelo. El dolor le subió por toda la pierna. Gruñó al despreciable pedazo de vegetación y arremetió de nuevo para alcanzar la rama que se agitaba.

Y falló.

Sentía la sangre bombeando en los oídos. Trató de no respirar fuerte por miedo a empeorar su precaria posición, pero la hiperventilación le impedía mantenerse quieta.

El viento salvaje gritó su nombre.

Ella se detuvo, escuchó, con el corazón latiendo de esperanza.

Puede que Hunter la fastidiara, pero no la dejaría morir. Ella no podría ayudar a su madre si acababa con el cuerpo maltrecho… o aún peor.

Se relamió los labios resecos y abrió la boca para gritar.

La rama se partió.

Ella cayó colina abajo como un trineo.

Capítulo veinte

Abbie se agarró a todo lo que pudo para hacer más lenta su caída. Se deslizó por encima de la nieve, luego se golpeó contra rocas y zonas de arena. El mundo se movía a la velocidad de la luz. El impulso la hizo caer de espaldas. Las tres camisetas se le subieron por el cuerpo, y los matorrales del suelo de la montaña le rasparon toda una línea a un lado de la espalda causándole dolor.

Giró a un lado, luego golpeó contra un banco de nieve y se dio contra una roca. El mundo se tambaleaba confusamente, tratando de estabilizarse. Ella jadeó sorbiendo aire frío que le quemaba los pulmones y gimió, pero, maldita sea, esa era una buena señal. Significaba que estaba viva.

Se quedó allí sentada, tragando aire.

Aquello era un fallo enorme en su plan de huida. Cobró conciencia de su cuerpo y consideró la posibilidad de quedarse allí sentada, pero no todavía.

—¡Abbie! —rugió una voz desde algún lugar por encima de ella.

Ella colocó la mano por encima de los ojos a modo de visera para protegerse del fuerte brillo del sol. Hunter se abalanzó colina abajo como un toro enfurecido, casi tan rápido como había bajado ella, pero sin arrastrar el cuerpo por el suelo.

Ella tomó nota del daño ahora que cada nervio se lo señalaba con un dolor lacerante. Una zona de su cuerpo estaba quemada, pero las capas de ropa le habían protegido el resto de la piel. Tenía un dolor punzante en la rodilla.

Movió los dedos de los pies, estiró las piernas y enderezó los hombros.

Aleluya. No tenía nada roto.

Las ramas se sacudían por encima de ella. Los tacones de las botas de él golpeaban contra el terreno de roca dura. Y los taconazos iban intercalados con insultos.

Sería mejor estar preparada para enfrentarse a Hunter.

Usando el dobladillo de una camiseta se limpió la cara, las manos y la ropa. Tenía sangre en los rasguños de las palmas y de las muñecas, pero no estaba tan mal.

Se sentó erguida y se bajó las camisetas, apretando los dientes cuando la tela le tocó la zona quemada de la espalda.

Hunter recorrió de un salto los últimos dos metros y aterrizó derrapando cerca de ella.

—¿Te has roto algo? —Sonaba aterrado, cosa que a ella le sorprendió después de haberlo visto conservar la calma ante el asesino. Se puso en cuclillas cerca de ella y examinó el desgarrón en los pantalones robados, luego le tocó suavemente la pierna por encima y debajo de la tela rota.

Si él continuaba actuando con tanto cuidado y consideración, ella acabaría perdiendo su débil control.

—No creo que me haya roto nada. Ayúdame a levantarme. —Ella se refería a que le diera la mano, pero él la agarró por debajo de los brazos y la levantó hasta ponerla en pie. Cuando él retiró los brazos para comprobar si podía sostenerse, ella ahogó un grito por el dolor que sintió en la rodilla.

—Te has hecho daño en la rodilla —la acusó.

—Es mejor que estar golpeada en una piara llena de cerdos —murmuró ella.

—¿Qué demonios pensabas que estabas haciendo? —Los músculos en torno a su cuello se movían con cada respiración.

Ella levantó la barbilla como demostrando que no le daba miedo ser criticada. Especialmente cuando notó que él estaba haciendo el mismo tipo de inclinación sin ni siquiera tener los vaqueros sucios.

—No me des gritos cuando acabo de sobrevivir a una experiencia casi mortal.

Puede que fuera un error decir eso.

La camisa de piel prácticamente vibró con la energía que salía de su cuerpo. Levantó las manos para tocarla, luego retrocedió y se cruzó de brazos.

—Anoche te dije que te quedaras en el dormitorio hasta que volviera a buscarte.

Ella ya tenía suficiente.

—Me importan un comino tus órdenes. ¿Cuándo te entrará en esa dura cabezota que yo tengo mis propios problemas?

Él apretó los labios, canalizando su furia por los hombros.

—¿Te das cuenta de que podías haberte matado?

—No, era solo una práctica de entrenamiento. Estoy pensando en hacerla otra vez. ¡Porque ha sido divertida! —Ella gritó y se sacudió con rabia—. ¿Qué demonios te crees?

Los ojos de él se hacían más grandes cada vez que ella aumentaba el tono una octava. Luego sacudió la cabeza. Una vena le latía en la sien. Permaneció allí con esa actitud intimidante una enorme cantidad de tiempo.

Ella estaba herida, cansada y harta de ser intimidada.

—Nunca creí que una mujer cabreada pudiera ser tan excitante hasta que te conocí. —Lanzó un bufido y descruzó los brazos para tomarla de las manos.

¿Excitante? ¿Creía que ella era excitante cuando estaba cabreada? ¿Por qué tenía que decir cosas que le hacían temblar las rodillas aunque estuviera enfadada?

Él le cogió las manos y examinó los rasguños que tenía en las muñecas. Y el corte en la palma de la mano. Eso no mejoró para nada su humor. Frunció el ceño.

—¿Estás segura de que no te has roto nada?

—Sí. Así que no pretendas curarme. —Habría añadido algo caliente a esa orden si no fuera por el cuidado con que él le tocaba las manos, quitándole muy delicadamente la tierra casi sin rozar el corte con sangre coagulada.

—Te limpiaremos al llegar a la cabaña. —Alzó la vista examinando el terreno.

—¿No me estás escuchando?

—Es difícil evitarlo. —Le soltó las manos y fijó los ojos en ella con una mirada verde tan dura como la malaquita—. ¿De verdad creías que podrías escapar?

—Pude escapar —señaló ella, segura de que eso tenía que hacer alguna mella en su ego de James Bond—. Por si se te olvida, la verdad es que tengo un poco de prisa. Quiero decir, ¿qué va a pasar conmigo? ¿Soy una prisionera o qué?

Él movió los labios sin proferir ningún sonido. Se puso una mano sobre los ojos y se frotó la sien con los dedos durante un segundo antes de bajarla.

—¿Dónde creías que ibas?

Ella había perdido la paciencia.

—Responde a mi pregunta primero.

Hunter la miró de arriba abajo con una expresión irónica.

—La idea de atarte y amordazarte es tentadora, pero, no, técnicamente no eres una prisionera.

—¿Técnicamente? ¿Qué tipo de estupidez es esa? —Ella se cruzó de brazos—. Me secuestraste. Yo creí que eras algún tipo de agente de la ley. ¿Fue un timo? ¿Quién demonios eres?

—Estoy con una delegación de las fuerzas de la ley de la que nunca has oído hablar y que no puedo revelar. No te he secuestrado ni te tengo prisionera, pero tú estás relacionada con el disparo a Gwen Wentworth; por eso, técnicamente estás protegida bajo custodia.

—Quiero a mi abogado. —La conmoción por el susto se le había pasado dejando paso a una sensación de frío que no pudo ocultar cuando le castañetearon los dientes.

—¿Has tenido alguna vez un abogado? —Él se quitó la chaqueta—. Ponte esto.

Ella abrió los brazos para ponerse la chaqueta, porque el calor era siempre mejor que el frío. Sus dedos no aparecieron por las mangas y la prenda le llegaba hasta la mitad de los muslos. Alzó la vista murmurando las gracias con un poco de rabia y añadió:

—Aún no he terminado esta discusión.

Él le subió la cremallera de la chaqueta, tirando de la lengüeta hacia arriba con un movimiento enérgico que avisaba que su tolerancia disminuía.

—No vas a conseguir un abogado, y si haces otro intento no autorizado de salir de aquí consideraré la posibilidad de esposarte. No puedes salir de esta montaña sin mí. ¿Dónde creías que ibas?

Mentir no tenía ningún sentido, y además no se le ocurría nada más.

—Quería encontrar la camioneta, y luego esperaba toparme con algún vecino. Pensaba decir que estaba de excursión y pedir ayuda para llegar a Chicago.

Él bajó las cejas con severidad, lo que ella interpretó como el preámbulo de una lección, así que añadió:

—No iba a decir nada sobre ti ni explicar que me trajiste a tu cabaña contra mi voluntad.

Ella esperaba que él contestara algo, dándole una indicación de que volvían a hablarse. Pero no. Se limitó a quedarse allí, vibrando con las palabras no dichas.

—Yo no voy a quedarme sentada aquí sin hacer nada, Hunter. Estoy cansada de esperar a que tú...

Ella perdió el hilo de sus pensamientos cuando él se inclinó hacia delante, invadiendo su espacio.

Su voz bajó a un nivel de decibelios que la hacía sonar peligrosa.

—Escúchame bien. La camioneta está tan bien escondida que no la encontrarás jamás. La edificación más cercana es una torre de vigilancia para incendios donde no hay nadie. La primera residencia se encuentra a más de cuarenta kilómetros de distancia, a través de un terreno que sería difícil de atravesar hasta para el mejor de los exploradores. Hiciste que se disparara un aparato de seguridad que podría haberte partido el cuello. —Su voz había ido aumentando de volumen, hasta convertirse en un grito—. Y si, por alguna casualidad difícil de imaginar, la próxima trampa no te hubiera detenido, hay pumas merodeando por este camino. Habrían estado encantados de tenerte para el almuerzo.

Ella tragó saliva.

—¿Pumas?

Luego advirtió lo que había dicho antes de eso.

—¿Has colocado trampas por aquí? Cuando anoche te pregunté dónde íbamos contestaste que no podías decírmelo, que nadie conocía este lugar. No deberías tener compañía inesperada.

—Es precisamente para evitar la compañía inesperada, como esa que encontraste ayer en tu casa.

Un punto a su favor. Ella trató de apartarse el cabello de los ojos, pero solo consiguió aplastarse una manga contra la cara.

—Levanta las manos. —Él le enrolló una manga hasta que asomaron las yemas de sus dedos.

—¿No son ilegales las trampas de caza, o es que no te importa?

—Las trampas están hechas para detener, no para matar —murmuró él mientras le subía la segunda manga—. Pero nunca han sido puestas a prueba por alguien que vaya colina abajo desde la cabaña.

Ella le miró los vaqueros gastados, donde un mosquetón plateado colgaba de una trabilla del cinturón. Aquella cosa parecía tener calidad profesional, pero estaba torcida, lo cual la haría resultar inútil, ¿no?

¿No podía alguien con el dinero de Hunter comprarse un arma nueva?

Él le cogió la mano con cuidado de no hacerle daño en los rasguños y esperó hasta que ella alzó la vista hacia él.

—Estoy tratando de mantenerte a salvo. No salgas de la cabaña sin mí. ¿Lo has entendido?

—Lo entiendo, pero deberías haberme dicho que este lugar está lleno de trampas.

—Ahora ya lo sabes. —Se volvió, examinando la zona como si estuviera escogiendo la dirección que debían tomar—. Volveremos por un camino fácil…

—No lo creo. —Se plantó sobre sus pies, decidida a no mover un paso hasta que no tuviera algunas respuestas.

—¿Qué pasa ahora?

—Deja de regañarme. Para empezar yo no he hecho nada para tener que estar aquí metida. ¿Por qué estás tan insoportable?

Hunter deseaba que contar hasta diez realmente funcionara. Abbie lo miraba rabiosa con un silencio desafiante. Tenía el pelo húmedo y enredado por la caída. Un rasguño en la barbilla le estropeaba la piel nacarada. Podría haber muerto.

Demonios, podría contar hasta mil y seguiría sin calmarse. Se había caído como una muñeca de trapo rebotando por la montaña. Él no se había asustado tanto en mucho tiempo y no le gustaba nada esa sensación. Ahora que sabía que ella estaba bien, su cuerpo clamaba por ella de una manera primitiva.

Necesitaba sentirla viva bajo sus manos.

Necesitaba algo más que asegurarse de que estaba a salvo. Luchó contra un arrebato de lujuria que sintió arder a través de sus venas. Cada ráfaga de su olor aumentaba esa lujuria como el oxígeno que alimenta un fuego.

Si ella tuviera una mínima pista de lo que había en su cabeza, huiría corriendo como una mujer enloquecida. ¿No tenía ningún instinto de supervivencia? ¿En qué pensaba al largarse por su cuenta sin un mapa, ni un arma, ni una provisión?

Se había asustado en el bosque la pasada noche.

¿Acaso creía que el ataque de un animal era menos peligroso a la luz del día?

Debía dejar de pensar en todas las formas en que podía haberse herido gravemente o haber muerto. Cada una de ellas habría sido culpa de él.

—¿Hunter?

—Hablaremos en la cabaña. —Si a ella no le gustaba el tono hosco de su voz tendría que aceptar estar a salvo en la cabaña y seguir sus instrucciones.

—¿Tienes algún otro tono que no sea el de cabreo?

—Lo tenía. —«Antes de toparme de nuevo con Abigail Blanton y que ella me convirtiera en un gilipollas frustrado.» Tomó aire profundamente con la esperanza de transmitir la poca paciencia que le quedaba—. Date prisa.

Ella se cruzó de brazos de nuevo y subió sus suaves cejas, con una expresión de «vete al infierno».

—No voy a seguirte ciegamente. Quiero respuestas.

—Ya te he dicho que hay muchas cosas que no puedo contarte. Vas a tener que confiar en mí.

—¿Confiar en ti? El último hombre en quien confié compartió mi cama con otra mujer después de haberme puesto en el dedo un anillo de compromiso. Eso me enseñó lo inocente que había sido por confiar en las palabras.

¿Cómo podía discutírselo si esa era una lógica que compartía? Él había oído a su madre decirles a él y su hermano muchas veces «os quiero», y él había mostrado ser un ingenuo por creer en esas palabras hasta el día en que vendió a sus hijos a cambio de una suma de dinero.

Tal vez podría usar ese tema para poner a Abbie de su parte otra vez.

—¿Tu novio se acostó con alguien que conocías?

—Sí. Alguien más joven y más guapa.

—¿Quién era? ¿Una adolescente? Y estoy absolutamente seguro de que no podía ser más guapa. —De verdad lo creía. Las jovencitas bonitas eran divertidas, pero no tan excitantes. No para él. Abbie, definitivamente, sí era apasionante.

Sus ojos se suavizaron por un momento, luego apartó de su cabeza lo que fuera que había pensado.

—Mira, este es el tipo de dulce charla basura que me ha metido en problemas antes. Yo creí lo que él me decía y permití que él me humillara. Luego lo empeoré degradándome contigo. Estaba hecha polvo esa semana.

Así que eso era lo que había llevado a Abbie a aquel bar la noche que se conocieron.

La ira que él sentía perdió fuerza.

Ella tenía un don para irritarlo con sorprendente facilidad, pero ver dolor en lugar de la chispa diabólica ponía freno a su irritación.

Seis años atrás ella lo había encantado con su risa. Si no tenía cuidado, ella lo encantaría de nuevo, esta vez con su espíritu.

Pero seis años atrás ella iba en busca de un hombre con quien pasar una noche para vengarse de alguien y Hunter había estado más que bien dispuesto aquella vez. Hasta que se dio cuenta de que ella no era la frívola asidua de bares que fingía ser.

Él no debería haber dejado pasar esa ocasión de oro cuando se conocieron, porque desde luego ahora no era el momento de descubrir lo que habría sido hacer el amor a una mujer con todo ese fuego.

Pero maldita sea, él la deseaba, y no podía creer que algún idiota la engañara con una chiquilla, porque ella debía de tener poco más de veinte años cuando se conocieron.

—No te degradaste aquella noche.

—Para ti es fácil decirlo, pero yo no me acuerdo de mucho. —Reconocer eso resintió un poco su orgullo—. Y no es probable que me digas la verdad si te pregunto.

¿No recordaba haberle dicho que quería lamerlo por un lado y por el otro, sin ataduras? «Mierda.» No era una buena idea pensar en eso ahora si no quería volver cojeando a la cabaña.

Ella le estaba mostrando un lado vulnerable que él podría usar para manipularla, y él estaba entrenado para hacerlo.

En realidad lo hacía de forma natural.

¿Pero acaso él podía jugar con esas emociones e insinuar que habían intimado sabiendo que otro hombre había usado la intimidad para romperle el corazón? Necesitaba información rápidamente ya que el plazo que le había dado Joe expiraría al cabo de sesenta y dos minutos. Pero usarla a ella de esa manera sería cruel.

Su trabajo requería ser cruel, peligroso, manipulador, cualquier cosa que hiciera falta para obtener éxito aunque ello le pasara un peaje a su alma.

La brisa aumentó, agitándole los rizos sueltos que le caían por la frente y en la cara.

Él caminó hacia delante, acortando unos centímetros la distancia entre ellos. Le pasó un dedo por la mejilla y por debajo de la barbilla, levantándosela hasta que sus ojos se encontraron. Él le dio la única respuesta que podía darle. La verdad.

—Apareciste en el bar sin llevar ningún coche, habías planeado claramente beber y no conducir. Cuando me di cuenta de que estabas demasiado bebida para ir a casa por tu cuenta traté de enviarte de vuelta en un taxi, pero tú no me dabas tu dirección y estabas decidida a que alguien de ese bar te llevara a casa. Fue entonces cuando me pediste, firmemente, que fuera yo quien te llevara a casa.

Ella se sonrojó ante la imagen negligente que él había pintado. Sus ojos miraban un punto más allá de su hombro.

—Reconozco mi error. Eso suena bastante cierto.

Él podía ver en su rostro los pensamientos que desfilaban en su mente. Después de haberse ofrecido a un extraño probablemente creería que él la vería como una fulana, saltando de cama en cama.

Pero cualquier hombre con un poco de experiencia habría podido ver más allá de su fachada aquella noche.

—¿Y después? —preguntó ella con un suspiro, como si estuviera demasiado asustada para oír lo que habían hecho.

Sí, él podía usar eso en su favor, pero no quería herirla. Encontraría otra manera de obtener lo que necesitaba.

—No te toqué porque estabas demasiado borracha como para ajustarte a mi criterio de relaciones sexuales consentidas.

En lugar de eso, la había tenido abrazada toda la noche hasta notar que ella comenzaba a despertarse a la mañana siguiente.

Nunca había abrazado a una mujer toda la noche antes de ese día. Y tampoco había vuelto a hacerlo.

Ella abrió los ojos. Un océano de preocupación y mortificación se reflejó en ellos antes de que pudiera recurrir de nuevo a sus mecanismos de defensa. Sus palabras salieron punzantes, con una dura recriminación hacia sí misma.

—¿Una noche verdaderamente memorable, no?

¿No fue memorable?

Él no podía contar cuántas veces se había despertado en una cama extraña en algún lugar perdido, solo y recordando aquella noche con ella. Ella olía a sales de baño y a vino dulce. Su risa había borrado la oscuridad de su alma por unas horas. Se colocó en la cama junto a ella tratando de ignorar la calidez de su cuerpo a pesar de lo mucho que la deseaba.

Ella se había acurrucado contra él, apretándose como un cachorro de gato buscando calor. Él maldijo su dulzura, la flagrante falta de experiencia que evitó que él la acariciara para pasar una noche de excitante sexo porque sabía que ella se arrepentiría a la mañana siguiente.

Eso no significaba que estuviera dispuesto a dejarla marchar sin coger nada a cambio, así que la tomó entre sus brazos y pasó una noche robada con un ángel.

—Eres una mujer memorable —susurró, sosteniendo su barbilla. Un beso calmaría la inseguridad que él había oído en su voz. Pero si la besaba como había hecho la pasada noche, en unos segundos tendría que tumbarla contra la roca que había tras ella. Se suponía que debía ganarse su confianza. Arrancarle la ropa a tirones en la montaña no contribuiría a esa causa. En lugar de eso hizo una observación—. ¿No te parece que el hecho de que no te tocara esa noche demuestra que soy digno de confianza?

—Lo que demuestra es que no tenías interés en hacerme el amor, igual que le pasaba a mi exnovio. —Ella frunció el ceño, claramente incómoda por tener que reconocer eso.

—Demonios si no quería. —Él todavía la deseaba. Tan intensamente que comenzaba a resultar doloroso.

Ella alzó la vista hacia él sorprendida, examinó su rostro y luego sacudió levemente la cabeza como negándose a aceptar un pensamiento. El escepticismo brillaba en esos bellos ojos de color turquesa. Ojos fuertes que habían sufrido pero también sobrevivido.

—¿Esperas que me crea eso? Me olvidaste en el mismo minuto en que salí por la puerta.

¿Olvidarla?

Recordaba la forma en que la luz de la luna se colaba a través de la ventana iluminando su pálida piel mientras dormía.

Recordaba que, después de haberla visto salir de la habitación del hotel, se quedó en un estado mental muy peculiar. Solo.

Puede que tuviera un aspecto distinto ahora, con su cabello rizado y un cuerpo más exuberante, pero ya era memorable seis años atrás.

Él retorció los dedos con indecisión. ¿Debía tomarla en brazos y demostrarle cuánto le afectaba todavía o darse la vuelta y poner distancia entre ellos por el bien de la misión?

—Abbie, yo…

—Déjalo, Hunter. —Ella lo miró con dureza, pero él aún podía advertir el brillo del dolor en lo profundo de sus ojos—. Vi a esa mujer en casa de los Wentworth. Yo no soy el tipo de gatita erótica que a ti te gusta. Yo no soy como Lydia…

Eso lo hizo decidirse. La tomó en sus brazos y bajó la boca hacia sus respingones labios.

Ella ahogó un grito, un suave sonido de sorpresa.

Él la tomó de la cabeza y la besó más profundamente, recreándose en el sabor y la sensación. Solo se trataba de un beso para hacerla saber que ella no era como Lydia. Era mucho más.

Ella pasó los brazos alrededor de su espalda. Abrió la boca, deslizando su lengua en una danza con la de él. ¿No era una gatita erótica?

Eso era discutible.

¿Qué hombre con una vida normal habría sido tan estúpido como para apartarse de una mujer tan dulce y atractiva?

Un idiota.

Cuando ella gimió, él decidió dejar que el beso se prolongara un minuto más para enviarle un mensaje. El beso de la noche pasada había sido una advertencia para que ella se lo pensara dos veces antes de desafiarlo o de confiar en él.

Este beso era una disculpa por haberla dejado salir de esa habitación de hotel seis años atrás haciéndola sentirse poca cosa.

Aminoró el ritmo del beso, preparándose para terminarlo.

Ella debió de percibir el cambio. Toda su vacilación desapareció. Clavó los dedos en su espalda. Lo besó más y más profundamente, con la boca ardiente de puro sexo.

Él sintió el deseo encendiendo su piel. Quería sentirla desnuda y húmeda. Ella se puso de puntillas y el movimiento la hizo frotarse contra su dispuesta y preparada erección. El cuerpo de él se tensó. En su interior el calor se desataba en espiral como una serpiente dispuesta al ataque. Sostuvo su blanco. Los latidos de su corazón se triplicaban ansiando que ella tocara su piel.

Él buscó con los dedos la cremallera de la chaqueta y se la bajó, deslizando la mano por dentro, debajo de las camisetas. Le desabrochó el cierre delantero del sujetador.

Se demoró en sus dulces pechos.

—Ohhh… —Ella gimió de placer.

Abbie se volvió hacia su derecha, permitiéndole a él un mejor acceso del que hizo buen uso ahuecando la mano contra su suave montículo. Rozó con el pulgar el borde de su pezón.

Ella dejó escapar un quejido de deseo que lo incitó a hacer más. Inclinó la espalda de ella sobre su brazo libre, dejando expuesta la curva de su bello cuello. Hundió el rostro entre la chaqueta y su cuello y besó toda la prominencia de su curva.

A ella le costaba respirar. Frotó las caderas en toda la longitud de su enorme erección. Él tomó aire con fuerza, deseando liberar la oleada de calor de su interior, que esperaba para explotar.

La deseaba entera. Desnuda y dispuesta.

No allí entre la tierra y las rocas.

Volver a la cabaña… donde algo lo estaba esperando. Algo importante. Levantó la cabeza interrumpiendo el beso, obligando a su mente a regresar a su trabajo empleando una fuerza de voluntad brutal.

La decisión de Joe. Probablemente quedaba menos de una hora. Mierda. ¿Cómo había permitido que aquello ocurriera? Él era capaz de controlarse.

Al parecer eso era antes.

Retiró la mano de los pechos de Abbie y le bajó las camisetas, enderezándola para que se sostuviera sobre sus pies.

Ella lo miró fijamente con los ojos vidriosos como aún dando vueltas en otro mundo, fuera de sus órbitas.

—Tenemos que regresar a la cabaña. —Y al llegar allí él todavía tenía pendiente convencerla de que le contara todo lo que supiera.

Ella pestañeó y bajó la vista hacia las manos de él, que ya no la sujetaban. Cuando lo miró de nuevo a los ojos, el brillo que había en ellos ya no tenía nada que ver con la lujuria.

—¿De qué va todo esto?

Había tomado una decisión estúpida, dejando mandar a la cabeza equivocada.

—Solo ha sido un beso, Abbie.

—¿Por qué me has besado? —Su voz sonó cargada de frustración.

Jugar con ella no había sido su intención, y tampoco torturarse durante el proceso.

—Tenemos que hablar de cosas más importantes que ese beso. Necesito que me cuentes tu conversación con Gwen.

—¿Me besas de ese modo y actúas como si fuera un simple beso? —Sería capaz de congelar un carbón encendido con aquella mirada que pretendía recordarle que sí era el bastardo que ella creía que era—. Estoy harta de que me estés fastidiando todo el tiempo, haciendo conmigo lo que te da la gana.

Él le tomó la cara entre las manos, besándola de nuevo en silencio. Ella lo agarró de la camisa con los dos puños, empujándolo y luego atrayéndolo. Sus labios se fundieron con los de él.

Maldita sea, ella era impresionante. Pero si se dejaba llevar ambos acabarían muertos. Levantó la cabeza.

—¿Por qué has hecho eso de nuevo? —masculló ella, enloquecida como un gato escaldado. Se apartó de él.

—Escúchame. —Le agarró los dos lados de la chaqueta y la atrajo de nuevo hacia él, lo bastante cerca como para ver los finos pelos de sus cejas al inclinar la cabeza hacia abajo—. Te besé porque lo deseaba, tal como te deseaba hace seis años cuando no tuve suficiente. Pero si hiciera todo lo que deseo estarías ahora mismo desnuda y nos quedaríamos aquí durante horas.

Eso la hizo callar como si estuviera escuchando.

—Comprobé el estado de tu madre esta mañana mientras dormías y dejé a la enfermera el mensaje de que estabas fuera de la ciudad, buscando cuidados médicos adicionales, así que tus hermanas no se preocuparán. Tu madre se encuentra estable. Su doctor no la ha visto hoy, pero los médicos suelen tener su propio calendario. ¿De acuerdo? —Ella asintió y él continuó diciendo—: No puedo ayudar a tu madre a menos que tú me ayudes a mí, y eso significa que debes darme tu confianza. Si no hago una llamada de teléfono en los próximos... cuarenta y tres minutos tendré que buscar algún lugar seguro para ti. Y no quiero hacer eso. Preferiría tenerte donde pueda protegerte personalmente.

Ella escuchaba atentamente, procesando lo que él iba diciendo, y luego le tomó el rostro entre las manos. Su tacto era como un rayo de sol en las mejillas después de una larga noche helada.

—¿Por qué? ¿Qué ocurrirá dentro de cuarenta y tres minutos?

Al ver que él vacilaba antes de responder, ella añadió.

—Si quieres confianza tú tendrás que darme a cambio lo mismo.

Hunter había oído esas mismas palabras de Eliot la primera vez que escalaron juntos. Abbie merecía saber algo.

—Debía haberte entregado a mi gente anoche en vez de traerte a mi refugio —le explicó—. Ellos te están buscando. No creo que se imaginen que estás conmigo y no saben dónde está este sitio, pero eso no impedirá que finalmente nos encuentren. Si no llamo a tiempo para proponerles un plan que me permita colarme en el Kore para recuperar archivos de datos, enviarán un equipo para encontrarme.

—¿Un equipo? ¿Te refieres a... capturarte?

A él no le gustaba preocuparla de aquella forma, pero tenía que saberlo puesto que su vida estaba en juego también.

—Capturarme pero no con vida.

El color sonrosado de sus mejillas desapareció.

—Oh, Dios. De acuerdo, yo puedo decirte cómo acceder a los datos, pero quiero que me prometas que podré obtener la información de lo que le hicieron a mi madre.

Ella solo quería información. Eso estaba hecho.

—Es justo. Tengo un plan para introducirme allí, pero me falta descubrir cómo acceder a los archivos de datos. En cuanto los consiga te daré toda la información que encuentre sobre tu madre.

Los ojos de Abbie brillaban ansiosos.

—Trato hecho. Es un sistema complejo que requiere algo importante para abrirse.

—¿Qué es ese algo?

—Ese algo soy yo.

Capítulo veintiuno

Se trataba de un ascenso, pero este tenía el potencial de ser una decisión de vida o muerte. Literalmente.

Linette prestó atención, cerca de la escultura de Remington de latón sobre un pedestal de mármol que había en la oficina de Miami de Fra Vestavia, que daba a Brickell Avenue. La reunión comenzaría tan pronto como llegaran los dos tenientes Fratelli, en unos pocos minutos, a las once en punto. No a las once y uno.

Vestavia se hallaba sentado detrás de su escritorio pulido trabajando concienzudamente en unos documentos esparcidos sobre la superficie inmaculada. A su izquierda, una delgada pantalla de ordenador se alzaba de la superficie del escritorio como un ovni.

Un extraño silencio se alargaba en el tiempo, como si fuese más natural en ese espacio que el sonido de voces.

Ella tenía los brazos colgando a los lados, los dedos rígidos señalaban la alfombra de un intenso color negro que contrastaba con sus zapatillas de tenis de color rosa y el traje de pantalón a juego. Azul marino o negro habrían sido colores más adecuados para el fresco traje de lino, pero Vestavia había dictado cómo debía ser el atuendo de oficina cuando la había contratado a su servicio personal nueve meses atrás. Él pretendía que las mujeres en su oficina vistieran diseños profesionales pero con un aire del sur de Florida, de ahí el alegre color del traje.

Ella seguía sus instrucciones al pie de la letra y se mostró humildemente agradecida cuando él le permitió incluir algunos pantalones en su nuevo armario.

El Fra de sesenta y ocho años a quien ella había sido entregada el día de su cumpleaños hacía doce años le había regalado un armario lleno de ropa. Sonriendo magnánimamente le había dicho que una chica no cumplía dieciséis dulces años todos los días.

Después de eso, le había ordenado usar solo vestidos… cuando le permitía llevar algo puesto.

Le dolió el pecho al tomar aire rápidamente por el escalofriante recuerdo. La rígida tela de los pantalones crujió cuando sus dedos temblaron contra su pierna.

Él había muerto hacía casi dos años y ella seguía arañando las sábanas mientras dormía, tratando de liberarse de su fantasma.

Vestavia levantó la vista del documento. No dijo una palabra, pero sus ojos cuestionaron el ruido que ella había hecho.

Ella apartó de su mente el horrible recuerdo y le sonrió tímidamente.

—Creí que iba a estornudar. Perdón por molestarlo.

—No pasa nada. —Sus ojos se relajaron y volvió a mirar el documento.

Ella rogaba cada día por la muerte hasta que ese bastardo tuvo un ataque al corazón. Por primera vez desde que comenzó la pesadilla, vio una diminuta luz de esperanza brillando al final de aquel túnel de años de desesperación.

Ahora rogaba vivir lo suficiente como para escapar. Eso podía llevarle años. Tendría la paciencia para planear y esperar una oportunidad.

Solo tendría una.

Vestavia, sin saberlo, le había ofrecido un pequeño paso hacia esa meta a través de aquel ascenso, que le permitiría una ocasional libertad de movimiento. Y había algo mejor. Él no demostraba tener interés sexual en ella, lo cual era una verdadera bendición después de una década de violaciones en manos de un asqueroso viejo perverso.

Tenía que usar esa oportunidad para demostrar a Vestavia que podía confiar en ella, para convencerlo de que era cien por cien Fratelli. Lo había estado fingiendo durante tanto tiempo que a veces se preguntaba con miedo qué quedaba de la verdadera Linette y cuánto de su identidad había perdido para lograr sobrevivir.

Pero sobreviviría y vigilaría cada paso que daba. Vestavia no permitiría margen de error.

En comparación con él, aquel viejo Fra era un padrino de cuento de hadas.

Después de una misión fracasada el año pasado, se rumoreaba que Vestavia había dado la orden para que un francotirador disparara a Josephine Silversteen, su ayudante y amante durante muchos años.

El cuerpo de Linette se tensó cuando un escalofrío recorrió su columna.

Esa misión había fracasado debido a los detalles que ella había filtrado secretamente a su amiga Gabrielle.

Desde entonces, Linette había conocido vía Internet a alguien del grupo en quien Gabrielle confiaba que se hacía llamar a sí mismo el Oso. Linette ahora le transmitía a él la información sobre la actividad de los Fratelli, con mensajes codificados a través de la Red.

Misiones como aquella en la que ahora esperaba participar.

Si Vestavia descubría alguna vez…

No podía planteárselo en términos de qué sería lo que haría porque la preocupación en ese caso la dejaría paralizada. Debía vivir pensando solo en el día presente, y hoy se trataba de concentrarse en la que sería su primera misión.

¿Dónde estaban los dos tenientes?

¿Vestavia le echaría la culpa a ella si llegaban tarde? Se aclaró la garganta.

—Disculpe, Fra.

Él dejó los papeles.

—¿Sí?

—Les envié un mensaje recordatorio hace una hora, pero puedo contactar con ellos si quiere.

—Basil y Frederick se están ocupando de un encargo para mí esta mañana, pero llegarán a tiempo.

Ella relajó su rostro para que expresara indiferencia. Nunca había que mostrar demasiado interés en alguien o en algo.

Sonó un golpe en la puerta, como si fuese un disparo.

—Adelante. —Vestavia se puso en pie.

Cuando la puerta se abrió, Basil entró caminando erguido. Era un hombre con aire mediterráneo que parecía un delgado espantapájaros, y tenía la nariz de un tamaño que hacía juego con su ego.

Necesitaba vestirse con ropas grandes para disimular su poca altura.

—Buenos días, Fra.

Su chaqueta deportiva de un color blanco cáscara de huevo y sus pantalones caqui eran una mala imitación de la moda de Playa Sur. Pavoneaba su cuerpo huesudo como si las mujeres cayeran rendidas a su grasiento pelo negro, que le llegaba tres dedos por debajo del cuello, sus malévolos labios y su débil mejilla. Cuando terminó su paseo de gallo de corral se detuvo demasiado cerca de Linette como para que ella pudiera sentirse cómoda. Apestaba a tabaco y a cerveza.

Los ojos vacíos de Basil se deslizaron sobre ella.

—Linette.

Ella le hizo un gesto mínimo de reconocimiento, ocultando con destreza la sensación de asco que le quemaba la garganta. Fijar la mirada en el rostro de cualquier hombre suponía correr el riesgo de alentarlo.

—El trabajo está completo, Fra Vestavia. —Frederick entró rápidamente, dejando escapar al hablar una ráfaga de aliento que a ella le hizo pensar en un terrier apresurándose para devolver un hueso y recibir la palmadita aprobatoria de rigor.

Era un palmo más alto que Basil y más grueso de pecho, y vestía como un gerente de nivel medio con un sencillo traje marrón y una aburrida corbata. Se dio la vuelta, lanzó una mirada a Linette y la saludó con la cabeza; luego se colocó en medio de la habitación, con las manos agarradas detrás de la espalda.

—Bien. —Vestavia regresó a su escritorio y cogió tres carpetas de papel Manila. Caminó hasta cada uno de ellos para entregarles las carpetas—. Cada uno de vosotros va a ser responsable de manera independiente de una parte específica de la próxima misión.

—¿Puedo hablar, Fra? —preguntó Frederick al coger la carpeta.

—Sí.

—¿Somos un equipo?

—Todos sois responsables del éxito de esta misión —respondió Vestavia, de una forma evasiva que despertó la alerta en Linette.

Los ojos de Frederick se posaron primero en Linette y luego

en Basil. Ella no dio ninguna muestra de haberlo notado. Él preguntó:

—¿Eso significa que compartiremos información con los demás?

—No. Cada uno es responsable de su paquete de información.

Linette sostenía su carpeta con ambas manos, esperando recibir la indicación de abrirla, aunque Basil y Frederick ya estuvieran revisando sus documentos. Ella no daba nada por sentado, para no arriesgarse a despertar ninguna duda en Vestavia sobre encomendarle esa misión.

—¿Con su permiso, Fra?

Los otros dos no vieron el gesto que él le hizo con la cabeza. Vio que lo había impresionado por esperar. Cuando abrió la carpeta comenzó a revisar todo el texto rápidamente, pero no le hacía falta ser un genio para imaginar que ella tendría planes de operación para algo que afectaría a un grupo de ciudades metropolitanas señaladas en un mapa de la parte continental de Estados Unidos. No había nada en los puntos señalados que indicara el propósito, pero tenía que haber algún ataque planeado, basándose en la reunión en la fiesta de los Wentworth.

Vestavia estaba de pie frente a su escritorio, con la mirada paciente, tranquila y letal.

—Este plan iniciado con nuestros hermanos del Reino Unido será implementado en tres localizaciones de este país. No tenemos todavía las localizaciones finales. Cada uno de vosotros es responsable de unas zonas del país, que están señaladas en vuestros mapas. Supervisaréis la tarea en nuestro beneficio y coordinaréis cualquier fuente que se necesite en la localización que os toque como blanco una vez que esta sea determinada. Estudiad vuestros planes y yo los discutiré personalmente con cada uno esta tarde.

El teléfono de su escritorio zumbó y se encendió una luz azul. Nadie habló mientras él levantaba el auricular, escuchaba y luego respondía:

—Hazle subir.

—¿Puedo hablar, Fra? —El intento de humildad de Basil sonó como si masticara limones.

Vestavia colgó el auricular y miró alrededor.

—Adelante.

—Linette es muy nueva en esto…

Ella se encogió ante la intención que traslucía en la voz de Basil, segura de adónde quería llegar.

—Yo podría darle algunas instrucciones en este campo.

Ella no miró ni a Basil ni a Vestavia, evitando mostrar ninguna reacción. Había soportado al viejo Fra Bacchus durante once años de infierno. No más. Si Vestavia le daba a esa lagartija grasienta luz verde para apretarla contra una esquina, el poder que mantenía sobre su autocontrol podría quebrarse.

—No. —Vestavia les dio la espalda y caminó hacia su escritorio. Los estaba despidiendo.

Ella tragó saliva aliviada y esperó a que Basil hiciera un movimiento para salir. Él lo hizo, pero antes clavó los ojos en ella advirtiéndole de que no se apresurara a cantar victoria.

Frederick, que había cruzado la habitación, abrió la puerta, y luego se echó hacia atrás para permitir entrar a un hombre.

La visita de Vestavia tenía unos ojos grises que clavó en ella y en los otros dos secuaces que salían. A ellos les dio un breve repaso y luego se detuvo a mirar a Linette.

Ella lo veía mejor ahora que durante el evento de recaudación de fondos de los Wentworth. Llevaba otro traje oscuro confeccionado a medida que cubría sus anchos hombros. El cuello desabotonado de su camisa blanco perla revelaba el tipo de cuello ancho de los levantadores de peso. La piel bronceada se notaba tensa en sus rasgos atractivos y brutales, estropeados tan solo por la cicatriz que corría a lo largo de su mejilla derecha hasta su mandíbula.

Él no había hablado con ella en el evento de recaudación de fondos cuando Gwen lo presentó a Linette y a los tres Fras que acudieron. La consiguiente conversación entre ese hombre y los Fras no había estado al alcance del oído de Linette.

—Pasa, Cayle. —Vestavia le hizo un gesto con la mano.

Cayle Seabrooke dirigió su atención a Vestavia y asomó a sus labios una sonrisa que a Linette no le pareció sincera. Cuando pasó junto a él para abandonar la habitación advirtió que él ya había olvidado su existencia.

Cerró la puerta suavemente mientras Vestavia saludaba a Cayle.

—Llegas muy bien recomendado.

Basil y Frederick no estaban a la vista mientras ella se apresuró a llegar a su despacho, tres puertas más allá. Era un espacio sencillo pero agradable que ella había hecho propio con pequeñas cosas como una planta artificial de seda, ya que la oficina no tenía ventanas. Vestavia le había dejado escoger el escritorio de nogal, con una cajonera y estantería a juego. Había manuales de negocios y varios tomos literarios que llenaban un par de estanterías, pero una de las secciones contenía libros infantiles que ella tenía cuando estaba con Fra Bacchus. Las páginas estaban desgastadas de tanto pasarlas cuando ella leía a los hijos de los empleados.

Aquel era su santuario. Algo que podía considerar propio.

La luz que indicaba mensajes de voz en el teléfono de su escritorio estaba sorprendentemente apagada. Gracias a Dios. Extendió el contenido de su carpeta sobre la brillante superficie del escritorio. En una hoja había un listado de cada ciudad, luego los nombres de tres individuos con habilidades específicas: especialista en explosivos, comunicaciones y coordinador de defensa.

Esto confirmaba la última misiva que había enviado a su contacto a través de la Red, el Oso. Estaba casi segura de que era un hombre. Las palabras que escogía sonaban masculinas.

Linette se puso de pie rápidamente y miró a su alrededor, en estado de alerta. Había desarrollado un extraño sexto sentido que le permitía saber cuándo se aproximaba una amenaza después de años de afinar su oído para oír el suave arrastrar de los pies del viejo Fra.

Pero él estaba muerto. Ella había conseguido estar ante su tumba suplicando por acudir al funeral. Los otros Fras se habían sentido conmovidos por su dolor. Ella solo quería asegurarse de que él no regresaría.

¿Por qué se le había puesto ahora la piel de gallina en los brazos?

Se apartó del escritorio y caminó hacia delante, estudiándolo todo. Los conductos de ventilación. El suelo. La puerta.

Alcanzó a oír un diminuto crujido.

El brillante pomo de cromo giró lentamente en el sentido de las agujas del reloj, luego la puerta se abrió.

Basil entró y cerró la puerta.

No podía dar la alarma sin dirigir hacia ella una atención que no quería. Era probable que si lo hacía terminara recibiendo la culpa; como resultado acabaría degradada o algo peor.

—¿No pensarías que encerrándote mantendrías fuera a un experimentado espía de campo, verdad? —Se rio.

—No, supuse simplemente que eso impediría que visitantes no deseados invadieran mi privacidad.

—¿Crees que esa actitud arrogante va a funcionar conmigo? —Dio un paso desde la puerta. Hacia ella.

La habitación comenzó a encogerse.

—¿Qué es lo que quieres, Basil? —Ella retrocedió hasta que el escritorio le impidió ir más lejos.

—Que trabajemos juntos. Eso es lo que se espera que hagamos en la organización de los Fratelli. —Esbozó la suave sonrisa de una serpiente venenosa—. ¿Quieres que los Fra piensen que no somos capaces de trabajar juntos?

Ella se apoyó contra el escritorio y dejó que las palmas de sus manos descansaran allí como distraídamente. Sus órganos podían gritar y sacudirse todo lo que quisieran, pero esos hombres únicamente entendían la fuerza.

No respetaban nada que hubiera nacido con pechos.

—Fra Vestavia no me habría escogido para ser su asistente personal si dudara de mi habilidad para desempeñar mis deberes e interactuar con todo el mundo. Incluso contigo.

Basil invadió su espacio personal, cara a cara, desafiándola para que fuera la primera en interrumpir el contacto visual y mostrar su miedo.

Había sufrido mucho más con más estoicismo a los dieciséis años.

Él había comido un caramelo de azúcar quemado, los favoritos del viejo Fra. Ella nunca había conseguido probar uno sin arriesgarse a vomitar. Solo el olor de su aliento le retorcía el estómago.

Él apoyó las manos sobre el escritorio, más allá de las de ella, y se inclinó, con las mejillas cerca de las suyas.

—Esta organización recompensa la excelencia y la responsabilidad. Vestavia entiende el poder de la motivación mejor que los otros Fras. Pretendo dejar mi impronta en esta misión y ascender. Demostraré a Vestavia que conmigo no hay nada fuera de su alcance.

El cuerpo de ella se había convertido en un rígido manojo de nervios.

—Me alegro por ti. Ahora vete.

—Y cuando lo haga obtendré mi recompensa —susurró—. Él te entregará a mí y escogerá a otra mujer. Desde que Josie no está, el resto de las mujeres sois para él todas iguales. He notado que no se pone caliente contigo. Simplemente escogerá a una nueva ayudante. Así es como trabajan los Fratelli.

Se había equivocado juzgando a Basil simplemente como una molestia.

Debería haber reconocido que su maligno ego no toleraría un rechazo.

—Te daré un consejo. Sugiero que mantengas esta reunión en privado, ya que tengo una parte muy importante de este proyecto en mi carpeta. Si cotilleas, lo único que conseguirás será meterte en un lío. —Se apartó de ella y se relamió los labios, sonriendo al darse la vuelta hacia la puerta—. Estudia mucho. No puedo permitir que ni tú ni Frederick dejéis caer la pelota.

Cuando la puerta zumbó y se cerró tras él, Linette trató de estirar una pierna primero y luego la otra para ver si podía mantenerse en pie. Temblorosa pero capaz de moverse, respiró con firmeza y se movió por detrás del escritorio... y comprobó que dos de sus papeles con nombres y localizaciones se habían movido.

Ese cerdo despreciable había leído sus notas. Aquellas que Vestavia no había querido que compartieran con los demás.

Sus manos se cerraron en tensos puños de ira y frustración. Los machos de la especie humana tenían que ser el peor error que Dios había hecho nunca, empezando por su padre, que había entregado a su única hija a los Fratelli.

Vestavia al menos la trataba profesionalmente y sin ningún tipo de intenciones inapropiadas. Hasta el momento. Ojalá no sintiera la necesidad de asaltarla alguna noche, solo para desahogarse.

Pero Basil tenía razón en una cosa.

Vestavia no toleraría un fallo.

Aquellos que lo defraudaran no morirían en paz.

Si esta vez se arriesgaba a pasar información para malbaratar los planes, su vida yacería a los pies de Vestavia.

Si no pasaba la información tendría numerosos problemas; la amenaza de Basil de reclamarla para él sería tan solo uno de ellos.

Apartó a un lado un par de papeles para localizar el último, que afirmaba: «El éxito en el término de esta fase de la misión garantizará numerosas víctimas, no menos de un número de seis cifras».

El reloj debía de ser masculino también. Trabajaba en contra de ella, negándose a darle tiempo para pensar. Tenía que enviar un mensaje electrónico al Oso ahora mismo o perdería su ventana.

¿Cuánto debía contarle?

Capítulo veintidós

Abbie entró cojeando en la cabaña de Hunter, dispuesta a usar lo primero que encontrara como arma para golpearlo y hacerle entrar en razón.

Hunter cruzó la puerta principal, cortando el aire.

—Ve a mi despacho. A tu derecha.

Si se atrevía a darle una sola orden más, le enseñaría lo que significaba sobrepasar el límite de lo que puede tolerar una mujer. Pero él se lo había pedido como si ella pudiera hacerlo por su propio pie. Su orgullo contestó:

—Por supuesto.

Hunter gritó:

—¡Borys! ¡Trae un paquete de hielo!

Ella hizo una mueca de dolor con cada paso que daba hacia el despacho, donde una pared entera de cristal enmarcaba el espectacular cielo y la montaña. ¿Debía sentarse en el diván de piel de aspecto suave y pegajoso o en uno de los dos sillones que había a los lados? Dejó caer sus cansadas nalgas sobre un sillón y se sintió como sostenida en una nube.

Se le partía la cabeza y le dolía la rodilla.

No más intentos de fuga por hoy.

Había sopesado las palabras de Hunter en la montaña y había decidido creerle. La preocupación que había oído en su voz no era solo por sí mismo. Parecía capaz de enfrentar su propio destino sin cuestionamiento, pero no le gustaba la idea de dejarla a ella desprotegida.

Eso acabó con la última resistencia que le quedaba de compartir lo que sabía.

—Borys te traerá chocolate caliente, a menos que quieras

otra cosa. —Hunter entró en su oficina, cruzó el espacio hasta el sillón que había frente a ella y se sentó—. Te limpiaremos las heridas en cuanto terminemos de hablar.

No habían sido capaces de discutir mucho en el camino, porque ella no había podido caminar cuesta arriba a esa altitud y hablar al mismo tiempo.

—¿Tú crees que quiero chocolate caliente?

—Por supuesto que lo quieres, porque yo hago el mejor chocolate del oeste, pequeña. Yo soy Borys, con «y griega». Es un placer conocerte. —Borys era un hombre compacto y de paso ágil. Colocó una bandeja sobre la mesa de café hecha de un grueso pedazo de un árbol gigante—. He usado chocolate Ghirardelli y licor de avellana. Imaginé que necesitarías un pequeño trago después del paseo, pequeña.

Ella agarró el paquete de hielo que él le entregaba y se lo colocó en la rodilla.

—Está bien, Borys. —Hunter no sonó muy complacido. Más bien parecía tener ganas de que su hombre abandonara la habitación.

A ella le hizo ruido el estómago al percibir un rico olor a comida.

—Espero que lo que sea que se esté cocinando sepa tan bien como huele.

Borys le sirvió una gran taza llena de chocolate y añadió dos cucharadas de malvavisco encima. Su traje de negocios anticuado parecía demasiado formal comparado con los vaqueros de Hunter.

—A ver si comemos jambalaya… —Borys olisqueó el aire—. Está lista.

—Borys. —La amenaza en el tono de Hunter debería haber sido suficiente para provocar su inmediato acatamiento, pero Borys lo ignoró.

—Suena maravilloso. Me encanta —dijo ella en un arrullo, sonriendo con satisfacción.

—Estupendo. —Borys tenía una sonrisa contagiosa y espesas pestañas por las que muchas mujeres estarían dispuestas a matar—. Te diré una cosa…

—Yo te diré una cosa —dijo Hunter poniéndose en pie—. Sal de aquí ahora mismo echando chispas si es que esperas seguir vivo para cocinar el arroz.

Borys colocó la servilleta sobre la mesa de café y se dirigió hacia la salida.

—Menos mal que no te gustan las mujeres…

—Me gustan las mujeres —lo cortó Hunter con el poder del estallido de un rifle.

—No me has dejado terminar. —Borys se alejó, pero el sonido viajaba fácilmente en una casa con suelo y techos de madera. Su última réplica se oyó alta y clara—. No te gustan como para que se queden más de una noche.

—Al menos eres consecuente —dijo ella, rozando el límite de la poca paciencia que le quedaba a Hunter—. ¿Es de origen cajún?

Él puso los ojos en blanco.

—Es tan cajún como yo.

—¿Es de Texas?

Hunter se sentó.

—Por Dios, no.

—Bueno, ¿y entonces qué es?

—En el mejor de los casos, cuando tiene un buen día, es un grano en el culo.

Ella levantó su taza de sabroso chocolate.

—Creí que tenías prisa por hablar.

—Y la tengo. —Colocó las manos sobre los brazos del sillón, más tolerante de lo que ella esperaba—. Empieza por la conversación que tuviste con Gwen.

Ella resumió la conversación rápidamente, pero no estaba dispuesta a permitir que él creyera que había ganado la discusión que sostuvieron en la montaña acerca de cómo obtener el acceso a los archivos del Kore.

—Tengo que regresar junto a mi madre, y luego tratar de salvar mi trabajo. He invertido siete años de mi vida en ese canal de televisión.

Dejar ese empleo no significaba comenzar otra cosa en algún otro programa de televisión. Supondría tener que empezar una nueva carrera y olvidarse de cualquier posibilidad de rodar documentales.

Y si las cosas se ponían feas después del disparo de Gwen, no tendría ninguna carrera que empezar. La voz de su padre repicó con eso: «No te busques problemas».

Hunter habló con calma.

—No puedes acercarte a Chicago si quieres seguir con vida. Tan pronto como las autoridades se den cuenta de que fue un hombre quien dejó el mensaje que di a las enfermeras y no puedan encontrarte, probablemente pensarán que has sido secuestrada.

—Y lo he sido. —Le sonrió con sarcasmo.

—Me refiero al tipo que te apuntó con una pistola.

El chocolate caliente se le removió en el estómago ante el recuerdo.

—Él no estará en el Kore Center.

—¿Qué te hace estar tan segura?

Ella se había documentado sobre el centro de mujeres.

—Con excepción de unos pocos doctores Wentworth, el resto de la plantilla está constituida por mujeres. A menos que creas que Peter Wentworth disparó a su propia hija, estaré segura caminando ahí dentro.

Hunter echó un vistazo a su reloj y se apretó los dedos al ver la hora, luego le dirigió una mirada impaciente.

—Puedo conseguir la información que quieres cuando me digas lo que necesitas, pero necesito saberlo todo acerca de cómo acceder a la base de datos. Si te llevo a Chicago conmigo serás vulnerable para el asesino. No estoy dispuesto a correr ese riesgo.

—No es asunto tuyo.

—Tú te convertiste en mi responsabilidad en el minuto en que te metí dentro de ese avión. Y si no acabas metida en un programa de testigos muy pronto… tus otras opciones no serán tan agradables.

Ella no había considerado un escenario peor.

—¿Como qué?

—Si te limitas a regresar a Chicago sin dar ninguna explicación de tu desaparición, la policía va a preguntarse por qué te fuiste después de lo que ocurrió en tu casa. Si Gwen muere, el interrogatorio será más intenso. Hay muchas posibilidades de que las fuerzas de la ley estén tratando de contactar contigo hoy mismo.

—Por eso debo hacer ciertas llamadas hoy. A mi hermana, que probablemente estará aterrorizada en el hospital. Y mi jefe me estará buscando. —«Y no precisamente para felicitarme por involucrar a WXCB en el incidente de la fiesta de los Wentworth.»

Él levantó una mano para detenerla.

—No puedes hablar con los medios. Yo intentaré ponerte en contacto con tu hermana. Cuando llamé al hospital esta mañana tus dos hermanas habían estado con tu madre, solas y también juntas.

Abbie casi podía oír la pelea verbal que habría tenido lugar en su ausencia. Hannah sería más tolerante con ella, pero Casey aprovecharía la ocasión para señalar la falta de apoyo de Abbie.

Pero ella tenía cosas más importantes en las que gastar su energía antes que derrochar el tiempo dejando que le rechinaran los dientes por Casey. El doctor Tatum estaba convencido de que las respuestas a la enfermedad de su madre se escondían dentro del Kore Women's Center. Abbie tenía la clave para acceder a esa información, pero necesitaba la ayuda de Hunter para acercarse.

—Si confío en ti me la estoy jugando —le advirtió ella.

La expresión tensa del rostro de Hunter se aflojó, como si hubiera estado esperando esas palabras.

—Lo sé, y no voy a defraudarte.

—Dime una cosa más.

—Lo haré si puedo.

—¿De verdad estás protegiendo la seguridad nacional?

Él dio golpecitos con un dedo en el brazo del sillón, pensando. Debatiéndose. No queriendo decir más. Pero, finalmente, debió de darse cuenta de que ella se entregaría solo si él lo hacía.

—Creemos que hay información dentro del Kore que podría revelarnos un plan de ataque terrorista en Estados Unidos.

Eso para ella era completamente insospechado.

Todo la asaltó de repente: el terror por el día anterior, la noche pasada y esta mañana, además de un miedo visceral a perder a su madre. Una parte de ella todavía no sabía si creerle, pero tenía la sensación de que podía estar diciendo la verdad, ya que se había enfrentado a un tipo loco con una pistola que quería verle la cara a Hunter. Su conciencia no podía permitirle arriesgarse a que alguien más resultara herido mientras ella esperaba a descubrirlo.

Abbie respiró profundamente y se apresuró a compartir lo que sabía.

—Ya sabes la historia de mi madre con el Kore. Entiendo que guarden muestras de su sangre, pero me pregunto qué son todas esas pruebas que le hacen.

—¿Qué tipo de pruebas?

—¿Análisis de sangre? ¿Pruebas femeninas? No tengo ni idea. El Kore Center tiene un ala de investigación exhaustiva que se usa para estudiar el crecimiento femenino y pruebas de desarrollo. Donan una significativa cantidad de recursos a programas de todo el país pero únicamente aceptan mujeres con un tipo de sangre extraño en el centro oeste de Chicago. Ofrecen una gran cantidad de cuidados médicos gratuitos a mujeres con sangre extraña a cambio de poder estudiarlas. Eso es lo que el doctor Tatum me explicó.

—¿Hasta qué punto te fías de él?

—Ha sido el médico de mi familia desde el nacimiento de mis hermanas.

—¿No ayudó en tu nacimiento?

—No. —Ella apretó la taza cálida entre las manos, una tímida defensa contra el frío que le invadía los huesos—. He repasado esto cien veces en mi cabeza, pero no tiene sentido. El doctor Tatum había visto a mi madre tres semanas atrás, y la encontró en perfecto estado de salud. Dijo que su físico era un ejemplo estupendo para una mujer de cincuenta y seis años. Entonces fue al Kore Center, volvió a casa y al día siguiente acabó en el hospital por un fallo del bazo. Si su hígado continúa deteriorándose necesitará un trasplante. El doctor Tatum la ha examinado, pero tiene muy pocas posibilidades de conseguirlo.

—Yo tengo recursos…

—Dudo de que encuentres un donante que tenga su tipo de sangre tan extraño. Mis hermanas tienen sangre normal.

—¿Y qué hay de la tuya? —Él se inclinó hacia delante, con los codos apoyados en las rodillas y las manos juntas. El serio tono de preocupación en su voz la inundó como una cálida brisa.

Necesitaba alguien que entendiera lo desesperanzador que era todo.

—Mi grupo sanguíeneo es HH, pero tengo un componente negativo que le haría mucho daño a ella. Tatum finalmente había roto la norma de confidencialidad del paciente esta semana y me había contado lo de las visitas de mi madre al Kore. Dijo que había oído rumores en la comunidad médica acerca de procedimientos cuestionables que tenían lugar secretamente en el centro, pero no existían pruebas de ninguno tipo.

—¿Pero Tatum dijo que él tenía alguna prueba?

—Me dijo que mientras mi madre estaba todavía lúcida le había contado todo lo que sabía acerca del Kore. Estaba aterrorizada ante la idea de morir y comenzó a explicarle que en varias visitas había sido llevada a una sección especial de investigación genética donde le hicieron pruebas. Pero ella nunca pensó que fuesen a hacerle algo que pudiera enfermarla. Ahora ya no está tan segura.

Hunter levantó la cabeza al oír eso.

—¿A qué te refieres?

Abbie tragó saliva al recordar que había planeado dar esa información a Gwen a cambio de que ella accediera a ayudar a su madre.

—Mamá le contó a Tatum que hace dos años, cuando se estaba despertando de la recuperación de un procedimiento en el Kore, oyó que una mujer gritaba: «No, no podéis quitarme a mi bebé, no lo permitiré… mi padre es Peter…». Luego… silencio.

—No es una prueba conclusiva.

Ella estuvo de acuerdo, pero advirtió que Hunter tampoco le negaba importancia.

—Pero el doctor Tatum dice que él tiene algún tipo de prueba que daría apoyo a lo que mamá le contó.

—¿Como qué?

—No lo sé. Él dice que si consigo la información sobre mamá, y esa información corrobora lo que él tiene sobre los Wentworth, me dará la prueba y me contará el resto de la historia para que pueda sacarla a la luz. Eso podría ayudar a otras mujeres en la misma situación.

—¿De qué situación se trata exactamente?

—Tatum cree que el Kore tiene algún tipo de poder sobre mi madre, que le está haciendo alguna especie de chantaje. Cree que tienen el mismo poder sobre Gwen. —Se echó hacia atrás, como si se estuviera quedando sin energía—. Te he contado lo que sé…

—No todo. ¿Qué es lo que te dijo Gwen justo antes de que le dispararan?

Abbie hizo el esfuerzo de recordar. Se frotó la frente, reviviendo aquellos últimos tensos segundos justo antes del disparo de Gwen, aquellos segundos que tanto había tratado de olvidar.

—A ver... yo le dije a ella que sabía que hacían pruebas en secreto... y que revelaría esa información si no conseguía lo que mi madre necesitaba. Ella dijo que si colaboraba nos matarían a mí y a ella...

—¿Quién lo haría?

—Creo que dijo algo así como los Fras... —repitió las palabras en su cabeza—. Sí, sí, dijo los Fras. No tengo ni idea de qué significa eso.

Hunter mantuvo sus pensamientos ocultos, sin demostrar que él sí sabía quiénes eran los Fras. Abbie había caído en medio de un nido de víboras y les estaba mostrando la yugular. El blanco original podría haber sido Gwen, pero, si Gwen contaba la conversación que había sostenido con Abbie a cualquiera relacionado con los Fratelli, el blanco pasaría a ser entonces la cabeza de Abbie.

Sus pensamientos regresaron al disparo de Gwen.

¿Por qué el francotirador no le había disparado un tiro en la cabeza? El francotirador no podía haber fallado, y sabía que ella se hallaba fuera. ¿Y por qué Gwen habría dejado la seguridad de su casa sin un guardia?

—¿De quién fue la idea de encontraros fuera para hablar? ¿Tuya o de Gwen?

Abbie ladeó la cabeza ante el cambio de orientación de las preguntas.

—Mía. El doctor Tatum me dijo que yo tenía que sacar a Gwen fuera para hablar, porque la casa estaría dotada de una instalación de seguridad y aparatos de escucha y que ella no podría ser honesta conmigo si hablábamos dentro.

Eso no encajaba. Él dudaba de que la casa entera estuviera dotada de un sistema de escucha y Gwen sabría en qué zonas del interior podían mantener una conversación privada.

Las sospechas de Hunter recayeron ahora sobre Tatum.

¿Había estado el doctor involucrado en el tiroteo? ¿De qué otra forma podía saber el francotirador que Gwen saldría al exterior? Ella tenía un patio privado con calefacción. Si él pensaba que saldría fuera para hablar, su patio privado era la posibilidad más cómoda en una noche fría.

—Eso es todo lo que sé. —Abbie se hundió en el sillón y su chaqueta se deslizó hacia abajo formando ondas a su alrededor. Por más que adentro hiciera calor, ella todavía sentía frío sin la prenda—. Yo he cumplido con mi parte, ahora tú tienes que hacerme entrar en el Kore Center.

Demonios. Lo último que ella debía hacer era aparecer en público.

—No puedo hacer eso, Abbie. Averiguaré todo lo que pueda acerca de tu madre y te traeré la información.

—Te he dicho que no podrás conseguir nada sin mí.

—Sí que puedo.

Le quedaban seis minutos antes de tener que contactar con Joe. ¿Y las buenas noticias? Se le había ocurrido un plan viable para entrar en el complejo que no requería encubrir su identidad, pero una vez en el interior tendría que encontrar la forma de acceder a los archivos. Ese sería uno de los planes sobre la marcha que tanto odiaba.

Esa era el área en la que Eliot era un experto.

Abbie no estaba discutiendo.

Eso debería preocupar a Hunter. Él no quería retomar esa conversación, así que trató de darla por terminada.

—Yo estoy entrenado para hacer esto. Tú no lo estás. De hecho, tú serías una complicación.

—No estás escuchando. Tú puedes acceder al centro, pero yo soy la llave para que consigas la información.

A él no le gustaba cómo sonaba eso.

—Tienes treinta segundos para convencerme.

Ella frunció el ceño, pero no perdió tiempo discutiendo con él.

—El doctor Tatum dijo que la única manera de acceder a los archivos de la familia sería teniendo un paciente previo que haya estado ingresado en el recinto. Por otra parte, un miembro de la plantilla tiene que introducir un código que cambia diariamente.

—No estoy dispuesto a involucrar a tu madre en esto en su estado.

—Yo tampoco, pero no estoy hablando de ella. Yo nací en el

Kore. Soy una paciente anterior de la clínica y tengo un tipo de sangre raro. Esas cualidades me harán ser admitida para exámenes. —Ella respiró con firmeza, pero la vena de su cuello se agitaba por la rapidez de su pulso—. Es evidente que tú necesitas algo del Kore Center y debes tener habilidades para entrar en los archivos del ordenador. Tú hazme entrar a mí y yo conseguiré el acceso a la base de datos. Es preciso un paso más para acceder a la base de datos que requiere mi presencia, pero no voy a explicarte cuál es o por qué hasta que no te muestres de acuerdo conmigo. Hazme entrar ahí, luego podrás jugar a ser James Bond.

Dios santo. Hunter consultó su reloj. Faltaban menos de dos minutos para contactar con Joe.

Y no podía imaginar que aquella situación pudiera ser más jodida.

Capítulo veintitrés

$\mathcal{H}$unter esperó a que Abbie subiera al piso de arriba a darse un baño, luego se aseguró de que toda la casa estuviera cerrada y las alarmas encendidas.

Se le había ocurrido una manera de llevarla con él.

Ella le contaría la última parte sobre cómo acceder a la base de datos esta noche.

Borys entregó a Hunter un cuenco de jambalaya con una botella de agua, murmurando mientras salía que él no apreciaba sus talentos en la cocina. Hunter cerró la puerta del despacho antes de realizar la videoconferencia con la BAD de nuevo.

Esta vez apareció Gotthard y lo tuvo esperando hasta que integró los ordenadores de Joe y de Retter en la conferencia, ya que los dos estaban ahora fuera del recinto.

Los tres rostros aparecieron en diferentes ventanas en la pantalla de Hunter.

—Tengo un plan sólido para entrar en el Kore Center y acceder a los archivos el viernes por la mañana —afirmó Hunter dando comienzo a la conferencia—. Ofreceré una donación considerable al Kore Women's Center con la condición de revisar el recinto personalmente. Es un buen momento, puesto que acaba de celebrarse el evento de recaudación de fondos. Dejaremos que ellos crean que la donación está motivada por la simpatía hacia Gwen. Y esa visita al centro me servirá para encontrar la manera de entrar allí más tarde esa misma noche.

—¿Y cómo vas a acceder a la base de datos? —preguntó Joe.

—La forma más rápida de acceso es a través de los archivos de los pacientes, pero eso solo puede conseguirse cuando el paciente está físicamente en el local mismo y se registra en el sistema —explicó Hunter—. Es un acceso doble que requiere el código de un miembro de la plantilla, y que cambia diariamente. Abriré una brecha en los archivos de los empleados para descubrir cómo reciben su código individual diario, y luego localizaré a un paciente actual para utilizar su información.

Eso parecía muy simple. Pero no lo era. Gotthard era el único que podría interrogar a Hunter por explicaciones más específicas, pero no lo hizo.

—¿Y cómo vas a acceder al centro cuando esté cerrado? —Gotthard fue quien hizo la pregunta, pero Hunter sabía que su amigo estaba expresando en voz alta lo que suponía que estaban pensando Joe y Retter.

—Hay hombres en el área de pruebas genéticas. —Hunter captó un destello de sorpresa en la expresión de Retter y de Joe.

¿Sorpresa o sospecha?

Hunter no tenía ni idea de si había una zona para hombres o no, pero Abbie había dicho que una antigua paciente podía entrar. ¿Por qué no podría hacerlo un antiguo paciente masculino? Los Fratelli eran una organización donde dominaban los hombres. Parecía altamente probable que los Wentworth tuvieran una zona privada donde nadie viera entrar y salir a los hombres. ¿Aprobaría Joe ese plan? Depende de cuánto tiempo tuvieran.

—¿Alguna noticia de nuestro contacto?

—Sí —respondió Gotthard—. Vestavia ha entregado paquetes a tres de los operarios con mapas de las ciudades mayores que pueden ser atacadas, al menos sesenta, pero solo una será el blanco real. El contacto cree que Vestavia está preparando un plan defensivo porque Fra Bardaric conduce la misión en el Reino Unido. Los tres paquetes incluyen información de contacto con expertos en explosivos del equipo de Vestavia con los que poder coordinarse, así que estamos tratando con algún tipo de bomba. Al contacto se le ha dicho que debe estar preparada para actuar como muy pronto el sábado, lo cual coincide con nuestras especulaciones. No tenemos tanto tiempo como pensábamos.

Hunter consideraba que eso eran buenas y malas noticias.

Buenas porque podían impulsar a Joe a aceptar su plan, y malas porque tener menos tiempo nunca era favorable a la hora de defenderse contra las amenazas de una mayor población en el centro.

Retter intervino.

—Puede que lo más prudente sea que Hunter haga su visita a las instalaciones del Kore y reúna información y que luego nosotros enviemos a una agente femenina para acceder al equipamiento. Una mujer llamaría menos la atención moviéndose a través de las instalaciones, más allá de que ellos tengan hombres o no.

Joe asintió.

—Ese plan me gusta más.

Hunter había esperado convencer a Joe en particular de que él tenía todavía ventajas; en el pasado Joe habría estado conforme con su plan. Habría confiado en el juicio de Hunter.

Joe y Retter no iban a conformarse.

¿Y qué pasaría con Gotthard?

Hunter no podría descubrirlo sin poner a Gotthard en una posición difícil, cosa que no quería. Tenía que sonar vacilante o de lo contrario no le creerían.

—Yo creo que mi plan funcionaría mejor porque tengo habilidades importantes con la informática y estaré familiarizado con el plano del lugar… pero haremos lo que creáis más oportuno. Contactaré con vosotros al salir del centro.

—Llama cuando llegues a Chicago y te haré saber mi decisión —dijo Joe, dando por terminada la conversación. Luego la pantalla se puso en blanco.

Si la BAD no encontraba una opción mejor para acceder al centro, Joe permitiría que Hunter siguiera adelante. Pero esa última orden de llamar al llegar a Chicago sonaba a que Joe no apoyaba del todo la idea de Hunter.

Si Joe tenía un plan alternativo para que entrara una mujer sin duda enviaría a un equipo de agentes para encontrar a Hunter antes de que él pudiera progresar en la misión.

Hunter consideró esa posibilidad durante unos minutos, luego decidió que Joe no tendría ni el tiempo ni los recursos para enviar a alguien tras él justo ahora. Cuando la BAD pudiera ir tras él, Hunter tendría ya nuevos planes en curso.

Se comió la jambalaya fría y se acabó el agua que quedaba en la botella. Luego sacó un tubo de crema antiséptica del escritorio y subió al piso de arriba. Se dirigió a la habitación de ella.

Abbie debería estar saliendo ahora de la ducha.

Desnuda.

Perfecto.

Capítulo veinticuatro

«¿Caería en la trampa el topo o permitiría que cien mil personas inocentes murieran?»

Vestavia no lo sabría hasta que tuviera los detalles de la misión real y el marco temporal. Pero había hecho un movimiento importante hoy con sus tres tenientes empezándose a preocupar por la persona que trabajaba en contra de él.

Entró en la habitación de conferencias insonorizada, impregnada del dulce aroma a tabaco de calidad. No tenía tiempo para disfrutar de un puro ahora. El espacio había sido diseñado a propósito con solo treinta metros cuadrados, con un sillón reclinable sueco hecho a medida tapizado en cuero de color piedra arenisca, situado en el centro de la habitación. Las gruesas paredes tenían integradas un sistema de seguridad a través de la Red imposible de pinchar.

Cualquier cambio, incluso el marco de una fotografía clavado en la pared, pondría en marcha la alarma.

Un lado de la habitación tenía un acabado negro mate y paneles en la mitad superior, que se movían al tocar un botón y dejaban al descubierto un centro de control que parecía sacado de la NASA. La parte baja del armario se abría mediante un botón que revelaba un bar completo con máquina de hielo incorporada.

Tecleó la serie de códigos, distintos a cada hora, para activar el sistema de comunicación, luego se preparó un whisky y se sentó en el sillón de cuero. Colocó la bebida en la mesa de mármol de color obsidiana que había a su derecha, levantó el control remoto y apretó los botones. Eso puso en marcha el ordenador para proyectar en seis pantallas de tamaño póster montadas en un marco semicircular a la altura de los ojos frente a él.

Empezaron a aparecer rostros en dos pantallas, versiones más viejas de hombres jóvenes que él había conocido en un colegio exclusivo de Francia donde habían formado el Consejo de los Siete Angeli de esta generación.

Bardaric, del Reino Unido, y Ostrovsky, de Rusia, fueron los primeros en aparecer. Una luz verde brilló encima de sus pantallas. Luego apareció el rostro negro azulado de Chilke, procedente de algún lugar en África. ¿Quién conocía esa ciudad? El color gris había comenzado a invadir su mata de pelo negro rizadísimo y un poco largo.

El perfil de Renaldo, en Venezuela, tomó forma en otra pantalla antes de que él se inclinara para dirigir una mirada divertida. Un bocazas que se hacía el gracioso en el colegio le comentó una vez a Renaldo que sus gruesas pestañas negras, sus mejillas tan latinas y sus labios sonrosados eran muy gais. Ese estudiante nunca volvió a cometer el mismo error. Simplemente desapareció.

Un par de ojos negros, una nariz ancha y piel de color cacao con diminutos puntos alrededor de un ojo aparecieron en la siguiente pantalla. Derain llevaba sus genes aborígenes con el orgullo de un pavo real cuando manipulaba a los políticos, pero había recibido educación occidental y había crecido como el resto de ellos.

¿Dónde estaba Stoke? El maldito antártico tenía poco que hacer más allá de presionar a favor de más iniciativas verdes. Ni gobierno, ni guerras, ni ambición. El extrañamente sencillo rostro de Stoke, con apagados ojos azules, como cristalizados, tenía la mirada baja, manoseando algo, luego se incorporó y puso las manos frente a él. Ese aspecto bobalicón le quedaba bien a alguien que había cometido su primer asesinato a los trece años. La luz encima de su pantalla finalmente brilló.

Ostrovsky había asumido el rol de mediador años atrás y conducía las reuniones, manteniendo a todo el mundo al tanto de todo.

—Se abre el terreno para discutir primero las cuestiones generales.

—Hemos… —comenzó Stoke

Renaldo lanzó una mirada en la dirección de Stoke.

—No, no. La última vez nos llevó media hora escuchar tu

lista. Sabemos que tu continente será el primero en verse afectado severamente. El mundo no presta atención a la Antártida. A menos que tu grupo de Fratelli haya descubierto algo nuevo bajo el hielo y la nieve.

Stoke hizo un movimiento con la mano como si estuviera apartando papeles a un lado y se echó hacia atrás, con los brazos cruzados. La mitad de los doce Fratelli de la Antártida estaban dispersos por el mundo como eruditos, y la otra mitad trabajaba en muchas de las instalaciones de investigación de la Antártida que habían sido fundadas por esas corporaciones y grupos de estudio.

Vestavia intervino.

—Nuestra fase de calentamiento global está ganando fuerza. El efecto de calentamiento toma forma aquí. La temperatura del océano de Maine ha aumentado a un nivel récord. La vida marina está cambiando. Han sido vistos en el golfo de México un número mayor que nunca de orcas y tiburones ballena. Incluso los más escépticos están comenzando a notar los cambios.

—Aquí y en Asia también —dijo Ostrovsky, captando la amenaza.

Vestavia bebió un trago de whisky mientras Derain y Ostrovsky escuchaban los cambios ambientales en Australia y en Rusia. Ostrovsky acabó diciendo:

—Igualmente, las iniciativas verdes continúan creciendo a un paso rápido que llegará a su apogeo, tal como pretendíamos, en la próxima fase. Con cada decisión nos aproximamos rápidamente al momento, desde las corporaciones hasta los gobiernos pasando por las familias individuales se basarán en ser verdes, lo cual hace que nuestra tarea sea mucho más fácil de cumplir en esta era.

—Será mejor cumplir con el plazo después de todo lo que hemos gastado desarrollando el calentamiento global y las organizaciones verdes —añadió Vestavia—. Si nuestros antecesores no lo hubieran estropeado tanto…

Ostrovsky intervino.

—Nuestros antecesores tenían una idea acertada pero eran pobres en el momento de ejecutarla.

—No tenían nuestros recursos —dijo Stoke en defensa de los antecesores de sus Angeli.

Bardaric finalmente sopesó la situación.

—Oh, por favor. Incluso en la Edad Oscura deberían haber anticipado la extensión de los daños. La peste negra fue imposible de controlar. Mira lo que ocurrió con el sida. Perdimos ventajas valiosas que podríamos haber conservado si nuestros padres y nuestros abuelos hubieran tenido mejores estrategias.

Chike alzó su ancha barbilla y habló con voz profunda.

—Tal vez creían que podían ver el futuro, tal y como creemos nosotros. Tenemos los más avanzados equipos de físicos, ambientalistas, científicos, doctores, ingenieros, pero nadie puede predecir el resultado de lo que hemos puesto en movimiento.

Bardaric frunció el ceño y se inclinó hacia delante.

—No estoy de acuerdo.

Vestavia dejó que Bardaric y Chike continuaran, tal y como solían hacer en la universidad. Ostrovsky los frenaría pronto antes de que la testosterona alcanzara niveles de alerta roja. Todo el mundo en ese concilio había sido criado por un padre inflexible, hombres que inculcaron en sus hijos la pasión necesaria para conducir al mundo a su fase de Renacimiento final.

Sus padres no habían previsto alcanzar el Renacimiento antes de pasar la batuta del poder cuando los siete chicos celebraran su decimosexto cumpleaños. A los padres les pasó desapercibido el brillo de ambición en los ojos de sus hijos y subestimaron los peligros de poner juntos a los siete futuros Angeli a una edad en que sus lazos podrían formarse rápidamente.

No queriendo esperar hasta ser demasiado viejos para instaurar un nuevo orden del mundo, este Consejo de los Siete había usado su genio colectivo para diseñar un plan por propia iniciativa mientras estaban en la universidad. Sus padres ocupaban puestos de poder en los Fratelli. Habiendo aprendido la paciencia como una habilidad a entrenar desde la cuna, los hijos esperaron dos años hasta que sus padres viajaron a una reunión en Suiza donde se esperaba que acudieran tres Fratelli de il Sovrano en representación de cada continente.

No se permitía que otros miembros de la familia se unieran a los padres en ese viaje, y eso demostró ser una bendición cuando todos enfermaron y murieron en un lujoso hotel de los Alpes suizos en el plazo de una semana.

Incluyendo veintiuna figuras internacionales leales a los Fratelli.

Los chicos hicieron luto público por su pérdida y enterraron a sus padres, y luego se dispusieron a tomar el mando de los negocios de sus respectivas familias y seguir los pasos políticos de sus padres.

Los siete habían encontrado su camino en el grupo de los Fratelli de sus respectivos continentes durante los últimos diez años.

Vestavia nunca confiaría en ninguno de esos seis, pero todos se necesitaban unos a otros.

—Es tiempo de avanzar. —Ostrovsky puso fin demasiado pronto a la batalla entre Bardaric y Chike.

El rostro de Bardaric había cobrado un tono rojo intenso, y Vestavia esperaba que eso anunciara un derrame cerebral o un ataque al corazón.

Apoyándose hacia atrás y haciendo un ruido de indignación, Bardaric recuperó la compostura inmediatamente.

—Yo propongo una misión en suelo norteamericano, cosa que nos beneficiaría a todos. Los estadounidenses no son todavía lo bastante débiles.

—No tengo problema en planear un ataque —contestó Vestavia antes de que Bardaric pudiera añadir más—. Pero creo que deberíamos ensayar una prueba, igual que hemos hecho con las armas víricas. —Tenía que tener cuidado a la hora de argumentar en contra de ese plan. Nadie esperaba que América del Norte, y especialmente Estados Unidos, cayera fácilmente, pero el Consejo no toleraría la ambición desmedida.

Apoyarían el plan de Bardaric para doblegar a Estados Unidos a menos que Vestavia pudiera convencer al Consejo de postergar la acción para llevar a cabo una prueba. Si no podía ganar hoy esa votación, necesitaría el apoyo de Peter Wentworth para forzar una segunda votación antes del ataque. Pero Peter no movería un dedo hasta descubrir quién había disparado a su hija, y Gwen todavía no había recuperado la conciencia.

—Ya he realizado suficientes pruebas —comenzó a argumentar Bardaric.

Vestavia lo interrumpió.

—¿En una ciudad de un tamaño significativo? Estoy seguro de que a todos nos gustará ver los resultados. Si la destrucción no es lo bastante significativa en el primer ataque, no habrá razón para continuar, ya que toda misión entraña cierto riesgo de exposición para los Fratelli y para nosotros.

—Entiendo tu postura —señaló Ostrovsky.

—La destrucción será significativa. Mi gente ha localizado una filtración de un tipo de uranio en Ucrania que es más compacto en su densidad. Cuando hicieron pruebas con una cantidad microscópica los resultados no fueron relevantes, pero la siguiente prueba dejó a los científicos boquiabiertos. Prepararon una bomba del tamaño de una cucharadita de té con uranio X, o UX, como ellos lo llaman. Tan solo esa cantidad causó daños significativos en la esquina de un edificio de cuatro pisos, como vemos aquí. —Sustituyendo el rostro de Bardaric, apareció la imagen de un edificio de ladrillos una cuarta parte del cual se había derrumbado como si la hubiera demolido un terremoto—. Pero cuando las bombas de UX fueron detonadas en cada esquina, la reacción en cadena que devino como resultado multiplicó los daños veinte veces.

«Mierda.» Vestavia mantuvo en su rostro una expresión de calma. Él, de hecho, no creía a aquel bastardo, pero el resto del consejo sí.

—Impresionante, pero todavía quisiera ver una demostración en vivo, ya que yo seré el que me encargue de la limpieza.

—Eso es justo. —Stoke raramente hablaba, pero también es cierto que no le gustaba Bardaric.

—A menos que tengas buenas razones para no hacer la demostración —dijo Ostrovsky.

Vestavia quiso estrangular a Ostrovsky por prestar ayuda a Bardaric.

El rostro huraño de Bardaric reapareció en la pantalla.

—No podemos gastar el material en pruebas… tenemos una cantidad limitada de material en bruto. Parece tratarse de una anomalía de la naturaleza y dudo que lo volvamos a encontrar.

—¿Cuánto tenemos? —preguntó Renaldo.

—Cinco bombas vinculadas que derrumbarían nueve manzanas cuadradas en cualquier ciudad metropolitana —respondió Bardaric. Luego prosiguió explicando su plan para atacar una ciudad primero y reclamar exigencias en nombre de un falso grupo de extremistas que no pudiera conectarse con ningún país—. Si Estados Unidos no sigue inmediatamente instrucciones específicas de liberar zonas ocupadas, en tres días atacaremos la segunda ciudad. En otros tres días habrá un tercer ataque. Por entonces se doblegarán, porque la administración no será capaz de dar razones aceptables a sus ciudadanos para que entiendan por qué no pueden ceder.

—Una vez cumplan con la exigencia de que las tropas vuelvan a sus casas, las puertas de Estados Unidos estarán abiertas para los terroristas, que harán nuestro trabajo mucho más fácil —dijo Derain con entusiasmo—. ¿Cuándo podemos poner esto en práctica?

—Me tomé la libertad de entregar materiales a América del Norte la semana pasada cuando tuve una oportunidad.

Tal y como Vestavia había sospechado.

Bardaric continuó, y no lograba ocultar el orgullo satisfecho de su voz.

—Puedo tener las unidades en la zona dentro de doce horas. Así de simple y de móvil es el aparato. Yo sugiero que detonemos antes de la reunión entre mi primer ministro y el presidente de Estados Unidos, que tendrá lugar el martes. Tener juntos a dos de los líderes más poderosos facilitará la decisión de actuar. He escogido tres localizaciones que comunicaré a Vestavia una vez esté todo en su sitio.

Vestavia no podía detener la votación, pero antes de que fuera llamado se aseguraría de una cuestión.

—Quiero ser la única persona capaz de autorizar la detonación cuando llegue el momento.

—Espera un momento —gritó Bardaric.

—¡No! —lo interrumpió Ostrovsky—. Vestavia tiene derecho de reclamar eso, ya que se trata de una misión mayor en su continente. Es hora de votar.

En cuanto hubo terminado la votación, Vestavia caminó hacia el panel de control para interrumpir las conexiones y activar un triple sistema de limpieza del ordenador. Se sirvió otro whisky y dio vueltas alrededor durante un momento, pensando. Bardaric estaba demostrando tener más recursos de lo que él esperaba, y podía destruir Estados Unidos con un solo movimiento.

No sin una lucha.

Pero él había subestimado a Bardaric.

·¿De qué sería capaz el británico si Gwen no moría?

Vestavia se sentó en su sillón y apretó un botón de la mesa de mármol. El panel de comunicaciones se elevó y, a través de la voz, dio instrucciones para conectarse vía teléfono con la línea segura de Peter Wentworth.

Después de una espera de seis minutos, se oyó a través de la línea la voz demacrada de Peter.

—No tengo mucho tiempo. Acabo de llegar de una operación.

—No te robaré mucho tiempo —dijo Vestavia para tranquilizarlo—. Deberías saber que Bardaric está detrás del disparo a Gwen.

—Esa es una acusación muy peligrosa.

Vestavia lo sabía demasiado bien. El Consejo gobernaba con una serie de reglas indoblegables que tendrían como resultado medidas extremas si alguien realizaba una acusación falsa de esa naturaleza. Esa era la única manera de que pudieran funcionar con un nivel de cooperación. Vestavia raramente apostaba a menos que las oportunidades estuvieran a su favor, y creía que ahora ese era el caso.

—Creo que tú y Gwen estáis en peligro. Trabaja conmigo y os ayudaré a desaparecer antes de que Bardaric termine con los dos.

—No puedo simplemente largarme —argumentó Peter—. El Kore contiene todos los archivos genéticos hasta la fecha para este continente y para los proyectos a largo plazo del Consejo.

—Tanto tú como Gwen vais a desaparecer, por voluntad propia o por decisión de él. Llevamos siendo amigos mucho tiempo. Sé que tú no tomas partido por un bando, pero Bardaric está decidido a impedir que nazcan más bebés con nuestro esperma. Inventa una manera de mover los archivos y no dejar ninguna pista.

Vestavia colgó la llamada. Cerró los ojos y se puso a pensar. Tenía que encontrar las reservas de UX de Bardaric. Poseer eso sería como tener la llave del futuro de todo el mundo.

Demonios, incluso dejaría que Bardaric destruyera una ciudad si era necesario para encontrar el rastro de la gente del británico y hallar los suministros de UX.

Capítulo veinticinco

$\mathcal{H}$unter había empleado un «si» condicional.

Abbie odiaba las respuestas vagas. Se quitó la camisa y los vaqueros en el dormitorio, que le parecía más bien la celda de una cárcel, puesto que estaba segura de que Hunter habría colocado todo tipo de alarmas en la cabaña para asegurarse de que no se escapara otra vez.

Fue hasta la ducha, protegida con tres paredes de cristal, para descubrir que el agua caliente salía a chorro de nueve grifos.

Nueve alcachofas de ducha, para ser exactos. Donde ella vivía el agua salía de grifos.

El deslumbrante baño formaba parte de la lujosa suite, que parecía copiada de una revista de diseño. El brillante grifo de estaño dorado formaba una figura curvada que podría ser una versión en miniatura de un trineo olímpico que merecería ser firmado y numerado.

Se debería sentir culpable por mirar con ese sarcasmo los accesorios tan exclusivos, sobre todo después de hurtar sin ningún escrúpulo una cesta de latón llena de lujosos productos de baño que alguien había dejado sobre la encimera de mármol. Probablemente Borys.

Bendecía a Borys por haberle traído a su habitación un cuenco de jambalaya y arroz con pan fresco y más chocolate caliente un minuto después de que ella subiera arrastrándose por las escaleras. El olor a comida ya se había ido. Solo le había faltado lamer el cuenco.

Luego se dejó caer en la cama y durmió durante unas tres horas.

Eso era lo que le había impedido meterse antes en la ducha.

Dentro de la ducha puso en una esponja un chorro de jabón con olor a melocotón, que encontró en un dispensador de cristal que estaba colocado en la pared. El agua hirviendo golpeaba contra sus músculos cargados de estrés y ansiedad mientras ella se frotaba con cuidado para limpiar el polvo de las heridas.

Le dolía todo el cuerpo por la caída.

Pero su madre estaría sufriendo más dolor y más problemas, así que ya estaba bien de lamentarse.

Más pensar y menos quejarse. Aunque nadie pudiera oír sus pensamientos.

El siguiente movimiento de su mente deparó en el «si» condicional de Hunter.

Si él había conseguido la respuesta que quería de los cuarteles... fuera lo que eso fuese... entonces posiblemente podría ayudarla.

No le quedaban muchas alternativas hallándose prisionera en una montaña sin teléfono móvil, sin acceso a Internet, ni dinero, ni coche...

Le parecía que Hunter le había creído cuando ella le dijo que la necesitaba en persona para conseguir el acceso a la base de datos del Kore Center.

Un punto a su favor.

Si es que de verdad ella estaba tratando con las fuerzas del orden. Otro maldito «si» condicional.

¿Por qué Hunter no le había mostrado una insignia de identidad de algún tipo? Ella podía pedírselo, pero ahora ya habría tenido tiempo de fabricar una si quisiera. Tal vez él estuviera trabajando clandestinamente o haciendo algo que no le permitía revelar su identidad oficial. Podía estar en cualquiera de las divisiones de seguridad nacional del FBI o de la CIA de las que ella no había oído hablar jamás.

Tenía que haber capas y capas de nuevas operaciones de las fuerzas del orden en todas las áreas del gobierno en estos días de las que nadie debía saber nada.

Pero Hunter era obviamente rico, o recibía el apoyo de alguien que lo era, ya que tenía acceso a *jets* privados y hogares de seguridad en la montaña.

Había estado en la fiesta de los Wentworth. La gente lo reconocía. ¿Acaso ellos sabrían que era una especie de James Bond?

Estupideces. Paró de frotarse y dejó que el agua golpeara sobre su cabeza. Tal vez eso soltaría algunas células de su cerebro que se hallaban demasiado apretadas.

Era la segunda vez que pasaba una noche en esa casa de Hunter y todavía no sabía cuál era su apellido.

Gruñó porque había zonas todavía más oscuras. Por ahora, tenía que creerse eso de que Hunter pertenecía a las fuerzas del orden, al menos hasta que tuviera alguna razón para dudar.

«Odio las montañas. Y odio a Hunter.»

Ella ahora no estaría herida si él no la hubiera traído a un lugar sin carreteras perdido en medio de un bosque lleno de trampas y la hubiera dejado allí sin acceso al teléfono y…

Pero también la había apartado del peligro. La había abrazado cuando se sintió aterrorizada la noche anterior y la había calmado esta mañana. Solo le había gritado al borde del precipicio porque creía que había resultado herida.

Y eso no le había gustado nada.

Se notaba que no le gustaba preocuparse por nadie.

O el hecho de que se hubiera excitado. Ese beso ardiente y esa erección eran una prueba innegable. Era bueno no tener partes del cuerpo que pudieran asomarse cuando estaba excitada. Si las tuviera él se habría dado cuenta de lo caliente que se ponía cada vez que el péndulo interno de él se inclinaba hacia el lado de la dulzura y la tomaba por sorpresa.

De pronto él le gruñía como si quisiera estrangularla y luego hacía algo completamente inesperado, como abrazarla o besarla.

Era como si derrumbara esa actitud de «soy frío como el hielo» que quería proyectar.

Ella sonrió.

¿Otros se habrían dado cuenta de que tras esa actitud arrogante de «lo hago todo a mi manera» Hunter tenía un buen corazón? Si ella solo lo conociera como invitado en la fiesta de los Wentworth, si no lo hubiera conocido seis años atrás y no hubiera pasado las últimas veinticuatro horas con él, habría descrito a Hunter como otro rico desaprensivo.

Pero él la había escuchado cuando ella le suplicó que no la entregara a un programa de testigos, y lo cierto era que arrojarla al cuidado de otros habría sido mucho más fácil para él. Tampoco le había exigido que le dijera la última clave para entrar en los archivos del Kore Center. Todavía.

También se había sorprendido, y él había ganado puntos para ella, al saber que él podía haberla intimidado.

Pero Hunter tenía secretos. Muchos secretos. Como, por ejemplo, qué era lo que estaba haciendo en la fiesta de los Wentworth.

Conocía al tipo de seguridad latino de la finca de los Wentworth. ¿Sería un compañero de equipo? Y si ella estaba dispuesta a creerle, tenía que aceptar que al esconderla en la cabaña él estaba corriendo un riesgo.

¿Realmente enviarían asesinos tras él si no lograba convencerlos de que podría entrar en el Kore? ¿O si descubrían que ella estaba con él? Y de nuevo… ¿quiénes eran ellos?

El corazón le latía frenéticamente. Él se estaba poniendo constantemente en peligro para mantenerla a salvo. Si él necesitaba su ayuda para obtener lo que quería del Kore Women's Center, ¿por qué no había sido él mismo quien le pidiera que fuera allí a ofrecerle ayuda?

Porque creía que el asesino podía encontrarla. Ella creía que el hecho de aparecer sin avisar de antemano, en combinación con las medidas de seguridad del Kore, impedirían que alguien pudiera entrar… lo cual le recordaba que no sabía cómo pretendía hacerlo Hunter.

Ninguno de los dos podía esperar a una oportunidad mejor. Y ella no podía volver a escaparse. No le había hecho ningún bien… excepto por ese beso.

La había besado como un hombre poseído.

Sintió el fuego en la piel al recordar cómo la había tocado. Nunca la habían besado de ese modo, como si quisiera poseerla allí mismo.

Podía haberlo hecho.

En los últimos seis años no podía recordar haber deseado a un hombre de la manera en que ahora deseaba que Hunter terminara lo que había empezado en esa montaña.

¿Seis años? Jamás había deseado tanto a un hombre.

Nunca había confiado lo suficiente como para considerarlo más que alguien con quien toquetearse desde que sorprendió al cerdo ese y a Casey.

Puede que Hunter tampoco fuera digno de confianza.

Refunfuñó por la forma en que estaba pensando en él. La tenía prisionera. Sería una desastrosa prisionera de guerra si lo que quería era acostarse con su enemigo.

Puede que él lo tuviera todo planeado para convertirla en un elemento maleable con esas atractivas manos que podía deslizar entre...

Deslizó la esponja entre sus piernas y se estremeció.

Basta ya. Escurrió la esponja y la colgó encima del grifo. La mitad de su cuerpo sufría por los golpes que se había dado y la otra mitad era un gran nudo de frustración.

Cerró el grifo, salió de atrás de la mampara de cristal de la ducha y cogió una toalla de baño para envolverse el cuerpo. Le llegaba por las rodillas. ¿Tendría Hunter invitados de un tamaño monumental?

¿Tendría invitados?

Encontró una toalla más pequeña para el pelo, y luego revolvió la cesta que había sobre la encimera en busca de una crema. Mirando fijamente sus ojos, que nunca le mentían, su conciencia trabajaba a través del tiempo mostrándole cada vez más puntos a su favor.

Mira este lugar. Hunter podía haberla llevado a algún lugar donde estuviera encerrada.

Si era honesta consigo misma, debía enfrentarse al hecho de que él la había sorprendido al hablarle de su encuentro seis años atrás. Si él la hubiera hecho sentirse pequeña y vulgar, ella habría tenido que doblar su corazón hasta darle una forma mínima para lograr que le pasara a través de la garganta.

Pero le había dejado saber cuánto la deseaba. Todavía la deseaba, si es que ese bulto en sus pantalones era una prueba.

Ella sabía sin el menor asomo de duda que Hunter dejaba una impresión en cada mujer con quien se encontraba, porque ella recordaba cómo la había escuchado aquella noche tantos años atrás. Considerando su trabajo encubierto era comprensible, pero lo cierto es que verdaderamente escuchaba.

Y la hizo sonreír.

Y la había llevado a casa en lugar de dejarla vulnerable y permitir que alguien se aprovechara de ella estando bebida.

Era un hombre tan peculiar. Ella podía sentirlo cuando estaba cerca. Notaba la lucha que él mantenía para permanecer distante. Y, sin embargo, la había envuelto en la seguridad de sus brazos más veces de las que podía contar. Era el tipo de hombre que una mujer escuchaba desde el corazón. Si ella hacía eso, su libertad no sería lo único que correría peligro al final de todo aquello.

Dejó la crema sobre la encimera y se dirigió al dormitorio.

Alguien llamó a la puerta.

—Tendrás que esperar. Solo llevo una toalla —gritó, buscando algo de ropa en la habitación.

La puerta se abrió.

Ella gritó:

—¡Sal de aquí! ¡No estoy vestida!

Hunter no se inmutó.

—No importa. Esa toalla va a desaparecer de todas maneras.

Capítulo veintiséis

«*U*na toalla es lo que me separa del cuerpo desnudo y mojado de Abbie.»

Hunter no sabía si podía hacer aquello o no. Antes había estado preparado para ponerle desinfectante en los rasguños, pero ella tenía voz de dormida cuando él había subido a su habitación la primera vez.

No se atrevía a despertarla.

Así que se había quedado ahí como un idiota observándola dormir durante un rato. Había sentido la tentación de quitarle la ropa solo para que estuviera más cómoda hasta que se dio cuenta de que no se detendría ahí.

Cuando bajó a su despacho había aclarado su mente en relación con cómo manejar a Abbie para poder emprender el próximo paso en su misión cuando ella se despertara.

Eso fue en el piso de abajo, antes de entrar en ese dormitorio y encontrarla solo con una toalla y completamente húmeda por la ducha.

Con olor a lluvia fresca.

Le caían gotas de agua de la clavícula, que luego se sumergieron entre sus pechos.

A él se le endureció la lengua pensando en seguir ese camino. Y no se detendría ahí.

Podría pasar horas recorriendo su cuerpo con las manos y la boca.

Pero era otro hombre el que podía pasar la vida entre tardes perezosas haciéndole el amor día tras día a la misma mujer. Él tenía un trabajo que hacer. Y cuanto antes cumpliera con él, tanto mejor.

—Métete en la cama.

—¿Estás loco? —Abbie retrocedió hasta que se golpeó las piernas con la cama. Entonces se dio cuenta de dónde estaba y se dirigió hacia el tocador—. Vete de aquí.

Buena sugerencia, aunque le hubiera sido arrojada como un cuchillo afilado apuntando a la diana. Pero ella tenía heridas que debían atenderse y él era el único que podía hacerlo.

No permitiría que otro la tocara.

Borys se habría ofrecido voluntariamente para sacar a Hunter del problema.

Hunter había amenazado a Borys con salvarlo del problema de tener que respirar si se acercaba a Abbie cuando no tuviera ropa puesta.

Y con ese olor a un nuevo día.

Pero había un brillo azul en esos ojos ahora, advirtiéndole de que se avecinaba una tormenta.

—Lo único que voy a hacer es ponerte un ungüento en los cortes para desinfectarlos. —Levantó el tubo de crema en la mano—. ¿Te has limpiado todas las heridas?

Frunció la boca para abrirla y luego la cerró con un gesto de confusión. Llevaba el cabello mal envuelto con una toalla y le colgaban los rizos sueltos que no había logrado recoger.

La toalla de baño la cubría bastante, pero al colocar los brazos alrededor de la cintura para mantenerla sujeta, sus pechos asomaban por arriba.

«Limítate a ponerle la maldita pomada y deja las manos quietas.

»No pienses en su cuerpo desnudo en la cama.

»O en el suelo. O en el fregadero del lavabo. O...»

Diablos, había estado a punto de desnudarla en medio de la montaña.

—Yo sola me puedo poner el ungüento. —No se apartó de la cómoda, como si ese fuera el único lugar seguro de la habitación.

—No te llegas bien a la espalda. —En cuanto se asegurase de que sus cortes estaban limpios y desinfectados saldría de la habitación. Inmediatamente. Pero eso tendría que ocurrir pronto. Él sabía una manera de hacer que se moviera—. ¿Qué es lo que te asusta?

Ella enderezó los hombros al oír eso.

A la pequeña arpía no le gustaba que desafiaran su coraje. Él no dudaba de su coraje. En realidad tenía demasiado para su tranquilidad mental. Sería capaz de arriesgarse por otros sin detenerse un segundo a pensar en su propia seguridad.

—Puedes hacerlo estando yo de pie —sugirió ella.

—Será más fácil si te acuestas. —Eso esperaba él. Habría menos posibilidades de que la gravedad hiciera que la toalla cayera de su cuerpo.

Un desliz de la prenda y todo se echaría a perder. Incluso él tenía sus límites.

Ella cedió y se dirigió a la cama. Se quitó la toalla de la cabeza y la dejó caer, luego se subió sobre la colcha azul de pana.

Los rizos le caían salvajemente.

Los dedos de él ansiaban tocar esos tirabuzones.

Ella refunfuñó para sí misma y se incorporó. Apartó los cojines a un lado y soltó la toalla de baño, extendiendo cada extremo sobre la cama hasta que no quedó nada de toalla entre su cuerpo y la cama.

Se echó hacia un lado, moviendo la toalla con ella y dejando espacio para él al borde de la cama.

—¿Y bien? ¿Qué más quieres que haga?

«Aparta el resto de la toalla, bésame como hiciste antes ahí afuera y cierra las piernas alrededor de mi cintura.»

Sentía los vaqueros más tirantes a cada minuto. Si se quedaba allí parado y ella atisbaba el bulto de su erección no permitiría que la tocara. No después de lo que había pasado en la montaña. Si él hacía eso de nuevo debería ser tumbado de un puñetazo por provocarla. Se movió y se sentó sobre la cama cerca de su cadera, para que ella no pudiera ver el bulto de sus pantalones sin tener que girarse.

El bufido que ella soltó sonó como un insulto susurrado.

Él pinzó el borde superior de la toalla y se la bajó de los hombros. Luego soltó una maldición.

—¿Qué pasa? —preguntó ella.

—Tienes un arañazo muy feo en la espalda.

—¿Y por qué te enfadas? Es culpa mía. Tú no me empujaste colina abajo. —Ella volvió la cabeza, de cara a la ventana, y se acomodó de nuevo.

Pero sí era culpa suya. Debería haber anticipado todo lo que ella iba a hacer, incluso el intento de huida de la cabaña. Abrió el bote de crema desinfectante con un analgésico tópico que le había dado hacía un tiempo Mako, un agente de la BAD doctor en medicina capaz de hacer todo tipo de curas provisionales para mantener a un agente con vida hasta poder llevarlo a un hospital.

Frotó las manos con el ungüento para calentarlo y abrió las palmas para colocar una de ellas sobre su espalda.

Ella se estremeció.

—Estoy bien.

Él comenzó a esparcir el medicamento lentamente por sus hombros y los lados de sus brazos.

Ella contuvo el aliento.

—Lo siento. Estas zonas necesitan más atención.

—Está bien. —Contoneó el trasero y se acomodó otra vez.

«No te muevas, Abbie.» Él terminó de esparcir la crema por su espalda y deslizó la toalla hacia abajo un poco más, dejando expuestos algunos rasguños de su mejilla. Él continuó aplicando la crema con suavidad.

Ella movió el trasero.

«No mires su coqueto culo. No pienses en otra cosa que no sea la aplicación clínica de la crema.»

Decir eso a sus entrañas se hacía más difícil por segundos. Pasó la mano arriba y abajo por su mejilla derecha.

El sudor le caía por el cuello. Ella tenía unos pocos rasguños más en la frente, pero ya estaba hecho.

—Creo que estas son todas las zonas de peor alcance.

—Ya he superado mi ataque de pudor —murmuró ella—. Continúa y acaba. Al fin y al cabo, ya has visto la mayor parte de mi espalda y estoy demasiado agarrotada para moverme.

Él también estaba agarrotado, pero dudaba de que comentárselo pudiera despertar su simpatía. La mano le tembló ante la idea de seguir tocándola y se contuvo.

Increíble. Las manos nunca le habían temblado sosteniendo a una mujer.

Pero deseaba tocar a Abbie por todas partes. Deslizar los dedos entre sus piernas y rozar su piel tierna, jugar con ella hasta que gimiera su nombre.

Ella se lo habría permitido en la montaña, antes de que casi la acariciara para luego alejarse.

Fue apartando la toalla y dejando al descubierto su espalda, seguro de estar abriendo una puerta que no podría volver a cerrar.

Ella flexionó las piernas, que tenían pequeños rasguños.

Después de inspirar profundamente y con decisión, él se puso crema en las dos palmas de las manos y caminó hasta el final de la cama. Se inclinó y comenzó por la parte posterior de las pantorrillas, frotando arriba y abajo.

Se movió hacia arriba para llegar a sus muslos y masajeó con los pulgares toda la parte trasera.

Se detuvo. ¿Ella había gemido? Continuó masajeándole los muslos e involuntariamente rozó la coyuntura entre sus piernas cuando ella se estiró hacia delante.

Un escalofrío recorrió la parte inferior de su cuerpo.

Él sintió cómo las gotas de sudor le caían por la espalda.

No podía hacer eso.

Podía hacer eso, pero terminaría dándole la vuelta para separarle las piernas y besarla justo ahí.

Si su respuesta anterior era algún tipo de indicación ella tenía un gatillo sensible. A él le encantaría ver su rostro cuando su dedo rozara una y otra vez ese gatillo hasta hacerla estallar.

¿Qué era lo único que lo detenía?

No podía seducirla como seduciría a otra mujer.

Porque ella no era como las demás.

Las emociones de Abbie la hacían vulnerable. Sentía muy profundamente. No era como esas doncellas de hielo que se llevaba a la cama para que soltaran la misma energía reprimida que él y luego olvidaran el encuentro un día después.

Levantó el borde de la toalla y se limpió las manos hasta asegurarse de que no quedaba más crema. Luego puso la tapa en el tubo.

—¿Has terminado? —preguntó ella.

—Sí. —«Ya no puedo más.» Se dirigió hacia la puerta.

—¿Hunter?

Cuando él se dio la vuelta, ella se inclinó hacia delante apoyándose sobre un codo y sujetando la toalla con un puño sobre sus pechos.

—¿Qué?

—Estás de muy mal humor. —Ella lo examinó, mirándolo de arriba abajo hasta detenerse finalmente en el bulto de sus pantalones.

—¿Algo más? —Él gruñía como una bestia herida, pero maldita sea... ¿hasta dónde pretendía llevar las cosas esa mujer?

—Solo una cosa. —Se apartó el pelo de la cara, pero cuanto más se secaban su rizos menos maleables parecían—. No estoy segura de poder llegar a todos los rincones que necesitan... atención.

Él ordenó a sus pies que no dieran un paso hacia delante y explicó a su sexo que ella no quería decir lo que parecía estar diciendo. Estaba agotada y herida. Era tímida. Probablemente lo que quería era que le masajeara las piernas o la espalda un poco más.

Estaba condenadamente bella tumbada en esa cama sin ropa.

—Haz lo que puedas. —Ahora sus pies tenían que moverse. Hacia fuera.

—Te refieres a que me las arregle yo sola. —Alzó una ceja.

No, no estaba invitándolo a meterse en la cama con ella. Tenía que continuar diciéndose eso por mucho que deseara estar con ella.

Especialmente teniendo en cuenta que el plan que había comunicado a Joe tenía demasiados agujeros por los que podía caer y desaparecer para siempre.

—¿Acaso tengo que deletreártelo? —preguntó ella, mostrándose un poco malhumorada también.

Su sexo le decía al cerebro: «Ella quiere lo que pensamos».

—Bien, demonios. —Golpeó con una mano sobre la cama y se dio la vuelta hacia un lado—. Supongo que simplemente he hecho otra tontería de nuevo. ¿Cuántas veces han sido... tres? Está claro que no tienes ningún interés.

—Abbie...

—Vete.

Ojalá pudiera. Pero la había tenido metida bajo la piel durante seis años y, si no se liberaba pronto de esa ansia, la piel le iba a reventar de tan tirante.

—Pensaba que al menos te preguntarías cómo podría haber sido.

Él sonrió ante su tono insolente, y por culpa de sus insolidarios pies dio un paso hacia la cama. Y otro, hasta que estuvo junto a ella.

—La próxima vez que vaya en busca de un hombre…

De eso se trataba. Ella no iba en busca de un hombre.

Se la sentó a horcajadas. Deslizó sus manos por debajo de sus nalgas y empezó a levantarla rítmicamente de su pecho, callándola. Tomó sus pechos entre las manos, usando las yemas de los dedos para rozar suavemente sus pezones, que inmediatamente se pusieron duros.

Ella lo recompensó con un jadeo de placer. Él le besó el cuello, su piel era cálida y olía a melocotón. Ella arqueó la espalda y llevó la cabeza hacia atrás. Su conciencia le recordó que ella ya había resultado herida una vez.

—Abbie, yo no…

Ella le gruñó.

—Déjame adivinar. No tienes ni idea de lo que puede pasar y no puede pasar después de esto. Lo comprendo. No soy tan ingenua.

Él sonrió y susurró:

—Eres una dulzura. —Bajó una mano por su estómago, lentamente, tocándola ligeramente.

—Oh, sí. Eso está… bien. —Su cuerpo tembló.

Los músculos de él se tensaron por el esfuerzo de esperar antes de penetrarla. Acercó la nariz a su garganta y subió la mano, frotando la palma abierta contra sus pezones duros.

Ella jadeó de nuevo y gimoteó, moviendo las caderas. Rozó con su suave culo la parte delantera de sus pantalones. Él sintió un relámpago de electricidad.

Inspiró profundamente y se llenó la mano con su pecho. «Cielos.» Levantó un dedo y trazó el borde de su pezón, luego le movió la punta adelante y atrás.

Los dedos de ella se agarraron a sus muslos. Temblaba, sujetándolo con fuerza hasta que él movió los dedos para colocarlos entre sus piernas y se deslizaron en su interior.

Con solo tocarla un escalofrío la recorrió entera. Esa mujer era increíble. Le dio la vuelta, deseando que aquello no terminara tan rápido. En cuanto ella estuvo de frente, le puso las manos en las mejillas y lo besó con unos labios hechos de fuego y de miel. Él deslizó los dedos entre las telarañas de sus rizos y dejó que su lengua se encontrara con la de ella para emprender una juguetona batalla. Ella bajó los dedos por su pecho hasta los pantalones… bajó la cremallera… y luego se zambulló dentro para tomar su sexo entre las manos.

Él aspiró con fuerza ante el contacto y gruñó con el siguiente beso; la necesidad de estar dentro de ella rugía a través de sus venas. Ella le besó el cuello y lo acarició.

El mundo se desintegraría ante sus ojos si ella hacía eso una vez más. La levantó hasta que sus piernas estuvieron alrededor de él y alcanzó con los dedos los húmedos pliegues de su sexo.

El agudo chillido que se le escapó sonó estrangulado.

Con el dedo corazón la acariciaba lentamente, adentro y afuera, al mismo tiempo que rozaba esa tierna piel con el dedo pulgar. Ella clavó las uñas en su espalda, temblando de tensión.

Susurrándole lo que quería hacerle, cambió el ritmo de los dedos, para moverlos más rápido.

Ella se arqueaba hacia arriba y hacia atrás, con los músculos en tensión.

—No… pares.

Observándola hipnotizado, él no paraba. Ella gritó, jadeó y luego se dejó caer contra él como un bulto sin huesos. Las lágrimas le colgaban de las pestañas. Él besó la boca que había dado comienzo a aquel incendio. Ella tomó su rostro entre las manos en un gesto tan tierno que él quiso besarla más profundamente.

Cuando levantó la cabeza para mirarla ella le sonreía.

Dios, aquello era un regalo.

Ella agitó los párpados y cerró los ojos. Él alcanzó sus pechos.

Sonó el agudo pitido de una alarma, que dejó su mano congelada.

El pulso se le disparó, pero no en alerta total. Esa alarma era solo el aviso de que alguien había cruzado la primera línea de defensa, a unos dos kilómetros en la montaña.

Borys iría a ver qué pasaba e inmediatamente le informaría si alguien…

Sonó una segunda alarma, con campanas repicando en toda la casa.

Los ojos de Abbie se abrieron de golpe. Se agarró a él.

—¿Qué es eso?

—Un problema. Vístete.

Capítulo veintisiete

—¿Qué clase de problema? —Abbie luchaba contra la bruma sexual que la inundaba.

—No hables. Muévete. —Hunter dio esa orden con tanta calma que parecía que estaban hablando de bajar a cenar y no preparándose para salvar sus vidas, que al parecer era lo que ocurría.

Ella miró por la ventana. El día debía de estar avanzado, tal vez cerca del atardecer. Necesitaba ropa.

—Tienes sesenta segundos para vestirte. —Hunter consultaba un pequeño aparato electrónico que parecía un iPhone.

—¿Vestirme con qué? Ella se dio la vuelta, buscando frenéticamente algo de ropa.

—En la cómoda. La ropa de Borys.

Ella corrió a abrir el cajón superior. Sacó una camiseta azul oscura y se la puso con un solo gesto.

La voz de Borys se oyó a través del sistema de comunicación.

—Los cuadrantes del este, del oeste y del sur han sido asaltados.

Hunter maldijo en voz baja, pero continuó trabajando con su aparato electrónico con la paciencia de alguien que hace pequeños ajustes en un crucigrama mientras se movía por la habitación.

Ella se puso el primer par de pantalones que encontró, unos de color caqui, anchos y con bolsillos a cada lado. Había pasado bastante tiempo junto a Hunter como para saber que cuando decía sesenta segundos significaba que la sacaría de allí con lo que llevara o no llevara puesto en cuanto llegara el momento de huir.

—Ponte también un jersey. —Hunter ni siquiera la había mirado para ver lo que tenía puesto.

Ella encontró un jersey de punto de color burdeos y se lo metió por la cabeza. Fuera lo que fuese esa crema le había calmado el dolor de las heridas.

Un par de botas rebotaron en el suelo frente a ella.

Agarró unos calcetines de lana de otro cajón y se sentó en el extremo de la cama para calzarse las botas con torpeza.

Hunter se arrodilló frente a ella para ayudarla a atarse las botas mientras ella se abrochaba los pantalones, antes de lanzarse hacia el lavabo.

—¡Vamos!

Usó una goma con dos vueltas para hacerse una coleta, así podría ver cuando tuviera que correr. Él la agarró de la mano y la sacó de la habitación.

Ella no dijo una palabra, no ahora que él estaba en modo guerrero.

—Asalto por el cuadrante norte —anunció la voz de Borys—. Todos los sistemas se dispararán en dos minutos. Las mochilas están listas.

Hunter recorrió la distancia de las escaleras con largas zancadas. Ella corrió para ir a su ritmo. Él se acercó el aparato telefónico a la boca y habló en un tono todavía tranquilo.

—Ve. Nosotros vamos detrás de ti. —Metió el aparato en uno de los bolsillos delanteros de los pantalones.

Al final de las escaleras había una enorme mochila beis y verde junto a la puerta principal.

Borys se había ido.

Hunter abrió el armario del vestíbulo y buscó algo. Al retirarse llevaba gafas oscuras y metía una gran pistola automática en la parte delantera de la cinturilla de sus vaqueros. Metió de nuevo el brazo en el armario y sacó una chaqueta que le dio a ella.

—Hay gafas de sol en el bolsillo izquierdo delantero. Haz exactamente lo que te diga. No hables bajo ninguna circunstancia, a menos que yo te diga que lo hagas.

Ella asintió, subiéndose la cremallera de la chaqueta y poniéndose las gafas mientras él se colgaba la mochila a los hombros. Su terror o vacilación debía de asomar a pesar de la fuerza que trataba de aparentar.

Él la agarró de la chaqueta y la atrajo hacia sí para besarla en la boca. Parecía como si el beso hubiera durado para siempre aunque sabía que solo debía de haberla retenido unos segundos antes de soltarla.

—Solo escúchame y confía en mí. No voy a dejar que nadie te haga daño.

Había cambiado de idea respecto a Hunter.

Él no era James Bond.

Era Superman. Un superman cojonudo.

Ella asintió y enderezó los hombros, preparada para lo que tuviesen que hacer.

—Estoy bien.

Él la agarró de la mano, se la apretó y la hizo bajar a remolque por las escaleras y a través de lo que podría llamarse el patio principal si se cuidara y ordenara mínimamente. Se dirigieron hacia la parte posterior de la casa, adentrándose por el sendero que ella había tomado esa mañana pero más hacia el oeste, hacia la puesta de sol.

Pero él sabía dónde estaban colocadas las trampas.

Unos treinta metros alrededor de la casa estaban despejados de maleza, probablemente con el propósito de poder ver a alguien que se acercara. Ella mantuvo la cabeza baja, prestando atención en la débil luz, vigilando dónde ponía los pies.

Empleando la lógica, si habían entrado por los cuatro cuadrantes, se dirigían al menos al encuentro de uno de los enemigos.

Él había dicho que guardara silencio y confiara en él.

Ella pretendía hacer ambas cosas.

La temperatura estaba bajando con la caída del sol. La oscuridad cubriría el terreno en unos veinte minutos.

Cuando llegaron a la línea de árboles, Hunter la condujo por un suave descenso de unos quince metros, luego fue hacia la izquierda, serpenteando a través de ramas que habían caído hacia abajo, llenas de rígidas agujas de pino.

Ella sintió dolor en la rodilla. Se resbaló una vez y se tensó por miedo a volver a hacerse daño.

Hunter la cogió de la parte superior del brazo con tanta rapidez que ella ni siquiera vio su mano moverse. Él redujo el paso, abriéndose camino con tedio hacia un lado y luego hacia el otro.

Avanzaban con cada paso, pero haciendo un ancho zigzag.

¿Dónde estaba esa gente que venía de la montaña? ¿A qué distancia se hallarían? Era una montaña enorme. Hunter debía de tener alguna idea sobre cómo esquivarlos.

Él hizo una pausa, luego le tapó la boca con la mano y la agarró de la cintura. La levantó del suelo y la metió en un hueco oscuro entre dos pedruscos más grandes que Hunter. El espacio tenía un metro y medio de ancho y al menos tres metros de profundidad.

No había ni un resquicio de luz. Lo único que podía ver desde el interior de ese agujero negro era algo que cruzara el espacio abierto.

Sintió el pecho oprimido ante la presión de respirar.

Ahora que él la había metido en ese profundo agujero oscuro pudo oír el movimiento de rocas fuera.

Y pasos.

Quienquiera que se aproximase no se habría dado cuenta de que había disparado los sistemas de alarma.

Ella se quedó totalmente quieta entre sus brazos, congelada por el miedo, mientras él se movía en ángulo, silencioso como un fantasma. La depositó a ella y su mochila suavemente en el suelo.

Cuando se dio la vuelta, ella quedó detrás de él en total oscuridad, con su cuerpo bloqueando la entrada.

No entraría en pánico. Él estaba allí con ella.

Él estiró una mano para tocarle el brazo. Solo para reconfortarla en medio del peligro.

Ella sintió que estaba enamorándose de él justo entonces.

Se oyeron pisadas que hicieron crujir la nieve.

A ella el corazón se le salía del pecho. Pero tenía fe en Hunter, sabía que él haría todo lo necesario para mantenerla a salvo.

El sonido de alguien caminando se extinguió lentamente hasta desaparecer. Hunter no se movió durante otros cinco minutos.

Luego se puso la mochila sobre los hombros y la ayudó a levantarse. Cuando se hallaron al descubierto, ella apenas podía ver nada. Le apretó la mano para hacerle saber que estaba bien.

Él había sacado una especie de monóculo que debía de ser para la visión nocturna y que tendrían que usar muy pronto. Le hizo un gesto con la cabeza, sin dejar de mirar constantemente a su alrededor. La agarró de la mano y la sacó de allí.

Ella se esforzó por asegurarse de seguir exactamente sus pasos, guiándose más por sensaciones que por la vista.

Diez minutos después se oyó un estruendo espantoso por encima de ellos. Donde estaba la cabaña. Ella se sobresaltó. Eran disparos. Armas automáticas destrozando algo.

La casa de Hunter.

Él le tiró del brazo, pero sin ir más despacio. De hecho, su paso se aceleró. ¿Acaso pensaba que ahora que los intrusos se habían encontrado con una casa vacía se dirigirían hacia las montañas en busca de ella y de Hunter?

Siguió pegada a él, justo detrás, tropezando en ocasiones y respirando con dificultad. Él siempre conseguía sostenerla antes de que cayera. Los hombres de la cabaña en cambio se movían solos, sin tener que cargar con una mujer.

Una mujer que no estaba en forma para ir a ese paso. Si no fuera porque iban cuesta abajo, ella ya se habría caído.

Él fue más lento y ella le tiró de la mano.

Cuando él se detuvo ella pidió permiso con la mano para hablar, esperando que él pudiera verla con su monóculo.

La acercó hacia él.

—¿Qué?

—¿Puedes esconderme en algún sitio? Tendrás más posibilidades de escapar solo y puedes venir a buscarme más tarde. —Por favor, que le dijera que podía esconderla en algún lugar donde esos tipos no lograran encontrarla.

Él hizo un sonido de disgusto, como si lo hubiera ofendido.

—No.

—¿No puedes encontrar un lugar donde esconderme, o no puedes ir más rápido solo?

—No te dejaré en ninguna parte. Fin de la discusión. —La empujó hacia delante, murmurando algo entre dientes durante tres pasos, luego se hizo de nuevo un silencio mortal. Otros cincuenta pasos colina abajo y él giró bruscamente hacia la derecha, caminando a través de la nieve que se le amontonaba en las botas. Se detuvo y encendió una diminuta linterna, iluminando una pila de ramas apenas visibles por las capas de nieve que habían caído sobre ellas. Le entregó la linterna a ella.

—Ilumina ahí.

Ella dirigió la luz donde él le dijo.

Él comenzó a apartar ramas a un lado, dejando ver un agujero negro. ¿Una cueva? Apenas podía denominarse así.

Tal vez había cambiado de opinión sobre la idea de esconderla, pero ella no había considerado la posibilidad de estar sola en una cueva oscura.

—Ponte ahí y no te muevas. —Él la hizo colocarse en un lugar a la izquierda de la entrada de la cueva.

Como una buena soldado, ella obedeció la orden.

Él le dejó conservar la luz y desapareció en el interior.

Ella contó los segundos mentalmente para abstenerse de pensar en lo que haría si alguien surgía entre la maleza con un arma. En el interior de la cueva se oyó el ruido de un motor.

El sonido se hizo más fuerte, hasta que Hunter salió con una motocicleta. Ella iluminó el vehículo con la linterna. Recordaba una de esas motocicletas de motocrós, pero esta parecía legal para circular por la calle, con faros delanteros y traseros.

Su mochila estaba apretada en la parte trasera y él llevaba un casco negro. Le entregó a ella un casco gris y guantes que le quedaban grandes pero le mantendrían las manos calientes.

—¿Preparada para el viaje?

Ella nunca había querido ir en moto. Eran peligrosas. Pero considerando que la otra opción era enfrentarse a hombres armados esta alternativa ganaba con mucho en la clasificación de seguridad. Se puso el casco y se bajó la visera. Hunter le sujetó la correa por debajo de la barbilla y luego se subió al vehículo.

Le mostró dónde pisar para sujetarse detrás de él, luego aceleró el motor y se puso en marcha.

El resto del camino cuesta abajo no era tan inclinado como el que habían recorrido a pie, pero las sacudidas la asustaban.

Sin embargo, tenía que reconocerle a Hunter la habilidad que tenía para conducir la moto con tanto peso y sobre un terreno tan difícil.

Cuando él se adentró por una carretera de tierra a ella el corazón le latía salvajemente y no tenía ni idea de adónde se dirigían, pero sonrió aliviada y se inclinó hacia él envolviendo los brazos en torno a su cintura. Sus manos tocaron la forma metálica que colgaba de sus pantalones. Ese mosquetón. No se atrevió a mover las manos.

Él le cubrió los dedos y le colocó las dos manos al frente. Lo único que podía ver ella era lo que iluminaban los faros.

Además, si alguien los seguía, Hunter se daría cuenta.

Aminoró la marcha cuando la carretera de tierra hizo intersección con una autopista, luego osciló hacia la izquierda, pisó el acelerador y se metión en el pavimento. El viento helado le sacudió las piernas, pero ella podía bajarse la chaqueta y apretarse contra su cuerpo.

Él debía de tener frío. No habría forma de que lo dijera. Nunca se quejaba de nada.

Dos horas más tarde ella había deducido que la cabaña de Hunter estaba en Montana, basándose en las señales de la carretera, pero no tenía ni idea de adónde se dirigían. El golpe de adrenalina había cedido casi por completo. Se enderezó para dejar que el aire frío le golpeara la cara.

Él le dio unas palmaditas en la mano como diciéndole «quédate ahí». Y ella le dio unas palmaditas en un costado para hacerle saber que estaba bien.

Otra hora después él había ignorado varios pequeños pueblos de Wyoming. Cada vez que pasaban de largo un hotel ella suspiraba.

Cuando él puso el intermitente una manzana antes de llegar a un motel de un solo piso, ella quería gritar «bravo». Aparcó a un lado de una oficina muy iluminada que alguna vez podía haber sido una pequeña residencia. Ella lo dejó acercarse solo para poder estirar las piernas.

Regresó en un par de minutos con la llave de una habitación y ella volvió a subirse en la moto detrás de él. Pasó dos cabañas con varias Harleys aparcadas fuera y giró a la izquierda al encontrar la tercera para aparcar en la puerta.

—Gracias a Dios. —Ella se sacó el casco, se bajó del vehículo y estiró las piernas—. ¿Qué clase de moto es esta?

Hunter se quitó el casco y los guantes.

—Una BMW R 1200 GS Aventura.

—¿Qué significa todo eso? —Ella usó la llave para abrir la puerta y entró en la cabaña, donde el olor a desinfectante y a cera de limón para muebles impregnaba el aire. La lámpara de la mesita de noche se encendió cuando ella tocó el interruptor de la pared.

—Es una máquina dual que puede ir por carretera y también por caminos sin asfaltar. —Hunter colocó el casco y los guantes en la primera de las dos camas.

La habitación con paneles de pino era vieja pero limpia, y el amplio espacio incluía una pequeña zona de cocina.

—Sujeta la puerta —le dijo él suavemente.

Ella la mantuvo abierta mientras él entraba con su mochila y la arrojó también sobre la cama.

—Cierra las cortinas.

—¿Dónde está Borys? —preguntó ella mientras cerraba las cortinas.

—Está a salvo. Siempre tenemos un plan de escape. —Empezó a sacar de su mochila ropa y paquetes de plástico oscuro.

Ella se dio cuenta de que no compartía con ella ningún detalle, pero se sobrepuso mentalmente a ese obviamente limitado sentido de la confianza. Podía entender su reticencia a dar más explicaciones en su línea de trabajo.

—¿Y qué pasa con todo lo que había en tu casa?

Él se encogió de hombros.

—No había nada importante. Borys activó un programa que destruyó los aparatos electrónicos. Y parece que el intruso se encargó del resto.

Ella estaba boquiabierta. No podía creer lo que oía.

Actuaba como si no fuera importante haber perdido lo que debían de ser cientos de miles de dólares.

—¿No te molesta?

—¿El qué?

—Parece que han destruido tu casa y probablemente hayan robado algo de valor. Perder todo eso… ¿no te preocupa?

Toda la intensidad serpenteando a través de sus movimientos las pasadas horas se le escapó con un solo suspiro. Caminó hacia ella, con el pelo despeinado y húmedo por el casco. Tenía manchas de tierra en la cara y marcas de cansancio en los ojos.

Colocó su palma contra un lado de su rostro.

—Lo único que me habría preocupado es que te hubiera pasado algo a ti.

Capítulo veintiocho

Jackson Camaleón supervisó la destrucción de la casa de Montana, satisfecho.

—¿Es suficiente o quieres más, jefe? —Con una constitución adecuada para trabajos duros, Freddie era el superior de los siete hombres que Jackson había contratado para esa expedición. Unos bigotes desiguales asomaban por encima de sus dientes manchados. Freddie traficaba con armas y drogas entre dos países de Oriente Medio, y Sudamérica y Estados Unidos.

Cuatro hombres habían sido eliminados por caer en trampas de la montaña que Jackson no había anticipado. Esos cuatro habían despejado el camino para Jackson y los otros tres.

—¿Jefe? —repitió Freddie.

«Jefe.» Un término divertido.

—Con esto será suficiente. —Jackson dirigió una mirada tranquila al hombre que tenía al lado, un indio norteamericano que llevaba vaqueros y una camisa de franela de color gris musgo. Era capaz de seguir el rastro de una lagartija en una montaña pelada—. ¿Estás seguro de que nadie podrá seguir nuestras huellas?

El rastreador bajó la cabeza con un gesto de asentimiento convencido.

—Bien. —Jackson no prestó atención al tercer hombre, que había bajado su pistola automática, esperando instrucciones.

Freddie había cerrado el trato con los otros hombres y organizado el asalto mientras Jackson esperaba a su Fratelli superior para poner la grabación del vuelo del *jet* privado que había transportado a Abigail. Eso lo condujo hasta el helicóptero que la transportó después. Si no fuera por las conexiones de los Fratelli en el seno de la FAA y el FBI, se habría encontrado en un callejón sin salida al llegar allí.

Arrestar al piloto del helicóptero y convencerlo de que participaba en la investigación de un crimen que tenía que ver con la mujer que él transportaba no habría funcionado.

El rescatador de Abigail tenía buen bolsillo y mucho poder. El piloto del helicóptero ponía muchas trabas.

Pero Jackson tenía a un hombre intentando conseguir las coordenadas del sistema de navegación del helicóptero mientras el piloto estaba siendo interrogado. El piloto había hecho múltiples paradas esa noche, todas ellas en lugares remotos.

Jackson tenía que admirar al rescatador de Abigail por su habilidad para desaparecer y mantener su identidad oculta. Pero finalmente había averiguado eso también.

Enredar al piloto con la FAA había dado a Jackson el tiempo necesario para soltar su equipo antes de que el piloto pudiera enviar una señal de advertencia a su adinerado cliente.

—Un trabajo bien hecho. —Jackson aplaudió a sus tres hombres—. Ahora tenéis que tomar una decisión.

Freddie frunció el ceño. Los ojos negros del rastreador nativo americano se afilaron hasta convertirse en malévolas hendiduras. El tercer tipo —¿cómo se llamaba?— movió el dedo hacia el gatillo de su arma.

Jackson disfrutaba en su papel.

—La oferta sigue en pie, pero ha mejorado. A partir de ahora solo necesito a uno de vosotros. Así que podéis elegir entre coger cada uno vuestros cincuenta mil dólares o demostrarme cuál es el mejor de todos. Esa persona sacará medio millón en el siguiente trabajo.

Los hombres que viven y mueren gracias a sus reflejos no son lentos a la hora de tomar una decisión.

El tercer tipo tenía su dedo preparado, pero no había anticipado la rapidez con que el rastreador podía lanzar un cuchillo y clavarlo en el corazón de un tipo para luego retorcerlo.

El número tres cayó al suelo, y fue liberado del cuchillo que el rastreador procedió a limpiar con la camisa del hombre muerto.

Freddie tenía su 9 milímetros apuntando a su único competidor cuando el rastreador se puso de pie para hacerle frente.

—Gracias, jefe. Esto lo hace más fácil.

—Si me matas no vivirás para… —Una bala dio al rastreador entre los dos ojos.

Freddy suspiró con alivio.

—Odio esto. Era un rastreador estupendo. —Bajó su arma y se colocó frente a Jackson—. Supongo que esto me convierte en tu hombre.

—No estoy sorprendido —dijo Jackson, felicitándose a sí mismo por haber hecho una predicción correcta. Había planeado algo especial para Freddie. Freddie tenía enemigos, incluido uno muy desagradable que no estaba contento por haber visto intervenido su territorio de tráfico de drogas—. ¿Eres ambicioso, verdad?

—Jodidamente ambicioso. —Freddie enfundó su arma y se sacudió el polvo de las manos.

—En cuanto salgamos de aquí tengo un cargamento de cocaína para que transportes. —Aquel plan no era un verdadero desafío, pero Jackson no podía tomarse mucho tiempo para librarse de Freddie.

Esa misma noche, el enemigo de Freddie tendría una remesa de cocaína gratis y Freddie quedaría hecho pedazos.

Sin que fuera necesario que Jackson se ensuciara las manos matándolo.

Los Fratelli no verían ninguna falta en este trabajo.

—¿Qué hacemos con los cuerpos? —Freddie lo siguió hacia el exterior.

—Déjalos. Dame una de las ramas que cortaste.

Jackson la cogió y borró las huellas que había dejado al venir de la montaña. Freddie hizo lo mismo, aunque sus huellas se aproximaban desde una dirección distinta. Pero cuando las autoridades identificaran las huellas de Freddie estas ya no importarían.

Jackson dirigió una última mirada a la casa arrasada.

Eso debería demostrar al hombre que iba con Abigail Blanton que ella no tenía dónde esconderse y que él no podría protegerla.

No de Jackson Camaleón.

Capítulo veintinueve

*H*unter. Mojado y desnudo.

Tal y como Abbie lo deseaba.

Pero estaba de pie bajo el agua caliente de una ducha con una cortina de plástico floreada.

Sin ella.

Ella estaba sentada sobre la tapa de la taza del inodoro, terminando su comida preparada. Nutritiva y no muy horrorosa, aunque no tan agradable como la buena cena que había esperado comer antes de encontrar a Hunter desnudo... Una pizza habría estado bien.

Él había vetado la idea de pedir comida a domicilio y también la de salir del motel a menos que hubiera una amenaza de muerte.

¿Tener el corazón a punto de romperse podía considerarse una amenaza de muerte?

Como si provocarle ese orgasmo alucinante no hubiera resucitado suficientemente su libido, conducir a través del infierno la había cargado hasta más no poder.

Ella pensaba que en cuanto entraran en la cabaña retomarían las cosas donde las habían dejado después de haberla sometido a una experiencia que la había dejado descolocada.

Ni siquiera la había besado desde entonces.

El corazón se le había convertido en un gran caramelo empalagoso cuando él le dijo que no le importaba perder una casa que tenía que costar una fortuna, pero que sí le hubiera preocupado que algo malo le hubiera ocurrido a ella.

Se había quedado sin habla... y luego se había inclinado hacia delante para besarlo.

Pero él retrocedió y habló de poner en orden la habitación, empezando por preparar la segunda cama.

Ahí había un mensaje claro.

Él tenía que estar reconsiderando lo que había ocurrido mientras huían. Tenía que tratarse de su agencia. Hunter había dicho que irían tras él. Así que por eso ahora había cambiado de idea respecto a tocarla.

Ella quería actuar como si el sexo fuera solo sexo. Decirle a él con todo tipo de madurez sexual que ella estaba de acuerdo con que se usaran el uno al otro para olvidar el peligro en el que se hallaban, pero eso no sería verdad. Todavía recordaba al chico que le había llegado al corazón seis años atrás.

Deseaba a aquel chico desde la primera vez que lo vio y deseaba a ese nuevo Hunter que ahora conocía.

¿Una mujer podía ser dos veces en su vida tan estúpida?

Deseaba a un hombre que no existía en el mundo real. ¿Y qué? ¿Por qué no podía tenerlo ahora? Una noche o tal vez dos noches con Hunter valdrían más que años enteros con otro hombre. Ella le había dicho que sabía lo precario que era su tiempo juntos, pero era evidente que había habido un cambio en el corazón de él desde entonces.

Desde la ducha se oía el sonido de la piel frotada con la esponja, y a ella le vino la imagen mental del agua cayendo por su cuerpo delgado y fuerte.

Tenía que salir de aquel cuarto de baño. Se limpió las manos con un trapo y tiró los restos de su comida rápida en la papelera. Había una nube de vapor suspendida en la pequeña habitación a pesar de que ella habría seguido la indicación de Hunter de dejar la puerta que daba al dormitorio abierta.

Él se había ocupado eficazmente de que la cabaña estuviera bien cerrada por la noche. Entonces ella advirtió que la habitación no tenía teléfono. Le pidió que le dejara usar su móvil. No había cobertura. Él le prometió que llamarían por la mañana. Ella no podía enfadarse puesto que estaba tratando de protegerla.

Él terminó de asegurar la habitación, sin perderse un detalle, salvo el hecho de que la autoconfianza de ella se disolvía lentamente.

Ella no creía que pudiera sentirse más avergonzada con Hunter que la primera vez que se habían conocido, pero verlo comportarse como si no hubiera pasado nada después de los momentos de intimidad que habían compartido en la cabaña la estaba haciendo pedazos.

Ya llevaba demasiado rato sentada en aquella sauna.

El agua le caía de un tirabuzón que se le había pegado al hombro y se deslizaba hacia sus pechos por debajo de la enorme camiseta de Hunter con la que estaban cubiertos. Sus pezones, demasiado sensibles, rozaban la suave tela cada vez que se movía.

Su cuerpo entero estaba demasiado sensible como para tenerlo tan cerca.

Peor aún, sus emociones se aferraban a ella como dedos nerviosos.

Odiaba sentirse insegura.

Odiaba tratar de imaginarse lo que había en la mente de un hombre. No había tenido ese problema en seis años.

No desde que se había metido en la cabeza que los hombres no eran dignos de confianza. Hunter era el primero que venía a desafiar aquella creencia.

Ella le había confiado su propia vida.

Su corazón era la parte que corría peligro.

El agua de la ducha dejó de correr.

—Ve a la habitación ahora que puedo oírte —le dijo Hunter.

Ella sacó la lengua ante la cortina de la ducha todavía cerrada, suspiró y entró en la habitación, donde la temperatura era diez grados más baja. Se le puso la piel de gallina.

—Deja las luces apagadas —gritó él justo antes de que ella llegara a la lámpara.

Bien. Ella apartó la ropa de cama, se subió y se tapó. Las sábanas estaban frías como el hielo. Dio patadas con los pies para calentarlos y se abrazó el cuerpo. El radiador junto a la ventana permanecía en silencio. ¿No habría puesto la calefacción?

Ella no iba a levantarse a comprobarlo. Él podía ocuparse de eso, ya que el radiador estaba a su lado de la habitación, cerca de la otra cama.

La puerta del baño se cerró parcialmente, quedando una abertura a través de la cual podía verse un trozo del espejo.

La urgencia de mirar su reflejo en el espejo a través del hueco de abertura de la puerta era demasiado grande como para olvidarse de ella.

Se inclinó hacia su derecha. Un reflejo de la masculina parte superior de su cuerpo apareció en el espejo. Ella apoyó la cabeza en un codo.

¿Por qué no disfrutar del espectáculo?

Hunter dejó la toalla fuera de la vista y cruzó los brazos tras la cabeza, flexionándolos a la izquierda y luego a la derecha.

«Dios, vaya cuerpo.» A pesar de lo poco que se veía.

Los músculos se marcaban en su pecho y en su abdomen. Era puro músculo. Caderas estrechas.

Si el espejo llegara solo un poco más abajo… tendría una vista completa. Él empujó la puerta con la cadera y ella se perdió toda la vista salvo un centímetro.

Abbie rodó y golpeó la almohada, luego se dejó caer sobre el estómago.

Los dientes le castañetearon. Alcanzó la otra mitad de la colcha y la lanzó por encima del resto de mantas. En cuanto el calor de su cuerpo logró calentar las sábanas, comenzó a caer dormida sin un solo pensamiento.

«Pasar un día helado en el infierno antes de permitir que él vuelva a tocarme.»

Soñó con hombres vestidos de negro y armas automáticas y motocicletas que rugían en medio de la noche… pero el viento no la dejaba helada esta vez. El aire era caliente.

El fuego ardía sensualmente a través de su piel.

Los pezones se le endurecieron por el deseo.

Gimió por el ardor que sentía crecer entre las piernas.

Abbie se despertó, con el corazón acelerado por el sueño erótico más ardiente que había tenido nunca…

Un dedo rozó su pezón endurecido.

El sueño continuaba… Se estremeció con deleite.

—¿Me echabas de menos? —le susurró Hunter al oído.

Un momento. ¿Él pensaba que sencillamente podía meterse en la cama y frotar… hum… mmm… ese pedazo suyo contra ella… sin explicar por qué…?

Ella estaba apoyada sobre su lado izquierdo, de espaldas a él. Él la abrazaba dándole todo su calor, tocándola de la cabeza a los pies.

Cada centímetro de él la estaba tocando.

—Tu olor es delicioso. —La besó en el cuello y frotó su erección contra su culo. Sus dedos estaban de nuevo ocupados con sus pechos, jugando distraídamente.

Ella abrió los ojos en la oscuridad de la habitación. No era capaz de ver nada con aquella sensibilidad extrema. Se volvió hacia él y sus labios rozaron los de ella. Un beso poderoso que persuadió a sus hormonas de darle una oportunidad para desvanecer sus preocupaciones.

Sintió una ráfaga de aire frío en su piel encendida. Nada que no pudiera sofocar la llama que ardía en su interior.

La lengua de él, exploradora, la obligó a interrumpir toda comunicación con su cerebro.

Él era delicioso.

Ella se dio la vuelta para conseguir un mejor acceso. Él aminoró el ritmo del dulce asalto, aumentando el placer. Abbie nunca había imaginado que un beso pudiera ser tan sensual.

Él le mordisqueó el labio inferior.

Quería que continuara, pero no si el coste era otro momento de incomodidad más tarde. Le puso una mano sobre el pecho y apretó. No más besos hasta averiguar por qué demonios se ponía caliente en un minuto, la ignoraba al minuto siguiente y volvía a ponerse caliente después.

Él la agarró de la muñeca, rozándole la piel con un movimiento lento.

—¿Qué pasa, cariño?

Su corazón titubeó ante esa expresión amorosa, suplicándole que lo dejara continuar. Que lo animara. Pero su orgullo no podría soportar otro golpe si él la dañaba de nuevo después de aquello.

—¿Por qué… yo pensaba…?

Él le tocó el hombro con la frente. Sus hábiles labios se movieron por su cuello.

—¿Te va a llevar tiempo? No estoy seguro de poder aguantar mucho.

Ella le gruñó y sintió que él se reía contra su cuello.

—¿Por qué te mostraste tan distante cuando llegamos aquí si querías hacer esto?

Su respuesta marcaría la diferencia entre «continúa, mi amor» o «vete a dormir a la otra cama». Puede que ella lamentara perder esa oportunidad con él, pero no quería ser una pañuelo de usar y tirar.

Hunter le besó los párpados, la nariz y los labios. Cariñosas señales de amor que le derretían el cerebro. Le explicó:

—Si te hubiera tocado en cuanto entramos aquí no habría asegurado la habitación y tú no te habrías duchado ni tampoco habrías comido.

—Oh. De acuerdo. —Sonrió, dispuesta a dejarlo seguir.

Hunter captó ese definitivo «sigue adelante», pero su momento de vacilación quedó en su conciencia. Tenía que ser completamente honesto con ella.

—Todo lo que puedo darte es este momento, Abbie. Ni si quiera sé dónde estaremos a esta hora mañana.

Si ella le pedía ahora que parase dormiría en la otra cama.

Abatido. Pero lo haría.

Los dedos de ella comenzaron a moverse en su pecho, jugando, vacilantes. ¿Qué significaba eso? Era hora de un sí o un no.

La mano de ella abandonó su pecho y buscó su erección.

Hunter tomó aire ante esa acción inesperada. Cuando lo acarició de nuevo habló con voz ronca.

—Supongo que eso es un sí.

Ella se rio, con una música dulce que llenó la oscuridad.

—Si prometes no parar esta vez.

—Te lo juro. Él se inclinó para tomar posesión de su boca con la de él. Le encantó cómo ella abrió la suya para recibirlo. Su pasión no se parecía a la de ninguna mujer que hubiera tenido antes en sus brazos.

Se separó para tocarla más abajo. Quería hacerla temblar otra vez, llevándola al borde de la realidad antes de que alcanzara el clímax. Ella gimió como quejándose cuando él se colocó entre sus piernas y la mano de ella quedó vacía.

—Eh, así no llego…

Cuando él le chupó el pezón entero la punta se le endureció de felicidad. Eso terminó con sus quejas.

Hunter sonrió, anhelando el desafío de llevarla hasta el filo del éxtasis y retenerla allí. Le lamió el pezón y le acarició el otro con los dedos.

Ella se aferró a sus hombros, con los dedos temblando cuanta más atención prestaba él a sus pechos. Se metió su pezón en la boca y pasó la lengua alrededor de la punta y por encima de ella.

Ella clavó las uñas en sus hombros y subió la pierna para frotarla contra su erección.

Para dedicarle una hora entera, iba a tener que esperar otra oportunidad.

Abandonó sus pechos y la fue lamiendo cada vez más abajo hasta besar la cálida piel del interior de sus muslos. Explotó esa sensible zona hasta que corrieron escalofríos por su piel. Ella estaba tan receptiva, tan abierta y sensual, que él no podía esperar más. Volvió la cabeza, usando la lengua para acariciar la tierna yema entre sus piernas.

Ella se aferró a él clavándole las uñas.

Retener su orgasmo habría sido imposible. En cuestión de segundos se arqueó, temblando, apretando las piernas con tensión. Gritó, con todo el cuerpo tenso y estirado, y luego gruñó y se sacudió estremecida, desmoronándose con un gimoteo de rendición.

Él se estremeció ante el poder de su orgasmo.

Su respiración forzada hacía eco en la oscuridad. Él se estiró para coger uno de los condones que había dejado sobre la mesita de noche. Lo abrió con los dientes, se lo puso y se colocó encima de ella, cubriéndola entera, besándole el rostro húmedo y luego los labios. Ella al principio permaneció floja y aletargada, pero la pasión prendió de nuevo cuando él frotó la palma de su mano abierta sobre su pezón. Le sorprendió lo rápido que ella volvió a encenderse.

Ella le agarró la cabeza con las manos, atrayéndolo más cerca, y se sumergió en el beso.

Levantó las caderas frotándolas contra su erección, con urgencia, exigente.

No era un problema. La penetró lentamente, cada vez más, hasta que ella se estiró y su miembro entero quedó dentro.

A él nunca le había costado seguir y seguir, distrayéndose de la mujer que tenía en la cama, manteniendo una distancia para que únicamente fuera sexo.

Pero Abbie era como el primer aliento de la primavera en los talones de un frío y amargo invierno.

—Es tan condenadamente… bueno —susurró él, moviéndose dentro de ella.

—¿Bueno? No lo creo… —murmuró ella.

—¿Cómo?

—Creo que podría ser increíble... si le pusieras un poco más de entusiasmo. —Lo besó, sonriendo contra sus labios.

Él le tocó la frente con la suya.

—Veré lo que puedo hacer, diablos.

Levantó las caderas y empujó profundamente, apretando los dientes para refrenar la urgencia de alcanzar su propio orgasmo.

Cabalgarla era puro éxtasis.

Ella curvó las uñas en su piel.

—Más.

Contenerse le resultaba más y más difícil con cada sacudida, pero si ella quería más... La agarró de las caderas, con fuertes embates, implacables, sin ningún control de su mente.

«Espera.» No podía contenerse más...

Ella aferró las piernas alrededor de su cintura y apretó todo su cuerpo contra el suyo.

—Ahora.

Final del partido.

Tensó todos los músculos de su cuerpo y luego los soltó bruscamente, viendo pasar estrellas ante sus ojos en medio de aquel orgasmo que le nublaba la mente.

Los segundos se convirtieron en minutos cuando se dio cuenta de que había perdido la noción del tiempo.

Era algo insólito. Él nunca perdía la noción de dónde estaba. Jamás.

Pero un minuto antes estaba encima de ella embistiéndola y ahora la tenía entre sus brazos, tendida a su lado.

Él se estiró para acercar las mantas, sobre todo pensando en que ella no se enfriara. Su propio cuerpo todavía conservaba el calor de un horno.

Cuando fue capaz de moverse de nuevo, le dijo:

—Vuelvo enseguida.

Se dirigió al baño con torpeza, guiado por la luz de la base del secador de pelo colgado en la pared. Se limpió y volvió con una toallita para asearse, pero cuando llegó a la cama ella se la quitó.

¿Cómo podía ella sentirse ahora cohibida? Él sonrió pero no se burló. A pesar de su bravuconería, Abbie tenía momentos de inseguridad. Algún tipo idiota la había dañado y minado su confianza. Cuando Hunter había desechado la toallita húmeda que ella le había ofrecido en el baño incluso él estaba helado. Se subió a la cama y deslizó un brazo en torno a su cintura, apretándola contra él.

Inhaló profundamente, disfrutando del aroma de almizcle que había quedado después de hacer el amor.

Ella se estremeció con un largo suspiro y envolvió con sus dedos el brazo que la sostenía. Hizo un pequeño movimiento con el cuerpo y se acomodó preparada para dormir.

No sería tan fácil para él.

No después de que ella contoneara su trasero contra él. Se estaba poniendo duro otra vez.

Había cuatro condones más en la mesilla de noche, pero Abbie se quedaría dormida como un tronco en cuestión de un minuto. Tenía una fe absoluta en su capacidad para mantenerla a salvo, pues ni siquiera había cuestionado que alguien pudiera encontrarlos allí.

Era evidente que ella estaba dejando su futuro en sus manos. El peso de esa confianza le oprimía el pecho.

Había vivido durante años sin que nadie dependiera de él ni tener que preocuparse por nadie. Tenía que ser así para que pudiera funcionar a su más alto nivel de rendimiento, especialmente después de haber perdido a Eliot. Incluso Borys sabía cómo ocuparse de sí mismo durante la próxima semana hasta que Hunter encontrara un nuevo lugar donde esconderlo. No podía haber conservado la cabaña de Montana una vez Abbie se hubiera marchado, puesto que nunca se arriesgaría a que hubiera alguien que conociera su refugio privado y seguro.

Pero odiaba perder ese lugar por todos los recuerdos que tenía de las visitas de Eliot. Y Eliot había sido la única persona a la que había confiado la localización de ese paradero.

Abbie suspiró dormida.

Hunter se dio cuenta de que le estaba acariciando suavemente el pelo con una mano. Le besó la cabeza. Ella era dulce y no había razones para que le hablara a nadie acerca de la cabaña, pero verse vulnerable ante cualquier agujero en la seguridad iba en contra de su propia disciplina.

No entendía que Eliot hubiera corrido aquel riesgo con Cynthia, aunque la amara. Su amigo había puesto mucha más fe en el amor que Hunter.

Atrajo a Abbie más cerca de él, tratando de acallar la voz en su interior que argumentaba en su defensa que ella era diferente de todas las demás mujeres. Que Abbie lo amaría profundamente y nunca traicionaría su confianza.

Pero su padre probablemente había pensado lo mismo acerca de la madre de Hunter, que había jurado su amor frente al mundo y arrojado por tierra después esa palabra sin preocuparse lo más mínimo por su significado.

Y lo mismo ocurriría con Todd. Él y Pia habían dicho que se amaban el uno al otro. Ese amor había terminado con un divorcio ante el tribunal y su hermano dándole a la botella como nunca. Había un límite más allá del cual Hunter nunca se atrevería a invertir.

Mejor ser precavido que acabar muerto por una confianza mal depositada.

Como ahora que había confiado en que Joe sería fiel a su palabra. Joe se había mostrado de acuerdo con su plan para acceder a la base de datos del Kore.

Con tan poco tiempo como quedaba y la amenaza de bombas, ¿por qué habría enviado Joe un equipo a Montana? ¿Por qué no esperar a que Hunter volviera con los informes?

¿Cómo había encontrado la BAD su localización en Montana?

El piloto del avión privado de su hermano, de Chicago, solo sabía que Hunter y Abbie se habían subido a un pequeño helicóptero en Wyoming, pero no conocía su destino final. Hunter había hecho hacer al piloto del helicóptero un total de seis paradas en coordenadas de localizaciones remotas, dejándolos a ellos cerca del paso Beartooth en Montana.

Conocía al piloto desde sus días en la CIA, cuando lo enviaron a sacar a un agente de Uruguay y fue capturado. Hunter había guiado un equipo para rescatar al piloto y al agente. Ese piloto jamás habría confesado nada aunque lo encerraran en alguna parte con una acusación falsa.

Un escenario muy probable.

No importaba. Hunter sabía que Joe iría tras él en algún momento, solo que no había esperado que fuera tan pronto.

Una complicación. Nada que pudiera detenerlo en cuanto resolviera qué hacer con Abbie.

Nada impediría que encontrara al asesino de Eliot, pero también tenía el deber de proteger a Abbie y de ayudar a la BAD en su país aunque Joe ahora quisiera colgarlo. Hunter obtendría la información que la BAD necesitaba antes de retirarse. No guardaba rencor a Joe por enviar un equipo contra él. Sabía desde hacía cuatro años que aquel momento llegaría. Simplemente tenía que tener cuidado de no cometer un error.

Como ese que sostenía ahora entre sus brazos.

Abbie había salido al encuentro de su vida una segunda vez y él no debería haberla tocado. Trató de decirse a sí mismo que le había hecho el amor porque no había terminado lo que empezó en la cabaña y porque ella necesitaba consuelo y porque… solo excusas para ignorar la verdad.

Deseaba a Abbie.

Todavía. No quería abandonarla.

Pero él nunca cometería el mismo error que había cometido Eliot.

Hunter nunca permitiría que Abbie supiera cuánto deseaba conservarla y estaba condenadamente seguro de que jamás se arriesgaría a dejarla embarazada.

Además, ella lo odiaría en cuanto él consiguiera la información del Kore, porque él pretendía usarla para negociar con la BAD sobre la seguridad de Abbie. Si tuviera elección la conservaría junto a él en algún lugar donde pudiera protegerla.

Joe había soltado los perros de caza esa noche. Si habían encontrado la cabaña tan rápido, ahora no estarían lejos de allí.

Una vez entregara lo que la BAD necesitaba del Kore, el lugar más peligroso para Abbie sería a su lado.

Capítulo treinta

—¿*H*as hablado con alguien sobre los documentos que te entregué para la misión? —preguntó Vestavia a Linette mientras ella se disponía a abandonar su oficina después de la reunión.

Ella estudió cada aspecto de su respuesta, desde el plano físico hasta el verbal.

Se quedó de pie junto al sillón que había frente al escritorio, con una carpeta apretada contra el vestido naranja, que le llegaba por las rodillas, y la chaqueta abierta.

—Por supuesto que no, Fra.

Él escuchó atento a cualquier agitación en su voz, pero no oyó nada sospechoso. El topo todavía no había hecho ningún movimiento. Si Vestavia no podía prevenir la destrucción de una gran ciudad de Estados Unidos, como mínimo usaría aquella oportunidad para descubrir a la persona que estaba detrás de las filtraciones de información. Linette no le preocupaba. No era que las mujeres no fueran capaces de subterfugios.

Josie había logrado ser una agente doble, pero Linette no era Josie y nunca había tenido ninguna libertad.

Josie había trabajado con voluntad. Nunca encontraría a otra mujer como ella.

Había escogido a Linette en aquella misión por su falta de experiencia en el campo. Y porque el viejo cerdo que abusó de ella desde que era una adolescente había quebrado su espíritu. Si alguien tratara de sacarle información ella se lo diría.

Él pretendía revelarle la localización final cuando obtuviera esa información de Bardaric.

Luego se aseguraría de que todos los involucrados en esa operación supieran que ella era la única persona que conocía la localización de la bomba, aparte de Vestavia.

Linette permanecía inexpresiva como un maniquí, esperando las instrucciones. Ningún movimiento nervioso ni balbuceos.

El teléfono del escritorio se encendió anunciando una llamada por su línea segura.

—Eso es todo, Linette.

Ella asintió y caminó con elegancia hasta la puerta. Al salir, la cerró lentamente detrás de ella.

Él apretó un botón que activó un programa que mostraba la identidad de quien llamaba solo a través de un código. Levantó el aparato.

—¿Tenemos una localización?

—Todavía no —respondió Ostrovsky—. Me gustaría saber tu plan para detonar la bomba.

—No lo entregaré hasta que no tenga la localización. ¿Por qué preguntas? —Había pasado horas tratando de encontrar un plan de demora viable, pero no pensaba compartir nada con nadie todavía.

—Creo que Bardaric se está convirtiendo en un problema mayor. Un problema al que el Consejo tendrá que enfrentarse pronto.

Vestavia quería alcanzar al ruso a través del teléfono y estrangularlo.

—¿Entonces por qué demonios no dijiste eso durante nuestra reunión?

—Porque los demás serán más receptivos a discutir acerca de Bardaric cuando tú ejecutes esta misión y ellos abandonen cualquier sospecha que puedan tener.

Vestavia sabía adónde conducía eso, pero tenía que jugar más tiempo. Ostrovsky era demasiado diplomático para estar a cargo de un continente que incluía a Rusia y a China, pero una poderosa organización gobernada por machos alfa necesitaba a veces a alguien con la cabeza fría.

—¿Qué sospechan?

—Sospechan que tú puedes tener ambiciones personales en el conflicto con los del Consejo.

Eso lo fastidiaba. Su voz sonó grave y tensa por la rabia.

—¿Creen que yo habría matado a Josie si no estuviera cien por cien comprometido con nuestros planes para el Renacimiento?

—Yo no tengo ninguna duda sobre tu lealtad —se apresuró a asegurar Ostrovsky, siempre tan diplomático—. Pero Bardaric se esfuerza por probar lo contrario. Yo creo que teje un engaño para desviar la atención de sus propias ambiciones, como un truco de prestidigitación.

—¿Por qué diste apoyo a Bardaric cuando hicimos las votaciones? Tú sabes mejor que nadie de lo que es capaz. —Acusar a un Angeli de traicionar la confianza del Consejo era peligroso, pero dado que Ostrovsky estaba hablando abiertamente Vestavia también podía hacerlo—. Tú tienes que saber que Bardaric financió el ataque del 11 de septiembre que fracasó. Él creía que Estados Unidos se echaría a temblar. Mira el desastre que hizo en Oriente Medio. Eso no era parte del plan a largo plazo.

—No permanezco ciego y sordo ante este tipo de situaciones, por eso te llamo. Creo que Bardaric tiene otro plan encubierto. La hora prevista para dar inicio a esta misión es sospechosa.

Vestavia golpeó el sobre de su escritorio con el puño pero evitó fustigarse preguntándose cómo Ostrovsky habría podido retrasar el inicio urgente del ataque. Necesitaba saber qué había detrás de esa llamada telefónica.

—¿A qué te refieres?

—Si Bardaric está detrás de los tres asesinatos en tu continente en los últimos siete meses…

—¿Si estuviera detrás? ¿Cómo podría alguien del Consejo creer que yo autorizaría eso?

—No creo que lo piensen, pero tu silencio sobre ese asunto indica que no has podido encontrar pruebas que involucren a Bardaric.

—No por falta de esfuerzo —murmuró Vestavia.

—Entonces gánale en su propio juego y consigue pruebas. Ha contactado conmigo varias veces tratando de convencerme de presionar al Consejo para que le permita a él coordinar la detonación. Creo que Bardaric quiere añadir otro componente a este atentado.

—¿Cómo qué?

—Matar a un líder político en el mismo momento del atentado solo multiplicaría tus problemas.

Vestavia ya veía hacia dónde se dirigía la línea de pensamiento de Ostrovsky, pero debilitar a Estados Unidos favorecería a Rusia tanto como a los otros Angeli.

—¿Por qué no apoyarías un plan para menoscabar la posición de este país?

—Puede que no tuvieras éxito en tu intento de poner a un Fratelli en la Casa Blanca el año pasado, pero a diferencia de Bardaric yo veo cómo las misiones que ejecutas consiguen hacernos avanzar hacia nuestra meta eficazmente mientras que nos mantienen en un perfil bajo. —Ostrovsky hizo una pausa.

—¿Crees que Bardaric eliminará al jefe de nuestro país?

—¿Por qué iba a matar a tu presidente cuando eso solo serviría para unir a Estados Unidos?

Vestavia se movió incómodo, inclinando el codo sobre el sillón para apoyar la barbilla.

—¿Crees que irá tras el primer ministro?

—¿Por qué no? Y luego te señalará con el dedo, declarando que tú lo hiciste a modo de represalia por el ataque.

Ostrovsky tenía razón.

—No había considerado eso. ¿Qué sugieres?

—Que si Bardaric está detrás de los asesinatos no está usando a un francotirador de los Fratelli, sino a alguien contratado. Alguien que solo es leal al dinero. ¿No eres capaz de superar la oferta?

Vestavia había creído que el francotirador pertenecía a los Fratelli. Eso habría permitido a Bardaric declarar que alguien más entre los Fratelli del Reino Unido había estado detrás de acciones no sancionadas si los Angeli encontraban pruebas que confirmaran que los ataques estaban relacionados con los Fratelli. Los Angeli no esperarían que Bardaric desafiara a ninguno de los Fratelli a menos que los asesinatos crearan un mayor problema para ellos. Pero usar a un mercenario tenía más sentido.

Eso eliminaría la preocupación de que un francotirador de los Fratelli fuera detenido e interrogado. Cobrar por sus servicios motivaba al contratado a mantener protegido el nombre de su cliente.

Pero Vestavia todavía cuestionaba que Ostrovsky se hubiera echado a un lado cuando el mediador había conseguido evitar el conflicto con todo el mundo en el Consejo durante tantos años.

—¿Por qué no, Ostrovsky?

—Porque tengo una carpeta con fotos de cuatro asesinatos que tienen en ellos un sello especial. Una calavera con gafas de sol y una lagartija. Una foto es de una joven que trabajaba para mí en la embajada británica. Las imágenes son... brutales. Era mi sobrina.

Por fin algo que Vestavia podía aceptar.

—Necesito ayuda para que salga la noticia cuanto antes, sin que Bardaric sepa que soy yo el que está buscando a su francotirador.

—Mi red está a tu servicio.

—También tendré que renunciar al control sobre el momento de la detonación a favor de Bardaric de una forma que no levante sus sospechas ni las del Consejo.

—Contactaré con Bardaric para hacerle saber que he sido requerido para una reunión del Consejo dentro de dos horas. Ellos no cuestionarán nada si él conduce la votación y tú argumentas al principio, luego aceptarán a regañadientes.

—Puedo hacer eso, pero cuando todo termine quiero que el Consejo lo sancione. —El tipo de sanción que Vestavia tenía en mente implicaba sangre—. Quiero que tú les apoyes cuando lo hagan.

—Consigue tu prueba y yo te respaldaré.

Él consideró la jugada que estaba haciendo para conseguir el control de Bardaric, pero corregiría los términos antes de que votaran. Bardaric tendría que consignar una fecha y una hora para el atentado inmediatamente, además de informar a Vestavia de la localización de la bomba con no menos de dos horas de antelación, con la garantía de cargar con toda la responsabilidad de cualquier detonación prematura.

Bardaric pondría obstáculos a eso, pero el Consejo no.

Por si acaso no lograba localizar al asesino de Bardaric a tiempo, Vestavia tenía un plan de refuerzo. Activaría a la nueva adquisición de su equipo. El tipo de la cicatriz en la cara, que venía altamente recomendado por los seis Fratelli y por Peter Wentworth.

Vestavia apretó el botón de su teléfono. Cuando Linette respondió, le dijo:

—Busca a Cayle Seabrooke.

Capítulo treinta y uno

Abbie se despertó lentamente en la habitación oscura y bostezó.

Exhausta, pero con una sensación muy agradable.

Un cansancio de «tres veces la última noche». Hunter era increíble, implacable... dulce. ¿Realmente se había alejado de ese hombre seis años atrás? No, había huido.

—Buenos días. —Su voz profunda y adormilada la envolvió. Él movió los dedos, que estaban estirados sobre su estómago y se puso a jugar con su pezón.

Este respondió como si él lo hubiera entrenado para fruncirse y levantarse ante la orden.

Puso la mano sobre la de él para detenerlo. Si no fuera por lo preocupada que estaba por su madre, pasaría toda una semana en aquella acogedora y pequeña habitación, permitiendo que Hunter recorriera cada centímetro de su cuerpo.

—¿Qué vamos a hacer hoy? Tengo que hablar con el doctor Tatum.

—La nieve todavía está espesa. Saldremos dentro de una hora.

Las cortinas estaban cerradas. ¿Cuántas veces se habría levantado durante la noche para mirar afuera?

—¿Y entonces qué haremos?

—Iremos a Gillette. El próximo pueblo al este de aquí. Tengo documentación, tarjetas de crédito, efectivo... cosas guardadas en el sótano de un banco. Desde allí volaremos a Chicago.

—¿Tienes un avión esperando allí? —se burló ella.

—No hasta que consiga un nuevo teléfono móvil y nuevas

tarjetas de crédito. —Hablaba absolutamente en serio. Ella no podía imaginarse cómo sería vivir todo el tiempo de esa forma. Sin saber nunca cuándo tenía que desaparecer o escapar de alguien que intentaba matarlo. Tenía que ser una existencia solitaria. Se frotó la mano—. ¿Podremos ir al centro médico cuando lleguemos a Chicago?

—Pregúntamelo en Chicago.

—¿Qué tipo de respuesta es esa?

—La mejor que tengo. ¿Preferirías que te mintiera?

No, no podía culparlo por eso. Los dedos de él comenzaron a moverse debajo de su mano, masajeándole el pecho.

—Dulce —susurró él. Luego le habló al oído—. Y sexual.

—Ni se te ocurra pensar en empezar algo si pretendes que salga de aquí por mi propio pie.

Él se rio.

—Creía que ya te habrías dado cuenta de que estoy dispuesto a llevarte en brazos.

—Otra vez no. Te harías daño en la espalda.

Él se quedó quieto durante un minuto y luego dijo:

—No digas cosas así. Eras bonita cuando te conocí hace seis años, pero te prefiero como estás ahora. No me gustan las mujeres delgadas, todo piel y huesos.

A ella le dio un vuelco el estómago. Se moría de hambre y entrenaba como una fanática solo para estar delgada y gustarle al gilipollas con el que había estado prometida y él jamás le había dicho algo tan dulce.

—Desearía haberte conocido antes de torturar mi cuerpo para adaptarme a una idea ajena de lo que es atractivo.

Hunter llevó la mano a su rostro y frotó los nudillos contra su mejilla.

—¿Por eso entraste pavoneándote en ese bar con la única idea de vengarte la primera vez que te conocí?

—¿Era tan evidente? —Se sonrojó al pensar en lo transparente que había sido—. ¿Patética, verdad?

—Era evidente que alguien te había hecho daño. —Se inclinó hacia ella y le besó la frente con ternura—. ¿Qué te pasó?

No se lo habría contado hacía un par de días, pero ahora quería hacerlo.

—La noche que te conocí, al llegar a casa me encontré al cerdo con quien estaba prometida en la cama con otra mujer, una que no tenía problemas morales. ¿Qué típico, verdad?

—Fue un idiota por haberte perdido.

De acuerdo, eso elevaba a Hunter a la categoría de santo en su lista.

—Mi padre me habría dicho que obtuvo lo que se merecía puesto que se casó con una arpía.

—¿Te habría dicho?

—Murió cuando yo tenía dieciocho años.

—Es duro perder a un padre a esa edad.

Y más todavía sentirse responsable de la muerte de su padre adoptivo. Nunca lo supo con seguridad, pero la culpa permanecía como un huésped no deseado. Comenzó a buscar a su padre biológico una semana. A la semana siguiente su padre adoptivo murió ahogado. Supuestamente fue un suicidio, pero ella nunca lo había creído. Después del funeral, su madre le ordenó que dejara de buscar a su padre biológico. Dijo que era un hombre peligroso.

Abbie no le había contado a nadie que ella lo estaba buscando, y su madre se negó a explicarle por qué lo sabía, pero la advertencia sonó alta y clara.

—Es cierto, pero hay mucha gente que disfruta de sus padres aún menos tiempo. Agradezco lo que tuve y que él me haya querido.

—¿Por qué no iba a quererte?

—Yo soy una hija bastarda. O lo era hasta que Raymond se casó con mi madre después de que ella me tuviera como madre soltera.

—¿Qué le pasó a tu padre de verdad?

—¿A mi padre biológico? —corrigió ella—. No lo sé. Mi padre de verdad es el que me crio y me dio un apellido al adoptarme. Ser padre es algo más que una cuestión de ADN. Es la persona que está allí cuando aprendes a andar en bicicleta, te ayuda a soplar las velas el día de tu cumpleaños y el que escucha tus problemas. Un padre es la persona que se ocupa de ti.

Hunter no hizo ningún comentario. Con los dedos le acariciaba suavemente el estómago.

Ella sentía cómo su pecho se hinchaba y se contraía al respirar detrás de su espalda.

—¿Y qué me dices de tu familia? ¿Nunca los ves?

—Vi a Todd la otra noche.

—¿Ese era tu hermano? Ahora que lo pienso, él te hizo un favor. —Otras piezas encajaron en su mente—. Todavía no sé ni siquiera tu apellido.

—Thornton-Payne.

Ella había oído mencionar ese nombre en el canal de televisión a analistas financieros y políticos.

—Tu familia está involucrada en…

—En tantas cosas que me llevaría demasiado tiempo enumerarlas —terminó Hunter—. Todd y mi padre lo manejan todo. Yo no tengo nada que ver con sus logros.

Hunter no era simplemente rico. Procedía de una dinastía con el sello de garantía de la base de Fort Knox. Y con genes de primera, además.

—¿A cuál de tus padres te pareces?

—Físicamente me parezco a mi madre. Mi padre es bajito y nada atractivo, pero es un hombre decente.

Investigar a la gente había enseñado a Abbie a escuchar lo que no decían.

—¿Y cómo es tu madre?

—Era. Era una mercenaria. Se manejaba como un ladrón de joyas con las llaves de Tiffany.

Ella quería que él siguiera hablando, pero no estaba segura de cómo estimularlo. Su voz sonaba tan baja por el disgusto que a ella se le podría haber escapado el dolor que entrañaban sus palabras si no estuviera escuchando tan intensamente.

—¿Fue un divorcio feo? ¿No había acuerdo prematrimonial?

—No fue una pelea. Ella tenía una generoso acuerdo prematrimonial, pero no fue suficiente. —Su mano se había cerrado en un puño mientras hablaba.

—¿Quería la custodia? —Abbie le acarició el brazo con los dedos.

Él tardó en responder.

—Solo como una estrategia de negociación.

Sacarle un hueso de la boca a un perro muerto de hambre

habría sido más fácil que hacer hablar a Hunter por iniciativa propia.

—No lo entiendo.

—Ella creía que tenía un útero de oro y que mi hermano y yo éramos becerros cebados. A ella no le gustaba nada cuidar niños, y esa era una razón por la que mis padres siempre discutían. Cuando pidió el divorcio ella amenazó con luchar por la custodia. Mi padre viajaba mucho por trabajo y sabía que ella tenía buenos argumentos para conseguirla a pesar de que no nos soportara.

«A pesar de que no nos soportara.» Abbie no era capaz de imaginar lo que sería sentir eso en relación con su madre, pero era evidente que su padre no la quería desde el momento de su nacimiento. Por eso le había dado la espalda.

—¿Y entonces por qué quería la custodia?

—Era la forma más rápida de añadir otro par de millones a su acuerdo. Le dijo a mi padre que o bien le pagaba una pensión suficiente para contratar a alguien que se ocupara de esos dos «granos en el culo» o le entregaba un millón de dólares por cada uno. Nos vendió en el divorcio.

Hunter había dicho eso como si transmitiera el informe sobre un enemigo.

Ella preguntó:

—¿Tu padre os contó todo esto?

—No tuvo que hacerlo. Todd y yo vimos la última pelea desde lo alto de las escaleras. Yo tenía casi siete años y él cinco.

Dios bendito. No era de extrañar que Hunter pudiera ser a veces tan frío. Algo había muerto en su interior cuando era niño. Ella no tenía palabras para expresar su ira ante una madre capaz de hacer eso a sus hijos.

—¿Tu padre volvió a casarse?

Él abrió la mano y comenzó a acariciar de nuevo la sensible piel de su estómago.

—Tres años después, pero la mujer número dos sabía cosas de la primera a través de la prensa sensacionalista. Añadió una cláusula en su contrato prematrimonial en cuanto a los niños. Hizo un buen trabajo fingiéndose mamá durante unos seis meses, pero nuestra madre había destrozado tanto a Todd que él tenía un carácter un poco violento. Mi padre viajaba mucho por negocios. Mientras papá estaba fuera de la ciudad, la mujer número dos lo convenció de enviarnos a internados. No la habría odiado por eso, pero nos separó. Creyó que yo interferiría en la disciplina de Todd porque yo lo protegía de ella cuando se portaba mal.

Abbie cerró los ojos, tratando de imaginarse a Hunter haciendo de escudo ante su hermano para protegerlo de esa segunda mujer. Odiaba a las dos mujeres con las que se había casado su padre. ¿La segunda no se había dado cuenta de cuánto necesitaban esos niños una madre?

—¿Por qué aceptó tu padre?

—Estaba convencido de que esa mujer realmente lo amaba. Pero ocho meses después ella apareció toda excitada diciéndole a papá que estaba embarazada. Por lo que yo oí, él le preguntó cómo era posible si él se había hecho una vasectomía antes de casarse. La echó y nos trajo de nuevo a casa. Nunca volvió a casarse. No puedo culparlo.

¿Qué hombre volvería a confiar en una mujer después de una experiencia así?

Un triste pensamiento vino a la cola de ese.

Hunter podía hallar el amor un día, ¿pero sería capaz de confiar en una mujer?

Claramente no interesado en seguir hablando de asuntos familiares, movió la mano hacia abajo. Sus nervios se ponían de punta en cada lugar que él tocaba a lo largo de su abdomen; luego deslizó la mano silenciosamente entre sus piernas. Eso puso su mente en blanco, vaciándola de todo salvo del exquisito anhelo que él despertaba otra vez.

—Estoy preparada —dijo ella ansiosa.

—No todavía. —Él le mordisqueó el cuello. Su dedo presionó dentro de ella.

Ella silbó.

—Sí. Estoy… preparada.

No suplicaría. No más.

Hunter se rio. Una genuina y verdadera risa. A ella le dio un vuelco el corazón con aquel sonido.

—Hay que amar a una mujer que exige un buen servicio.

Su corazón dio un salto con la palabra «amor», solo por oírla de sus labios, pero para él no significaba nada. Él la había tenido abrazada toda la noche como si temiera que algo la arrancara de sus brazos, y la había hecho sentirse cuidada.

Había despertado en ella emociones que creía que jamás volvería a sentir.

Sus dedos la hacían temblar. Los músculos de sus muslos serían de gelatina cuando abandonaran esa habitación.

—No puedo... hacer esto. —Se retorció, rogando con su cuerpo que él la llevara al clímax.

—Ya veremos.

Un hombre no debía ser desafiado, él se ocuparía de demostrarle que se equivocaba.

Su dedo danzó entre los pliegues húmedos y recorrió círculos hasta que su cuerpo se dio la vuelta, exigiendo que la dejara hacer algo.

Si solo...

Él la condujo hacia aquella luz cegadora, sumergiendo un dedo en su interior. Ella quería gritar. Él continuó la tortura, hundiendo su dedo más profundamente y luego deslizándolo hacia afuera por el húmedo camino y frotando el pequeño montículo de nervios en espiral. La delicada abrasión la llevaba hasta el filo del orgasmo cada vez.

Él se detuvo.

Ella se aferró a las sábanas, se levantó de la cama, se retorció, en una espiral de necesidad, esperando para estallar.

—Hunter... por favor...

Él repitió el movimiento... esta vez sin detenerse.

La luz estalló detrás de sus ojos. Se sacudió en un orgasmo que no hacía más que continuar.

Él no la soltaría hasta que cada músculo temblara derrotado.

Se quedó relajada, agotada.

—Vas a matarme.

Él rodó sobre ella.

—Eres perfecta. No lo dudes nunca.

Su mente se despejó y oyó claramente eso. También oyó cómo se abría la puerta de su corazón para que Hunter entrara.

Nunca creyó que conocería a alguien que la haría sentirse querida, como si estuviera segura en sus brazos. Él había aceptado su historia sobre por qué quería conocer a Gwen cuando cualquier otro habría cuestionado su validez después del disparo. Podría haber sospechado que estaba involucrada en algo. La había protegido de peligrosas amenazas y no le había exigido la clave final para acceder al Kore Women's Center.

No había dejado que la llevaran a un lugar donde le sería imposible contactar con su madre.

Puede que Hunter jamás dejara entrar a una mujer en su corazón, pero él se había metido dentro del suyo y allí iba a quedarse.

Capítulo treinta y dos

Un lúgubre cielo grisáceo se cernía sobre el aeropuerto de O'Hare, en Chicago, cuando Hunter ayudó a Abbie a acomodarse en el asiento posterior de un sedán negro idéntico a los diez siguientes que recogían pasajeros. Gracias al asistente de su hermano, el coche los estaba esperando cuando el vuelo que Hunter había contratado con el apellido Johnson aterrizó a mediodía.

—Dame un minuto —le dijo a Abbie, que asintió antes de que él cerrara la puerta y se dirigiera al conductor dándole la orden de poner en marcha el coche.

Hunter marcó en su nuevo teléfono móvil el número de su hermano, con la seguridad de que ya le había causado más de una preocupación. El piloto del *jet* que Hunter había usado la noche que él y Abbie huyeron de Chicago probablemente a estas alturas ya habría relatado una extraña historia a Todd.

Su hermano atendió la llamada. Hunter dijo:

—Te debo más respuestas de las que puedo darte por ahora.

Tood suspiró pesadamente.

—¿Estás bien?

—Sí, estoy bien.

—¿Y qué tal está la chica?

Hunter tenía que ser muy cuidadoso con lo que decía, puesto que el teléfono de Todd no era seguro.

—Todo está bien. Solo quería darte las gracias y decirte que volveré tan pronto como pueda.

Puede que transcurriera mucho tiempo, pero lo decía de verdad.

—Siempre eres bienvenido, pero no estoy en mi casa ahora.

—¿Dónde estás?

—En la casa de Pia, en Wacker. Antes de decir nada, escúchame.

Buen consejo si Hunter conseguía seguirlo, porque cualquier cosa que dijera ahora probablemente fastidiaría a Todd.

—El divorcio fue culpa de los dos. Estábamos muy calientes, se quedó embarazada y nuestra relación se complicó. Después descubrimos que se necesita algo más que sexo para sacar adelante un matrimonio.

—¿Cómo puedes confiar en ella? Se quedó preñada. —Hunter no podía contenerse. Todd sabía que las mujeres usaban a sus hijos contra los maridos y Hunter no quería ver a su hermano hecho pedazos una segunda vez.

—No fue culpa suya. —Todd soltó otro profundo suspiro—. No del todo. Yo no usé condón un par de veces, pero estaba loco por ella… En definitiva, lo importante es que la amo de verdad y ella me ama a mí. Ella tampoco tiene razones para confiar en mí. Actué como un imbécil después del divorcio. No es que tú y yo tengamos un buen modelo de matrimonio. Pia y yo simplemente no sabíamos cómo era estar casados y mi temperamento no ayudó. Luego llegó Barrett. Los dos lo estropeamos de alguna manera, pero estamos aprendiendo lo que es el compromiso.

—¿Estás seguro de que quieres pasar por esto otra vez? —Hunter oía la sinceridad en el tono de voz de Todd, ¿pero Pia estaba realmente preparada para comprometerse?

—Si te refieres a estar dispuesto a que me destrocen otra vez el corazón… no. —La afable risa de Todd era algo que Hunter no había oído en mucho tiempo—. Pero Pia tampoco. Ha pasado por un infierno por todo esto, y me ama. Descubrí a través de una buena amiga que Pia solo fingía ser feliz cuando aparecía en público para no dar la imagen de una patética perdedora que todavía está enamorada de su exmarido. No se ha visto con nadie desde que rompimos. Yo tampoco. Vamos a hacer este esfuerzo. Hemos hablado como nunca habíamos hablado antes y… demonios… estoy condenadamente feliz de que estemos juntos de nuevo.

Hunter finalmente aceptó la satisfacción y la paz que oía en la voz de su hermano. Todd estaba contentísimo cuando se casó, pero el divorcio lo había amargado hasta un punto en que Hunter odiaba oír pronunciar el nombre de Pia.

Puede que la hubiera juzgado mal. Nunca había oído a Todd hablar tan apasionadamente de alguien o de algo que quisiera. Era evidente que su hermano quería a su familia.

Había que reconocer que se esforzaba por ellos.

—Te admiro —dijo Hunter suavemente. Lo que no dijo es que envidiaba a su hermano por haber construido un pedazo de vida normal a pesar de ser un jodido Thornton-Payne. Suerte para él.

—Gracias. ¿Necesitas algo más?

—No. Me gustaría ponerme al día contigo, pero antes tengo que ocuparme de algunas cosas. —Hunter estaba a punto de colgar, pero hizo una pausa—. Dile a Pia que me alegro por los dos.

Cuando Todd colgó, Hunter contactó con Gotthard, pero esa llamada sería segura por los dos extremos de la línea.

Gotthard atendió su teléfono móvil con un cauteloso:

—¿Sí?

—Soy yo. Nuevo teléfono. —Hunter apoyó la espalda contra una pared de cemento del aparcamiento y mantuvo un ojo clavado en el tránsito de gente que cargaba las maletas.

—¿Tienes problemas?

Hunter ignoró la irritada respuesta. Gotthard debía de haber pasado otra mala noche con su mujer. Esa relación se estaba hundiendo rápidamente.

—¿Joe envió un equipo a buscarme?

Gotthard entendería lo que le estaba preguntando si es que Joe había enviado un equipo.

—No. Necesita que termines este trabajo. —Eso significaba que Joe todavía quería que Hunter lograra infiltrarse dentro del Kore—. ¿Estás bien?

—Claro. —Si Joe no había enviado un equipo, ¿entonces quién había ido a la montaña de Hunter?—. ¿Qué ha decidido Joe? ¿Yo me encargaré de todo o quiere involucrar también a una agente femenina?

—Ha dicho que lo hagas a tu manera. Tienes dieciocho horas. No malgastes el tiempo.

Era menos tiempo del que Hunter había esperado, pero soltó

el aire que estaba reteniendo. Joe dejaba el plan de acceso a los archivos del centro en sus manos.

—Te he oído.

—Antes de las seis de la mañana. Y te conviene que sea antes —le advirtió Gotthard con un tono cortante.

Hunter se dio cuenta de que estaba oyendo algo más que el habitual tono malhumorado de Gotthard. Algo que tenía que ver con la misión le preocupaba.

—¿Tenemos algún problema?

—Tal vez. Nuestro contacto no se ha comunicado desde que envió el último mensaje ayer. Me preocupa que alguien pueda haber descubierto la conexión.

Eso traería más problemas de los que Hunter podía controlar y explicaba por qué Joe le permitía entrar solo al Kore Center. Hunter era prescindible. Si Linette era descubierta como topo probablemente se enfrentaría a espantosas consecuencias. En el momento en que ella les explicara el método de contactar con Gotthard, los Fratelli la usarían a ella para dejar al descubierto a la BAD.

—Puede que ese no sea el caso. —Hunter esperaba tener razón—. Si el contacto está involucrado en la actual operación de los Fratelli, no podrá acceder libremente a un ordenador si hay otras personas cerca. Solo tienes que ser paciente.

Y rogar que Linette no hubiera sido descubierta.

—Puede ser. —Gotthard todavía sonaba como si hubiera recibido un palazo en el estómago, pero volvió a centrarse en el trabajo—. ¿Por qué has preguntado si Joe envió un equipo? ¿Has tenido visitas inesperadas?

—Sí.

—¿Tienes idea de quién se trata?

—La lista es demasiado larga. —Hunter vaciló antes de mencionar al asesino JC, ya que no había dicho a la BAD que JC era el asaltante que había atacado a Abbie—. Echaremos un vistazo a las posibilidades más tarde. Tengo que irme ahora.

—Una cosa más. Investigamos a Tatum, ese doctor que se ocupaba de la madre de la señorita Blanton. Murió ayer por la mañana. La policía dice que se trata de un suicidio.

«Mierda.» ¿No podía haber alguna buena noticia para Abbie?

—¿Cómo lo hizo?

—Parece que con drogas. La autopsia lo dirá, pero no parece probable. Tatum perdió a su mujer hace cinco meses y estaba totalmente dedicado al cuidado de sus dos niñas pequeñas. No hay tendencias suicidas, no dejó una nota, pero la policía encontró una cuchara metida en su cuerpo. Es la marca del asesino JC. La policía no sabe lo que tiene. Encontramos una cuchara en el apartamento de Abigail Blanton también.

—Nuestro tipo está en todas partes.

—-Abigail tiene el pescuezo muy metido en todo esto.

Hunter entendió la advertencia de Gotthard… «No te enredes con Abigail.» Pero él no podía reconocer ante nadie que la estaba protegiendo de la BAD tanto como del asesino.

—Lo tendré en cuenta. Estamos en contacto.

Guardó el teléfono móvil y se subió al coche junto a Abbie. Ella llevaba unos vaqueros nuevos, un top de punto rosa y varios conjuntos que él le había comprado en Gillette, Wyoming, antes de que saliera hacia Chicago. Ella había metido su ropa y algunos artículos de aseo en una bolsa de lona negra de gran tamaño que llevaba colgada al hombro.

—¿Dónde vamos? —preguntó.

Él tenía que agradecerle que no lo hubiera acosado durante todo el camino hasta allí. Había llamado al centro médico de su madre cuando llegaron a Gillette, pero su madre estaba fuera de la habitación haciéndose unas pruebas. Abbie se había desanimado al perder la oportunidad de hablar aunque fuera con su hermana Hannah. Mencionó una segunda hermana, Casey, pero solo para decir que no se hablaban.

Él le dijo que podría volver a intentarlo en Chicago. La policía debería estar buscando a Abbie a estas alturas y la BAD tendría tanto el centro médico como el Kore Women's Center bajo vigilancia. Si se descubría que él tenía a Abbie, no tendría oportunidad de capturar al asesino de Eliot o de entrar al Kore para conseguir una baza con la que luego poder negociar con Joe. No si lo encerraban. Todo su entrenamiento luchaba contra lo que había puesto en movimiento, pero cada minuto malgastado en la carrera podría representar el fin de la libertad de Abbie.

—Iremos al centro médico a ver a tu madre.

La sonrisa que le dedicó iluminó todo su cuerpo.

—Gracias.

—Pero no podemos entrar por la puerta principal.

La gente de Joe los capturaría en cuanto los vieran. Cuando ella asintió en señal de complicidad, Hunter dio instrucciones al conductor para que se dirigiera al centro comercial de Oakbrook, al oeste del centro de la ciudad de Chicago, donde esperaba un socio de Hunter de sus días en la CIA. El sedán llegó al área de aparcamiento del centro comercial alrededor de las dos en punto.

Él indicó al conductor que aparcara cerca de una ambulancia que él mismo había conseguido y luego le dijo:

—Si no estamos de vuelta a las cinco en punto regresa a la oficina. —Eso daba a Hunter tres horas. Si él y Abbie no habían vuelto para entonces, él no regresaría. Además, tenía una reunión con el vicepresidente del Kore a las cuatro en punto.

Un chico enjuto de unos treinta años, de ojos afilados y movimientos rápidos, bajó del asiento del conductor de la ambulancia y le dio la mano a Hunter.

—Está todo detrás.

—Gracias, Ned. —Hunter sacó rápidamente a Abbie del sedán y cogió su bolso para que entrara en la parte trasera de la ambulancia, luego Ned cerró las puertas.

Ella se sentó en la camilla y miró a su alrededor.

—¿Vamos a entrar como una emergencia? ¿No será demasiado llamativo? —El vehículo comenzó a moverse. Ella se cayó hacia un lado.

—No iremos por la entrada de emergencias. —Hunter la cogió de los hombros, enderezándola, y se sentó con ella en la camilla. Se inclinó y rebuscó dentro del bolso, de donde sacó un vestido de embarazada.

—Ponte esto.

—¿Voy a fingir que estoy embarazada? —Lo miró—. ¿Y tú qué harás?

—Yo soy tu médico.

Se quitó los vaqueros y luego la camiseta verde claro, cambiándose ese atuendo por un traje oscuro que colgaba en la pared del vehículo. Por encima se puso la bata blanca de médico.

Cuando el vehículo aparcó en la parte trasera del centro médico, él ya tenía colgada una tarjeta de identificación. Abbie se había puesto un vestido de premamá sin mangas amarillo pálido con un estampado de margaritas por encima de una camiseta blanca de manga larga que ocultaba una gran pieza de espuma redondeada.

Lo miró sonriente. Él se quedó sin respiración. Sería una madre preciosa.

¿Habría pensado eso Eliot al mirar a Cynthia?

Ned abrió las puertas traseras, interrumpiendo los pensamientos de Hunter.

—Hay una silla de ruedas dentro.

Hunter bajó de un salto y colocó a Abbie en el suelo. Un chico bajito con entradas en la frente y algunos mechones de pelo abrió la puerta trasera para ellos. Por muy inofensivo que pareciera el chico, Hunter sabía que no era del personal médico, sino un hombre de Ned que había reconocido el recinto.

Ned dio a Hunter las indicaciones hasta el piso donde estaba la madre de Abbie, y luego dijo:

—Tienes veinte minutos.

—De acuerdo. —Hunter acomodó a Abbie en la silla de ruedas.

Al llegar a la habitación de su madre, ella se quitó la pieza de espuma de debajo del vestido y la dejó en la silla antes de abrir la puerta.

Mientras que los pasillos olían a desinfectante, aquella habitación apestaba a enfermedad. Su madre tenía una habitación compartida, pero la segunda cama ahora estaba vacía.

Abbie se detuvo. Hunter la miró para descubrir que la tristeza que había estado conteniendo nublaba ahora su rostro. No podían quedarse mucho tiempo, así que la empujó suavemente hacia delante.

—Vamos, ve a ver a tu madre.

Ella dio un paso tentativo, luego se precipitó hacia la cama y abrazó con cuidado a su madre, cuyos ojos no se abrieron. Tenía tubos por todas partes y su respiración era muy débil. Por el tono amarillo de su piel, Hunter supuso que su hígado estaba todavía deteriorado.

Él no le había hablado a Abbie del suicidio del doctor Tatum... o del asesinato. No quería distraerla mientras estaban allí adentro.

—¿Dónde has estado? —preguntó una voz femenina.

Él se volvió hacia la puerta, donde había una mujer parada.

Llevaba pantalones negros y una camisa de algodón arrugada de un marrón más oscuro que sus cabellos lisos. Se parecía un poco a la Abbie flacucha que había conocido en un primer momento.

—He estado intentando averiguar qué le ocurre a mamá, Hannah —respondió Abbie.

—¿Me puedes decir dónde demonios has estado haciendo eso? —Hannah dejó una taza de café del hospital sobre una mesita—. ¿Y quién es éste? No es el médico de mamá.

—Es solo un amigo. Me está ayudando. —La respuesta de Abbie tenía un tono tan insolente como el de su hermana—. No puedo decirte lo que estoy haciendo o dónde he estado ni adónde voy a ir al salir de aquí, pero estoy trabajando en algo que podría ayudar a mamá.

—Oh, ya veo, estás haciendo una investigación muy importante. —El sarcasmo de Hannah fue como un latigazo que golpeó a Abbie a través de la habitación.

Hunter estaba a punto de intervenir, pero Abbie lo detuvo.

—¿Podrás darme un respiro por una vez? Probablemente ya ni siquiera tenga trabajo.

—No lo tienes. Llamé a tu oficina tratando de localizarte y me dijeron que estabas despedida. —Hannah disfrutó compartiendo esa información—. Si te hubiera encontrado, habría estado bien que me ayudaras a conseguir otro médico para mamá. El nuevo es tan joven que ni siquiera creo que se haya secado la tinta de su diploma.

Abbie retrocedió, perpleja.

—¿Un nuevo médico? ¿Qué quieres decir?

—Tatum se suicidó.

—Oh, Dios mío. —Abbie buscó la silla más cercana y se sentó—. Dios santo.

—Sí, es horrible —aceptó Hannah—. Sus dos niñas pequeñas han perdido a su madre y a su padre en el mismo año. —Tomó un sorbo de café, mirando a Hunter. Dejó la taza, desechándola con un gruñido malicioso—. No puedo hacer esto sola, Abbie.

—Y no pretendo que lo hagas, pero tienes que creerme cuando te digo que de verdad estoy buscando algo que sirva de ayuda. —Abbie se levantó y caminó hasta Hannah. Colocó la mano en el hombro de su hermana—. ¿Puedes confiar en mí por una vez y simplemente creerme? Ya me preocuparé por mi trabajo cuando mamá se ponga bien. Pero te necesito, para que te quedes con ella mientras hago lo que estoy haciendo. Volveré lo antes que pueda.

Hannah no parecía convencida.

—¿Dónde vas a ir?

—A ver a alguien de quien me habló el doctor Tatum. Por favor, no preguntes, porque no quiero que tú estés involucrada si las cosas se ponen feas.

Hannah asintió, con los ojos empañados.

—Dicen que estabas con esa tal Wentworth cuando la dispararon.

Abbie tragó saliva.

—Sí. ¿Gwen vive todavía?

—¿No ves las noticias?

—La verdad es que no. He estado en la carretera.

—Todavía resiste, está estable. Oh, y la policía pasó por aquí buscándote. No se alegraron al ver que yo no sabía dónde estabas. Les di el mensaje que un tipo dejó a las enfermeras acerca de tu viaje. —Hannah lanzó una mirada a Hunter que podía haberle dejado la marca de un cuchillo, luego sus ojos se iluminaron con una súbita revelación—. Un tipo vino aquí buscándote.

Hunter comprobó su reloj. Tenían que irse, pero Hannah había despertado su interés.

—¿Quién?

Su hermana miró con rabia y en silencio hasta que Abbie le dijo que podía contárselo a él.

—No dejó su nombre. Dijo que era un amigo del canal de televisión de Abbie que quería ponerse en contacto con ella, pero tampoco me dio una tarjeta. Llevaba unas gafas de sol que no se quitó. Odio hablar con alguien a quien no puedo verle los ojos. Tenía una marca de nacimiento justo aquí. —Se señaló la frente, justo encima del ojo derecho—. ¿Te suena de algo?

—No. —Abbie miró a Hunter, que se dirigió a Hannah.

—Cuanto menos digas sobre Abbie más segura estará.

Eso alarmó a su hermana.

—¿Está en peligro?

Hunter odiaba tener que sacar a Abbie de allí, pero debían marcharse.

—Abbie, es hora de irnos.

—¿Para qué? —dijo Hannah. Dio un paso hacia Abbie y la rodeó con un brazo en actitud protectora.

Abbie abrazó a su hermana.

—Estoy bien, pero él tiene razón. No digas nada de mi visita. Él me está ayudando a conseguir lo que necesito. Espero averiguar algo hoy o mañana.

Hannah devolvió el abrazo a su hermana, luego Abbie se apartó para besar a su madre en la mejilla antes de colocarse al lado de Hunter. Su mirada expresaba dolor y preocupación, pero se puso firme, preparada para marcharse.

Él la hizo volverse hacia la puerta mientras esta se abría. Una mujer joven con cabello largo ondulado y mejillas regordetas entró con unos pantalones de pana granates y un jersey gris. Se detuvo en el mismo instante en que vio a Abbie.

—¿Finalmente has conseguido un hueco en tu apretada agenda para ver a mamá?

—Sal de mi camino, Casey.

Tenía que ser su hermana menor. Escudriñó a Hunter de arriba abajo.

—Este no es el nuevo médico de mamá, ¿qué pasa aquí? ¿Estás usando este sitio como terreno de caza? —Torció los labios de una forma desagradable; claramente estaba tratando de incomodar a Abbie.

Hunter consideró varias formas de poner a esa hermana en su sitio. Pero eso solo iría en perjuicio de Abbie, que hundió los hombros pero no vaciló al responder.

—¿Cómo está el cerdo, Casey? ¿Lo has encontrado durmiendo con algún pariente últimamente?

Hunter puso las piezas en su sitio cuando ella se refirió al «cerdo», aquel que había decidido tomar una nueva iniciativa sin problemas morales. Abbie había soprendido a su novio en la cama con su hermana.

No era tan típico como ella había dicho amargamente esa mañana.

Tenían que irse y ya estaba muy cansado de ver cómo atacaban a Abbie. Le puso un brazo alrededor del hombro.

—¿Estás lista, cariño?

Casey se quedó boquiabierta al oír esa expresión de ternura.

Él besó la cabeza de Abbie y la guio para salir de allí. Ella no dijo ni una palabra en el camino hasta la ambulancia. Una vez estuvieron de nuevo dentro del vehículo y ya en movimiento, el teléfono de Hunter empezó a vibrar. Nadie debería tener ese número, pero no se soprendió mucho al encontrar a Gotthard al otro lado de la línea cuando respondió.

—Hay algo que debes saber antes de entrar al Kore —comenzó Gotthard—. Tatum tomó una droga que provoca un ataque cardíaco. La policía cuestiona ahora que haya sido un suicidio y están tratando de descubrir qué significa la cuchara del asesino. Han relacionado la cuchara con las que se encontraron en la casa de Gwen y en el apartamento de Blanton. El lazo en común es Abigail. Las autoridades no lo han hecho público, pero el FBI la está buscando con avidez.

Hunter cerró los ojos. «Joder.»

Capítulo treinta y tres

—*H*unter, ¿me has entendido? —le espetó Gotthard—. Abigail es sospechosa del disparo de Gwen. Tenemos que hablar con ella primero.

—Te he oído. —Hunter se movió hasta el borde de la camilla para que Abbie no oyera mucho gracias al ruido del motor de la ambulancia—. ¿Qué más han descubierto?

—Que los guardias de seguridad de Gwen vieron que Abigail preocupó a Gwen lo suficiente como para que abandonara la fiesta, y uno de ellos oyó decir a Abigail que solo hablaría con ella en el exterior, en algún lugar privado. El patio de Gwen cumplía estas condiciones. El francotirador tenía que saber que ella estaría allí y la posición desde la que debía disparar.

—Eso no es una prueba definitiva —argumentó Hunter, sonando demasiado defensivo con respecto a Abbie. Pero algo que se había dicho en la casa de Abbie después de los disparos comenzó a cobrar sentido en el fondo de su mente.

El asesino dijo a Abbie que ella había sido de gran ayuda.

—Hay más. Abigail trabaja para un canal de televisión en Chicago. El director del canal dijo que ella lo había chantajeado para que la dejara reemplazar a una periodista asignada para acudir a la fiesta de los Wentworth. Eso fue después de que él le ofreciera un ascenso para ser su propia ayudante y un aumento de sueldo.

Todo lo que Gotthard decía chocaba contra la imagen que Hunter tenía de Abbie, mostrándola como una mujer manipuladora. La miró, inclinada en la camilla perdida en tristes pensamientos. No podía estar jugando con él. A estas alturas se habría dado cuenta.

—¿Sabemos algo sobre su jefe?

—No es muy querido por algunos de la cadena, pero está saliendo con la nieta de un miembro de la alta sociedad, que ha confirmado que ella le entregó su invitación y fue de viaje a Nueva York con él.

—¿Eso es todo lo que sabe la policía?

—No. ¿Recuerdas las muertes accidentales de los archivos que envió nuestro contacto sobre mujeres con sangre extraña que no habían entrado al Kore Center? El padrastro de Abigail, que la adoptó, murió hace once años. Ella fue a ver a su padre biológico justo antes de que él muriera. Se ahogó en un lago de su propia granja, con una salud perfecta y sin ningún historial de problemas mentales. Se clasificó como suicidio, pero nuestra gente ha revisado el informe de la autopsia y no concuerda con eso.

—¿Por qué? —Hunter apretó los dedos contra el borde de la camilla más cercano a su pierna.

—Su padre adoptivo había estado en un equipo de natación en el instituto. Batió el récord de natación en la carrera de una milla. No hay historial de depresión. Tenía una granja de cerdos y todos los que habían estado en contacto con él la semana anterior a su muerte decían que estaba contento porque su hija venía de visita. Su muerte encaja con el tipo de accidentes peculiares que encontramos en el informe sobre mujeres con sangre extraña. —Gotthard hizo una pausa y a través del teléfono se oyó el ruido del teclado—. Aquí hay una nota al margen. Ella vivía solo a unos pocos kilómetros de la zona donde tú y yo tuvimos aquel pequeño problema hace seis años.

La noche antes de que Hunter conociera a Abbie, cuando murieron seis hombres que no merecían el luto.

—¿En serio?

Gotthard hizo una pausa, esperando algo, luego continuó.

—Abigail es la única que puede dar respuesta a algunas de estas preguntas. Gwen no puede ser interrogada. Está bajo vigilancia en el Kore Center. Supestamente no ha recuperado la conciencia.

—Puede ser una mentira para evitar que Gwen hable con alguien.

Abbie miró a Hunter al oír la mención de Gwen, luego se volvió para dejar la vista perdida en el vacío.

—Podría ser. —Como era habitual en Gotthard, saltó de repente a otro tema—. El primer ministro llegará el sábado a Denver y hablará en la universidad de allí el lunes, luego se encontrará con el presidente en Washington D. C. el martes. Si no hemos despejado todo esto el lunes por la tarde, Joe forzará la alerta al presidente por un posible intento de asesinato. Tenemos también un plan para bombas, sobre la base de lo que nos ha enviado nuestro contacto.

—Es difícil llevar a cabo un ataque de esa magnitud en Washington D. C. —intervino Hunter—. Con tantos guardias de seguridad en la zona. Pero no podemos descartar la posibilidad.

—Cierto. Lo último que podemos permitir es que el primer ministro resulte herido mientras esté aquí con toda la mala sangre que se ha acumulado entre él y el presidente. La mejor pista que podemos conseguir ahora para encontrar al asesino JC está dentro del Kore Center.

Llegar a los archivos sin ser descubierto era una especie de acción digna de Houdini, pero Hunter no tenía alternativa.

Gotthard añadió:

—Tengo otro ataque con la cuchara de la marca de JC. En una nueva localización.

—¿Dónde?

—Una casa en la montaña, entre Montana y Wyoming. Parece como si un ejército con armas automáticas la hubiera convertido en un pedazo de queso gruyer. ¿Sabes algo de eso?

—¿Por qué habría de saberlo? —fue la respuesta evasiva de Hunter.

Gotthard tardó unos segundos en responder, sin duda sopesando la falta de respuesta de Hunter.

—¿Estás seguro de que sabes lo que estás haciendo?

—Sí. —Con eso se mentía a sí mismo tanto como a Gotthard.

—Confiar en la persona equivocada ahora podría ponerte fuera de nuestro alcance donde no podamos ayudarte, o podría forzar a Joe a… Podrías acabar muerto.

—Solo hago mi trabajo —dijo Hunter, sin reconocer nada.

Gotthard se rio con ironía.

—Bien. Para que lo sepas, tienes tanta pinta de doctor como

Mako, pero él tiene la acreditación para utilizar la bata blanca.

«Joder.»

—Supongo que debería haberme sorprendido si no encontraba caras conocidas hoy. —Como agentes de la BAD en el centro médico.

—Joe quiere una buena razón para no arrebatártela.

—Ella es la única vía para acceder a los informes del Kore —susurró Hunter. No tenía intenciones de poner a Abbie en medio de todo aquello, pero tenía que dar a Joe una buena razón para quedarse con ella hasta conseguir los datos que necesitaban.

—Yo te había dado más crédito —dijo Gotthard, indicando que ahora pensaba que solo estaba utilizando a Abbie.

Por supuesto que la gente que más lo conocía creería que él sería capaz de poner en riesgo la vida de una mujer para encontrar a un asesino y conseguir unos datos. Ellos creían que había cortado la cuerda de Eliot.

Miró a Abbie, que debió de sentir sus ojos en ella. Le sonrió y a él se le ensanchó el corazón. Ella no se lo había dicho todo. ¿El asesino la estaba manipulando de alguna forma?

Gotthard continuó:

—Necesitamos tener toda la información posible en nuestras manos antes del sábado. Joe necesita de tus habilidades, pero esta operación requiere que todos trabajemos como un equipo.

—Yo hago mi parte introduciéndome en el Kore.

—Mantener a Blanton lejos de nosotros no es pensar como un equipo. Cuidado de con quién te juegas la vida... y la seguridad de la nación. Las mujeres han explotado a los hombres durante siglos. La arrogancia es nuestra mayor debilidad. Bueno, eso y nuestras pollas.

Hunter nunca había permitido que una mujer lo engañara en una operación. ¿Lograría hacerlo Abbie? ¿Había estado tan seguro de su habilidad para interpretar a la gente que se había dejado convencer de que ella necesitaba protección y que lo había deseado la pasada noche tanto como él a ella?

Todavía la deseaba. Otra vez hablaba el cerebro equivocado.

Gotthard tenía un punto a su favor y Eliot lo habría reconocido, basándose en las pruebas que presentaba, y luego habría convencido a Hunter de que usara la fría objetividad. ¿Haberse involucrado con Abbie le estaba haciendo pasar por alto una amenaza potencial?

—No cometas un error —enfatizó Gotthard—. Tendrás una sola oportunidad.

—Ya me lo imaginaba. —Hunter colgó, pero no podía ignorar la nueva duda que la llamada de Gotthard le había generado. El asesino JC había llevado un equipo a la montaña hasta la cabaña de Hunter. ¿Habría colocado el asesino un aparato de rastreo en Abbie? Ella llevaba ropa nueva cuando llegaron a la cabaña. A excepción de la ropa interior... y Hunter pudo cercionarse personalmente de que no había nada oculto en esos delgados pedazos de tela que ella dejó en la cabaña.

Cuando él la oyó hablar en su casa antes de la confrontación con el intruso, al principio creyó que estaba al teléfono con alguien o solo hablando para sí misma. Volviendo al primer día que se conocieron, recordaba que ella le había contado que hablaba con sus plantas, pero aun así se le morían. Trató de dar un paso atrás y revisar todo lo que había ocurrido con mirada objetiva. Hacer el papel de abogado del diablo.

Abbie se había mostrado sorprendida cuando encontró el transmisor que Hunter había colocado en su vestido antes de entrar a su bloque de pisos, pero... ¿y si en realidad lo encontró cuando hablaba con el asesino JC y se puso a actuar como si estuviera aterrorizada? Si así era, podría haber tenido el aparato de rastreo colocado cuando Hunter la sacó de su casa. ¿Dónde podría haber escondido un transmisor...?

«Hijo de puta.» Él no había hecho una búsqueda en sus orificios, pero no tenía ninguna razón para hacer eso, aunque una mujer tenía el lugar perfecto para deslizar en su interior un pequeño tubo transmisor.

Su instinto le decía que nada de eso encajaba con Abbie, que no podía ser una agente, pero Gotthard había señalado que él estaba poniendo muchas vidas en juego solo sobre la base de la confianza en lo que ella le había contado.

Él había trabajado con algunas de las mejores mujeres agentes del planeta. ¿Pero qué había de aquel encuentro hace seis años? No, tenía que haber sido del todo accidental, porque él acababa de completar una misión muy cerca de donde ella vivía.

Su talento le permitía tomar decisiones lógicas en un segundo, y las ejecutaría con brutal eficacia. Sin vacilación.

En su línea de trabajo, la vacilación hacía que muriera gente.

Si Abbie era inocente debería dar respuestas directas.

¿Y si no? Se aferraría a su entrenamiento para guiar sus decisiones llegados a ese punto y no permitiría que ninguna emoción no definida le revolviera las entrañas para influir en él. La miró fijamente.

—Tenemos que hablar.

Abbie apenas oía a Hunter por encima del ruido de la ambulancia. Dejó de preocuparse por su madre y comenzó a preocuparse por su tono sin vida. ¿De qué había tratado esa llamada? Se enderezó.

—De acuerdo.

El rostro de él no revelaba nada, pero ella podía sentir el vasto espacio que se abría entre ellos.

—Me dijiste que un amigo te había introducido en el evento de los Wentworth haciéndote un favor. ¿Quién fue?

Ella apartó la vista, luego se dio cuenta de lo revelador que era eso y volvió a mirarlo.

—Una chica del trabajo.

—¿No chantajeaste a tu jefe para entrar al evento de recaudación de fondos?

«Joder.» ¿Qué había contado Stuart a la policía?

—¿Qué estás tratando de saber?

—La verdad. ¿Chantajeaste o no chantajeaste a tu jefe para conseguir la invitación?

—De acuerdo, está bien. Stuart Trout es una basura. No sería capaz de hacerme un simple favor. Le expliqué que ir al evento de los Wentworth era muy importante para mí.

—¿La misma basura que te ofreció un puesto mejor y más dinero?

—Sí, pero ¿qué tiene que ver todo esto con nada?

—Solo estoy confirmando los detalles.

La actitud cautelosa de Hunter la sorprendió.

—Te lo he contado todo sobre esa noche. Tuve que presionar a Stuart o no habría podido hablar con Gwen.

—¿Lo amenazaste con decirle a su novia que estaba liado contigo?

—No, le amenacé con contarle a Brittany que él se me había insinuado si no me ayudaba. Él es un canalla y yo no le habría permitido tocar ni mi filodendro muerto.

Un pequeño momento de alivio se filtró a través de la desconfianza que albergaba su mirada y le dio esperanzas antes de que volviera a preguntar.

—¿Cómo murió tu padre?

Ella se sobresaltó ante el inesperado cambio de tema.

—Ahogado. Se suicidó.

—Pero era un nadador excelente, ¿no es cierto?

—Sí. —¿Qué era lo que había descubierto Hunter acerca de la muerte de su padre?

—¿No te parece que eso parece sospechoso?

Sí. Había pasado muchas noches en vela preguntándose si ella era la culpable de la muerte de Raymond. No tenía ni idea de por qué de repente Hunter actuaba como si estuvieran en lados opuestos de una pared.

—Me lo cuestioné todo acerca de su muerte desde el principio, pero todo el mundo me decía que yo estaba buscando la manera de justificar un accidente. Arengué a la policía durante un año, pero nadie me hacía caso, acusándome de tener una actitud negativa. Esa es la razón por la que me puse a investigar, pero no encontré nada a pesar de mis esfuerzos por demostrar que él no se había matado. Su compañía de seguros no invirtió en ayudarme. Nadie lo hizo. La única razón por la que finalmente abandoné fue que su muerte dejó devastada a mi familia y yo continuaba reabriendo la herida.

Hunter se detuvo allí, mirándola fijamente como tratando de decidir si la creía o no. Eso la hirió mucho más de lo que podía haber imaginado. Le preguntó:

—¿Qué te está pasando?

—¿Cómo sabía tu nombre el tipo de tu casa?

—Ya te lo he dicho, no lo sé. Antes de que llegaras dijo que yo había hecho un buen trabajo. No sé de qué estaba hablando. ¿Tú sí?

—No puedo decírtelo.

—Dirás que no quieres decírmelo. Yo te lo he dicho todo…

—Excepto la clave final para acceder a la base de datos del Kore.

—Entonces ahora vas a emplear la mano dura conmigo actuando como si fuera sospechosa de... ¿De qué soy sospechosa exactamente?

Esta vez fue Hunter el que apartó la vista mientras pensaba en algo. Cuando volvió a mirarla sus ojos tenían una emoción que ella no pudo descifrar con exactitud.

—Tienes que entenderlo, Abbie. Muchas vidas dependen de que yo haga bien mi trabajo. Mis decisiones deben estar influidas únicamente por los hechos.

—¿De qué crees que soy culpable?

—Yo no te estoy acusando...

—Solo explícame qué pasa, maldita sea... —Ella estaba alcanzando el extremo de su deshilachada cuerda emocional.

—No puedo. No todavía.

Ahí estaba. Ella se dio de cabezazos contra esa pared de acero en su mirada nacida de la desconfianza que había comenzado en su infancia. Entendía por qué, realmente lo entendía, pero eso no cambiaba la línea invisible que él había dibujado entre ellos. Probablemente a él no le gustaba estar solo al otro lado de esa línea, pero tal vez fuera el único refugio seguro en el que había aprendido a confiar.

Y ella quería hacerle saber que podía confiar en ella.

Gritar de frustración probablemente no ayudaría a transmitir ese mensaje, pero sus entrañas estaban empezando a alborotarse.

—Haces que suene como si forzar a mi baboso jefe para que me dejara entrar en la casa de los Wentworth fuera un delito grave; parece que además tengo algo que ver con la muerte de mi padre y que conocía a ese loco de mi casa.

Él parecía satisfecho de oírla, así que continuó:

—Aquí está la verdad. Si mi madre no hubiera estado enferma, yo no habría arriesgado mi carrera amenazando a mi jefe a cambio de una invitación para un evento ni habría fastidiado a Gwen en su propia casa. Si tú no hubieras estado por ahí espiando no te habrías involucrado en el tiroteo. Si no me hubieras llevado a casa y entrado en mi piso no habrías sabido nada del intruso, pero yo estaré eternamente agradecida de que volvieras.

No sé qué está pasando ni por qué hay gente que nos persigue o cómo es posible que ese tipo sepa mi nombre. Lo único que sé es que mi madre se está muriendo y necesito tu ayuda. Voy a darte toda la información de acceso a la base de datos. No porque me sienta amenazada, sino porque te creo. Confío en ti. ¿Qué vas a hacer?

El rostro petrificado de Hunter no se había movido mientras ella hablaba. Ella sabía que estaba dentro de esa concha protectora y esta podía ser su única oportunidad para llegar a él.

Él se rascó la nariz, una treta para darse un minuto más para pensar.

—He ofrecido al Kore Center una donación sustanciosa a partir de una visita que haré hoy a las cuatro. Si accedo a los archivos, descargaré todo lo que tenga que ver con tu madre. Y también lo dispondré todo para que la atienda un equipo médico.

Ella deseaba que eso fuera todo y su mundo volviera a estar en orden, pero Hunter había estado hablando de ella con alguien y estaba casi segura de que tenía que ver con la policía.

—¿Y me dejarás ir junto a mi madre una vez tengas los archivos, verdad?

Él tenía los codos apoyados en las rodillas. Bajó la barbilla sujetándola entre las manos cerradas y no la miró.

—No puedo.

—¿Por qué?

—Antes hay muchas preguntas que requieren respuesta.

—Ya entiendo. —En realidad no entendía, pero si decía algo más ahora se le iba a quebrar la voz. Finalmente la entregaría a unos extraños.

—Nos queda poco tiempo. Dime lo que necesito para el código. Te pondré en un lugar seguro mientras esté dentro.

Lo que iba a oír no iba a gustarle.

—Para acceder a un archivo de la familia el paciente debe estar conectado a una unidad que toma inmediatamente una huella dactilar y pincha la piel para obtener una muestra de sangre en el plazo de un minuto desde la entrada del paciente y un código del personal para acceder a la base de datos. No puedes hacer nada sin mí.

Capítulo treinta y cuatro

*H*unter esperaba en el interior del sedán, observando cómo Abbie entraba a través de las puertas principales del Kore Women's Center del sudeste de Chicago. Una vez que ella lo convenció de que no había manera de acceder al sistema informático sin ella, llamó al Kore y dejó que Abbie hablara con el personal para solicitar su admisión.

Era más simple que pedir una hamburguesa en el McDonald's para una mujer con un tipo de sangre raro que ya estaba en los archivos del Kore y deseaba donar sangre.

—Aparca al otro lado de la calle delante de esa farmacia y pon el coche en ángulo de forma que pueda ver la entrada al Kore —dijo Hunter al conductor, un viejo empleado de los Thornton-Payne que hacía de chófer para su padre y para Todd. Uno de los dos conductores en los que se podía confiar y que no hablarían de nada durante un trayecto.

Hunter mantuvo un ojo en la entrada, luchando por quedarse en el coche y no precipitarse en el interior del centro para tener a Abbie a la vista.

Creía que nunca superaría el impacto de ver la expresión de su rostro cuando la interrogaba. No podía haberla herido más ni siendo sarcástico.

Sus respuestas podrían interpretarse como sospechosas si él quisiera meter a Abbie en el mismo saco de todas las mujeres que conocía.

Pero ella tenía categoría propia. Sus entrañas se lo decían.

¿Qué iba a hacer con ella después de sacar los archivos del Kore?

Las advertencias de Gotthard golpeaban en silencio, pero

Hunter no podía crer que ella estuviera involucrada con el asesino. Debería habérselo dicho antes de que se bajara del coche, debería haberla besado para hacerle saber que lo último que quería era hacerle daño.

En lugar de eso, se había quedado inmóvil como una roca, incapaz de dirigirle ninguna palabra de consuelo. La información de Gotthard había nublado su capacidad para ver más allá de la misión.

Abbie se había retraído después de las preguntas, y no había permitido que él la tocara, ni siquiera para bajar de la ambulancia y subirse al sedán que los esperaba en el aparcamiento. Él se había negado a considerar su sugerencia de fingirse enferma para que él pudiera quedarse una vez ella fuera admitida. Él se había enfadado mucho ante la idea de tener que permitirle entrar desprotegida hasta darse cuenta de que estaba cerrando una puerta tras otra entre ellos.

Su silencio debería haber sido una advertencia suficiente. Ella finalmente se limitó a escuchar sus instrucciones de cómo contactar con él si tenía algún problema y asentir por toda respuesta. Él había mantenido un monólogo firme, tratando de que su rostro no revelara las cicatrices de dolor en sus ojos al sentirse destrozado por dentro.

Evitó el tema que los rondaba como una avispa enfadada sin un lugar donde aterrizar.

Ella había confiado en que él no la entregaría a manos extrañas y él había traicionado esa confianza al decirle que no podría ir junto a su madre al salir del Kore. Dios sabía que él no quería entregarla.

Jamás había deseado conservar a alguien tanto como ahora deseaba conservar a Abbie, pero, por encima de todo, lo que no quería era herirla.

Por eso no había querido que entrara al Kore aquella noche, pero ella complicó su jugada cuando le dijo que necesitaban su sangre para acceder a la base de datos. Y para presionar le recordó que estaría a salvo allí dentro por el estricto sistema de seguridad del Kore.

Abbie se habría metido en el interior de un edificio en llamas si eso era lo que hacía falta para mantener con vida a alguien a quien amaba.

Ella amaba sin restricciones.

¿Cómo sería ser amado de esa forma?

¿Era eso lo que Eliot había sentido por Cynthia? Cynthia no había formado pareja con nadie desde la muerte de Eliot, vivía tranquila con su hijo.

¿Había amado a Eliot tan ferozmente?

Hunter se frotó la cara con la mano, tratando de borrar cosas que no podían alterar su mente precisamente ahora. Desvió la vista a su reloj, que se negaba a colaborar moviéndose un poco más rápido. Tres minutos más y ya podría entrar en el Kore Center.

Abbie estaba a salvo allí dentro. No había hombres alrededor.

No había ventanas en el primer piso. Los edficios más próximos eran complejos de oficinas de dos pisos.

¿Dónde estaba ese asesino? Hunter había decidido que Abbie le decía la verdad. Ella no conocía a ese psicópata, lo que tenía que averiguar era por qué el asesino la conocía a ella. El asesino JC había dejado su marca en cuatro sitios relacionados con Abbie, ahora que había que añadir a la lista la cabaña de Montana. ¿Cómo era posible que el asesino hubiera encontrado tan rápido el refugio de Hunter?

Necesitaría las habilidades informáticas de Gotthard y la habilidad de Rae Graham para resolver enigmas. Si no se hubiera separado de la reserva para cazar a ese asesino tendría toda la ayuda y el apoyo de la BAD con él.

Sonó la alarma de su reloj. Hunter ordenó al conductor:

—Llévame hasta la puerta.

Cuando el coche frenó, Hunter se estiró la chaqueta y bajó, deteniéndose para decirle al conductor:

—Esto es todo lo que necesito por esta noche.

No sabía cómo lograría quedarse dentro del Kore toda la noche para vigilarla a ella y acceder al sistema de ordenadores, pero no pensaba abandonar a Abbie hasta que la dejaran salir al día siguiente.

Capítulo treinta y cinco

Jackson terminó de tallar otra cuchara de titanio con un cortador láser y examinó la pieza buscando algún defecto.

Ninguno. Comprobar las afiladas puntas de aguja de los tres cuernos de la cabeza del camaleón en el extremo del mango de la cuchara era tentador, pero sería peligroso.

Dejó la cuchara, usó un trapo de felpa para limpiarse las manos y subió las escaleras del piso provisional que había alquilado por un mes en el centro de Chicago.

Pasó junto a las ventanas del lujoso piso con vistas a Wacker Drive y echó un vistazo al tráfico de barcas que se movían a lo largo del río Chicago, doce pisos más abajo. Jackson consultó su reloj. Casi las siete. La ciudad pronto se animaría con la vida nocturna.

Sentado ante su ordenador portátil, abrió una página de Internet para ojear el periódico. Cuando visitó esa página temprano en la mañana ya había expuestas dieciséis fotos de la familia Brown en Austin. Instantáneas de niños, perros y fiestas en barrios residenciales. La falsa familia Brown.

La foto de un conejo decorado como un juguete corriendo alrededor del pasto había sido añadida desde esa mañana.

Había una nueva imagen cargada, señalando que el archivo electrónico había sido añadido a la parte trasera del sitio de Internet.

Jackson abrió el archivo secreto, donde halló la indicación de que debía estar ese fin de semana en Boulder, Colorado, para recibir instrucciones sobre un ataque que empezaría con una detonación de bombas en cadena. Escudriñó la información rápidamente y se detuvo en la nota al margen que le recordaba lo que tenía que hacer si era capturado. Tomar medidas extremas antes de verse sujeto a un interrogatorio.

Él sacudió la cabeza ante la ofensa. ¿Capturado?

Si eso ocurría él tenía un plan. Levantó un dedo meñique y observó que la uña era una octava parte más larga que las otras y afilada como una cuchilla. El implante metálico estaba pintado a fin de que la uña pareciera tan natural como las otras.

Solo tenía que hacerse un tajo en la muñeca.

Continuó leyendo las instrucciones y localizó la autorización de toda muerte necesaria, una referencia de los Fratelli. Podía entender por qué los Fratelli tenían esas reglas limitadas cuando se trataba de relacionarse con una organización constituida por humanos a los que no se podía dejar a su libre albedrío.

Pero a Jackson le tenían sin cuidado las limitaciones en un trabajo.

No importaba cómo, cumpliría con su deber.

Sonrió al saber que tenía luz verde para liquidar a Abbie, luego frunció el ceño al recordar que no estaba autorizado a eliminar al agente que la protegía.

Los Fratelli primero querían averiguar quién era ese agente y para quién trabajaba.

¿Qué importaba eso?

Jackson se pasó la mano por su grasiento cuero cabelludo. Sus maestros chinos le habían quitado todos los pelos del cuerpo, creando una perfecta máquina de matar que no dejaba muestras de ADN. Los Fratelli deberían confiar en su formación. ¿Qué importaba la identidad del operativo que protegía a Abigail? CIA, FBI, Seguridad Nacional, un mercenario bajo contrato… La lista podía seguir y seguir. ¿Acaso los Fratelli pretendían identificar a todo operario clandestino?

La exterminación prevenía los problemas que podían surgir por dejar cabos sueltos.

Jackson no permitiría que el protector de Abigail siguiera con vida. La supervivencia dependía de no dejar nunca cabos sueltos ni permitir sobrevivir a nadie. Eso siempre creaba complicaciones no deseadas.

Jackon no había sido entrenado para el espionaje.

Desde que nació había sido entrenado para matar.

Había tomado una cucharilla del arca de sus posesiones antes de cumplir los ocho años, y había afilado el mango para perpetrar su primer asesinato: un instructor que había superado a Jackson en un ejercicio.

La satisfacción de ponerse a prueba ante sí mismo con una muerte innecesaria había merecido la pena a pesar del castigo que recibió: unos dolorosos golpes, aunque no le atravesaron la piel. Pero nunca más volvió a romper las reglas.

Los otros nueve chicos que entrenaban con él traspasaron la línea mucho más rápido. Jackson entendía la necesidad de orden. Sin disciplina aquello era un caos. Lo que los otros nueve no imaginaron fue cómo funcionar dentro de la esfera de las reglas de los Fratelli.

Su superior nunca ponía en duda una muerte accidental porque Jackson era tan buen estratega como asesino. Conocía los objetivos de cada misión y se aseguraba de que las muertes —autorizadas o accidentales— fueran a favor del plan.

Cumpliría con los asesinatos necesarios.

¿Y en cuanto a los no autorizados?

Si alguien escogía la muerte por encima de la vida para proteger a otra persona, ¿quién era Jackson para interponerse en su camino?

Hora de visitar el Kore Women's Center.

Capítulo treinta y seis

Abbie trató de no pensar en nada más que en la sangre saliendo de su brazo. Juraba que podía oler su sangre.

Se concentró en la imagen de un paisaje que había colgada en la pared. No quería pensar en cuánto deseaba que Hunter estuviera allí. Desearía poder olerlo al cerrar los ojos. Pero era ella quien le había dicho que se sentiría a salvo en el interior del Kore Women's Center.

Esperaba que Hunter encontrase la manera de entrar allí esa noche, esperaba que la policía no sacara alguna noticia que pudiera alertar a alguien en el centro, esperaba que lograran acceder a los archivos... La lista crecía a cada hora.

Y, sobre todas las cosas, esperaba que Hunter encontrara por fin una forma de confiar en ella. El recorrido hasta el Kore Center había sido privado, pues tenían un panel de seguridad de cristal que los separaba del conductor, pero ella y Hunter habían hablado como dos extraños. Ella podía dejar pasar muchas cosas y atribuir su comportamiento tan reservado a su condición de agente clandestino, pero todavía le costaba pasar por alto la horrible sensación de traición. Él pensaba entregarla a su gente o a las fuerzas de la ley.

Sin embargo, ella no quería dejar las cosas como habían quedado al separarse de él.

—Todo listo. —La enfermera que llevaba una tarjeta de identificación que había estado trabajando a su derecha durante la pasada hora le dijo algo a Leigh. Esta sacó la aguja del brazo de Abbie y le cubrió el pinchazo con un algodón y una tirita.

—¿Qué hora es? —Ya tenía que estar oscureciendo, pero Abbie había perdido la noción del tiempo desde que había entrado al edificio sin ventanas.

—Casi las ocho. —Leigh se movía eficazmente, con guantes de polivinilo cubriendo sus largos dedos. Su jersey de cuello alto blanco y su bata de color melocotón se veían recién lavados, igual que su cabello de color caoba con un corte perfecto y liso que le llegaba a la altura de los hombros. No era una mujer voluptuosa, pero se había mostrado amable y no había hecho daño a Abbie al pincharla—. Te daré un zumo y unas galletas. Cuando creas que puedes comer más te pediré la cena.

¿Sería la comida del Kore Center mejor que la del centro médico de su madre? Abbie apostaba a que Hunter no estaría comiendo en la cafetería. Se suponía que habría recorrido la instalación con el vicepresidente para luego discutir sobre la donación durante la cena.

A ella no le importaba lo que comiera y no debería echarlo de menos después de la forma en que la había interrogado, pero lo echaba de menos.

—Aquí tienes un zumo de manzana y unas galletas. —Leigh colocó ambas cosas en la bandeja, y luego comenzó a ordenar la habitación—. Saldré pronto para reunirme con mi grupo de hacer punto. Tejemos mantas para la enfermería del Kore.

Charló con su voz aguda mientras Abbie se comía las galletas y se bebía el zumo de la taza de plástico. Entre el final de los guantes de polivinilo que llevaba Leigh y los bordes de las mangas de su bata asomaba su piel pálida. Su cara se veía estrecha detrás de unas modernas gafas enormes teñidas de un tono oscuro.

Donar sangre después de dos días extremadamente estresantes era como una paliza para Abbie. Pestañeó ante una oleada de vértigo. El agotamiento la vencía. Se bebió el resto del zumo.

—Vamos de viaje para comprar tela —continuó Leigh en un tono monótono; luego alzó la vista hacia Abbie y sonrió—. Pareces rendida. Déjame prepararte la cama para que puedas descansar. Pronto te sentirás mejor.

Abbie trató de concentrarse en la boca de la mujer, porque Leigh tenía una sonrisa extraña que trataba de identificar. Se le cerraron los ojos. Más que dormida estaba en un estado letárgico. Sus músculos no escuchaban su cerebro cuando este les decía que sostuvieran la taza. Le dolía la cabeza. La taza se le cayó de los dedos.

La sonrisa de Leigh le recordaba a…

Abbie oyó el ruido de la taza de plástico al golpear contra el suelo... no podía sostenerla... tenía que dormir.

—Normalmente no permitimos a los pacientes que vienen a hacerse pruebas rutinarias o donaciones de sangre que tengan visitas, señor Thornton-Payne —explicó el doctor Lewis Hart, el vicepresidente a cargo de la fundación del Kore Women's Center.

Hunter no aminoró el paso, obligando a Hart a continuar hasta la habitación de Abbie. La maldita cena había durado más de lo que pretendía. Abbie llevaba allí alrededor de cuatro horas y él quería verla inmediatamente.

—Lo comprendo, doctor Hart, pero estoy considerando la posibilidad de hacer una segunda donación.

El doctor Hart alzó la vista con contenido interés.

—¿Ah, sí?

—No quería mencionarlo hasta tener la posibilidad de compartir con mi familia lo que he descubierto sobre su centro, pero estoy considerando la idea de un fondo fiduciario para el área prenatal. Para ayudar en los partos de alto riesgo.

—¡Es una idea espléndida!

—Debo reconocer que tengo algo de curiosidad. Entiendo el propósito de que este sea un centro para mujeres, pero se trata del primer centro de investigación dedicado a tipos de sangre extraña. Me soprende que no traten también a niños varones con sangre extraña. ¿No se han encontrado casos así?

—Por supuesto. Tenemos una pequeña ala para algunos pocos chicos que estudiamos y los que vienen a conservar sangre, especialmente si su tipo coincide con el de su madre. Pero esa zona está separada del edificio central. Creemos que así es más cómodo para nuestras pacientes femeninas. —Hart condujo a Hunter haciéndole doblar una esquina—. La señorita Blanton está al final de este pasillo, pero por favor no se quede más de media hora.

—Por supuesto. —Hunter ya decidiría qué hacer en media hora.

El sonido de pasos aproximándose desde el extremo opuesto del pasillo llamó su atención.

Un médico encabezó la estampida de enfermeros y auxiliares que corrían hacia ellos.

El doctor Hart murmuró:

—Debe de tratarse de una emergencia.

Fue entonces cuando Hunter oyó una alarma muy aguda. Abbie. Comenzó a correr detrás de miembros del personal, que entraron en una habitación.

—Señor Thornton-Payne, quédese aquí —gritó Hart detrás de él.

Hunter abrió la puerta de un empujón detrás del equipo de emergencia.

Abbie yacía como un cadáver con un rostro sin sangre.

Él miró las máquinas que monitorizaban las constantes vitales de la paciente. La universal línea de electrocardiograma que indica si alguien está vivo o muerto mostraba solo diminutos rebotes y perdía fuerza con cada latido.

El mundo pareció cerrarse en torno a él hasta que no oyó nada más que el grito de una enfermera:

—¡Paro cardiorrespiratorio!

Capítulo treinta y siete

*H*unter caminaba arriba y abajo del pasillo junto a la habitación de Abbie, esperando que el doctor saliera y le informara sobre su estado. Nadie había averiguado por qué había tenido un paro. No todavía.

La única razón por la que él no estaba en su habitación ahora era para evitar cualquier distracción. Cuando se puso a gritar a todo el mundo que hicieran algo para salvarla inmeditamente se había producido un caos.

Tuvo que aparecer personal de seguridad del centro.

El doctor Hart había intervenido para que permitieran a Hunter quedarse en el pasillo. Menos mal, porque, si no, Hart habría necesitado dos camas más para la pareja de guardias de seguridad.

Hart estaba de pie a un lado, blanco por la conmoción, sin duda con la creencia de que estaba viendo desintegrarse la generosa donación que Thornton-Payne había ofrecido durante la cena con cada uno de los golpes que los tacones de sus botas daban contra las baldosas pulidas.

Hunter se pasó las manos por el pelo, tenso como un tigre acechando su presa. Las palmas nunca le habían sudado tanto como ahora. Solo le había ocurrido una vez..., cuando Eliot colgaba de esa cuerda con un cuchillo en la mano.

Hunter cerró los ojos durante un minuto, luego pestañeó, liberándose de esa imagen para poder concentrarse en Abbie. Él la había dejado entrar allí para que lo ayudara a acceder a la base de datos. Había permitido que su rabia y su desconfianza lo cegaran ante el peligro y la había dejado entrar allí pensando que de algún modo ella le había fallado.

Se equivocaba. Era él quien le había fallado a ella. Si lograba sacarla de allí con vida no volvería a fallarle.

Y si esa gente la salvaba les costruiría una nueva ala. ¿Cuándo saldría el doctor? Ya había estado dentro bastante tiempo.

Hunter se volvió hacia la puerta.

Hart se puso tenso. Sería mejor que el Kore enviara los mejores guardias de seguridad que tuviera, y que fueran unos cuantos. Hunter iba a entrar en la habitación de Abbie.

La puerta se abrió y salió un doctor con aspecto demacrado, delgado y de cabello gris. Su rostro estaba tenso por la batalla que acababa de librar. A Hunter se le encogió el pecho, como si bandas de acero lo constriñeran con cada respiración.

—Está estable —dijo el doctor—. Se moría, pero la hemos recuperado. Nos ha llevado un tiempo estabilizar su presión a niveles normales.

Se moría. «Dios santo.»

—¿Por qué? ¿Qué le ha ocurrido, doctor?

—No lo sabemos todavía.

—Necesito verla. —A Hunter le tenía sin cuidado lo desesperada que sonara su voz.

El doctor miró a Hart, y este asintió.

—Por supuesto.

Salieron dos técnicos más. Uno de ellos sacó un carro con equipamiento médico. Luego Hunter entró.

Una mujer rubia y regordeta con bata y gruesos zapatos de enfermera tomaba notas en un cuaderno. Se volvió hacia él al oír que entraba.

—Todavía no está despierta.

Él asintió pero no se movió.

Era difícil decir qué era más blanca, si la cara de Abbie, la almohada bajo su cabeza o la sábana que la cubría. Él quería abarzarla, sentir la vida palpitar en su interior. Las máquinas indicaban que sus constantes vitales tenían un ritmo firme, pero él necesitaba tocarla para convencerse de que estaba bien.

El corazón le latía descontroladamente. Había estado a punto de perderla. Había estado a punto de perder lo único en el mundo que significaba más que su propia vida para él. Ella había comenzado a entrar en su interior la primera vez que su risa se había colado a través de sus barreras hasta tocarlo. De alguna manera, ella había traspasado sus mejores defensas y había envuelto entre sus dedos su corazón.

No podía imaginarse cómo sería vivir sin ella.

Qué momento para imaginarlo.

—Déjeme acabar y luego podrá volver a entrar —le dijo la enfermera. Se volvió hacia un ligero ordenador portátil que había junto a la cama de Abbie.

Él respiró profundamente y se pasó una mano por el pelo. Podía esperar unos minutos más ahora que Abbie respiraba y su corazón latía con un ritmo regular y plácido.

No merecía la pena perderla por ninguna base de datos del mundo.

La enfermera transcribía sus pensamientos y él recordó por qué Abbie había corrido ese riesgo. Esperaba que él accediera a los archivos de su madre. Sacudió la cabeza mentalmente. No le fallaría ahora. Aunque no lograra nada más, al menos tenía que conseguir los archivos médicos de su madre. Sacó de su bolsillo el pequeño ordenador semejante a un iPhone y abrió un programa que capturaría todo lo que la enfermera estaba escribiendo en su ordenador.

Como por ejemplo su código de acceso.

Y quería descubrir si había sido algún tratamiento lo que había estado a punto de ocasionar la muerte de Abbie.

—Todo en orden. —La enfermera escudriñó con atención las máquinas que registraban las constantes vitales de Abbie, asintió para sí y luego se dirigió a Hunter—. Volveré dentro de un rato a comprobar cómo está, pero si necesita cualquier cosa no tiene más que apretar el botón rojo de la caja de control que hay junto a su cama. El doctor Hart ha enviado una orden electrónica para que se les moleste solo para revisiones visuales. Los registros vitales de la señorita Blanton están en alerta ante cualquier cambio significativo.

Hunter asintió y se sacó la mano del bolsillo, donde había colocado el diminuto ordenador antes de que ella se diera la vuelta. En cuanto salió la enfermera, se acercó junto a la cama de Abigail y llevó la mano hasta su rostro. Le temblaban los dedos.

Había estado a punto de morir hacía apenas una hora.

Pasó la mano por su piel, que estaba suave y cálida. El dolor de su pecho disminuyó. Podía respirar de nuevo.

—Señor Thornton-Payne... —Era Hart.

Hunter ni siquiera se dio la vuelta.

—En cuanto Abbie pueda moverse irá a un centro donde yo pueda estar junto a ella. No voy a salir de aquí hasta entonces.

—No será necesario. Puede quedarse con ella tanto como desee. Solo háganos saber si necesita algo. Le aseguro que aquí recibirá la mejor atención médica...

Hunter levantó la mano para hacer callar a Hart.

La puerta se abrió para luego cerrarse.

Apoyó la cadera en la cama por la necesidad de estar más cerca de ella. Hacer mejor su trabajo de protegerla.

¿Alguien del Kore había dado a Abbie un tratamiento que le había provocado esto? Eso no tenía sentido a menos que la persona que lo hiciera no tuviera ni idea de que Hunter vendría a visitar a Abbie antes de salir. ¿Por qué correr ese riesgo aquí? ¿Todo esto tendría algo que ver con Gwen?

¿Y si no había ningún responsable más que... la propia Abbie?

Ella había sugerido fingir una enfermedad para ver si lo dejaban quedarse. ¿Había intentado algo que se escapó de su control?

Había sufrido un maldito paro cardíaco.

Su color mejoraba mientras su presión sanguínea continuaba aumentando. Respiró su suave aroma. Olía a... viva.

Sostuvo su mano entre las de él reteniendo sus dedos fríos, deseando que regresara a su lado.

Abbie se despertó lentamente, mareada y como drogada sin poder entender por qué. Le dolía el pecho como si alguien lo hubiera estado usando para tocar el tambor. Y el interior de su boca le parecía de cartón.

Bizqueó a causa de la luz hasta que pudo enfocar la vista.

Apareció el rostro de Hunter. Sostenía su mano entre las de él.

Su corazón se contoneó en una feliz danza hasta que advirtió la expresión perdida de su rostro. Quiso abrazarlo y alejar toda la tristeza que pesaba sobre sus hombros. ¿Por qué su mente tenía que elegir ese momento para enviar alertas? Hunter había cuestionado lo que ella le contó. Planeaba entregarla a unos extraños.

¿Entonces por qué esa expresión cabizbaja? ¿Estaba fingiendo preocupación delante del equipo médico?

Un momento. ¿Cómo podía estar él allí sin ningún médico ni enfermera?

Ella murmuró:

—Creía que no te dejarían quedarte.

Hunter le lanzó una mirada de repentino alivio.

—¿Qué es lo que has hecho? —Se inclinó sobre ella y la besó en los labios con tanta dulzura que se sintió en el cielo, feliz durante esos pocos segundos hasta que él se apartó para besarla en la frente.

Sus ojos se llenaron de lágrimas ante su ternura, pero no mostraría esa debilidad. No ante alguien en quien no debería haber confiado tanto como lo había hecho.

Cuando él levantó la cabeza la miró fijamente como si no tuviera suficiente con una mirada.

Ella quería creer eso, pero…

—Estoy cansada —dijo—. No sé por qué si me acabo de despertar. —Tenía la garganta seca. Tosió—. ¿Puedo…?

Él estaba cogiendo un vaso de agua antes de que terminara de hablar.

—Yo te ayudo. —Enderezó la cama para que pudiera beber.

Cuando terminó, él colocó la taza a un lado y se sentó frente a ella, cogiéndole de nuevo la mano. Su corazón revoloteó de gozo al sentir el contacto, pero no estaba dispuesta a lanzarse por esa carretera una segunda vez y darse de cabezazos contra su desconfianza.

—¿Cómo te has metido aquí?

—Le hice cambiar de idea, o más bien fuiste tú.

—¿Yo? ¿Qué he hecho yo?

—¿No recuerdas tu bajada de presión?

Ella levantó la mano y se frotó la cabeza, tratando de orientarse.

—Doné sangre, luego la enfermera me dio unas galletas y un zumo… Eso es todo lo que recuerdo.

Hunter la examinó durante un minuto.

—Yo visité el recinto con el doctor Hart, luego fuimos a cenar. Cuando por fin me trajo de vuelta lo convencí de que me dejara venir a saludarte. Veníamos por el pasillo cuando un equipo médico se precipitó en tu habitación.

—¿Por qué?

La garganta de Hunter se movió al tragar saliva.

—La presión sanguínea te bajó hasta que tuviste un paro.

«Oh, mierda.»

—Estás de broma. —Se había emocionado al ver la expresión de preocupación de su rostro, pero ahora sus ojos de piedra se endurecieron.

—No, no estoy bromeando. —Su mirada tembló con algo oscuro y amenazador cuando habló apenas por encima de un susurro—. Voy a sacarte de aquí. Ahora mismo.

—¡No! —Ella estaba a punto de hablar, luego miró a su alrededor, al techo y finalmente a él.

Él asintió, captando su preocupación por ser oída, y se apresuró a colocarse a su lado. Ella se apartó para hacerle sitio. Antes de sentarse, él la envolvió entre sus brazos, teniendo cuidado con los cables.

A ella le dio vueltas la cabeza por el movimiento, pero se agarró a sus brazos musculosos en busca de estabilidad. Quería hundirse en su calor, saborear la forma en que la apretaba contra sí, pero él había establecido las reglas de ese compromiso antes de que entraran en el Kore Center.

Hunter no confiaba en ella. En absoluto.

Ella estaba decidida a ganarse esa confianza, pero con cuidado.

Se inclinó hacia él y mantuvo la voz muy baja para proteger lo que iba a decirle.

—Ellos deben de haberme hecho algunas pruebas, así que todavía tenemos tiempo. Puede que tú hayas olvidado lo que yo necesito del Kore, pero no voy a marcharme hasta tener los archivos de mi madre. Tenemos un trato.

Él le puso la mano en la nuca y la acercó aún más, mejilla contra mejilla.

—No si corres peligro. Nunca permitiré que te hagan daño.

El calor inundó su corazón al oír eso, pero él no había dicho que la creyera inocente de nada. No había dicho que ella fuera importante, sino solo que él se sentiría culpable si le ocurriera algo.

Sufrir por la culpa no era lo mismo que preocuparse por ella. O confiar en ella.

Hunter no haría daño intencionadamente a una mujer, pero le había dejado claro que ella se las arreglaría por su cuenta cuando todo hubiera acabado. Su melodía no había cambiado. Ella entonces mantendría una relación laboral con él y se aseguraría de que él cumpliera con su parte del trato.

—Esta es nuestra única oportunidad de acceder a la base de datos, así que vayamos a lo nuestro.

Él la sostuvo un minuto, luego suspiró.

—Hagámoslo rápido.

—¿Cómo vamos a acceder a su sistema?

—Vi cómo hacerlo antes de que se pusieran a trabajar contigo. Antes de que tú casi… antes de que ellos me echaran fuera de la habitación.

Sus manos le apretaron la muñeca al mencionar lo que le había ocurrido a ella. Trató de recordar y se detuvo de nuevo en el momento del zumo y las galletas. ¿Había algo en el zumo que la hizo enfermar?

¿Alguien había tratado de matarla? Eso la asustó hasta la médula, pero no estaba dispuesta a salir sin la información sobre su madre.

—¿Dónde hay un ordenador? —susurró, al tiempo que inhalaba su cálido aroma masculino.

Habría reconocido su olor si hubiese tenido que escoger con los ojos vendados en medio de cien hombres. Si cerraba los ojos todavía podía sentir el aroma que aún permanecía de su intimidad aquella mañana.

Ya extrañaba esa intimidad. ¿Cómo podían haberse estropeado tanto las cosas en tan solo unas horas?

—Tengo un ordenador —susurró él—. Hay un puerto al lado de tu cama que usaron para acceder a tus archivos cuando te pusiste enferma. No he encontrado ninguna señal de que haya una cámara de vídeo en esta habitación, así que bastará con que hablemos en voz baja. —La apoyó con cuidado sobre la almohada y sacó el aparato parecido a un iPhone.

Sus pulgares se movieron tan rápidos como la aguja de una

máquina de coser funcionando a toda velocidad, tecleando en la superficie de su artilugio. De un bolsillo interior de su traje sacó un cable delgado con un extraño enchufe de tres patas que parecía una especie de adaptador universal, que usó para conectar su aparato al puerto de la pared.

Cuando se inclinó hacia su rostro, ella tuvo la fugaz esperanza de que fuera a besarla.

Pero él acercó la boca a su oído.

—Conseguí el código de acceso de la enfermera a través de esta unidad cuando ella conectó un ordenador portátil para acceder a la base de datos. —Hizo una pausa y se estiró para alcanzar un aparato que a ella le recordó el sensor dactilar que el personal médico empleaba con su madre y que, según le habían dicho, era un oxímetro de pulso. A continuación Hunter le explicó—: Cuando ponga tu dedo en esta funda, activaré un botón del programa que hace que esta unidad tome tu huella dactilar y te pinche la yema del dedo para obtener una muestra de sangre. Yo usaré un dedo diferente al que usó la enfermera. Ella tardó unos treinta segundos en acceder a tus archivos cuando lo hizo.

—Qué rápido.

—Menos mal, o… —Movió la mandíbula. Apretó la frente suavemente contra la de ella como si necesitara un minuto, luego inspiró profundamente y siguió tecleando.

Ella sintió un ligero pinchazo en la yema del dedo.

Él estudió la pequeña pantalla y luego dijo:

—Ya estamos.

—¿Puedes…?

Él asintió.

—Tu madre primero. Ya tengo su nombre y su número de cartilla.

—¿Cómo?

—Lo conseguí hoy en el centro médico.

Mientras que ella estaba involucrada en todo eso por un asunto de familia, Hunter hacía su trabajo clandestino. Había sido entrenado por alguien para hacer ese tipo de trabajo. Husmear y sospechar era parte de él, algo que no podía suspender.

Él leyó en silencio, siguiendo el informe con el dedo. Hizo con la boca un gesto reflexivo.

—Aquí no hay nada más que lo que el Kore te dijo a ti originalmente. Pruebas estándar, donaciones de sangre. —La miró—. No hay tratamientos.

—¿Puedo mirar? —Ella esperaba que él no accediera a su petición debido a la falta de tiempo.

Él le entregó el aparato electrónico.

—Es una pantalla táctil.

Justo cuando ella temía que él apagara las ardientes ascuas del afecto en su corazón antes de que todo hubiera acabado, avivó el calor creando de nuevo una danza de llamas.

—Gracias.

Al principio ella fue torpe con la pantalla táctil, advirtiendo que él esperaba pacientemente sin tratar de meterle prisa. No tardó en comprobar que él le decía la verdad. Buscó las pestañas de los archivos y abrió una del historial familiar.

Encontró otros archivos en una lista de extensiones genéticas y los abrió, leyendo rápidamente. Se detuvo.

—No es posible.

—¿Qué ocurre? —Él la rodeó con el brazo y se acercó. El movimiento estaba tan lleno de preocupación que ella le perdonó el dolor que le había causado.

—Mi padre biológico está en la lista —le dijo con calma.

—¿No sabías que estaba?

—No. Y tampoco sabía que yo tenía un hermano. —Miró a Hunter, segura de que él había visto su sorpresa y su decepción. ¿Por qué su madre no le había dicho que tenía un hermano mayor?

Hunter se acercó y acarició su rostro con un dedo.

—Cuando tu madre esté mejor te lo explicará.

Abbie asintió y se esforzó por deshacer el nudo que sentía en la garganta para poder hablar.

—Su hijo, es decir, mi hermano, tiene el mismo tipo de sangre que mi madre, y además Rh negativo. Mientras que el mío es Rh positivo. El doctor Tatum dijo que si podíamos encontrar una mayor cantidad de sangre como la de mi madre, más que la del banco de sangre, él podría reemplazar toda su sangre por sangre limpia después de varios tratamientos, pero puede que todavía necesite un trasplante de hígado si no lo hacemos pronto. Su hijo podría ser su salvación.

¿Pero qué había de los cientos de preguntas sobre un hermano que Abbie nunca había conocido? ¿Su madre lo habría abandonado cuando era niño? ¿Habría estado su madre con el niño hasta el nacimiento de Abbie, dos años después? ¿Tal vez su padre biológico era tan peligroso que no permitió que el niño viera a su propia madre?

—Déjame bajar todos los archivos y podrás leerlos atentamente más tarde —sugirió Hunter.

«Dios santo.» Ella le estaba haciendo perder el tiempo. Le entregó el pequeño ordenador y él se puso a teclear con sus dedos mágicos. Tecleaba y esperaba, tecleaba y esperaba, y luego permaneció silencioso durante varios minutos.

—El estado de Gwen es estable pero no alentador —murmuró—. Ha tenido una cirugía extensiva y está en la UCI. Probablemente bajo vigilancia armada, para que nadie pueda hablar con ella. —Tecleó durante unos quince minutos más, luego cerró el aparato y lo guardó dentro del bolsillo de su chaqueta. Se volvió para desconectar el cable que iba hasta la pared detrás de su cama.

Alguien llamó a la puerta.

Ella se quedó helada.

Hunter empujó el cable bajo la otra cama que había al lado y se apresuró a sentarse frente a ella. Se inclinó y la besó tan apasionadamente que ella olvidó sus reservas y lo agarró de los hombros. Las manos de él le rodearon la cintura, sujetándola tan poderosamente como su boca.

Junto a la puerta, alguien se aclaró la garganta.

Hunter se apartó, con la mirada ardiente.

—¿Qué pasa? —preguntó, como si la respuesta errónea pudiera significar la muerte de alguien.

—Solo quería ver cómo estaba la señorita Blanton.

Cuando Hunter se movió, el hombre que estaba junto a la puerta saludó.

—Hola, Abigail. Soy el doctor Hart.

Ella sonrió educadamente, sin saber qué decir.

—¿Cómo te sientes? —le preguntó el doctor Hart.

Ella no sentía ningún dolor justo antes de que fuera interrumpido ese beso.

—Mejor, gracias. —Necesitaban deshacerse de ese tipo—. Pero estoy muy cansada.

—Entonces la dejaré descansar. Por favor, disculpe. —El médico abandonó la habitación.

Abbie hizo un ruido con la boca.

—¿Crees que sospecha algo?

—Tal vez. Hay que darse prisa. Estaré lo bastante cerca como para saber si alguien respira junto a ti. Hunter se dio la vuelta otra vez y la arropó en sus brazos, luego le puso una manta sobre los hombros.

Actuaba como dispuesto a luchar contra el mundo por ella.

Pensar de esa forma la haría estar vulnerable para que se le rompiera el corazón de nuevo si Hunter la entregaba a su gente. Ella no tenía razones para pensar que pudiera ser de otra manera.

Si él esperaba que ella lo aceptara de buena voluntad, estaba equivocado.

Lucharía con todo aquel que intentara impedirle encontrar a su hermano y convencerlo de salvar a su madre, incluido Hunter.

Capítulo treinta y ocho

Sesenta minutos para decidir el destino de una persona.

Hunter había decidido el destino de algunas en apenas unos segundos, pero se trataba de personas que habían tratado de matarlo.

Abbie tan solo quería salvar a su madre.

Estaba sentado en una silla inusualmente cómoda para hallarse en el entorno de un hospital, pero el Kore era de primera.

Se abrió la puerta del cuarto de baño y salió Abbie, recién duchada. Se había puesto otro par de vaqueros y un suéter de color trigo. Tenía un aspecto infinitamente mejor ahora que eran las cinco de la mañana que el que tenía a las nueve la pasada noche.

—¿Preparada para salir? —preguntó él.

—¿Puedo estar fuera antes de las siete? Me dijeron que es entonces cuando dan el alta a los pacientes por la mañana.

—Llamé al doctor Hart y pedí que te diera el alta. —Hunter dijo «pedí» como si se hubiera tratado más bien de una orden—. Está de camino.

—¿Lo tenemos todo? —Levantó las cejas señalando con la mirada el puerto del ordenador.

—Sí.

De los archivos de pacientes que él había descargado aquella noche, menos del uno por ciento eran hombres. Había bajado los archivos mientras ella dormía y dio con una sección entera codificada, probablemente la de los diez hombres criados para convertirse en asesinos. Encontró unos pocos casos de hombres dentro de historiales familiares, igual que Abbie había localizado a su hermano, pero en todos esos casos los chicos desaparecían de los archivos de la familia al cabo de seis meses.

Su mirada se alejó de Abbie cuando ella se movió nerviosa por la habitación, con las manos detrás de la espalda como si cada una de las piezas del equipamiento la intrigara.

Lo estaba evitando. Había estado encerrada en sí misma desde que se despertó en sus brazos por la mañana. Cuando él se inclinó para besarla, ella se excusó diciendo que iba al lavabo y salió apresuradamente de la cama.

Él merecía eso y mucho más después de haberla hecho ponerse a la defensiva el día anterior. Hacía bien apartándose de él. Cuanto más lejos se colocara más a salvo estaría.

Él había conseguido la información que ella necesitaba. Encontrar un hermano ofrecía esperanzas para su madre.

Ella no dejaría que eso se le fuera de las manos.

Un problema estaba posiblemente resuelto.

Pero él tenía un nuevo problema: ese «tenemos que hablar inmediatamente» que le había enviado a través de un mensaje de texto la viuda de Eliot en respuesta al envío de Hunter de su nuevo número de móvil. ¿Podía haber llegado en peor momento? Tenía que ser algo muy importante para que ella se dignara a ponerse en contacto con él, pues apenas soportaba hablar con el hombre al que acusaba de ser el culpable de la muerte de Eliot. Hunter aceptaba su aversión como bien merecida.

A pesar de eso, pretendía cuidar de ella y de Theo durante el resto de sus vidas. Eso era lo menos que podía hacer por Eliot.

Se abrió la puerta de la habitación de Abbie y entró el doctor Hart. En contraste con su traje y su pelo corto y bien peinado, sus ojos estaban hinchados por el sueño como si acabara de saltar de la cama.

—¿Está segura de que está preparada para marcharse, señorita Blanton? Me gustaría hacerle más pruebas…

—No. —Hunter se puso de pie amenazante delante de Hart.

El doctor asintió y dio un paso atrás.

—Ya veo.

—Tendrá noticias de mi gente en las próximas dos semanas por el tema de la donación.

El rostro de Hart se transformó de la decepción a la excitación.

—Estupendo. Estaré disponible en todo momento para cualquier consulta. Me ocuparé ahora del papeleo de Abigail. ¿Puedo hacer algo más por ustedes?

Hunter ofreció su mano a Abbie.

—¿Preparada?

Ella asintió y puso su mano en la suya. Él cerró los dedos, queriendo retener esa delgada mano para siempre. Imposible. Pero la tenía ahora, aunque solo quedara una hora para que la BAD lo estuviera esperando, a menos que tuviera suerte. Se volvió hacia Hart.

—Lo cierto es que sí que podría hacer algo por nosotros. ¿Dónde guarda los vehículos de la empresa?

—En nuestro aparcamiento privado bajo el edificio.

—Necesitamos un coche.

Abbie viajaba en silencio en la limusina que Hunter había conseguido del Kore Center. A él debía de preocuparle que alguien no relacionado con el Kore los siguiera en aquella maniobra táctica, pero ella guardó silencio. Él no quería hablar hasta que se deshicieran del coche.

Era curiosa la forma en que ella empezaba a anticipar lo que él pensaba. El conductor los dejó en el aeropuerto de O'Hare, donde él la llevó rápidamente a través de la terminal, evitando el mostrador de billetes. En menos de tres minutos, él atravesó con ella la recogida de equipaje hasta el conductor de una limusina que, respondiendo al nombre de Johnson, sonrió y los condujo hasta el reservado de limusinas.

Tan simple como eso, estaban de nuevo en marcha, y Hunter apretó un botón en el panel del brazo de su asiento para subir el cristal de privacidad.

Ella se volvió, preparada para hablar con él.

Hunter se frotó los ojos con las palmas de las manos y dejó escapar un bostezo. ¿Se había pasado toda la noche vigilándola y encargándose de conseguir los coches? Él debió de notar su mirada y posó en ella sus ojos enrojecidos.

—Ahora podemos hablar.

—Tengo que encontrar a mi hermano. —No lo pedía, simplemente lo expresaba con total certeza.

—Lo sé. Pasé algún tiempo anoche buscando archivos sobre él. Encontré una dirección que no está lejos del centro de Chicago y un número de teléfono. Parece que es una especie de consultor de la industria del cuidado de la salud. Según su sitio web, trabaja en casa.

Ella logró no quedarse boquiabierta.

—¿Tienes un número de teléfono?

Él reprimió otro bostezo y pescó de su bolsillo la unidad electrónica y su teléfono móvil, entregándole a continuación ambas cosas.

—Está todo en un archivo que he bajado para ti a mi ordenador. El único número es de una línea de negocios, probablemente un teléfono móvil o una línea de casa que se desvía a una línea de trabajo. Primero vamos a Bloomington...

—¿Por qué?

—Porque tengo que hacer algo que me llevará como mucho diez minutos. —No le había ladrado, pero se estaba poniendo irritable—. Llama a tu hermano. Después iremos allí.

Ella esperaba que no le estuviera mintiendo, que realmente fuera a ayudarla a encontrar a su hermano. Manejando el aparato informático con cuidado, ella abrió un archivo con su nombre, y luego lo intentó con otro par de archivos que no se abrieron. Probó a llamar al número de teléfono de su hermano. Después de sonar dos veces le salió un buzón de voz.

Abbie interrumpió la conexión y entregó a Hunter el aparato.

—El mensaje de su contestador dice que hoy estará en una reunión hasta las dos. Supuse que no querrías que dejara un mensaje, así que colgué. Siento haberte molestado al preguntar por qué vamos a Bloomington. No quería parecer tan egoísta.

Hunter posó su mano sobre la de ella y deslizó el pulgar suavemente contra su piel.

—Sé que estás preocupada por tu madre.

Si él continuaba siendo amable con ella perdería la batalla de mantenerse distante. Cambió de tema.

—¿Qué pasa con la información que estabas buscando?

—Encontré todo lo que pude y se lo envié a mi gente.

—¿Cuánto dura el trayecto hasta Bloomington?

Hunter se sostuvo la cabeza con una mano, apoyando el codo en el panel de la puerta.

—Hay dos horas de camino.

—¿No me estás llevando para entregarme a alguien, verdad?

—No. —No había dicho «todavía no», lo cual podría resultar alentador si le explicase lo que pretendía hacer con ella. Claramente él no quería compartir dónde iban ni por qué.

Ella debería apartarse hacia su lado del asiento y mantener la distancia entre ellos. Pero él todavía le acariciaba la mano con el pulgar, calmándola.

La confianza requería tiempo y alguien tenía que dar el primer paso.

Ella llevó la mano de él hasta su hombro y se acurrucó contra él.

Hunter volvió la cabeza hacia ella y la miró fijamente, con una pregunta en la mirada que ella no pudo descifrar. La besó en la frente y la apretó contra sí. Ella apoyó la cabeza en su pecho y pasó un brazo en torno a su cintura, contenta de que circularan rápido, aunque no estaba en paz.

Todavía no tenía ni idea de dónde iban ni de cuándo la entregaría a un grupo de extraños... o a las fuerzas de la ley.

Hunter se despertó en el momento en que Abbie le tocó la cara. Miró a su alrededor a través del cristal de la limusina que los llevaba.

—Estamos en Bloomington —le informó ella.

Él se enderezó y se pasó una mano por la cara y el pelo, aplanándose los cabellos rebeldes.

Ella le pasó una camiseta de la bolsa que llevaba al hombro y un agua de la consola de servicio.

—Puedes lavarte la cara y secarte con esto.

—Gracias. —Él se salpicó con agua para lavarse, y luego se bebió de un trago lo que quedaba de agua en la botella.

Miró una señal de tráfico. El conductor se dirigió hacia el este por la interestatal y giró al sur en Center Street.

El cementerio Evergreen Memorial estaba bajo la carretera.

Entregó a Abbie la botella vacía, que ella puso en la cesta del hielo, y le dijo:

—Cuando paremos, quédate en el coche.

Ella le dirigió su mirada de disconformidad.

—¿Por qué? ¿Dónde vas a ir?

—Tengo que hablar con alguien a solas, pero diré al conductor que mantenga las puertas cerradas y te tendré a la vista todo el tiempo.

Ella se apartó de él hacia su puerta y miró a través de la ventana, sin decir una palabra.

El coche giró pasando entre dos columnas que había a cada lado de la entrada del Evergreen Memorial.

Hunter apretó los dedos para evitar tocarla. Había dormido profundamente con ella entre sus brazos, su cuerpo estaba feliz cuando la tenía cerca. La poca distancia que ahora los separaba le parecían kilómetros. Odiaba esa pequeña distancia, pero ella no le pertenecía y no podía retenerla. Tratar de estar en libertad el tiempo suficiente para que ella encontrara a su hermano sería un desafío y podía hacerle perder la pequeña posibilidad que tenía de eludir a la BAD, pero no podía darle la espalda ahora.

Podía decirse a sí mismo que estaba haciendo aquello porque tenían un trato, pero eso sería mentira. No podía fallarle. O la heriría de nuevo como la habían herido emocionalmente sus sospechas.

«Dios», no podía parar de pensar en la forma en que la había herido.

Ella había estado a punto de perder la vida la noche anterior. Si pudiera arreglar las cosas con la BAD lo haría ahora mismo para poder quedarse con Abbie. Pero había empeorado las cosas con Joe al huir con ella del Kore Center. Joe tenía que estar furioso después de recibir los archivos que Hunter había descargado en la línea del sótano.

Si pudiera creer que Joe continuaría usándolo en la misión y no lo engañaría para atraparlo, Hunter haría todo lo que la BAD necesitara para prevenir el ataque de bomba que anticipaban.

Pero no les entregaría a Abbie voluntariamente.

Eso significaba que tendría que buscar algo que hacer con ella mientras eludía a la BAD.

El hecho de no haber recibido ninguna llamada de Gotthard

en la última hora significaba que Joe probablemente habría soltado un equipo.

Cuando el coche aparcó cerca del monumento en memoria de David Davis del interior del cementerio, Hunter dijo:

—Vuelvo enseguida.

Ella hizo un gesto con la mano, con el rostro vuelto todavía hacia la ventana.

Hunter salió y dijo al conductor:

—Cierra las puertas.

—Sí, señor.

Él caminó por delante del coche, dando la bienvenida a la brisa fresca que lo despertó completamente. El aire frío, no contaminado por la decepción ni la sospecha, colmó su siguiente respiración. Bajó la mirada hacia su ropa arrugada y se alisó la chaqueta aunque fuera un gesto inútil. Al llegar ante el monumento, se movió hacia el lado más alejado y se situó donde pudiera ver el coche.

Una mujer delgada, de estatura media, con unos pantalones negros y una chaqueta gris con capucha, se acercó desde su izquierda, caminando a través de las señales históricas salpicadas por la luz del sol que se colaba a través de los troncos desnudos.

Como él siempre pedía, Cynthia se bajó la capucha. El pelo rubio se le escapó y cayó sobre su rostro, que por una vez no albergaba unos ojos venenosos.

—Habría hablado por teléfono de haber sido posible.

Su voz sonaba ahora suave como el viento, en lugar de severa.

—No pasa nada.

Él le había dicho que no dejara mensajes de voz ni correos electrónicos y que solo hablara por teléfono si había una emergencia, ya que no podía garantizar que los dos tuvieran líneas seguras. Él le había enviado un correo electrónico y un programa de texto para que ella contactara con él y la instruyó para enviar mensajes desde otro lugar que no fuera su casa. Tenía que reconocer que ella siempre había respetado sus medidas de seguridad, asintiendo y afirmando que Eliot le había dado las mismas instrucciones.

—Me mudo a Saint Louis —le dijo con su modo habitual de

ir directamente al grano, que él tanto apreciaba—. Tengo un nuevo trabajo allí. —Le entregó un trozo de papel—. Esta es la dirección a donde me mudo.

Él agarró el papel, esa era otra razón para verse en persona. No quería que quedaran huellas electrónicas de ella.

—Necesito algún tiempo para reconocer el lugar.

—No, ya has hecho suficiente. Puedo hacer esto sola.

Él no quería que su voz expresara la irritación que despertó en su interior, pero estaba demasiado cansado y tenía muy poco tiempo para luchar por eso.

—Eliot no querría que te trasladaras sin que yo revisara la zona.

Ella no se estremeció al oír el nombre de su marido muerto, como otras veces, sino que contestó con calma.

—Eliot sabría que soy capaz de empezar un nuevo trabajo, mudarme de casa y criar a mi hijo. Discutimos esto cuando supe que estaba embarazada. Tú eres el único que has sentido esto, el único que no ha podido superar su muerte.

Ese revés verbal le hizo mella.

—Supongo que entonces has superado su muerte. —Hunter quiso abofetearse en el mismo momento de decir esas palabras. No había querido herirla, pero le había tocado un resorte nervioso al hablarle de superar la muerte de Eliot.

Había esperado cuatro años antes de encontrar al asesino de Eliot, solo para encontrarse con el bastardo y luego verlo escapar.

Ella murmuró algo en voz baja, sacudió la cabeza y dirigió a Hunter una mirada de acero con sus ojos grises.

—Eliot me dijo una vez que podías llegar a ser el mayor de los idiotas cuando se trata de cuidar a la gente que te importa. Yo no sé dónde me ubico entre los que te importan, pero estoy de ese lado. —Se metió las manos en los bolsillos de la chaqueta—. Siempre has sido educado, pero sabía que estabas enfadado conmigo. Yo también estuve enfadada contigo mucho tiempo. Te culpaba de su muerte.

—Lo sé. Tienes todo el derecho del mundo de culparme.

—No, no es cierto. Insultaría la inteligencia de Eliot si creyera que él trabajaba tan cerca de ti sin estar seguro de que podía confiarte la vida. Y tú insultas a Eliot si supones que yo lo atrapé en el matrimonio al quedar embarazada. Piensa en ello. ¿Crees que el calculador y preciso Eliot que los dos conocemos habría dejado algo al azar?

Hunter consideró lo que estaba diciendo y no podía rebatir su argumentación. Eliot podía hacerse el tonto cuando quería hacerte reír, pero era cuidadoso y meticuloso con todas las cosas importantes. Y tener un bebé tenía que ser importante para él.

—¿Eliot te dejó embarazada intencionadamente?

Ella asintió lentamente.

—Hablamos sobre ello. Me dijo que tú te encargabas del peligro, pero que todo en la vida tiene riesgos. Cuando logré mentalizarme de lo precaria que podía ser su vida, finalmente acepté. Le dije que estaba de acuerdo en tener un bebé con él y dejamos de usar protección. La próxima vez que volvió a casa yo ya estaba embarazada. Él no podía sentirse más feliz. —Los ojos le brillaron—. No podía esperar a casarse.

—Eliot no debería haber hecho eso —discutió Hunter, aunque él no debería haber culpado a Cynthia. Se había precipitado al sacar la conclusión de que ella había atrapado a Eliot, pues necesitaba un blanco donde dirigir la ira por haber perdido a su mejor amigo. Cynthia había estado demasiado cerca, igual que Hunter era lo que ella tenía más a mano. Ahora estaba irritado por lo que Eliot había hecho—. Ya bastante malo era casarse contigo y abandonarte, pero dejarte con un niño…

—Ves… en eso es en lo que diferimos, Leroy, o quien quiera que seas, porque tengo serias dudas de que tu verdadero nombre sea Leroy. —Su voz ya no escondía recriminaciones ni un trasfondo de ira. Sonaba triste y melancólica—. Agradezco a Eliot cada día que me hubiese entregado un pedazo de él. Amo a nuestro hijo y soy una buena madre para él. Cumplirá cuatro años en unos meses. No quería mudarme con él cuando era demasiado pequeño, pero quiero hacerlo antes de que entre en el jardín de infancia.

—¿Por qué mudarte? Si alguien te está molestando aquí o necesitas un sitio mejor para vivir o… —Su natural instinto de protección salió a la superficie.

Ella sonrió.

—No puedo quedarme aquí. Necesito alejarme de las tiendas de comestibles donde compraba con Eliot, de los restaurantes donde comíamos y de una casa que está demasiado silenciosa sin él. Necesito estar en un lugar donde no se me parta el corazón al despertarme cada día en la habitación que compartíamos. Eliot siempre tendrá un lugar en mi corazón. Pero es demasiado doloroso verle en cada esquina o creer que oigo sus pasos en la alfombra. Si tuviera que vivirlo todo otra vez volvería a pasar mi tiempo con él y tendría a nuestro hijo, porque prefiero haber compartido esos dos años con Eliot antes que no haberlo conocido. La vida no tiene garantías. Podría haber muerto en un accidente de tráfico y podría haber muerto yo de una enfermedad inesperada. Aceptamos el riesgo de amarnos el uno al otro.

Hunter no tenía argumentos contra eso. Había pasado el menos tiempo posible en Montana durante los últimos cuatro años porque echaba horriblemente de menos a Eliot al recordar sus visitas a la cabaña. Esta vez le habló en un tono suave.

—Todavía quiero comprobar tu nueva localización antes de que te mudes.

—¿Puedes hacerlo en los próximos tres días?

—No. Yo… —Dirigió la mirada a la limusina, donde lo esperaban más problemas—. No voy bien de tiempo esta semana.

—Me mudo el lunes. —Ella hizo un gesto con la mano cuando él estuvo a punto de interrumpirla—. No necesito que reconozcas mi vecindario. Es un sitio agradable y seguro para vivir. Quiero que vengas a conocer a tu ahijado.

Hunter levantó el papel que ella le había dado y memorizó la dirección, puesto que planeaba destruir el papel inmediatamente.

—Ten cuidado y quédate cerca de casa una vez te instales. Te avisaré cuando esté ahí.

Ella suspiró.

—Serás bienvenido cuando quieras. Ten cuidado con lo que sea que estés haciendo. Puede que tú no estés preparado para perdonarme, pero yo te he perdonado a ti. Quiero que formes parte de la vida de Theo, para ayudarle a saber cómo era su padre. —Cynthia se inclinó y dio a Hunter un beso en la mejilla, luego se alejó.

Él sintió un nudo en la garganta mientras la veía caminar a través de las lápidas y desaparecer en la dirección de la tumba de

Eliot. Tenía un corazón inmenso y no se había reservado nada a la hora de amar a su amigo. Él estaba empezando a entender lo fácil que podía ser para un hombre perder la cabeza por una mujer como Cynthia.

Del mismo modo que él la había perdido por Abbie.

Se apartó del monumento y emprendió el camino de vuelta hacia la limusina, donde esperaba la única persona que le había hecho sentir algo desde el encuentro con Eliot.

Pero Hunter no podía ser tan displicente con la vida cuando se trataba de Abbie, incluso aunque no tuviera la oportunidad de volver a verla.

Después de decirle al conductor que fuera hasta un restaurante, Hunter se deslizó en el asiento de atrás.

—¿Una antigua novia? —preguntó Abbie despreocupadamente, aunque en realidad estaba irritada.

—No. La esposa de un amigo.

—¿Y ha querido verte ahora? —preguntó ella con aspereza.

Debería disfrutar la nota de celos que había en su voz, pero no podía ahora que iba a perderla demasiado pronto.

—Es su viuda. Él esperaba que yo la protegiera. Solo me ha besado la mejilla.

—Oh, lo siento. ¿Cómo se supone que iba a saberlo? —murmuró—. No nos has presentado. Pero tiene sentido, ya que no confías en mí.

—Por su bien, no puedo permitir que nadie sepa su localización ni su identidad.

Abbie cerró los ojos.

—Nunca llegará el día en que confíes en alguien.

Él no creía que pudiera llegar a sentirse peor que cuando la había dejado sola y desprotegida en el Kore y casi se muere, pero oír su decepción le caló hondo.

Él le importaba.

Demonios, y a él le importaba ella. Eso mostraba lo estúpido que estaba siendo.

Pero si ella estaba decepcionada con él le sería más fácil la separación.

No le pasaría lo mismo a él.

El día que se marchara se llevaría un pedazo de él que jamás sería reemplazado.

Vibró su teléfono móvil. Solo podía ser Gotthard. Hunter respondió.

—¿Tienes los archivos?

—Sí. ¿Dónde estás?

—¿Por qué?

—Joe quiere que vengas.

—Estoy siguiendo la pista de algo que encontré en el Kore Center.

La respuesta de Gotthard sonó como un latigazo.

—No es una petición.

—Lo sé. Gracias por el aviso. —Hunter cortó la llamada.

La caza había empezado.

Capítulo treinta y nueve

Quién iba a pensar que resultaría aburrido viajar en una limunisa, pero Abbie estaba harta de recorrer Illinois.

—¿Cuándo llegaremos a Chicago?

—Hacia las dos. En unos veinte minutos —respondió Hunter educadamente.

Desde que habían salido del cementerio no se había mostrado más que complaciente. Ella no sabía que a él le había importado su comentario acerca de que nunca confiaría en nadie, pero si no le había dejado conocer a la viuda de su amigo era porque Hunter claramente nunca confiaría en nadie.

Incluyéndola a ella.

—¿Puedo llamar de nuevo a mi madre? —preguntó.

—Todavía no son las dos. —Hunter le pasó el teléfono.

Él tenía razón.

—Entonces llamaré a Hannah para ver cómo está mamá.

—Adelante.

Quería sacudirlo para que abandonara esa reserva de granito y ella pudiera volver a ver algo vivo en sus ojos. Pero tenía la sensación de que la llamada que había recibido a la vuelta del cementerio no era nada bueno. Hunter había dicho por teléfono que estaba siguiendo una pista del Kore Center, y no que estuviera huyendo de su gente para darle a Abbie una oportunidad de encontrar a su hermano.

¿En cuántos problemas iba a meterse Hunter por no entregarla y no ir al encuentro de su gente? Ella no lo sabía, y él no iba a confiárselo.

No a una prisionera.

No importa de qué color lo vistiera él, la estaba conduciendo hacia algún tipo de encarcelamiento. Tenía que hacer la mayor cantidad de movimientos mientras pudiera. Marcó la tecla de marcación rápida que él había programado para el centro médico y apretó los correspondientes botones hasta contactar con la habitación de su madre.

Una mujer que había sido trasladada a la habitación contestó al teléfono.

—¿Puedo hablar con la señora Blanton? —preguntó Abbie.

—No está aquí.

—¿Dónde está?

—En la UCI. No se encontraba bien —respondió la mujer.

—¿Qué le ha ocurrido? —preguntó Abbie con un nudo en la garganta.

—No sé. Cuando volví de hacerme una radiografía ya no estaba aquí. La enfermera solo dijo que había empeorado. —Abbie dio las gracias y colgó, luego llamó a la recepción de la UCI. Preguntó por su madre y le dijeron que Hannah estaba allí con ella.

Cuando terminó la llamada, Hunter le preguntó:

—¿Qué ha ocurrido?

—El corazón de mamá late de forma irregular. Su hígado no ha empeorado, pero tampoco mejora. Pasó una mala noche y acabó en la UCI. —Abbie levantó el teléfono y apretó las teclas para llamar a su hermano.

Esta vez alguien respondió antes del tercer tono. Una voz masculina no muy profunda dijo:

—¿Hola?

—Hola. —Estaba tan poco preparada al oír la voz que no sabía qué decir—. ¿Te apellidas Royce?

—Sí. ¿En qué puedo ayudarle?

Eso la animó.

—Soy Abigail Blanton. Yo… estoy llamando porque tenemos un parentesco. Tenemos la misma madre.

—¿En serio? —Sonaba sorprendido y curioso, pero a la vez complacido.

—¿Tú sabes quién es tu madre?

—Más o menos. Tengo fotos. Murió cuando nací.

Le habían mentido tanto como a Abbie. ¿Acaso su padre biológico era una especie de bastardo sin corazón? Puede que fuera peor de lo que ella sospechaba.

—Tu madre no está muerta. —«Todavía.»

Como su hermano no hablaba, Abbie continuó:

—Ninguna de nosotras sabíamos que existías. Acabo de encontrar archivos de tu nacimiento. Tú y yo nacimos...

Hunter le tocó el brazo. Ella entendió la advertencia de contar lo menos posible y asintió antes de continuar. Pero estaba desesperada.

—Nacimos en el mismo lugar. Yo nunca conocí a nuestro padre. ¿Tú sí? —Seguía sin oír a su hermano—. ¿Todavía estás ahí?

—Lo siento. Estoy conmocionado. No, nunca conocí a mi padre. Me dijeron que mi madre murió al darme a luz, así que fui a parar a un orfanato.

Todo lo que ella sabía de su padre biológico por los archivos del Kore es que sus iniciales eran S. J., pero no necesitaba archivos para imaginar que había sido afortunada por no conocerlo. Eso no borraba un sinfín de preguntas que tenía para su madre.

—Lo siento tanto. Tienes una familia, mucha más de la que imaginas, y...

—Odio tener que interrumpirte, porque realmente quiero hablar más contigo, pero debo hacer una llamada a larga distancia en un par de minutos. Trabajo en casa. Estaré disponible esta tarde. Si me das algún número puedo llamarte.

—¿Estás en Chicago en...? —Le dio la dirección que Hunter le mostró en su ordenador.

—Sí. ¿Cómo lo sabes y cómo encontraste mi número de teléfono?

—Es una larga historia y estaré encantada de contestar tus preguntas si me dejas ir a verte. —«Por favor, di que sí.»

—¿No tendrás un catarro ni nada así, verdad? Mi resistencia a los gérmenes no es muy buena, por eso trabajo en casa. Tengo los pulmones débiles y debo tener cuidado de no exponerme a mucha gente.

—Estoy en perfecto estado de salud. —Trató de no sonar como una acosadora obsesiva, pero necesitaba verlo ese mismo día—. Estaré allí en treinta minutos. Solo una visita corta, ¿de acuerdo?

—Supongo que estará bien. Llama cuando estés abajo y te daré el código de seguridad para que puedas subir.

Abbie sentía que un peso enorme comenzaba a despegarse de

su pecho. La esperanza estaba ocupando el lugar del miedo. Entregó el teléfono a Hunter, tan excitada que quería abrazarlo y odiaba sentir cómo vacilaba.

—Ya lo has oído. Me recibirá cuando llegue.

Hunter guardó el teléfono en el bolsillo.

—Espero que acepte ayudar a tu madre.

Ella sabía que faltaba la palabra «hoy» al final de la frase de Hunter. Entendía que él tenía algún tipo de trabajo muy importante que hacer, pero ella debía conseguir la ayuda de su hermano.

No importaba cuánto costara convencerlo.

Capítulo cuarenta

*L*inette debía dar seis pasos más antes de llegar a su oficina y cerrar la puerta.

Le habían dado la hora de la detonación de la bomba. El sábado, es decir, al día siguiente, a las diez de la noche. Ella había preguntado si era del horario de la costa atlántica y Vestavia dijo que le habían dicho que sí, pero no parecía convencido.

Todavía no había información acerca de qué ciudad, pero Vestavia esperaba tenerla a tiempo para hacer llegar a su gente al lugar de la detonación. ¿Qué quería Vestavia que hiciese su gente al llegar si la bomba ya estaba puesta?

¿Sería su gente quien la hiciera detonar?

Vestavia siempre la hacía sentirse como si tuviera que vigilar cada paso que daba. Le ponía los nervios de punta, especialmente con este proyecto. Puede que se sintiera asustada porque nunca había sido incluida en aquel nivel.

En el interior de su oficina, cerró la puerta y se sentó ante su escritorio, excitada y aterrorizada. Quería compartir todo lo posible con su contacto a través de la Red, cuyo grupo le había prometido dar un buen uso a la información. Pero si Vestavia estaba diciendo la verdad, que él solo estaba compartiendo ciertos detalles con cada uno de los tres tenientes, ¿se daría cuenta de que había filtrado la información ella?

¿O pensaría que alguien relacionado con Bardaric había dado el chivatazo al FBI o a la organización nacional de defensa?

Llevó las manos al teclado. Un movimiento la detuvo. El picaporte giró lentamente, y luego la puerta se abrió.

Basil entró sonriente. Tenía una mejilla abultada por el caramelo que estaba chupando.

—¿Tienes ganas de tener un amigo? Yo soy el que te pilla más a mano por aquí.

—No, gracias.

Cerró la puerta, luego atravesó la habitación y se colocó a dos palmos del escritorio. Su apestoso sudor podía olerse a través de la corta distancia que los separaba, y ella sintió náuseas.

—No creo que te hayas dado cuenta de lo implacable que es Vestavia —dijo Basil.

—Creo que conozco bastante bien al Fra.

—Yo no opino lo mismo, pequeña. Nunca has visto de lo que es capaz.

Ella sintió la urgencia de contarle a Basil historias de su época junto al Fra mayor, para las que necesitó un estómago todavía más fuerte, pero permaneció sentada con la máscara inexpresiva en su sitio, a pesar de que a él nada lo disuadía.

—Cuando entré a trabajar con los Fratelli junto a otros ocho tipos, uno de ellos llegó con un minuto de retraso a nuestro primer ejercicio de campo. Vestavia quiso someterlo a un castigo ejemplar. El chico no debía de tener más de veintidós años. Lo hizo desnudarse y estirarse sobre una rejilla de metal en el bosque. Vestavia preparó un fuego debajo del chico. Fue amordazado. Puedo jurar que los ojos se le salieron de las cuencas cuando encendimos la llama. No era un fuego tan grande como para calcinarlo. No, era como si se estuviera haciendo un asado y él fuera el plato principal. Tuvimos que apartarnos cuando el olor a carne quemada fue demasiado nauseabundo. Vivió casi todo el día hasta que se puso a llover. Aparecieron águilas ratoneras que comenzaron a desgarrar su carne. Finalmente murió, pero le llevó un tiempo.

—¿Adónde quieres llegar? —preguntó ella con voz despreocupada. Comer carne a la parrilla le sería difícil durante un tiempo.

—Solo quiero que sepas cuánto te estarías arriesgando si le fallaras. —Basil soltó una risita y se enderezó—. He oído que hizo cosas peores cuando se estaba follando a Josie. Ella sí que era una cabrona de cuidado.

—No quiero hablar del Fra ni de sus socios y sugiero que tengas cuidado con lo que dices.

—El jefe está al otro lado de la ciudad en una fiesta de oficiales cotillas que piensan que él es su ciudadano más íntegro. ¿Por qué crees que he venido ahora?

Ella sintió un escalofrío de miedo en la piel.

—Por favor, vete.

—Seguro. Muéstrame la puerta. —Se cruzó de brazos, mostrando que estaba encantado de esperar.

Linette apretó los dientes y se puso de pie para salir de atrás de su escritorio.

Él se abalanzó para cogerla del brazo, apretándola contra él.

Ella colocó un puño entre ellos.

—¡No seas estúpido!

—Me han llamado muchas cosas, cariño, pero no estúpido. Especialmente teniendo en cuenta que ambos sabemos que ellos solo promocionan como teniente a alguien con un coeficiente intelectual elevado.

Ella no tenía a nadie que pudiera apoyarla en una pelea, pero él tenía razón sobre su inteligencia. Encontraría un modo de evitar que siguiera jugando con ella como si fuese una muñeca. O una muñeca inflable, en este caso.

—Vete ahora o te arrepentirás.

—Lo único que lamento es no haber previsto el tiempo suficiente como para hacértelo en esta misma oficina. —Estiró las manos para agarrarle los pechos.

Ella se quedó totalmente inmóvil, sin luchar contra él.

—No deberías arriesgarte a enfadar a Vestavia —le advirtió.

—No te atreverías a decirle una palabra a Vestavia. Si te quejas te echará del equipo y te entregará a mí, puedes estar segura. Los Fratelli sospecharían que a cualquier mujer le gusta exhibirse, incluso a ti.

Ella no dijo una palabra. Basil tenía razón.

Y él iba a ser un problema fracasara o no fracasara la misión.

Capítulo cuarenta y uno

*H*unter dejó la limusina aparcada a unos cuatrocientos metros de distancia de la dirección norte del centro de Chicago. Abbie había saltado del coche, impaciente por encontrarse con su hermano. Esperaba poder convencerlo de ayudar a su madre.

Si no, Hunter pronto tendría que encontrar algún lugar seguro donde esconderla. Y las cosas se pondrían feas cuando él se encontrara con la gente de la BAD.

Ella llevaba un abrigo de ante que él había recogido en Bloomington, donde se había cambiado de vaqueros y se había puesto un jersey negro de cuello alto. Un chaleco de plumas era lo único que él necesitaba para soportar la temperatura, que por la tarde era de bajo cero.

Ella lo sorprendió al tomarlo de la mano cuando buscó la de ella. Caminaron juntos a paso rápido, evitando a una mujer con un pequeño perro y a otra con un cochecito. Cuando Hunter localizó el edificio de seis pisos de su hermano, Abbie usó el teléfono que había en la pared cercana a la entrada de su casa para llamarlo, a fin de que pudiera darle el código de seguridad para abrir la puerta.

Hunter mantenía la zona vigilada, pero no había nada anormal en el tranquilo vecindario.

—Hola, soy yo. —Abbie escuchó y asomó su rostro a la cámara de seguridad, luego asintió señalando a Hunter—. Es un amigo mío y también está sano.

Ella frunció el ceño, escuchó y se frotó la cabeza. A ella le dolía la cabeza por el camino, pero este parecía ser un dolor nuevo.

—Hum…, deja que pregunte. —Cubrió el teléfono y se volvió hacia Hunter—. No quiere que suba nadie más que yo.

—Me niego. —Hunter miró la cámara, sin importarle que al tipo no le gustara lo que veía.

—Está enfermo. Leí en el informe que es hemofílico —explicó ella—. Solo estaré arriba diez minutos, bajaré enseguida.

—Dile que me quedaré junto a la puerta. —Eso era más terreno del que Hunter normalmente cedía.

Ella se lo dijo a su hermano, luego cubrió de nuevo el teléfono.

—Dice que tiene vecinos cerca que se preocuparían si alguien se quedara en el pasillo.

—No permitiré…

Ella lo interrumpió.

—Sé que has dedicado todo el día a ayudarme a encontrar a alguien y soy consciente de los problemas que eso te está causando. Tengo que hablar con mi hermano ahora, porque luego me entregarás y mi madre morirá si antes no consigo hacer esto. No podré vivir si pierdo esta oportunidad de ayudarla. Si no vas a dejarme subir a ver a mi hermano, mátame ahora porque lucharé hasta la muerte con cualquiera que pretenda detenerme. Necesito diez minutos, quince como mucho. Si por entonces no he bajado, ven a buscarme. —Bajó la voz—. Sé que tú puedes entrar en este edificio.

Él quería que confiara en que sabía qué era lo mejor para ella, pero Abbie le había echado en cara que no confiaba en ella. Cuanto más tiempo se quedaran allí parados, más probabilidad había de que los vieran, especialmente si Gotthard había tenido tiempo de investigar el archivo de Abigail y había encontrado la conexión con su hermano.

—De acuerdo, sube, pero no vayas a ninguna otra parte y no salgas de su casa a menos que yo esté junto a la puerta cuando él la abra.

—¿Crees que tengo la intención de salir huyendo en el instante en que suba ahí?

—No, Abbie. Sé que vas a intentar convencer a tu hermano de que acuda al centro médico ahora mismo. Si consigues hacerlo, no quiero que te vayas con él porque creas que voy a entregarte a alguien. Confía en mí cuando te digo que te lo diría si fuese a ocurrir.

Ella no dijo una palabra.

Hunter le puso una mano en el hombro, queriendo retenerla junto a él.

—Deja de mirarme como si te hubiera traicionado igual que ese cerdo. Solo quiero que estés a salvo. Jamás te daría la espalda. Maldita sea. Si pudiera hacerlo, te llevaría conmigo a alguna parte donde pudiera pasarme horas demostrándote lo mucho que me importas.

A ella le tembló el labio inferior.

—Vas fatal de tiempo.

—Lo sé. Solo necesito que tengas cuidado... Hazlo por mí. —La besó y pensó en poner el dedo contra la maldita cámara, pero no lo hizo. Terminó el beso y le susurró.

—Date prisa y recuerda esperar a que yo esté en la puerta antes de salir. Estaré a un metro de su puerta en unos diez minutos o algo menos.

Ella parecía estar dividida, sin saber muy bien qué hacer, pero le dio las gracias, y luego habló a través del teléfono.

—Subiré sola.

En el minuto en que la puerta se cerró tras ella y entró en el ascensor, Hunter retrocedió y se alejó caminando tranquilamente hasta el final del edificio, fuera del alcance de la cámara de seguridad. Cuando dobló la esquina, salió corriendo.

Abbie salió del ascensor, arrugando la nariz ante el sofocante olor a moho. El edificio parecía viejo desde abajo, pero no ruinoso. Había telarañas colgando de la pared y basura esparcida por toda la alfombra del pasillo.

¿Su hermano no podía permitirse un lugar mejor? Especialmente estando enfermo.

Encontró la puerta entreabierta con una nota pegada:

Entra y ve hasta mi biblioteca, a tu derecha. Caminar perjudica mi asma.

Ella empujó la puerta y escudriñó en el salón oscuro, que olía como el pasillo. Una luz brillaba en una habitación que había a su derecha.

—Soy yo, Abbie.

Cuando dio dos pasos en el interior del salón, la puerta se cerró de golpe y alguien la agarró con fuerza de las muñecas, retorciéndole las manos detrás de la espalda.

—¿Qué haces? —gritó.

Una mano le sujetaba ambas muñecas. Y unos dedos fríos la agarraron del cuello.

—Hola, hermana.

Ella trató de pensar a pesar del martilleo de su corazón.

—Me estás asustando. —¿Acaso su hermano era una especie de monstruo?

Él no dijo nada.

¿Por qué habría insistido en que no subiera con Hunter?

—¿Quién eres?

—La única persona que puede salvar a tu madre.

—Es tu madre también. —Las palabras de Abbie salían con dificultad entre respiraciones temblorosas.

—Detalles, detalles. Yo solo estoy interesado en negociar.

—¿Tú sabías que ella estaba… enferma? ¿Entonces sabes quién soy?

—Por supuesto que sí, hermanita.

Ella se estremeció al oír la palabra «hermanita» con aquella voz burlona.

—¿Qué es lo que quieres?

Él pasó el dorso de la mano a lo largo de su mejilla, y después bajó la mano hacia su pecho.

Por favor, que no quiera eso.

Le susurró.

—Voy a dejarte escoger.

—¿Entre qué?

—Entre quién vive y quién muere.

Hunter necesitaba herramientas, algo que pudiera usar para activar la cerradura eléctrica de la verja construida de metal con diseño cruciforme. El hermano de Abbie había escogido un apartamento con un sistema de seguridad decente, pero no representaría realmente un desafío… si Hunter tuviera herramientas.

Sonó su teléfono y consideró la posibilidad de no responder, pero Gotthard era el único que podía ayudarlo en aquel momento. Atendió el teléfono con una mano y siguió buscando una manera de entrar al aparcamiento del edificio mientras tratataba de hablar con calma.

—¿Sí?

—Seguimos trabajando con todos esos archivos, pero Rae ha abierto el archivo codificado con los diez hombres que fueron designados para ser entrenados. He cruzado referencias de todo lo que tengo hasta ahora.

Alguien encendió el motor de un coche en el nivel más bajo del garaje.

Hunter miró a través de una grieta que había en el cemento de la pared que rodeaba la zona del aparcamiento.

—¿Qué has descubierto?

Gotthard dijo:

—Revisamos los datos de los diez chicos y encontramos un archivo del Kore actualizado cada dos años. Los nueve estudiantes que murieron habían sido anotados como difuntos. El último figura como vivo. Ese es nuestro asesino JC.

El coche del interior del garaje se dirigió hacia la salida, activó la puerta electrónica y luego pasó a través de ella a toda velocidad. Hunter salió de su escondite y corrió hacia la puerta de salida que conducía a las escaleras.

—Joe está usando esa nueva información para averiguar si el asesino JC ha estado o sigue estando con los servicios secretos británicos. Mientras esperábamos para averiguar eso introduje su perfil en nuestro ordenador y obtuve un dato… en los otros archivos del Kore.

—Tiene sentido que estuviera en los archivos de las pruebas. —Hunter abrió con cuidado la puerta que daba a la escalera.

—No me refiero a eso. Encontré una familia que tiene lazos con él. Su nombre en los archivos secretos es Royce Jack.

Hunter había empezado a subir las escaleras lentamente y se quedó helado.

El hermano de Abbie era J. Royce. «No. No puede ser.»

—Tiene exactamente el mismo tipo de sangre y características físicas que un varón nacido de la misma mujer que dio a luz a Abigail Blanton. Su hermano es el asesino JC.

Y Abbie estaba en manos de su hermano.

Hunter subió las escaleras de dos en dos.

—Hemos examinado los archivos de Abigail.

—Ella no está involucrada —dijo Hunter en un crudo susurro mientras subía las escaleras a toda velocidad para llegar cuanto antes junto a ella. Había subido dos pisos. Le quedaban tres. Abbie necesitaba a su hermano para salvar a su madre, pero lo que Hunter quería era la sangre de ese bastardo.

Un hemofílico no tardaría mucho en perderla.

—Te estoy hablando del informe médico de Abigail que le hicieron ayer por la noche. Supongo que tú sabrás que tuvo un paro en el Kore.

Hunter gruñó para no gastar el aliento que necesitaba para subir volando las escaleras. Cogería a ese bastardo y se lo entregaría a Joe a cambio de sacar a Abbie de todo este lío.

Gotthard continuó:

—Eso fue porque el recuento de glóbulos blancos de Abbie bajó severamente después de donar sangre. Lo comparamos con los archivos médicos de su madre y existen similitudes.

—Dime todo esto después. Él es hemofílico. Tendré que capturarlo sin hacerlo sangrar, pero lo haré. —Hunter se guardó el teléfono en el bolsillo de los pantalones, para tener las manos libres al llegar al último piso.

Entró como un rayo en el corredor.

¿Por qué preocuparse por el ruido? Ese cabrón tenía que saber que él iba a subir. Diablos, la puerta estaba entreabierta.

Hunter irrumpió en la habitación.

—¿Dónde está ella?

Nadie respondió… porque el piso estaba vacío.

Capítulo cuarenta y dos

*H*unter salió del ascensor que lo había bajado dos pisos al nivel subterráneo de los cuarteles de la BAD, bajo el centro de Nashville. Iba siguiendo a Korbin, que lo condujo a la sala de las misiones.

Gotthard, Rae, Carlos y Retter estaban de pie o sentados alrededor de la mesa de conferencias de color negro.

—Te dije que venía. ¿Crees que necesitas a todos estos para vigilarme? —preguntó Hunter a Retter.

—No —dijo Retter, con los brazos cruzados por delante de su camiseta negra y el pelo recogido en una coleta—. Podía haberme encargado de traerte por mi cuenta. Tú me has evitado la molestia. Así que voy a darte una posibilidad de elección.

Hunter reprimió su reflejo normal de golpear a cualquiera que pensara que podía ser mejor estratega que él en el campo. Tenía una sola preocupación y esa era recuperar a Abbie.

—¿Cuál es mi elección?

—Podemos encerrarte ahora mismo o puedes ayudarnos con esta misión.

—Es una elección fácil.

—No tanto —continuó Retter—. Cuando terminemos esta misión vendrás sin causar problemas para encontrarte con Joe y Tee. Y harás lo que ellos te pidan que hagas sin rechistar.

—¿Sin rechistar? —se burló Hunter—. ¿No podéis decir más estupideces?

Los ojos de Retter brillaron, pero no sonrió.

Rae y Carlos contuvieron su reacción. No era soprendente.

Korbin no refrenó su mirada de odio.

—Si no vienes sin causar problemas —continuó Retter—,

encerraremos a la señorita Blanton para siempre, y luego encontraremos a ese traidor de Borys que estás escondiendo y lo entregaremos a la CIA.

Hunter sabía que no tenía posibilidad de movimiento.

—De acuerdo.

—Gotthard y Korbin se ocuparán de ti. —Retter se dio la vuelta para marcharse.

Sonó el teléfono de Hunter. La BAD había instalado transmisores para accesos subterráneos a teléfonos móviles y conexiones vía satélite, pero solo dos personas deberían tener ese número. Hunter leyó la pantalla. No era Cynthia, y estaba mirando a Gotthard, cuyas cejas marrones se alzaron interrogantes.

Hunter respondió.

—¿Sí?

Rae salió y regresó con Retter.

—Ahora empieza la diversión —dijo una suave voz masculina al oído de Hunter.

—¿Quién habla?

—El hermano de Abigail, pero puedes llamarme Jackson, ya que ahora ya sabes quién soy.

Usando señales de manos, Hunter hizo saber a todo el mundo quién estaba llamando. Gotthard se precipitó al teclado para rastrear la llamada, pero ese cabrón no se dejaría localizar tan fácilmente.

—¿Qué es lo que quieres?

—Hacer mi próxima tarea un poco más desafiante. Voy a Colorado por un pequeño trabajo. Si descubres dónde estoy antes de que complete mi trabajo y me marche, yo te diré dónde está Abigail. No pude hacerle daño la última vez que nos vimos porque no estaba autorizado. Pero hay buenas noticias… desde ayer ella ha sido incluida en mi lista de asesinatos necesarios.

Por eso el bastardo había tratado de matarla anoche en el Kore Center.

—¿Qué parte de Colorado?

—Seamos serios. Tú también tienes que tener algún desafío. No arrastres los pies. Le di a Abigail un cóctel en el Kore. No el mismo que le di a su madre, pero uno similar. Está empezando a tener dolores de cabeza, como le ocurrió a su madre al principio. Alteré los archivos del Kore mucho tiempo atrás. Abbie y su madre tienen una sangre idéntica a la mía, así que ella necesita mi sangre también. —La llamada se cortó.

Hunter iba a matar a ese hombre. No hasta que Abigail estuviera a salvo y en perfecto estado de salud, pero sí un segundo después. Si su intuición era acertada respecto a aquel loco, Jackson no haría daño a Abbie hasta el momento en que se encontraran. La cuestión era, ¿qué había planeado Jackson entonces? Jackson quería jugar a un juego, lo cual significaba que todo el mundo tenía que seguir vivo hasta el momento en que él decidiera que murieran.

—¿Qué es lo que ha dicho? —preguntó Gotthard.

—Me dijo que iba a ir a Colorado. Si lo encontramos antes de que termine su tarea y se marche nos dirá dónde está Abbie.

—Tenemos una hora marcada que puede tratarse o no del ataque en Colorado —intervino Rae—. El contacto en el interior de los Fratelli dice que mañana habrá una bomba a las 22 horas, horario de la Costa Este, pero el contacto nos ha advertido de que no confiemos demasiado en esa hora. No tenemos mucho más, así que podemos añadir Colorado a la combinación que tener en cuenta.

—¿Hay algún evento significativo en Colorado? —preguntó Hunter.

La mirada de hierro de Korbin no se había movido desde que Hunter había entrado. Finalmente, intervino en la conversación.

—Supongo que has estado demasiado ocupado para enterarte de los eventos del mundo. El primer ministro británico ha sido invitado a Denver el sábado por la tarde para ver a un amigo; el lunes hablará en la universidad. Después se dirigirá a Washington D. C. para encontrarse con el presidente el martes.

Hunter se rascó la barba de dos días.

—Si el asesino va tras el primer ministro será más fácil asestar el golpe en Colorado antes de que se encuentre con el presidente.

—Puede ser —dijo Retter—. ¿Pero por qué te conduce hasta él? ¿Por qué no se limita a eliminar al primer ministro en lugar de jugar a este juego?

—¿Recordáis el código de los Fratelli acerca de las muertes no necesarias? —Cuando los agentes asintieron, Hunter continuó—: El asesino se llama a sí mismo Jackson y habla como si debiera atenerse a las reglas de los Fratelli en cuanto a las muertes no autorizadas. Tiene sentido. Si no, me habría disparado cuando encontré a Abbie en su casa.

Korbin frunció el ceño.

—Sabía que la habías tenido todo el tiempo.

—Su madre se está muriendo —explicó Hunter para dar el beneficio de la duda a algunos de la BAD. La opinión de Korbin no contaba—. Abbie fue al evento de los Wentworth para hablar con Gwen sobre cómo descubrir lo que le había ocurrido a su madre, ya que había estado perfectamente sana hasta su visita al Kore dos semanas atrás. Jackson acaba de decirme que le dio un cóctel muy parecido a algo que le dio también a Abbie anoche antes de que sufriera el paro.

Rae descruzó los brazos y se inclinó hacia delante.

—¿Es así como conseguiste los datos?

—No del modo que yo quería, pero sí —dijo Hunter—. Necesitábamos la huella dactilar de Abbie y una muestra de su sangre tomada a través de las máquinas en el mismo minuto en que accedíamos al sistema informático del Kore. Así que si podemos sacarla de esto le debemos las gracias por esos archivos.

Rae sonrió ligeramente.

—Volvamos al asesino —dijo Gotthard, presionándolo—. Termina de explicarnos por qué quiere jugar a este juego.

Hunter caminó hasta el marco del la puerta, donde se apoyó.

—Jackson parece un asesino aburrido, maniatado por demasiadas reglas de los Fratelli. Quiere un desafío. Como el doctor Tatum. Jackson debe de haberlo puesto en una situación sin salida amenazando con dañar a sus hijas si no se tomaba las píldoras para suicidarse. A Jackson le estimula ver a la gente tomando decisiones de vida o muerte. Lo comprobé en la misión que tuvimos en Kauai hace cuatro años. Jackson no considera que haya matado a Eliot, puesto que le disparó en el hombro, lo cual no habría amenazado su vida. Pero Jackson sabía que no había forma de que alguien bajara por ese precipicio con un disparo en el hombro. Ese bastardo se rio cuando Eliot cortó la cuerda que lo sostenía.

—¿Eliot?

Hunter se tensó, observando los rostros de la habitación.

—Sí. Los que estabais aquí entonces sabéis que la información clasificada cambió a partir del momento en que Eliot y yo nos introdujimos en la casa de Brugmann. En cuanto descubrimos la lista de la CIA y los planes de un ataque terrorista en el Reino Unido tuvimos que salir de allí. Acabábamos de empezar a descender cuando la finca quedó en silencio demasiado pronto como para que hubiera tenido tiempo de llegar el FBI. Eliot sabía que algo iba muy mal y que nosotros seríamos los únicos que sabríamos lo del ataque terrorista si alguien llegaba a la finca antes que el FBI. Eliot tenía también la pierna rota. Cuando se dio cuenta de que no podría llegar abajo quiso asegurarse de que uno de los dos pudiera prevenir el ataque planeado al hospital de Gran Bretaña al día siguiente. Él cortó su cuerda, y así yo pude bajar.

—Joder. —Korbin resumió la reacción de todos los que estaban en la habitación.

—Jackson fue quien disparó. —Hunter seguía oyendo el eco de su risa en el fondo de su cabeza—. Me hirió para jugar conmigo, para hacerme saber que podía haberme matado, pero yo no debía de formar parte de los blancos señalados. Si me hubiera herido de muerte habría incumplido el juramento que debe mantener con los Fratelli.

—Fuiste a la fiesta de los Wentworth buscándolo a él. —Rae expresó sus pensamientos en voz alta.

Hunter ya no tenía nada que proteger ante esos agentes.

—Sí, pero no tenía ni idea de que pretendía disparar a Gwen. Después de dejar a Abbie en su casa con un transmisor que le coloqué en el vestido, aparqué en la calle y caminé de vuelta al edificio. Estaba dentro cuando escuché que Jackson la agarraba. Él quería ver mi cara, pero no nos mató a ninguno de los dos. Soltó una bomba de humo y gas lacrimógeno. Yo la saqué de allí y me la llevé conmigo. —Miró a Retter y continuó—: Iba a traerla aquí esa misma noche, hasta que me contó que su madre se estaba muriendo. Mirándolo con perspectiva podría haber puesto a Abbie bajo custodia y cargar con la culpa de apartarla de su madre, porque ahora es él quien la tiene.

Hunter se volvió hacia Rae en silencio.

—Es por eso que no quería que te relacionaran conmigo en la fiesta de los Wentworth. No dudaba de tu habilidad para ser mi compañera. Yo ponía la misión en primer lugar, pero, si se me presentaba la oportunidad de matar al asesino de Eliot, no iba a dejarla pasar. No quería que tú ni nadie más resultárais herido por mi culpa.

Rae dedicó a Hunter una mirada que él no esperaba. Sus ojos se suavizaron con comprensión.

Korbin no dijo nada, pero su mirada de rabia cedió.

—Abbie ya estaba involucrada antes de que tú la conocieras —dijo Gotthard.

—¿Por qué dices eso? —Hunter se cruzó de brazos. Se sintió bien al poder contar con la experiencia y los conocimientos de este grupo para encontrar a Abbie. Gotthard había intentado hacerle ver que eran más grandes como equipo que como individuos. Le pesaba no haberlo aceptado antes.

—Rae ha descubierto el acertijo del nombre Jackson Camaleón. Jackson desapareció de Estados Unidos cuando tenía tres años, pero la madre de Abbie tuvo que donar sangre para él cinco años después. Revisé los datos de aduana de esas fechas y encontré que fue autorizado un par de horas después de la donación. La sangre fue entregada a un hospital de Shangái para un niño cuyo apellido era Jack.

Rae retomó el hilo.

—En la cultura asiática un niño varón es llamado «hijo de», así que Jackson significa «hijo de Jack».

—¿Y eso adónde nos lleva? —preguntó Hunter.

—Eso nos ha hecho acceder a información acerca de un Sigmund Jack que vivía en Estados Unidos en la época en que la madre de Abbie se quedó embarazada.

—¿Dónde está ahora?

Gotthard continuó.

—Muerto. Rastreamos la vida de su hijo hasta que Jackson se incorporó a los servicios secretos británicos con veintipocos años y luego desapareció dos años atrás. Joe ha recurrido a sus contactos en Gran Bretaña para averiguar que los británicos también están tras la pista de Jackson. Creen que está detrás de las muertes de dos poderosos apoyos del antiguo primer ministro y posiblemente también detrás de la muerte del primer ministro anterior.

—¿Entonces por qué iba Jackson a matar al actual primer ministro, que básicamente se opone a todas las cosas que apoyaba el anterior primer ministro? —preguntó Hunter en voz alta.

—Solo los Fratelli pueden responder a eso —dijo Rae.

—Entonces tendremos que encontrarlo. —Hunter se alejó del escritorio—. Él me quiere allí por alguna razón. Y voy a ir. —Miró a Retter para indicarle que no podrían detenerlo.

—Te dejaremos ir —señaló Retter—. Pero te advierto que si haces un solo movimiento que no tenga como prioridad la seguridad de esta nación yo mismo me encargaré de ti.

—Hecho. Saldré hacia Colorado esta noche.

Retter añadió:

—No irás a ninguna parte solo.

Hunter hizo el amago de discutir, pero luego se dio cuenta de que necesitaba a alguien con él. A un agente en particular.

—¿Puedo escoger quién irá conmigo?

Korbin miró a Rae, y luego a los demás. Nadie habló.

Retter dijo:

—Depende de quién se trate.

Capítulo cuarenta y tres

*H*unter se detuvo entre un grupo de álamos sin hojas que estaban protegidos del viento invernal por una cresta de granito que surgía a su derecha. Por delante de él se veía un único chalé de montaña, brillante como un diamante iluminado en una habitación oscura. El helicóptero los había dejado a él y a Brendan Masterson, «Mako», unos tres kilómetros más lejos, donde se habían puesto la ropa de invierno. La temperatura bajó a unos cuatro o cinco grados, lo cual era templado para una noche de primavera en las Montañas Rocosas.

Estudió la casa de tres plantas intensamente iluminada situada inocentemente en una zona de descenso en las montañas del norte de Idaho Springs, en Colorado.

Un lugar perfecto para celebrar una fiesta privada con motivo de la visita de un dignatario internacional.

Un lugar perfecto para un intento de asesinato.

Mako dejó su mochila junto a la de Hunter. Nubes de humo blanco se formaban en el aire cuando respiraban. Miró su reloj y dijo con calma:

—La hora: son las veintiuna cero dos con dieciséis segundos.

—Comprobada —respondió Hunter.

Faltaban cincuenta y ocho minutos para que alguien muriera.

Consideró qué posición podía haber escogido el francotirador a lo largo de la cadena al oeste de la casa. Había ventanas altas en el tercer piso, que daban al oeste, hacia la espectacular puesta de sol.

—El francotirador podría estar en cualquier parte entre los cien y los trescientos metros. —Hizo un gesto con la cabeza, señalando la posición más obvia para el disparo más cercano a través de los cristales de las ventanas—. Determinaré la posición del primer ministro en el edificio. Tú cubre el terreno y comprueba si el francotirador tiene a algún cómplice aquí abajo. Una vez nos separemos, quédate lo bastante lejos de mí como para que no te vea o cambiará de juego.

—De acuerdo. —Pesadamente armado y equipado con un traje de peltre gris del ártico como el de Hunter, la ancha figura de Mako se desvaneció en la oscuridad cuando se alejó.

Hunter le estaba agradecido por haber accedido a ser su respaldo. No había nadie voluntario, eso seguro. Con un poco de suerte, su intuición respecto a las intenciones de Jackson sería correcta.

Si no, Abbie pagaría el error.

La bilis acudió a su garganta al pensar que ella podría estar cerca de allí aterrorizada, porque Jackson querría tenerla cerca de él para hacer su próximo movimiento.

Pensar en eso en lugar de en la misión era inútil y peligroso. Debía concentrarse si quería tener alguna esperanza de recuperarla con vida.

Hunter se movió hacia la izquierda, levantando sus prismáticos para estudiar la actividad de la silenciosa coctelera. Toda la actividad parecía concentrarse en la tercera planta de la casa de quinientos metros cuadrados perteneciente a los amigos británicos del primer ministro.

El líder del Reino Unido apareció a la vista entre un grupo de hombres, en una posición que no permitía un disparo preciso… no todavía. La radio de Hunter emitió un pitido.

Mako había detectado a alguien en los alrededores.

Hunter bajó sus prismáticos, en busca de… Ahí estaba. Un hombre alto y grueso moviéndose cuidadosamente desde el edificio hacia los vehículos esparcidos a través del terreno cubierto de nieve y de surcos…

Hunter enfocó la mejilla derecha del hombre… Tenía una cicatriz.

«Joder.» Era el mismo tipo que había estado en el recinto de Brugmann en Kauai y en la fiesta de los Wentworth.

—Necesito una localización, Gotthard —dijo Joe, avanzando a lo largo del área de investigación y análisis del centro de operaciones subterráneo de la BAD.

Gotthard apretó la tecla de actualización de la pantalla del chat donde él y Linette dejaban sus mensajes acerca del sábado. Usaban una página diferente cada día de la semana y las siete placas cambiaban mensualmente.

—¿Todo el mundo en sus puestos?

Joe hizo una pausa.

—Sí. Hay veinte equipos desperdigados por el país, preparados para contactar con las brigadas de explosivos y sistemas de alerta ante emergencias de cada ciudad. Además de nuestros cinco mejores especialistas en bombas. Si la hora prevista para la detonación fuera la correcta, las veintidós horas según el horario de la costa atlántica, en el este, ya habría tenido lugar. Debe de estar relacionado con el evento de Colorado si va a ser esta noche.

—Es una pena que no tengamos veinte expertos en desactivar explosivos tan buenos como Korbin.

—Desde luego.

Gotthard apretó la tecla de actualización y el mensaje de Linette apareció.

—Tengo algo. —Él decodificó mientras copiaba su texto—. Envía las coordenadas. El atentado será en Chicago dentro de veintitrés minutos.

Joe golpeó el aire con el puño.

—¡Es un jodido as! Retter y Korbin están en Chicago. Dale las coordenadas a Retter y yo contactaré con las autoridades locales para que el equipo de emergencia se ponga en marcha en Chicago.

Gotthard cogió su teléfono, esperando que Linette tuviera la espalda cubierta respecto a los Fratelli. Obviamente se había metido hasta el cuello.

Retter iba en una moto Suzuki GSX-R, estudiando el tráfico que iba hacia el juzgado de Chicago. Los ciudadanos no eran conscientes de que su ciudad tal vez fuera el escenario de un ataque terrorista aquella misma noche. Miró a su equipo, que iba al lado en otras motos negras idénticas.

Korbin, su experto en demoliciones, llevaba una mochila llena de todas las herramientas que necesitaba. Iba armado con una 9 milímetros colgada al hombro, pero Rae, Jeremy Sunn, Nathan Drake y Retter le cubrirían las espaldas si tenía que desactivar la bomba.

Al lado del cuerpo musculoso de Drake la moto parecía minúscula. Había conseguido su aspecto curtido en la casa grande cuando ocupó el lugar de su gemelo en la cárcel después de que este fuera estafado por un narcotraficante. Eso fue poco después del período de servicio de Duke como soldado de las Fuerzas Especiales. Sunn había pasado tiempo suficiente en prisión, pero casi siempre bajo órdenes, aunque llegó a la BAD con sus propios antecedentes penales. Su pelo rubio estaba despeinado cuando se quitó el casco, que después colgó sobre el manillar.

Hacía tiempo que Rae no movía un solo músculo. Llevaba puesto y atado el casco, y tenía la mochila sobre sus hombros. Alta, bronceada y dura, llevaba el mismo uniforme fino y negro para todas las estaciones que empleaban los demás agentes.

El teléfono de Retter comenzó a vibrar. Apretó el botón para responder.

—Adelante.

Gotthard dijo:

—Tengo la localización. Chicago. Clark Street Bridge y Lower Wacker. La bomba estallará en veintiún minutos.

Retter colgó la llamada y habló a través de su transmisor, pasando la información a su equipo.

—Adelante, Korbin. Vamos detrás de ti.

Retter bajó la visera de su casco y apretó el acelerador, haciendo rechinar los neumáticos al dar un giro a la izquierda.

Retter se colocó justo detrás de él. Korbin avanzó entre los coches para luego dar un giro rápido a la derecha. Retter lo siguió trazando la misma curva, a toda velocidad, inclinándose hasta casi tocar el pavimento con la rodilla. Se enderezó rápidamente antes de meterse entre el tráfico que llenaba todos los carriles.

Korbin se deslizó sobre la acera, por donde caminaba poca gente. Un chico con sudadera que hacía *footing* se alejó rápidamente por unas escaleras. Korbin zigzagueó, tocando la estridente bocina y esquivando a todo el mundo por el camino. Los peatones habían dejado vacía la acera cuando Retter y los otros tres motoristas la ocuparon.

Retter giró por la esquina de Wacker Drive, a la derecha. Se encontró con una pared de gente alejándose del Clark Street Bridge. Joe había informado a las autoridades de Chicago y la brigada antiexplosivos del FBI de que se dirigía hacia el escenario en moto, lo cual daba a Retter y a su equipo un tiempo antes de que aparecieran. Una media hora, tal vez.

Si la hora de la detonación era precisa, con media hora tenían tiempo suficiente. A menos que no consiguieran desactivar la bomba.

Retter apretó los frenos con tanta fuerza que el neumático trasero se levantó del suelo y volvió a caer. Bajó rápidamente de la moto y se quitó su cazadora del FBI. Rae aparcó y se puso la chaqueta a juego y luego cargó sobre su hombro un rifle de alta potencia LaRue Tactical OBR. Los cuatro avanzaron a través de la multitud.

—Estoy en la base del puente —sonó tranquila la voz de Korbin a través del auricular de Retter.

Odiaba las putas bombas.

—La tengo —murmuró Korbin, indicando que había encontrado la bomba—. Todavía examinando... Mierda... Veo una segunda.

Retter se detuvo encima del puente por el lado del sur, y envió a Sunn y a Drake al otro lado para cubrir la ribera norte del río. Rae no aminoró la marcha hasta que llegó a la zona del parque, abajo, en el lado sudeste del puente.

—Maldita sea —dijo Korbin.

—¿Qué ocurre? —preguntó Retter. Se inclinó para ver a Korbin balanceándose por debajo del puente, usando sus manos para sostener todo su peso y el de la mochila que llevaba a la espalda.

—Cinco, repito, hay cinco bombas. —Respiraba aceleradamente por el esfuerzo—. Dejadme echar un vistazo. —Guardó silencio durante unos segundos—. El material posiblemente tiene una base de uranio, pero no en gran cantidad.

Retter había visto a Korbin enseñarle a Rae cómo desactivar bombas de una complejidad elemental en cuestión de segundos. Ojalá aquello fuera rápido y simple.

—¿Cuánto tiempo te llevará desactivar cada una?

—La primera puede llevarme unos cinco minutos. Las otras serán más rápidas. —Pero Korbin no dijo cuánto más rápidas.

No era alentador.

Retter miró atentamente a la masa de gente aterrada que se alejaba corriendo del puente y la que salía de los edificios, sumándose al caos. Korbin era uno de los mejores. Puesto que las bombas no contenían una gran cantidad de uranio, puede que el equipo fuera afortunado y los explosivos demostraran ser inútiles. Pero los aficionados normalmente no usaban uranio.

Su teléfono vibró otra vez. Al oír la voz de Gotthard, Retter fue directo al grano.

—Tenemos cinco bombas...

—Lo sé —dijo Gotthard—. Nuestro contacto ha enviado información adicional. Cinco bombas y el francotirador de Colorado controla de alguna forma su detonación.

Más valía que Hunter encontrara a ese bastardo cuanto antes.

—¿Tienes algo más?

—Sí. Hay un uranio peculiar en las bombas. Se estima que la destrucción, si las cinco bombas detonaran simultáneamente, sería de unas nueve manzanas a la redonda.

Decenas de miles de personas morirían.

Hunter apretó una teclas de confirmación para hacerle saber a Mako por radio que había localizado al hombre que merodeaba alrededor de la casa. El misterioso tipo de la cicatriz estaba conectado a demasiados eventos como para no desempeñar un papel en el tiroteo de esa noche. Cuando el tipo subió a la cadena de montañas del lado oeste, Hunter envió otro mensaje para hacer saber a Mako que lo estaba siguiendo.

El hombre misterioso se dirigía directamente al lugar donde Hunter esperaba que Jackson Camaleón colocara a un francotirador para disparar al primer ministro.

De ahora en adelante, tendría que confiar en que Mako se mantendría alerta y cubriría a Hunter, pues ya no era posible el contacto por radio.

El hombre misterioso no llevaba ningún rifle con él, pero se movía como si fuera a la caza de algo. ¿Estaría cubriendo al francotirador, buscando a Hunter a sabiendas de que Jackson lo esperaba? Cuando Hunter llegó cerca de él, a sesenta metros de la cadena montañosa, tuvo que hacer una elección.

Le quedaba poco tiempo.

Ya no podía continuar siguiendo a aquel tipo secretamente. Hunter comprobó su 9 milímetros y se movió rápidamente.

El tipo misterioso se dio la vuelta justo un segundo antes de que Hunter lo atacara. Cayeron al suelo, golpeándose contra las rocas y la nieve. No había más sonido que el de los gruñidos y los golpes de los puños en los cuerpos. Hunter le dio un puñetazo en la mandíbula, se agachó y agarró el arma en su mano. Le dio un golpe en la cabeza al tipo y lo hizo caer al suelo.

Saltó sobre él antes de que el tipo recobrara el aliento y le clavó la rodilla en la espalda. Hunter guardó el arma en su cinturón y le puso las dos manos a la espalda para sujetárselas con unas esposas. Luego le ató las piernas y se colocó encima de él.

—¿Quién eres tú?

El tipo gruñó.

—Aquel que te va a joder magníficamente.

—Supongo que es una cuestión de perspectiva. Yo soy el que tiene el revólver. Tú estás atado.

—Vamos detrás del mismo francotirador. Le estás dejando ponerse en posición de tiro.

¿Qué demonios decía?

—Empieza a hablar.

—Tienes diez minutos para encontrar su localización. Yo he examinado la propiedad. Jakson Camaleón tiene que estar por encima de esta cresta montañosa a unos veinte metros. Hay un lugar perfecto desde donde disparar al primer ministro cuando comience a tocar el piano. Estará sentado de espaldas a la ventana. Los invitados le pedirán que toque a las diez en punto.

—¿Por qué debería creerte?

—No lo hagas. Tus manos se mancharán de sangre.

—¿Para quién trabajas?

—Para nadie. Yo soy mi propio equipo.

Hunter había usado esa frase con compañeros de equipo de la BAD. No le extrañaba que ellos lo miraran echando chispas, con la misma expresión que él tenía mientras miraba ahora a aquel desecho de la humanidad. No tenía tiempo para encontrar a Mako. Si el tipo decía la verdad, el asesino dispararía pronto.

—¿Por qué me dices todo esto?

—Porque tú has impedido que yo lo detenga antes del ata-que. Hará detonar una bomba esta noche.

¿Quién demonios era aquel tipo de la cicatriz?

—Cuanto más hables conmigo menos tiempo tendrás para encontrarlo.

Hunter no tenía tiempo para encargarse de él. Le arrancó la cuerda y la usó como morzada, luego lo empujó hacia un lado del camino y subió por la pendiente.

Cuando llegó a la zona más alta, usó un pequeño aparato de infrarrojos que le había dado Gotthard para examinar la zona en busca de una marca de calor en posición tumbada... y la encontró. No podía enviar un mensaje a Mako desde su actual posición sin alertar a Jackson demasiado pronto. Cuando estuvo a veinte pasos del francotirador ya no tenía ninguna posibilidad de acercarse a él en silencio con tan poco tiempo. Además, Jackson lo estaba esperando.

Hunter avanzó con su 9 milímetros en la mano.

—Has llegado antes de lo que preveía. —Cubierto con un traje blanco y una gorra también blanca de punto, Jackson se volvió hacia un lado para mirar a Hunter. Su dedo índice permanecía en el gatillo de su fusil de alta precisión .300 Win Mag.

—¿Dónde está Abbie?

—Cerca. Y viva por ahora. —Jackson parecía más un fantasma que un hombre, con su rostro pálido y esa ropa blanca. El único color visible era una marca roja de nacimiento en el lado derecho de la frente, como si hubiera recibido un disparo.

—¿Qué es lo que quieres?

—¿No te interesa saber quién es mi blanco? —preguntó Jackson con la voz aguda de un matón de colegio.

—El primer ministro. —Hunter nunca había sentido tantas ganas de matar a nadie como ahora. Sus dedos se tensaron ante la necesidad de arrancarle la vida a aquel hombre.

—Ah, tú mismo te das cuenta. Puedo ver el esfuerzo que estás haciendo para contenerte, pero, si me matas, Abbie también morirá. A estas alturas ya debes de saber que soy hemofílico. Si me haces una herida, la perderás, además de perder todo lo que puedas conseguir de mí.

Hunter tenía que pensar como el agente de la BAD que era y no como un hombre dispuesto a matar a aquel psicópata que se había atrevido a dañar a Abbie.

—Tenemos agentes por toda la zona. No saldrás de aquí con vida. Si muestras algo de buena fe, mi gente trabajará contigo si tienes alguna información sobre los Fratelli para intercambiar y si nos das las coordenadas de la bomba.

—Te refieres a que me rinda y que me entregue a vosotros. —Soltó un bufido—. Si aparece otro agente apretaré inmediatamente este gatillo. Además, tu gente no me mantendría con vida el tiempo suficiente para conseguir ninguna información.

—Sí, podemos hacerlo.

El francotirador comprobó su reloj y luego volvió a mirar a Hunter.

—¿Como ocurrió con Josephine Silversteen? Tú debes de formar parte del grupo que la capturó el año pasado. Ni siquiera consiguió llegar a la prisión antes de que su cabeza explotara como una calabaza aplastada.

—No te llevaríamos a la cárcel. —Hunter disfrutaría entregando a ese capullo a manos de Joe y Tee. Tee era un pequeño, aterrador y hermoso demonio cuando se trataba de sonsacar información a un cautivo—. ¿Con qué grupo de los Fratelli estás?

—Debería ser obvio. Con el Reino Unido. No es para eso que estás aquí.

—¿Para qué estoy aquí?

—Para tomar una decisión, por supuesto. —Jackson subió los labios a un lado, sin parecerse ni remotamente a Abbie—. Tengo curiosidad por saber cómo negociarás en este enredo.

—Nosotros no negociamos, así que no hay ninguna elección que hacer.

Eso hizo sonreír a Jackson.

—Deberías escucharme antes de decidir. Si mato al primer ministro y envío la confirmación en los próximos doce minutos, sufrirá una única ciudad de Estados Unidos, y perderán la vida unas decenas de miles de personas. Eso se consideraría una represalia después de la muerte del primer ministro, y ambos eventos tendrían como resultado la destrucción de la frágil comunicación que hay ahora entre Estados Unidos y el Reino Unido. Tu presidente necesita al primer ministro del Reino

Unido para la votación en la próxima reunión de las Naciones Unidas.

Cuando el francotirador hizo una pausa para mirar su reloj otra vez, la piel de Hunter se tensó. Se preguntaba qué estaba planeando Jackson además del disparo. Si su dedo no estuviera en el gatillo de un fusil que apuntaba a una habitación llena de gente, Hunter atacaría. Cuanto más tiempo mantuviera a Jackson entretenido hablando, más tiempo tendría la BAD para localizar la bomba si las coordenadas de la localización enviadas por Linette eran correctas. Ese capullo no revelaría nada.

—Si no mato al primer ministro —continuó Jackson, mirándolo otra vez—, tres ciudades estadounidenses serán atacadas, cada una con daños más severos que la anterior, causando la muerte de más de cien mil personas. Las bombas consecutivas vendrán con el mensaje de que cualquier país que apoye a Estados Unidos se arriesgará a sufrir el mismo destino.

—¿Por qué estás interesado en que nuestro país tenga un conflicto político y posiblemente también un conflicto armado con el tuyo?

—Yo en realidad no tengo país. Simplemente cumplo con mi deber.

—¿Quieres que yo escoja entre la muerte de un hombre inocente o la destrucción de tres ciudades? ¿Y si mi elección es dejarte mutilado?

—Ahí la tienes, pero si me haces un simple corte me desangraré. Soy un hemofílico de tipo B, de los que más sangran. —Jackson disfrutó exhibiendo de nuevo su perfecta dentadura—. Hablando de sangre, si ganas nuestro juego sin matarme, podrás salvar a Abbie y a su madre.

—También es tu madre.

—Una cuestión meramente genética.

Hunter quería herir a aquel Jackson por muchas razones, y Abbie y Eliot eran las que encabezaban la lista. Pero miles de ciudadanos inocentes morirían si no tomaba una decisión correcta. Tenía que descubrir por qué el francotirador lo había llevado a aquel lugar.

—¿Estás pensando en saltarte las reglas?

El asesino consultó su reloj otra vez, y luego ladeó la cabeza hacia Hunter.

—Espera, esto solo lo mejora. Puedes salvar a Abbie o puedes impedir que mate al primer ministro, en cuyo caso solo una de las ciudades será sacrificada cuando cinco bombas compactas con un nuevo tipo de uranio sean detonadas. Bombas capaces de hacer estallar nueve manzanas cuadradas en... Chicago, Chicago. —Cantó el nombre de la ciudad como si fueran las palabras del musical—. La explosión detonará en el Clark Street Bridge y sacudirá los cimientos del edificio donde está el piso de tu excuñada en Wacker. Y ahora... ¿a quién estás dispuesto a salvar y a quién estás dispuesto a sacrificar?

Todd, Pia y su hijo Barrett estarían en casa de Pia.

Hunter luchó por respirar. El corazón martilleaba en su pecho, amenazando con estallar por la presión de la sangre que corría por su cuerpo.

Tenía que informar a la BAD de la localización de la bomba.

—Abbie —dijo Jackson, atrayendo la atención de Hunter hacia él— está colgada de un precipicio exactamente a treinta metros de aquí, pero todavía no sabes en qué dirección, así que no te excites. Y si no sales en... —consultó de nuevo su reloj— veintiséis segundos, no lograrás alcanzarla antes de que la pequeña bomba unida al ancla de tensión rompa su anclaje a la pared de la roca.

—¡Maldito bastardo!

—Si has leído los informes ocultos sabes muy bien que no soy un bastardo. Veintiún segundos.

—¿Dónde está ella?

—No todavía... quince, catorce, trece. —Miró hacia arriba—. Hay un camino a menos de dos metros por encima de ti. En ese punto avanza veinte metros, luego gira a la izquierda y continúa hasta alcanzar el arrecife. —Sonrió a Hunter y siguió contando—. Seis, cinco.

El dedo de Jackson soltó el gatillo.

Era el momento de dar un salto de fe y confiar en que Mako estaría en la posición.

Un disparo sonó detrás de Hunter. La bala golpeó contra la parte posterior del gatillo y destrozó los dedos de Jackson.

El asesino aulló de dolor. Levantó las manos horrorizado, con la sangre brotando a borbotones de sus dedos hechos pedazos.

Hunter le dio una patada en la espalda para apartarlo del fusil.

Mako emergió de la oscuridad y se lanzó sobre Jackson, hablando a gritos.

—Sabemos lo de Chicago. Hay más agentes en camino. Ve en busca de Abbie.

Hunter ya había echado a correr. Joe había enviado más agentes. No era sorprendente ya que Hunter no esperara salir de esta situación sin luchar. Mako le había explicado durante el vuelo en helicóptero que si tenían que herir a Jackson usaría un torniquete para detener la hemorragia. Mako inyectaría a Jackson un elemento coagulante y no le importaría apretar el torniquete hasta el punto de que el asesino perdiera un miembro.

Mako era considerado un experto en el cuerpo de la Marina, capaz de agujerear a un enemigo con la misma habilidad que tenía para coser la herida de alguien que quisiera salvar.

Haría todo lo necesario para mantener a Jackson con vida.

Ese miserable pedazo de mierda haría mejor en sobrevivir.

Después de contar veinte metros mientras corría, Hunter giró a la derecha. Apartó las ramas de su camino y tropezó con unas rocas hasta llegar a un claro con un precipicio.

Había una cuerda atada a un árbol a dos metros del precipicio. Más allá estaba el abismo. Se apresuró a agarrar la cuerda, que estaba floja, lo que significaba que el asesino la había usado para subir desde donde había dejado colgada a Abbie.

Hunter miró más allá del borde a un abismo negro.

El corazón le latió con más fuerza que el de un hombre agonizante al ver el cuerpo de ella con un traje de nieve colgando en el viento.

Sus sollozos hacían eco contra la piedra.

—¡Aguanta, cariño; ya voy!

Lo único que Hunter tenía era el mosquetón destartalado de Eliot. Enganchó la cuerda a través de él y se enlazó el extremo de la cuerda a la espalda en un improvisado nudo para descender en rapel, luego se dejó caer lentamente desde el borde del precipicio.

—No bajes —gritó ella—. Aquí hay… una bomba…

—No te muevas.

—¡Hunter, para! —gritó—. Morirás. Vuelve atrás.

Él se dejó caer rápidamente, enfermo ante el miedo de llegar hasta ella demasiado tarde. Cuando llegó al ancla de tensión que sujetaba su cuerda localizó la bomba. Había suficiente explosivo como para provocar una avalancha. Y no había forma de mover la bomba sin sacar el ancla.

El tiempo se acababa. Sesenta y cuatro segundos, sesenta y tres…

Ella le suplicaba entre sollozos.

—Por favor, vuelve.

Él bajó más.

—No voy a perderte. —Cuando llegó junto a ella solo le quedaban menos de dos metros de cuerda colgando de su cintura. Ella tenía las manos atadas por delante de su cuerpo.

—No tenemos que morir los dos.

—No moriremos. —Eso esperaba.

Enlazó un nudo rápido en el mosquetón, sin estar seguro de que la desgastada pieza todavía aguantara; luego usó su cuchillo para soltarle las muñecas. Subiendo el extremo de su cuerda, se la ató a ella en la muñeca haciendo dos nudos rápidos en forma de ocho.

Olas de temblores la recorrían, pero él no podía consolarla todavía porque los segundos se les iban.

—Agarra esta cuerda. Separa los pies y mantenlos contra la pared de roca —le ordenó. Y comenzaron a subir, mano tras mano, introduciendo la cuerda a través del mosquetón.

—Él me dijo que morirías tratando de salvarme —gritó con voz fuerte, decidida a negociar—. Él dijo…

—Olvídate de él. Haz lo que yo te diga. —Mantenerla con vida no era negociable. Él avanzó con los pies contra la pared, deteniéndose cerca de la bomba, y sujeto con toda la cuerda floja que pudo subir—. Mira hacia delante —le ordenó.

Doce… once segundos. Desarmar el aparato sería fácil. Si tuviera herramientas.

Buscó su cuchillo.

—Abbie, prepárate.

—¿Para qué?

Diez… nueve.

—Para caer.

Él cortó la cuerda que la sujetaba y agarró el ancla unida a la bomba mientras el peso de ella lo tiraba hacia atrás.

Ella gritó al caer.

Las manos de él resbalaron sobre el ancla.

Seis segundos… cinco.

Embistiendo hacia arriba contra el peso muerto que lo empujaba hacia abajo, sus dedos se aferraron al metal. Soltó el clip de tensión, liberó la bomba y el ancla, y arrojó ambas al vacío.

—¡Tápate los oídos!

La bomba estalló. Sintió la compresión y el calor del estallido de la bomba, pero por fin había detonado lejos de Abbie.

—Cariño, ¿estás bien?

Él no oyó nada.

—Abbie, maldita sea, háblame.

—Estoy bien —gritó ella.

Él comenzó a respirar de nuevo y casi sonriendo por su tono de enfado antes de quedar callada otra vez.

—Pero… no puedes regresar conmigo —dijo ella con poca voz. Su terror podía sentirse a través del aire vacío de la noche, pero eso no la detenía—. Él me explicó cómo murió tu amigo. Lo que yo tengo que hacer…

—Abbie, calla.

—…es desatar mi cuerda.

—¡No se te ocurra hacer eso! —Hunter no podía pasar de nuevo por eso—. No, por favor, cariño… Oh, Dios, por favor, confía en mí. Puedo hacer que lleguemos los dos arriba.

Ella resollaba, casi hiperventilando.

—¿Cómo?

—Dame solo un minuto. No me dejes ahora. —La voz se le quebró, las palabras le salieron en un graznido. Una idea fuerte y segura ardió en su mente. Ella necesitaba saber por qué podía confiar en él—. Te amo. No puedo perderte.

¿Pero el bastardo habría trampeado la cuerda a propósito para que se soltaran los nudos en torno a su cintura? Hunter no podía pensar en eso.

—Hunter…

—Por favor, no me dejes.

—Yo tampoco quiero perderte.

Él dejó caer la cabeza contra la cuerda, tratando de recobrar la respiración.

—Entonces aguanta. Mi equipo nos sacará de aquí.

Alcanzó con las manos la cuerda que colgaba hacia abajo, tiró de ella con todas sus fuerzas y la levantó lentamente hacia él.

Cuando la tuvo lo bastante cerca, le habló con una voz llena de preocupación.

—Dame tu mano.

Dio otro tirón de la cuerda, y otro.

Le tocó el brazo con la yema de los dedos. La agarró del brazo, tironeando de ella hacia arriba con un estallido de adrenalina. Ella estaba sollozando, aterrada y viva.

La envolvió con sus brazos y no estaba dispuesto a soltarla.

Mako y los otros dos agentes no eran realmente de su equipo, pero Joe y Tee esperaban, o más bien exigían, que todos sus agentes trabajaran como una unidad en cualquier situación. Hunter podía ver ahora cuánto espacio le habían dejado Joe y Retter en los últimos cuatro años para permitirle demostrar que él podía ser un jugador de equipo.

Había fallado miserablemente. Y la obsesión por encontrar al asesino había sellado su destino.

Joe no le consentiría eso a ningún agente.

Una vez Hunter saliera de esa montaña se enfrentaría a todo el alcance de su castigo y lo pagaría sin una palabra de queja.

—Está bien, cariño. Ellos ya vienen —le aseguró Hunter, aunque el primer deber de Mako fuera asegurar al prisionero. Puede que faltara otra media hora, pero él la ayudaría a resistir.

—¿Preparado para subir, idiota? —gritó alguien desde arriba. Aparecieron luces por encima de sus cabezas y Mako se asomó, con su enorme sonrisa. Tenía una cuerda más colgando del brazo.

Nunca le había sonado tan agradable que lo llamaran idiota.

¿Pero qué habría pasado con Todd y su familia en Chicago?

Capítulo cuarenta y cuatro

Retter continuaba mirando el reloj, deseando hacerlo ir más lento y poder ayudar a Korbin, que había ganado una pequeña ventaja gracias a la experiencia de haber desactivado la primera bomba. Acababa de dar luz verde a la tercera bomba en menos de dos minutos, pero la primera le había llevado nueve.

La gente se dispersaba y abandonaba el Clark Street Bridge con más rapidez que las hormigas para salir de un hormiguero agitado, pero miles de personas estaban atascadas en el centro de Chicago con una enloquecida prisa por salir. El rugido de las voces competía con las sirenas que se oían en todas direcciones.

Korbin podía hacer eso. Tenía que poder.

Cuando Joe había traído al orgulloso experto en explosivos a la BAD dos años atrás, Retter ocultó su opinión acerca de las proezas del antiguo profesional hasta que tuvo la oportunidad de observar a Korbin en acción durante una misión en Chechenia.

Korbin procedía con tanta frialdad cuando trabajaba que podía helar la lava.

Gotthard había bromeado sosteniendo que Korbin vivía con una dieta a base de hielo, agua y mujeres fáciles.

Una mujer podía ser demasiado fácil. Retter no había determinado si Korbin y Rae tenían un lío o no. Se ocuparía de eso más tarde.

Se oyó claramente el sonido de una bala contra el metal al mismo tiempo que el grito de Korbin.

—¡Fuego!

Se oyó un segundo disparo.

—Los disparos vienen de abajo por el lado norte —gritó Rae, al tiempo que corría hacia la zona de aparcamiento bajo el lado sur del puente.

Corrió a apagar las luces a lo largo del puente para dar primero a Korbin la protección de la oscuridad, luego quitó las luces de encima de ella.

—Encuéntralo, Drake. —Retter dio la orden. Luego corrió por la carretera del puente y se unió a Rae en la zona de aparcamiento para cubrir mejor a Korbin.

Con tantos civiles alrededor, ningún agente volvería a disparar a menos que tuviera un tiro claro.

—Estoy desactivando la cuarta —dijo Korbin.

Retter usó su aparato de captación de imágenes térmicas para barrer toda la parte norte, en busca de alguna señal de calor. Le dijo a Rae:

—Quédate vigilando el destello de la cámara, yo voy a echar un vistazo en la posición de Korbin.

—Ya lo tengo. —Movió el rifle sistemáticamente a lo largo del lado contrario del puente.

—La número cuatro desactivada —dijo Korbin un minuto más tarde, con calma y control.

Retter vigilaba la señal de calor de Korbin, desplazándose hacia la última bomba con el cuerpo totalmente expuesto.

Un disparo irrumpió en la noche.

Se oyó el grito de Rae a través de los auriculares.

—Segundo piso, dos en punto desde el puente.

El cuerpo de Korbin se sacudió. Soltó un insulto. La bala lo había alcanzado.

—¿De qué alcance es tu herida? —gritó Retter.

—Me las arreglaré —gruñó Korbin.

Rae sostuvo su arma con firmeza, vigilando.

El siguiente disparo dio contra una viga de acero del puente. Luego ella disparó y se puso a lanzar insultos.

—Se ha movido. Drake, ¿lo tienes?

Se oyeron disparos, las balas contra el metal… y luego ningún ruido metálico.

Korbin maldijo, lívido. Le habían dado otra vez, pero no había nada que ninguno de ellos pudiera hacer excepto encontrar al tipo que disparaba.

Un disparo se oyó desde el otro lado del puente.

—Tengo a ese maldito cabrón —gritó Drake—. Eliminado.

Korbin dejó de avanzar por el puente. Estaba ante la última bomba. Retter comprobó su reloj. Faltaban setenta segundos para las diez de la noche. Si las heridas de bala no habían incapacitado a Korbin, Retter estimaba que podría desactivar la última bomba en sesenta segundos, tal vez menos…

—La última está activada —gritó Korbin—. ¡Alejaos del puente!

Rae se precipitó corriendo en dirección al maldito puente.

Retter corrió tras ella gritando.

—¡Rae!

Ella se volvió para mirar a Retter. La explosión la hizo caer hacia un lado.

Retter tropezó, mirando con incredulidad. El extremo final del puente se agitaba en el aire, retorciéndose; poderosas secciones de acero se desplomaban chirriando. Las ventanas de los altos edificios de ese lado del río salían despedidas de las oficinas. El olor intenso a productos químicos impregnaba el aire. Una estructura de cemento, en el lado norte del puente, se torció.

La mitad destrozada del puente que se había levantado quedó suspendida en el aire durante un segundo espeluznante, luego se desplomó y cayó en el río de Chicago.

El agua desplazada por el impacto se alzó hacia arriba en una violenta ola que estalló por encima de la orilla.

El silencio que siguió tan repentinamente fue discordante.

Rae se levantó de un salto, gritando.

—¡Korbin! —Comenzó a correr por el puente—. ¡Korbin!

Retter se lanzó sobre ella y la tiró al suelo.

—Detente, maldita sea.

—¿Qué le ha ocurrido a Korbin? —Ella rodó y luchó contra él agitando los brazos, pero Retter no la soltaba.

—Tenemos agentes al otro lado, Rae.

Ella al fin dejó de luchar. Estaba sin respiración, desgarrada por la angustia, pero asintió.

—Está bien. Llámalos.

Retter la dejó levantarse y se puso en pie. Ella había perdido su auricular al caerse. Él habló a través del micrófono y tuvo que poner la mano junto a la oreja para poder oír algo.

—Informe de la orilla norte. ¿Dónde estáis? —Escuchó, y luego se volvió lentamente para mirar al otro lado del río.

Rae avanzó unos pasos, mirando intensamente al mismo lugar como si allí fuera a encontrar la respuesta que deseaba.

Sunn encendía y apagaba una luz para indicar su posición en la orilla norte.

Ella agarró a Retter del brazo.

—¿Qué pasa con…?

—¿Dónde está Korbin? —Retter escuchó. La boca se le secó. Apartó la mano del oído y la miró a ella—. Rae…

Ella le lanzó una mirada al principio esperanzada, pero que luego fue el reflejo del horror que él sentía.

—No pudo salir del puente —dijo Retter, repitiendo lo que le habían dicho—. Jeremy vio a Korbin avanzando hasta la última bomba, luego el francotirador… Usaremos submarinistas…

—¡No! Hay que rescatarlo. ¡Él… él… no… está… muerto! —gritó.

—No puede haber sobrevivido…

Ella lo apuntó con su arma.

—¡Trae los malditos helicópteros y los equipos de rescate acuático ahora mismo!

Él la agarró, quitándole el arma solo porque estaba tan conmocionada por la muerte de Korbin que podía ser un peligro. Ella luchó contra él, gritando que la dejara ir en busca de Korbin. Quería sangre.

Retter también. Entendía el ciego dolor de la pérdida.

Podía noquearla de un golpe, pero no le haría eso a Rae delante de otros agentes que continuarían trabajando con ella. Lo que hizo a continuación le causaría casi tanta humillación, pero no tenía elección.

Le dobló los brazos por delante del pecho y la envolvió con los suyos, abrazándola fuerte. Sintió el momento en que se quebró.

No fueron grandes sollozos, sino un fuerte temblor.

Korbin había salvado miles de vidas. Pero no sobrevivió.

La BAD exigiría algún tipo de pago después de perder a uno de los suyos.

Y

Hunter aceptó la mano que Mako le ofreció y subió por encima del borde del precipicio; luego dio cinco pasos.

—¿Dónde está ella?

Abbie gritó desde la oscuridad.

—¿Estás bien? —Se lanzó a los brazos de Hunter, temblando.

—Estoy bien. —Él la apretó fuerte, sorprendido ante la sensación. Deseaba eso. La deseaba a ella, pero lo había jodido todo tanto que Joe y Tee iban a enterrarlo.

—Tiene que irse ahora, Hunter —dijo Mako—. Hay un helicóptero aterrizando que la recogerá a ella y a Jackson. He detenido la hemorragia, pero su vida pende de un hilo. Puede que no llegue al centro médico.

—¿Ha dicho algo? —preguntó Hunter, resistiéndose a soltar a Abbie, a pesar de que sabía que tenía que hacerlo para tener alguna esperanza de salvarla a ella y a su madre.

—Ha accedido a hablar a cambio de medicina para el dolor, especialmente después de que le cortara la circulación de la mano. —Mako hizo con la garganta un sonido de asco—. No es tan peligroso cuando le quitas el fusil.

Hunter quería saber una sola cosa.

—¿Te ha dicho qué les dio a Abbie y a su madre?

—Todavía no.

Abbie sacudió la cabeza por la conmoción y por el frío.

Hunter la abrazó e hizo que se dirigiera hacia el helicóptero.

—Lo siento, Hunter. Joe dice que tienes que quedarte conmigo.

Abbie alzó la vista hacia Hunter.

—¿Quién es esta gente y por qué no puedes venir conmigo?

Él le agarró la mano durante un segundo más, luego la cogió entre sus brazos y la besó. Esa podía ser su última oportunidad. Cuando interrumpió el beso, le acarició la cara.

—No puedo decirte…

—¡Maldita sea! —gritó ella, soltándose de sus brazos como si fuera un leproso—. ¡Confié en ti! Con mi propia vida. Con la vida de mi madre. ¿Y tú no puedes confiar en mí con nada?

—Abbie, tú no lo entiendes.

—Tienes razón, no lo entiendo. Tú dijiste… —Sacudió la cabeza, negándose a repetir sus palabras.

Él dijo que la amaba. Lo dijo.

Ella alzó la mirada hacia Stoner, uno de los dos agentes de más que había enviado Joe.

—¿Vas a llevarme tú?

—Sí, señora.

Ella asintió y caminó hacia Stoner.

Hunter se maldijo a sí mismo miles de veces por haber permitido que las cosas con Joe se le escaparan tanto de las manos que no pudiera ir con Abbie, ya que Mako usaría su arma si fuera necesario.

—Abbie, espera.

Ella se dio la vuelta; sus ojos brillaban enfurecidos con un grado de decepción que él nunca hubiera imaginado.

—Estoy harta de esperar. He esperado y esperado a que me dieras aunque fuera un centímetro. El amor es importante, pero no es nada sin la confianza. —Miró a Mako—. Agradezco a todos vuestra ayuda para llevar a este error genético al centro médico y curar a mi madre, pero yo ya he acabado con todo esto.

Miró una última vez a Hunter y añadió:

—Regresa a tu vida secreta. Yo no puedo vivir así.

A él se le removieron las entrañas al oír el tono definitivo de su voz. Ella había acabado con él y no podía culparla. Su falta de confianza la había golpeado cada vez que ella le ofrecía por su parte una prueba de confianza. Si él no se hubiera separado de su equipo ella no tendría que haber ido hasta la guarida de un asesino para terminar colgada de una cuerda en un precipicio.

Con una bomba de relojería.

Abbie desapareció en la oscuridad junto a Stoner.

—¿Cómo encontraste a JC? —preguntó Mako a Hunter en cuanto Abbie y Stoner estuvieron lejos.

Hablar sería más fácil si no tuviera un nudo de amargura en la garganta. Hunter tosió para aclarar la voz.

—El tipo de la cicatriz. —Se detuvo y se volvió hacia Mako—. ¿Te encontraste con él, más o menos a la mitad del camino?

—No. Enséñamelo.

Hunter guio a Mako al lugar donde había dejado al misterioso hombre. Dos esposas de plástico colgaban de una rama.

—¿Cómo puede haberse quitado eso?

Mako levantó ambas piezas con un bolígrafo y las deslizó dentro de una bolsa de plástico que había sacado del bolsillo de su cahqueta.

—Apuesto a que las únicas huellas son mías —le dijo Hunter.

—Y yo no me arriesgo a esa apuesta.

Sonó el teléfono de Mako. Él respondió, escuchó un minuto y colgó.

—Jackson está estable. El doctor Murphy, del Johns Hopkins, está revisando los archivos de la madre de Abbie y esperando para verla a ella. Dice que ya sabe lo que le ocurre a su madre.

Hunter había recurrido a Murphy por la madre de Abbie, pero ahora estaba doblemente agradecido puesto que Abbie necesitaba al doctor también.

—¿Puede curarlas?

—Posiblemente. Murphy dice que a la madre de Abbie le han provocado una enfermedad de la función sintética que ataca al bazo. Cree que puede detener la enfermedad y tal vez revertir el daño con un tratamiento que incluye una transfusión de sangre con las misma células blancas que la suya. Si Jackson llega con vida al centro médico, puede que ella viva.

—Jackson también le dio algo a Abbie —dijo Hunter.

—Murphy no sabrá el diagnóstico de Abbie hasta que no le haga las pruebas.

Hunter consideró la posibilidad de derribar a Mako para llegar junto a Abbie, pero Retter había dejado claro lo que él mismo haría con Abbie y con Borys si Hunter causaba algún problema. Tenía que decirse a sí mismo que Abbie estaba a salvo por ahora y que terminar esa operación le procuraría alguna posibilidad de hacer las paces con Joe y Tee. Hunter dudaba de que eso fuera posible, pero no arruinaría la última oportunidad que le quedaba de demostrar que podía trabajar en equipo.

¿Pero qué pasaba con Todd y su familia?

—¿Joe tiene la localización de la bomba?

Mako asintió.

—Retter ya está allí.

Eso no significaba que lo supieran todo.

—Es un puente...

—Con cinco bombas.

—¿Ya las han desactivado?

—Korbin desactivó cuatro antes de que la última detonara. El daño es mínimo comparado con lo que podía haber sido.

—¿No se han desmoronado edificios? —Hunter trataba de leer la reacción de Mako

—Hasta ahora solo ha habido una víctima: Korbin.

Capítulo cuarenta y cinco

—*P*arece que los daños no han sido tantos como anticipábamos —dijo Ostrovsky, abriendo la reunión a larga distancia con cinco miembros del Consejo de los Angeli. Había convocado la reunión en el momento en que recibió el aviso de las bombas. Vestavia lo había llamado inmediatamente para compartir las buenas noticias acerca del fallo de Bardaric.

—Es bueno que el primer ministro haya sobrevivido, ¿verdad?

—¿Qué demonios ha ocurrido? —exigió saber Chike.

—Bardaric ha estado manteniendo su propia operación durante un tiempo —respondió Vestavia—. Mintió sobre los materiales entregados para las tres bombas. Descubrimos que su gente estaba involucrada con el asunto de la bomba de Chicago. Todos lo están delatando y dicen que Bardaric solo les entregó material suficiente para una bomba.

Renaldo intervino.

—Yo por mi parte creo que debe obtener lo que se merece. Los servicios secretos británicos, con una bala entre las dos cejas, eran mucho más simpáticos de lo que yo hubiera sido de haber tenido la oportunidad. Debemos sustituirlo y tomar precauciones para no permitir que esto vuelva a ocurrir.

—¿Alguien sabe dónde se supone que guardaba ese falso suministro de uranio, en caso de que exista? —preguntó Vestavia.

Ostrovsky respondió a su pregunta.

—Hice algunas comprobaciones y creo que la bomba «accidental» en una pequeña ciudad ucraniana un mes atrás fue la prueba para la bomba de Bardaric. No sé si el material de la bomba nos va a ser suministrado. Mis fuentes me dicen que el francotirador de Bardaric les ha dicho a las autoridades de Estados Unidos dónde encontrar a Bardaric y dónde oculta sus instalaciones de investigación. Yo diría que, si esperamos una semana o dos, nuestros contactos infiltrados dentro de las organizaciones de inteligencia serán capaces de confirmar si las reservas de uranio de Bardaric han sido localizadas.

Ostrovsky esperó hasta que todo el mundo se mostrara de acuerdo, y luego continuó:

—Somos afortunados de que el asesino de MI6 que trabajaba para Bardaric fuera detenido. Nuestra intención nunca ha sido empezar una tercera guerra mundial.

—No en este momento —bromeó Vestavia, claramente feliz ahora que su venganza había sido neutralizada—. Volvamos a nuestro camino y sigamos desmantelando cada continente de un modo ordenado.

—Hablando de volver a nuestro camino, ¿qué ha ocurrido con Peter Wentworth y su hija? —preguntó Derain, con un tono lleno de sospecha.

Ostrovsky había estado esperando que Stoke preguntara eso para no tener que hacerlo él, pero que lo hiciera Derain era incluso mejor.

—Peter y Gwen desaparecieron, junto con todos los empleados de los Fratelli, antes de que el asesino de Bardaric fuera atrapado —respondió Vestavia, claramente incómodo de verse en ese sitio—. No tengo ni idea de dónde están. El ala secreta del Kore se quemó hasta los cimientos y se dañó parte de la zona pública del centro de mujeres. Todos los archivos relacionados con los Fratelli han sido trasladados de allí. Puede que Bardaric los tenga escondidos en alguna parte si siguen vivos. Él estaba empeñado en asegurase de que yo no tuviera aliados aquí, pero si creía que llevándose a los Wentworth me dejaría impedido me estaba subestimando a mí y el alcance de mis recursos.

—Hablando de eso, ¿ya has localizado a tu topo, Vestavia? —preguntó Stoke.

—Sí. Me ocuparé de eso tan pronto como acabemos aquí.

Ostrovsky terminó la reunión y cortó la llamada. Se echó hacia atrás en su mullida silla de oficina, contemplando el sol que disipaba la niebla del centro de Boston a través de la ventana de su salón.

La misión de Denver no era una operación enteramente exitosa pero tampoco había sido un completo desastre, puesto que Jackson había puesto en aprietos a Bardaric, haciéndolo responsable de todo el asunto, incluso del atentado contra la vida del primer ministro.

Jackson había dicho a las autoridades que Bardaric era la persona que lo dirigía. Sí, Jackson habría contado al FBI y a todo el mundo que era un asesino contratado por un tipo loco que creía estar apoyando una causa. El nombre de Fratelli no había salido en el informe que Ostrovsky tenía ahora entre sus manos.

Había escogido bien veintisiete años atrás cuando mató al padre de Jackson y se convirtió en el benefactor de su hijo, guiando su educación y su destino.

La gran víctima de todo esto era Jackson.

Había servido a Ostrovsky excepcionalmente al convencer a Vestavia de que Bardaric estaba detrás de los asesinatos no autorizados en Estados Unidos.

Jackson fue leal hasta el final, enviando a Estados Unidos detrás de Bardaric, que de ese modo se hizo cargo de los problemas de Ostrovsky. Y luego Jackson acabó con su propia vida, como siempre habían discutido. Usó una de sus uñas para abrirse la muñeca.

Vestavia había hecho bien al preocuparse de que Bardaric fuera el más peligroso de los Angeli del Consejo... hasta ahora.

Ninguno de los otros cinco había considerado quién podría ser el segundo más peligroso. Ostrovsky apretó el botón de llamada rápida de su teléfono y esperó hasta que acabaran los tonos y pudiera hablar por una línea segura.

Cuando su contacto en Asia respondió, Ostrovsky le dijo:

—Pronto tendremos un nuevo representante del Reino Unido. ¿Cómo va mi proyecto?

Linette caminó hasta la zona de recepción junto a la oficina de Vestavia, donde esperaban Basil y Frederick. Había estudiado la situación de sus homólogos durante las últimas veinticuatro horas.

La misión había fallado de acuerdo con los términos de los Fratelli. Ella y los otros dos tendrían que responder por sus partes.

Llevaba una gabardina sobre la blusa y pantalones de deporte. Vestavia la había llamado hacía veinte minutos ordenándole que fuera a su oficina. Las ropas informales de los otros dos indicaban que también habían recibido la noticia hacía poco. Ella había agarrado lo primero que encontró que pudiera ocultar cualquier temblor de su cuerpo.

Basil estaba serio, pero cuando sus miradas se encontraron se encogió de hombros, como diciendo: «Algunas cosas están fuera de nuestro control».

No era cierto. Ella había mantenido el control total al enviar la localización de las bombas en cuanto pudo. Si hubiera podido despedirse de Vestavia más rápido después de obtener la información, puede que hubieran llegado a tiempo de desactivar las cinco. Una había estallado, pero había habido una sola víctima. No miles.

Sin embargo, alguien había muerto porque ella no pudo entregar la información diez o cinco minutos antes.

Vestavia no perdonaría.

Pero su conciencia sería aún más implacable si hubiera permitido la muerte de miles de personas inocentes.

Se preparó para enfrentarse al castigo ante el fracaso y rezó para que él no hubiera descubierto que ella había filtrado la información.

Basil levantó las cejas insinuante y le guiñó un ojo. Tan seguro de haber ganado algo… a ella, al acabar la misión.

Ella lo ignoró.

Vestavia abrió la puerta y salió de la oficina… Su señal para que entraran.

Linette trató de respirar con normalidad pero solo podía dar pequeñas y dolorosas inspiraciones a través de la garganta contraída. Tomó su habitual posición cerca de la estatua de bronce, con la postura recta y los ojos mirando hacia delante.

Basil y Frederick entraron detrás de ella, cerraron la puerta y luego se acercaron. Los tres tenientes estaban en línea.

—Fra, sé que ha habido problemas… —comenzó Basil.

Vestavia alzó la mano y el gesto fue seguido de un inmediato silencio.

—En realidad, este proyecto ha salido mejor de lo que anticipaba.

Linette pestañeó dos veces rápidamente, pero mantuvo la mirada.

Vestavia fue hasta su escritorio y levantó una carpeta.

—Sí, a pesar de los decepcionantes resultados del atentado de Chicago, he conseguido algo que estaba buscando.

Basil y Frederick se relajaron inmediatamente.

Linette había trabajado con Vestavia el tiempo suficiente como para entender el significado de su voz engañosamente feliz. Estaba cualquier cosa menos feliz.

—Os he vigilado de cerca a todos. —Caminó por delante de ellos, con la fila detrás recordando la forma en que Hitler se dirigía a sus hombres—. Uno de vosotros ha estado muy ocupado.

La piel de Frederick pareció encogerse y perder el color.

Las manos de Linette estaban heladas y empapadas. ¿Habría encontrado Vestavia un segundo fantasma en los ordenadores? Ella se había visto obligada a esperar hasta el último momento para enviar a sus contactos las coordenadas, y asignar la ruta del mensaje le había llevado más tiempo.

Había sido cuidadosa, pero tal vez no lo suficiente.

Vestavia sonrió a Basil.

—Os he observado aquí hasta tarde haciendo trabajo extra. Largas horas cada día.

Las mejillas de Basil se arrugaron, pero no sonrió, aunque ella percibió las ganas que tenía de regodearse ante lo que claramente percibía como un elogio.

—Desde luego habéis trabajado duro para demostrarme lo brillantes y dedicados que sois. —La voz de Vestavia se aligeró, como si estuviera feliz por algo—. Tengo que reconocer que estoy impresionado.

—Gracias, Fra —dijo Basil.

Cuando Vestavia se dio la vuelta para caminar en la otra dirección, Basil dedicó a Linette una confiada mirada lasciva.

Y ella se había estado preocupando por ser atrapada por Vestavia. Ese asqueroso sapo de Basil estaba haciendo planes mentalmente sobre cómo abusar de ella. Ella podía verlo en la baba líquida que brillaba en sus ojos.

No, otra vez no. No volvería a permitir que ningún animal abusara de ella. El último había sido demasiado viejo como para herirla más de tres o cuatro veces a la semana.

El animal que estaba de pie junto a su codo podría hacerlo varias veces por noche.

Vestavia se detuvo y retrocedió.

—Tú has cubierto varias partes de la misión, ¿verdad, Basil?

Basil estaba de piedra. Se relamió los labios, incapaz de responder.

—Está bien, Basil. Te has ganado un reconocimiento. ¿Por qué no aceptarlo?

Los labios de Basil hicieron un sonido al relajar la presión. Daba la impresión de ser humilde.

—Solo he revisado a todo el equipo, Fra. Sabía que esto era importante para usted.

—Sí, la misión era importante, pero no solo para destruir una ciudad. Podemos hacer eso cuando queramos.

El rostro de Basil parecía el de un chucho confundido.

Vestavia abrió la carpeta y revisó las notas.

—Necesito gente buena, gente formal, digna de confianza. Yo recompenso a aquellos que hacen más que simplemente cumplir con sus obligaciones.

Linette advirtió que Vestavia no había mencionado lo que hacía con aquellos que no eran dignos de confianza.

—Hace tiempo que estoy buscando a un topo en nuestra organización, y por fin he encontrado a esa persona.

Linette continuó con la vista fija hacia delante. Si entraba en pánico se delataría. Si él la cogía…

—Eres brillante, Linette. —Comenzó a caminar hacia ella—. Eres la personificación de la dedicación y sabes seguir las instrucciones de maravilla.

Basil la miraba boquiabierto.

Ella deslizó los ojos hacia un lado, evitando picar el anzuelo. No tenía otro plan más que negar la acusación.

—Por eso te escogí. —Vestavia dio otro paso que lo alejó de ella—. Lo que me pregunto es por qué permití que alguien como Basil se infiltrara en mi operación. —Se volvió hacia Basil—. Encontré el rastro fantasma en tu ordenador cuando enviaste las coordenadas a un servidor de comunicación por chat.

El rostro de Basil parecía el de un muerto.

Pronto lo sería.

Vestavia chasqueó los dedos y los guardias irrumpieron en la habitación. Basil fue atrapado. Miraba a Vestavia y a los guardias con horror.

—No, yo no le he traicionado.

Un guardia lo agarró y él soltó un chillido. El segundo le puso una mordaza en la boca.

Linette debería sentirse un poco culpable por haber dejado sus archivos en la oficina para que Basil los leyera, o por haber asignado la ruta con la localización de la bomba a través del ordenador de Basil, usando su código de identificación en una firma oculta.

Para ser honestos, se sentía aliviada.

Vestavia echó a Frederick y luego se dirigió a Linette.

—Lo siento, no puedo darte tiempo de tomar una ducha. Tenemos un día ocupado. Nos encontraremos aquí dentro de una hora.

—Por supuesto, Fra. —Ella asintió y salió con las piernas flojas, pero ya había logrado dejar a un animal fuera de juego.

Capítulo cuarenta y seis

*H*unter entró en las oficinas de la Torre Murciélago con vistas al centro de Nashville que albergaba la agencia de la BAD.

Dudaba de que aquella reunión fuera informal, considerando que Tee se había unido a Joe para trasmitir a Hunter la decisión sobre su futuro.

—Joe y Tee están esperando —dijo Danya cuando él pasó a través de las puertas que daban a la zona de recepción.

Había oído hablar de una nueva empleada en las oficinas. Tenía un aspecto corriente, excepto por el cabello pelirrojo de punta y una estridente falda amarilla que combinaba con un jersey negro. Estaba sentada ante el escritorio tecleando en el ordenador.

—Gracias. ¿Gotthard también está aquí?

—En la habitación de conferencias de la zona trasera, con Rae, trabajando en la memoria —respondió Danya, con una sonrisa desganada en los labios.

Volvió la vista rápidamente a lo que estaba haciendo, reflejando el estado de ánimo que todos tenían después de haber perdido a uno de los suyos.

Korbin había muerto salvando la vida de miles de personas.

Incluyendo a Todd, Pia y Barrett.

Hunter le daba las gracias a diario por sus vidas. Nunca sería capaz de retribuir esa deuda. Mantendría vigilada a Rae para cuidar de ella si recuperaba su libertad de nuevo. Le alegraba haber aclarado las cosas con Korbin antes de que aquello ocurriera, pero eso no hacía más fácil afrontar su pérdida.

Siguió hacia delante y giró por el pasillo hacia la oficina de Joe, que estaba conectada con la de Tee.

Rae apareció por la esquina del otro extremo, avanzando a

toda prisa con largas y dramáticas zancadas y la cabeza baja. Debió de percibirlo cuando él se detuvo. Alzó la vista y disminuyó el paso, para enseguida recuperar la velocidad.

—Rae, siento muchísimo…

—Ahórratelo. —Le lanzó una mirada rabiosa que duró apenas una fracción de segundo.

Suficiente para que él viera que nada repararía el dolor que albergaba dentro. Perder a Korbin la había destrozado de una forma que Hunter entendía, pero ella no quería oírlo.

No ahora y no de él.

Avanzó hasta la oficina de Joe y entró.

Tee estaba de pie tras el escritorio de Joe. La mirada de reconocimiento que le dirigió a Hunter le recordó a la de un verdugo midiendo el tamaño del cuello del hombre al que va a condenar.

—Joe me ha llamado.

La mayoría de la gente pensaría, erróneamente, que contar con Tee, una pequeña mujer vietnamita de delicadas facciones y ojos preciosos, jugaría en favor de Hunter.

Era de aquellos que no sospechaban el historial ni las habilidades de Tee. De esos que se dejaban engañar por una mujer subida a unos tacones de siete centímetros que solo les llegaba por los hombros pero que era capaz de convertir el traje de falda azul eléctrico que llevaba en una declaración erótica.

Podía manejar a un hombre que tuviera el doble de su tamaño y matarlo con el clip metálico que sostenía entre sus delicados dedos.

—¿Todavía queréis hablar? —Hunter sabía la respuesta, pero alguien tenía que hacer el siguiente movimiento.

—Por supuesto. —Ella terminó de poner el clip en el documento y lo colocó cuidadosamente en una esquina del escritorio de Joe. Todo en ella era cuidadoso, calculado y controlado.

—Toma asiento —dijo, poniéndose delante del escritorio de Joe, donde apoyó una cadera.

No había sido una sugerencia sino una orden.

—No creo que esto lleve mucho rato. —Se sentó en la silla de oficina que había frente a ella.

—¿Tienes prisa? —preguntó ella.

—Depende de lo que tú y Joe hayáis decidido.

—No hemos decidido.

«Ah, demonios.» Querían ponerle una encerrona y hacerlo sudar viendo su decisión. Si trataba de desaparecer, simplemente irían a por Abbie, que no podía dejar su lugar junto a la cama de su madre ahora que ella estaba mejorando. Las dos estaban mejor.

Hunter debía agradecerlo a varias personas, entre ellas al doctor Murphy del Johns Hopkins, quien descubrió que Abbie no había tomado nada que fuese realmente dañino. Jackson había mentido. Gran sorpresa.

Abbie estaba en casa con su madre. Hunter deseaba verla con todas sus fuerzas, y le dolía el cuerpo entero por haberla perdido.

Nunca en su vida había sido pasivo y no iba a empezar a serlo ahora.

—¿Por qué no habéis tomado todavía una decisión?

—No nos ponemos de acuerdo.

Él se inclinó hacia delante.

—¿En qué?

—Yo estaba dispuesta a retirarte del campo.

Ella no dijo «permanentemente», pero tratándose de Tee había que darlo por hecho. No tenía ni idea de qué podía decir para influir en esa mujer, así que esperó a que ella continuara.

—Joe y Retter entienden por qué has hecho lo que hiciste. Y no es que yo no lo entienda. Es solo que no me importa. Yo solo me preocupo por nuestras misiones y nuestros agentes.

No tenía nada que ganar si la contradecía.

—Tienes razón. Nadie debería permitirse la autonomía que yo me permití.

Ella ladeó la cabeza durante una fracción de segundo y levantó una delgada ceja negra.

—¿Por qué no te habías dado cuenta de eso hasta ahora?

—Quería matar a la persona que me arrebató a Eliot. —Él no esperaba ponerse a hablar de esto, pero se lo debía a Joe y a Retter por haberle dado la oportunidad de demostrar que podía pertenecer a un equipo. Si Joe estaba dispuesto a hablar por él, entonces Hunter podía contar la verdad a Tee—. La rabia razonaba por mí. A Eliot le habría molestado si lo hubiera sabido. A él no le importaba eso de detener a un asesino por venganza. Trabajaba como agente de la BAD para detener a grupos como los Fratelli, para lograr que esta ciudad se convirtiera en un sitio seguro para las personas que amaba. Finalmente me di cuenta de que no le estaba haciendo justicia con lo que hacía. Si él estuviera hoy aquí me haría salir del edificio de una patada en el culo por haber perdido de vista el horizonte de la acción.

Ella no habló, solo seguía mirándolo con esa mirada afilada como un cuchillo, así que él continuó.

—A pesar de lo que decidáis, me gustaría acudir al funeral de Korbin. No sé si tenía algún familiar, pero contad conmigo si hacéis algo para ellos. —No quería alardear de dinero diciendo que él cubriría los gastos de todo. Eso sería un insulto para el resto del equipo. Pagaría su parte. Eso es lo que haría cualquier miembro de un equipo.

—No me lo hubiera creído —murmuró ella.

—¿El qué? ¿Que podía ser honesto?

—No, que podrías hacerme cambiar de idea. —Sus labios se curvaron ligeramente en una sonrisa que solo ocultaba una pizca de maldad—. Estás de nuevo en el equipo, pero ¿qué pasa con Abbie? Ella está en los medios. No es de nuestro tipo de gente favorita.

—Perdió su trabajo en los medios.

—Asegúrate de que no consiga otro.

—¿Cómo esperáis que haga eso?

—No me importa cómo lo hagas. —Tee se levantó y caminó hasta el escritorio, luego se inclinó hacia delante y se apoyó sobre las manos—. Ella sabe lo que haces y quién eres.

—Ella no dirá nada —argumentó Hunter—. No sabe nada acerca de nuestra localización, ni el nombre de nuestra organización, nada que pueda contar a nadie, cosa que además no haría.

—Pareces muy seguro.

—Estoy seguro. Confío en ella con mi…

—¿Con tu vida? —Tee sonrió.

Hunter esta vez no necesitó pensar antes de responder.

—Sí.

—¿En serio? —Tee se enderezó y se cruzó de brazos—. ¿Ya tienes un nuevo refugio seguro?

—Sí.

—¿Compartirás esa localización con nosotros?

—No, a menos que queráis compartir las consecuencias si la CIA descubre alguna vez quién es mi huésped.

—No, no queremos, por eso nunca te presionamos con ese tema. ¿Alguien más conoce la localización?

—No.

—Pero Eliot sí la conocía, ¿verdad?

Hunter se encogió de hombros.

—Sí. ¿Adónde quieres llegar?

—Tú no confías en Abbie; por lo tanto, yo tampoco puedo confiar en ella. ¿Cómo pretendes asegurarnos que ella no puede representar una amenaza para nuestra seguridad?

—Necesitas beber mucho líquido. —Abbie sostuvo la taza para que su madre pudiera beber un sorbo de infusión con vitaminas. El doctor Murphy se la había dado a su madre dos días antes de que volviera a casa.

El piso de Abbie todavía olía a gas lacrimógeno, recordándole el terrible miedo que había pasado. Había metido en una bolsa algunas ropas que lavaría en cuanto llegara a casa de su madre.

Su madre tomó la taza de su mano.

—No me ignores, Abigail. Esta es la primera oportunidad que tenemos para hablar sin que esté Hannah en la habitación. ¿Qué ha ocurrido? ¿Por qué perdiste el trabajo?

—Porque el canal todavía está hilando las cosas para contrarrestar la reacción violenta que se desató cuando me vi involucrada en el disparo de Gwen. Me dieron la oportunidad de salvar mi nombre si escribía una exclusiva con mi experiencia traumática. Cuando comencé a hacerlo me di cuenta de que, a pesar de que me gusta trabajar para la televisión, no quería compartir los detalles íntimos de lo que me había ocurrido, así que no me quise volver a ver en la situación de tener que pedir a otra persona que lo hiciera. Mi reputación en la televisión está acabada.

—Lo siento, cariño.

—Lo único positivo es que odiaba trabajar como una cabrona. —Sonrió a su madre—. Pero he oído algunas buenas noticias. El padre de Brittany ha despedido a Stuey. Y yo he recibido una oferta de una revista regional para informar en Chicago de quién es quién en los negocios y dónde se los puede ver en la ciudad. Al parecer creen que, como he sido vista con un Thornton-Payne, estoy «al tanto» de todo. —Marcó las comillas en el aire con los dedos. Puede que filmar documentales no fuera algo que llegara a hacer en esta vida teniendo en cuenta esa nube negra que se cernía sobre su carrera en televisión.

—Oh.

—¿Por qué suenas decepcionada, mamá? —No es que Abbie tuviera ganas de dar saltos de alegría por su oferta de trabajo o ante la idea de que alguien de la liga de los Thornton-Payne tal vez hablara con ella, pero le pagarían bien si aceptaba y significaba hacer informes sobre la flor y nata del mundo de la empresa. Podría encontrarse con algún Thorton-Payne, como Todd, pero no con Hunter. El tirón de dolor la atacó por sorpresa otra vez.

—¿Y qué pasa con esa idea que tenías de filmar niños en diferentes épocas de sus vidas para una pareja...?

—No. —Abbie había tenido una vez la idea de crear álbumes de recortes en vídeo para padres. Había reservado esa idea para empezar con su propia familia, porque hacer documentales había sido siempre su auténtica pasión. ¿Qué sentido tendría si no podía tener hijos propios? No haría nada de eso si no podía tener una familia con el hombre que amaba.

Equivocarse con Hunter le había demostrado que el amor y la confianza no iban de la mano como ella creía.

Lo peor era que todavía amaba a ese cretino.

Él había dicho que la amaba, pero no había sido capaz de confiar en ella.

Ella no podía aceptar una cosa sin la otra y Hunter vivía una vida que no le permitía abrirse plenamente a una mujer.

—¿Estás despierta? —Hannah entró en la habitación con una tarrina de helado ya empezada y otra más que le entregó a su madre.

—¿No hay uno para mí? —preguntó Abbie, molesta.

—Tú tienes que hacer la colada. —Hannah se metió otra cucharada en la boca y gimió de placer.

—Creí que querías quedarte en una talla seis. —Abbie alcanzó la tarrina de helado y Hannah se la arrebató en el aire.

—Ganar algunas curvas no te ha hecho daño. Quiero conseguir a alguien como ese Hunter con quien has estado últimamente.

«Por encima de mi cadáver.» Abbie mantuvo la boca cerrada para no revelar sus pensamientos.

—Además, el doctor Murphy dice que debes tener cuidado con lo que comes durante algunos días. —Hannah retrocedió y bajó la tarrina al nivel de la boca, atenta a cualquier movimiento repentino de Abbie.

—Estoy bien. Yo no me puse tan enferma como mamá. El doctor Murphy dice que eso significa que no debo de haber tomado algo tan abrasivo para mi estómago. —Miró con rabia a Hannah.

—De acuerdo, está bien. Ahora te traigo una tarrina de helado. —Hannah salió de la habitación.

Unos dedos delgados tocaron la mano de Abigail. Se volvió hacia su madre, que tenía los ojos llorosos.

—Siento que te hiciera daño…

—Mamá, tú no hiciste nada malo. Solo lo trajiste al mundo. No lo criaste para que se convirtiera en un asesino. Sigmund Jack fue quien hizo eso y te puso en peligro. Tú fuiste engañada desde el principio. —Abbie tendría pesadillas para siempre al pensar que estuvo a punto de morir sin la posibilidad de detener al asesino ni salvar a su madre—. Yo estaba más asustada que tú. Todavía tiemblo al pensar lo cerca que estuvimos de perderte. Si no hubieran dado a Royce un sedante tan fuerte, él se habría suicidado antes de que el doctor Murphy tuviera la oportunidad de hacerte una transfusión.

—Yo habría hecho cualquier cosa por salvarte —dijo su madre—. Sigmund profirió la única amenaza que podía resultar eficaz cuando me dijo que si hablaba de él o de mi hijo él mismo te mataría a ti. Y también si acusaba al Kore Women's Center.

Abbie no podía imaginarse teniendo que hacer esa elección. Lucharía contra el mundo con tal de proteger a un hijo… pero eso era algo de lo que no tenía que preocuparse, ya que nunca se casaría.

—Abbie, hum… —Hannah la llamó desde la puerta de la habitación.

—No veo que tengas una tarrina de helado en la mano —señaló Abbie, aunque riéndose para aligerar la acusación.

—Ya, bueno… puede que no tengas tiempo de comértelo.

—¿Por qué?

—En la puerta hay un hombre que pregunta por ti. Cuando le dije que no lo dejaría hablar contigo a menos que me dijera qué quería, me contestó que tiene un avión privado esperándote en el aeropuerto de Midway. Conduce una limusina. Tiene un sobre para ti.

Hunter caminaba de arriba abajo por la pista del aeropuerto de Lambert-Saint Louis. Nunca en su vida había estado tan nervioso, estaba hecho realmente un manojo de nervios.

El conductor de la limusina se detuvo en la siguiente parada y fue hasta la parte trasera del vehículo negro.

El avión que Hunter había enviado para recoger a Abbie acababa de aterrizar y estaba tomando la posición adecuada antes de detenerse. Se había debatido ante la idea de recogerla en casa de su madre para volar con ella. Pero eso habría permitido a Abbie quedarse clavada sobre sus talones en casa de su madre o en el aeropuerto de Midway.

Únicamente la nota que le había enviado podía hacerla ir tan lejos. En la nota le decía que le contaría la historia que había detrás del mosquetón que él llevaba si ella acudía hasta Saint Louis para escucharla.

Tenía el mosquetón con él, colgando de una trabilla del cinturón, donde lo había sujetado la noche en que sacó su equipo de escalada del cuerpo de Eliot.

Lo que no le había dicho a Abbie es que tendría que escuchar la historia mientras iba en un coche.

Cuando el avión que Todd había vuelto a prestarle finalmente se detuvo y la escalera se desplegó desde la puerta abierta, Hunter tuvo que obligarse a esperar el coche y no salir corriendo a buscar a Abbie. Llevaba cinco días sin verla.

Nunca se había dado cuenta de lo largos que podían llegar a ser cinco días.

Cuando ella salió del avión y comenzó a bajar las escaleras, él la miró fijamente, abarcándola con la mirada de la cabeza a los pies. Llevaba vaqueros y un jersey turquesa. Sus ojos eran más azules que el jersey. Bajó las escaleras con sus botas acolchadas. Tenía el pelo suelto, y los rizos le llegaban por los hombros.

Lo único que faltaba era su sonrisa.

Cuando llegó ante él, le dijo:

—Estoy aquí por mi natural curiosidad. No porque esté dispuesta a comprometerme.

—Lo entiendo y no te pido que cambies lo que sientes.

Su mirada decayó, como si esperara que al menos él lo intensase.

—Me alegra que lo entiendas. ¿Qué pasa con este coche?

—He pensado que podríamos dar un paseo mientras te explico la historia.

Ella reflexionó lentamente, moviendo los ojos de él al coche.

—De acuerdo, pero no me saques de Saint Louis, ni de este estado, ni del país.

—No voy a llevarte a ninguna parte donde no quieras ir por tu propia voluntad.

De nuevo, ella lo miró con curiosidad. El viento le agitó el pelo e hizo flotar su aroma hasta él. Hunter no podía enfrentarse a la idea de no volver a tenerla en sus brazos o acercarse a ella y hacerle el amor. Pero ella había dejado clara su postura al afirmar que no estaría con nadie que no confiara en ella.

Pero simplemente decirle que sí confiaba no funcionaría con Abbie.

Ella caminó hasta el coche y subió al asiento trasero. Cuando Hunter entró tras ella, se movió para dejarle espacio.

—Comienza a hablar.

Cuando arrancó el motor, Hunter inició la narración de sus confidencias.

—Conocí a Eliot en la universidad. —Le habló de las cosas que Eliot y él habían hecho y de cómo murió su amigo, evitando los detalles confidenciales pero contándole que Eliot le había confiado a él la protección de Cynthia y del pequeño Theo. Y que Cynthia era la persona que Hunter había ido a ver al cementerio.

—Puedo entender tu precaución respecto a la identidad de Cynthia, especialmente teniendo en cuenta la responsabilidad que Eliot dejó en tus manos —dijo Abbie—. Lo siento. No puedo imaginarme perdiendo a alguien como tú lo perdiste.

Ella había mantenido la mano agarrada a un lado del asiento, y de pronto la levantó. Él pensó que quizás iba a acercarla a la suya en un gesto de consuelo, pero el vehículo tomó una curva frente a una casa de ladrillos en ese momento y ella retiró la mano.

Él ocultó el pinchazo de dolor que sintió ante esa retirada. La había hecho venir hasta allí por una razón y no permitiría que sus reticencias lo detuvieran.

—Quiero que conozcas a alguien.

Abbie miró a su alrededor, pero no hizo ningún comentario sobre el tranquilo vecindario con aceras y árboles ante los patios delanteros. Los niños jugaban junto a las puertas.

Hunter bajó del coche y sintió la luz del sol que calentaba el aire. Le ofreció la mano a Abbie. Ella vaciló, y luego la aceptó. Volver a tocarla fue como sentir un rayo. Quería tenerla entre sus brazos, pero faltaba que ella se entregara. Cuando se volvió hacia la casa de ladrillos de estilo ranchero, la puerta principal se abrió y Cynthia bajó las escaleras hasta el pequeño porche. Lo miró sonriente, sin sorprenderse de la visita porque Hunter había llamado antes.

Cuando Abbie entró en la casa él acabó de presentarlas.

—Te presento a Cynthia, la mujer de Eliot.

Abbie se quedó boquiabierta. No podía creer que la hubiera llevado allí, pero estaba acercándose y saludando a Cynthia antes de poder poner sus pensamientos en palabras.

—Encantada de conocerte, Abbie —dijo Cynthia, retrocediendo para dejarlos avanzar.

—Lo mismo digo —murmuró Abbie.

Hunter le había explicado lo importante que era proteger la identidad de esa mujer. ¿En qué estaba pensando? Cuando recuperó la compostura, se dirigió a ella educadamente.

—Tu casa es preciosa.

El aire estaba impregnado del aroma de galletas recién horneadas.

—Gracias. Me encantaría que vinierais cuando podáis quedaros más tiempo, pues tengo entendido que hoy tenéis una agenda muy apretada —dijo Cynthia, volviéndose para guiar el camino.

Abbie la siguió a través de habitaciones decoradas con un aire práctico y moderno. Pasaron por una cocina blanca y azul y luego salieron a un porche posterior donde un lindo niño jugaba con unas piezas de construcción de plástico.

Hunter se acercó a Abbie, con la mirada fija en aquel pequeño ángel de cabello rubio.

—Theo —lo llamó Cynthia.

El niño levantó sus ojos azules y la miró sonriente.

—Aquí hay unas personas que quieren verte, Theo.

Él se levantó y acudió junto a su madre, que le dijo:

—Te presento a Abbie. —Theo apretó la mano de Abbie como un pequeño caballero.

—Y él es Hunter, tu padrino.

Abbie no podía hablar. Era evidente que Hunter no había conocido al niño hasta ahora. Ella contuvo la respiración mientras Hunter se acercaba a él y se ponía de rodillas, para poder estar a su mismo nivel.

Hunter sonrió a Theo.

—Tu padre era un gran hombre, y además era mi mejor amigo. Cuando seas mayor te contaré historias sobre tu papá, pero solo necesitas saber dos cosas. Tu padre te quería mucho… —Hizo una pausa, tragando saliva con dificultad, y luego siguió con calma—. Y era todo un héroe.

El corazón de Abbie latía salvajemente.

—Esto le pertenecía —dijo Hunter, quitándose el mosquetón de la trabilla del cinturón de donde se lo había colgado—. Ahora es tuyo.

Theo cogió el mosquetón con sus pequeñas manos y luego alzó los ojos hacia Hunter con mirada asombrada. Él se inclinó hacia delante con los brazos abiertos. Hunter lo levantó y abrazó al pequeño niño.

A Abbie se le partía el corazón por la pérdida que los tres compartían, pero tenía la sensación de que Hunter aún no se había recuperado emocionalmente de aquella espantosa experiencia en el precipicio.

Se estaba curando ahora que tenía al hijo de Eliot en sus brazos. Hunter colocó a Theo de nuevo sobre sus pies y luego le colgó el mosquetón en una trabilla de sus vaqueros. La sonrisa del pequeño llenó la habitación como una explosión de rayos de sol. Y como era una pequeña persona que todavía no podía entenderlo todo, se sentó a jugar otra vez.

Cuando Hunter se incorporó, sus ojos estaban diferentes, ya no tan llenos de oscuras sombras. Abrazó a Cynthia y le dijo:

—Te llamaré en cuanto tenga un poco de tiempo. Y tú puedes llamarme para cualquier cosa que necesites.

Cynthia lo besó en la mejilla.

—Gracias. —No parecía capaz de decir nada más, pero caminó con ellos hasta el porche delantero y se despidió de Abbie con un abrazo.

Abbie estaba evaluando todo lo que acababa de pasar, tratando de entender por qué Hunter la había traído allí.

Él se acercó al coche y le dijo algo al conductor, que asintió y luego se alejó con el coche.

—¿Quién nos llevará de vuelta al aeropuerto? —preguntó Abbie.

—No se va lejos —respondió Hunter—. ¿Quieres dar un paseo conmigo por un parque que hay a una manzana de aquí? ¿Por favor?

Ella lo tomó de la mano. Cuando estuvieron lejos de la casa, le preguntó:

—¿De qué va todo esto, Hunter?

—No me has preguntado por Borys —dijo él, eludiendo descaradamente su pregunta.

—De acuerdo. Me apunto al juego. ¿Cómo está Borys?

—Está bien. Te envía saludos. Dice que le gustaría verte. ¿No quieres saber dónde está?

—No. Tenía entendido que debías ser cuidadoso con eso.

—Está en Wyoming en una nueva localización. Muy cerca de las montañas que me gustaría mostrarte.

Abbie se detuvo y se volvió hacia él, pero él continuó sujetándole la mano.

—¿Por qué me estás diciendo todo esto?

Hunter levantó su mano libre y le tocó la mejilla.

—Porque te amo y confío en ti. Jamás le he dicho a nadie nada sobre Cynthia, ni siquiera a Borys. Hay ciertas cosas de mi trabajo que no puedo contarte, porque son confidenciales y mi deber es ocultarlas. Pero confío en ti con mi vida y con mi amor.

A ella le corrió una lágrima por el rostro. Él realmente confiaba en ella.

—¿Cómo logras hacer esto?

—¿El qué, cariño?

—Volverme loca por pegarte y loca por amarte al minuto siguiente.

Él la atrajo hacia sí y la besó. Ella se entregó, tratando de no preguntarse nada más que cómo podría seguir acariciando a ese increíble hombre para siempre.

—Te amo —murmuró ella entre besos y caricias; luego se apartó—. ¿Y qué pasa con tu gente de la agencia?

—Les vuelve locos que esté con alguien en conexión con los medios, pero yo estoy dispuesto a dejar la agencia si te quieres dedicar a los reportajes.

—No podría hacerle eso al hombre que amo —susurró ella.

—Cariño, no tienes ni idea de cuánto te amo ni de lo que estaría dispuesto a hacer por ti. —La miró—. Por encima de cualquier otra cosa, lo que deseo es que estés en mi vida. Cásate conmigo.

Ella sonrió y levantó la mano para recorrer sus labios. Él le besó la yema de los dedos.

—La buena noticia es que odio trabajar en las crónicas de televisión. Odio tratar con escoria. Lo que quiero es filmar documentales.

—Te compraré todo lo que necesites…

—Puedes comprarme un equipo de cámara, pero yo quiero hacer mis propios contactos y construirme un nombre por mí misma en este negocio.

—Lo que tú digas, siempre y cuando pueda contratar un buen equipo de seguridad para protegerte cuando yo no pueda estar para hacerlo personalmente.

A ella le dio un vuelco el corazón. Sería un marido posesivo y protector. Ella podía vivir con eso.

—¿Qué tal si hacemos un trato?

Hunter la miró fijamente durante un minuto y luego dijo:

—Suena a algo que requerirá horas y horas de negociación.

—Hay una cosa no negociable —dijo ella, y sonrió cuando él pareció algo inseguro de sí mismo.

—¿El qué?

—Que te amo y siempre te amaré.

Agradecimientos

De Sherrilyn Kenyon

Gracias a ti, Dianna, por ser tan comprensiva y hacerme siempre sonreír. Nunca creí que fuera capaz de escribir a cuatro manos con nadie, pero, puesto que a menudo compartimos un cerebro en común, haces que no solo sea fácil, sino además placentero. Gracias por todo el apoyo.

Garcias a Kim, a Jacs, a Brenda y a Retta por leer todos mis manuscritos y hacer estupendos comentarios. Gracias a los fans, por vuestro apoyo día tras día. ¡Sois los mejores!

A mi marido por ser mi refugio en la tormenta. Cada día agradezco haberte dicho que sí cuando me invitaste a ver una película que no podía soportar. Por mis hijos, que son siempre mi consuelo y mi mayor fuente de orgullo. Que Dios os bendiga y os cuide a todos.

De Dianna Love

Quiero agradecerle enormemente a Sherrilyn por ser la mejor amiga y mejor compañera de escritura que una persona pueda pedir. Ella tiene un talento asombroso que somos afortunados de poder disfrutar en sus publicaciones y es una de las personas más auténticas que he tenido el placer de conocer.

Todo el mundo que me ha conocido o se ha comunicado conmigo a través de Internet sabe que no podría hacer nada de lo que hago sin el apoyo de mi maravilloso marido, Karl. Todo lo que él hace alimenta mi inspiración y me hace posible ser indulgente con mi segundo amor: la escritura. Un agradecimiento especial a todos los fans que han pedido más libros de la agencia BAD y no vacilan a la hora de compartir sus libros y personajes favoritos con nosotras. Vuestro entusiasmo y excitación son todo lo que necesitamos para seguir haciendo crecer esta serie.

Gracias, Cassondra, por ser la mejor ayudante y hacer mi vida cada día más fácil. También gracias a Tracy y a la maravillosa mujer del café Shamrock, en Tyrone, Georgia, que me alimenta cuando Karl está fuera de la ciudad. Me encantará saber la opinión de los lectores si queréis enviarme un e-mail: dianna@authordiannalove.com

De las dos

Lauren Mckenna nos demuestra continuamente por qué es una editora excepcional. Tiene un don para entender la dirección que tomamos con cada historia y está siempre abierta a nuevas ideas. Gracias también a Megan McKeever por toda su ayuda para sacar el libro y a Merrilee Heifetz por su constante apoyo.

Valoramos mucho a la autora Mary Buckham, que lee las primeras versiones (¡además muy rápido!) y hace estupendas sugerencias. Su estudio de cosas tan interesantes como la cultura asiática y el conocimiento que su marido Jim tiene de información extraña han estimulado momentos divertidos cuando hacemos lluvias de ideas. Otra escritora de talento, Cassondra Murray, también lee todas las historias y hace sutiles sugerencias que marcan importantes diferencias en el boceto final. Tenemos que dar las gracias a Steve Doyle por su conocimiento ilimitado sobre armas y procedimientos militares del tiempo que pasó en las Fuerzas Especiales, además de por darnos su opinión tras leer cada historia. Valoramos los informes creativos realizados por la compañera Annie Oortman de cada libro. Gracias también a Hope Williams y Manuella Robison por sus lecturas de las versiones de prueba, que tanto ayudan para la versión final.

Gracias a cada una de las siguientes personas: usamos información de medicina forense digital que compartió con nosotros Keith Morgan. Westly Bowen, de la plantilla del Fayette Community Hospital, en Georgia, nos proporcionó información médica. El antiguo presentador de la NBC, Wes Sarginson, nos ayudó con la investigación de reporteros de televisión. Gracias a

James Love, el hermano de Dianna, que ha compartido detalles en torno al Golfo de México; y a Gail Jensen por ayudarnos con nuestra investigación en Chicago.

Aun así, los errores se cuelan en ocasiones porque somos humanas y, si tú encuentras alguno, es por nuestra parte, y no por ninguna de las fuentes que tan generosamente han compartido su tiempo y sus conocimientos.

Un abrazo más a las salvajes mujeres de RBL, a los *blogueros* PW Barbara Vey y Petit Fours & Hot Tamales. Gracias a todos por el apoyo, las risas y los martinis. ¡Sois tan divertidos!

¡Amamos a nuestros lectores! Vosotros sois la razón de que trabajemos tan duro para crear una historia que os llevará lejos durante horas de entretenimiento. Valoramos el tiempo que pasáis escribiéndonos correos electrónicos y viniendo a visitarnos cuando firmamos ejemplares… y los maravillosos regalos (¡sois los mejores!). Gracias por permitirnos pasar tantas horas haciendo lo que más amamos: crear un mundo donde nuestros personajes puedan salir a actuar. ¡Gracias a vosotros!

Más información en www.SherrilynKenyon.com y también en www.AuthorDiannaLove.com.

Verdad silenciada

SE ACABÓ DE IMPRIMIR
EN UN DÍA DE INVIERNO DE 2012,
EN LOS TALLERES GRÁFICOS DE EGEDSA
ROÍS DE CORELLA 12-16, NAVE 1
SABADELL (BARCELONA)